弟、マシュー・ルイス・ヤング（一九七一―二〇〇二）に

われわれが忘却しないかぎり、死者が死ぬことはない

——ジョージ・エリオット

ハヤカワ・ミステリ文庫
〈HM504-1〉

円周率の日に先生は死んだ

ヘザー・ヤング
不二淑子訳

早川書房
8936

THE DISTANT DEAD
by
Heather Young

Translated by
Yoshiko Fuji
First published 2023 in Japan by
HAYAKAWA PUBLISHING, INC.
This book is published in Japan by
arrangement with
AEVITAS CREATIVE MANAGEMENT, NEW YORK
through TUTTLE-MORI AGENCY, INC., TOKYO.

円周率の日に先生は死んだ

登場人物

アブサロム（サル）・プレンティス……マルゼンに住む少年
グレイス……………………………………サルの母。
ギディオン…………………………………グレイスの兄
エズラ………………………………………グレイスの次兄

ノラ・ウィートン…………………………社会科教師
ミスター・ウィートン……………………ノラの父
ジェレミー…………………………………ノラの兄。十三年前に事故死
メイスン・グリアー………………………主任保安官補。ノラの元夫
ビル・ワタリー……………………………保安官
ジェイク・サンチェス……………………消防ボランティア

アダム・マークル…………………………数学教師。元大学教授
ルーカス・ジマーマン……………………アダムの大学での教え子

遠い昔

少年は洞窟にいるべきではなかった。それはわかっていた。彼はよい子どもで、〝すべきこと〟と〝すべきでないこと〟を気にかける少年だった。しかし、ほかならぬこの〝すべきでないこと〟には、彼をちがう少年のように――彼がそうありたいと願った少年のように――感じさせるスリルがあった。だから、彼はそこにいた。洞窟の外は晩夏の熱波にさらされていたが、なかはひんやりとしており、彼の舌は塵と大胆さの味を感じていた。少年は十二歳。人生で初めて、ひとりきりだった。

その洞窟は少し遠いところにあったが、彼の仲間の人々が野営する大いなる湖のそばから見える位置にあり、崖の黒いひとつ目のように、広い平坦な盆地《ベイスン》を見おろしていた。彼らはいくつか季節が移りかわるたびに、ウサギなどの小さな獲物を追いながら、湿地帯を移動してこの湖岸にやってきた。彼らの物語では、その洞窟を訪れた人々は正気を失い、口が利けなくなって戻ってくるとされた。それはほぼ夢のなかで生きる〝見える者たち〟ですら例外ではなかった。彼の仲間にも、見える者がひとりいた。背中の曲がった老人で、少年が生まれた夏にその洞窟を訪れたという。少年は——ほかの少年たちと同じように——老人に近づかないようにしながら、じっと様子を窺《うかが》った。老人は何時間も何時間も、無言で土に円を描いていた。ときおり老人が地面につけた跡から顔をあげたとき、その底なしの闇のような目に、狂気でも恐怖でもなく、畏怖のようなものが浮かぶところを見たような気がした。

洞窟の入り口に立ったとき、少年は眼下に広がる地平に驚嘆した。湖のまわりの草は、盆地に水膨れのようにいくつも隆起する岩崖《がんがい》のふもとで、低い茂みに変わっている。湖自体も広大で、その青い水の敷布は、北から東にかけてキラキラと光る空に溶けていった。彼の仲間の人々はその湖をアレルと呼んだ。彼らの言葉で〝命の水〟という意味だった。一万年後、世界の反対側の人々によって、アレル《アルヤ》は賛美の歌となる。その頃には、大いなる湖は消え、平らな砂漠となっているだろう。少年の頭上で、一羽のワシが舞いあがった。空に黒く映える美しい野生の鳥は、その季節が終わるまえに死ぬことだろう。

少年もまた美しかった。少女と見まがうような繊細な顔立ちに、茶色の目と長い睫毛。

母親にとって、彼は乳飲み子の時期を生き延びた唯一の子どもだった。ほかの赤ん坊たちと同じように、少年も病弱で小さかったし、いまでも華奢《きゃしゃ》だったが、ほかの兄弟や姉妹とちがって、その半透明の唇を母親の乳房にぴたりとつけて離そうとしなかった。いま少年は歌を歌い、物語を語る者となった。年長者たちですら、焚き火を囲みながら静かに少年の声を聞いた。

その夜、少年は同じ季節に生まれたふたりの少年と一緒に、年長の者たちから一人前の男と認められることになっていたが、いまだ自分を一人前の男とは感じられないでいた。ほかの少年たちの弧を描く腕の筋肉や、誇らしげに硬くなった顔の骨を見て、自分は子どもだと思い込んでいた。これから参加する狩りの話を聞いたとき、イノシシや突撃してくるマストドン（約一万一千年前に絶滅した長鼻類）に対する恐怖を自覚した。彼が星を読むとき、年長者たちがどんなふうに耳を傾けているかは見ていなかった。ほかの少年たちと話をして、少年の考えを知った彼らがどんな視線を向けているかも見ていなかった。彼はただ、湖に石を投げたとき、ふたりに比べてどれほど石を遠くまで飛ばせないか、一緒に走ったとき、ふたりに比べてどれほど足が遅いかしか見ていなかった。

彼がその洞窟にやってきたのは、少年時代の最後の数時間で、何か勇敢なことをしたかったからだ。気だるい午後のひととき、母親が住居の土の床で眠っているあいだに、草むらを走って崖のふもとに行き、洞窟が岩のなかのひとつ目から大きな口に変わるまで崖をのぼった。そして世界の明るい曲線を最後にひと目見やってから、洞窟のなかに足を踏み入れた。

空気が急に冷たくなった。天井は低く、暗がりのなか、岩壁はかろうじて見えるだけだ。風に乗って吹き込んだ砂と混ざった細かい塵状のコウモリの糞の堆積物《グアノ》が、湿地の多年草《ホタルイ》で編まれた少年の粗末な履物《はきもの》に振りかかった。彼はゆっくりと進んだ。見える老人から言葉を奪った災厄が襲いかかるのではないかと身構えたが、そこにあるのは静寂だけだった。そろりそろりと二十歩進んだところで、洞窟の奥にたどり着いた。それでも、冷たく動きのない空気を乱すものは何もなかった。岩に両手を置き、岩が話しかけてくるのを待ったが、何も聞こえなかった。

そのとき、かすかに射しこむ光の亡霊のなかで、少年は狭い割れ目に気づいた。岩壁と床が繋がるあたりに、彼の腕の長さほどの幅、その半分ほどの高さの口が開いている。少年は振り返り、洞窟の入り口と、丸く切り取られた真っ青な空を見つめた。いますぐここを離れるべきだとわかっていた。もうすぐ母親が目を覚まし、彼を呼ぶことだろう。しかし、せっかく苦労してたどり着いたというのに、洞窟は期待はずれだった。少年は空から目を逸《そ》らし、岩の隙間にもぐり込んだ。

そこは狭かったが、少年にとっては充分なスペースがあった。ひじをつき、もぞもぞと奥に進む。冷たく尖った岩が皮膚に当たり、探検のスリルでゾクゾクした。身長と同じくらい奥にはいったところで、スリルがパニックに取って代わられた。崖の鈍い重みがのしかかり、トンネルが体を締めつける縄のように感じられる。彼は途切れることのない空の下、広々とした空間で育った子どもだった。そんな彼の心が空気と光のもとに戻れと悲鳴をあげた。少年は目を閉じると、ゆっくり息を吸って吐いた。それから一度に数センチずつ、無理やり体をまえに押しだした。ようやく、身長の三倍の長さを這ったところで、トンネルの空間が広がるのを感じた。彼は目を開けて、立ちあがった。何かをつかめそうな気がして両腕を広げたが、その手は空《くう》をつかんだだけだった。彼はぼう然として凍りついた。

完全なる暗闇、さらに深い沈黙。ここまで光と音がまったくない状態を、少年は経験したことがなかった。目のまえにある自分の手も見えないし、自分の心臓の鼓動も聞こえなかった。

なんの前触れもなく、少年は肉体を失った。思考は頭蓋骨からあふれ出し、魂は骨から解き放たれた。彼はそれまで想像もしたことのない永劫のなかに、数えきれないほどの長い歳月のなかに浮かんでいた。何十億という男女の人生がまたたきながら通過し、明るい火花を散らしては去っていく。彼自身の人生の季節も、記憶されることなく消えた。彼はあらゆる時の流れを見た。惑星や太陽の誕生。山や海の隆起。文明の興亡。あらゆるものの始まりと終わりが、世界の子宮と地下埋葬室《クリプト》が、暗闇のなかでまるで鼓動のように脈打った。計り知れないほどの恐怖が少年を襲った。

彼は両手を伸ばし、闇をつかもうとした。すると目には見えない水晶の鋭い角で、手のひらを擦《す》りむいた。その痛みが彼を体にパッと引き戻した。また十二歳の少年に戻った彼は、洞窟の乾いた空気のなかで荒々しく呼吸をしていた。自分の顔に触れ、震える指で、鼻の骨や頬のやわらかな皮膚をなぞった。見える老人のことを、彼が土に描いたいくつもの円のことを考えた。あの老人もまた、ここに、洞窟のなかの洞窟に立って、魂が浮かびあがり、宇宙と出会う経験をしたのだろうか？　少年の垣間見《かいまみ》た永遠が、冷たい蜘蛛の糸の指先で、彼の腕にさっと触れた。少年は身を震わせた。

ゆっくり深く息を吸い込むと、声を外に押しだした。ささやくような声だが、声が出た。それとともに勝利の奔流が込みあげた。過去にここを訪れた見える者たちのなかで、唯一彼だけが、仲間のもとに戻り、洞窟の秘密を伝えることになるだろう。彼はその夜のことを思い描いた。額《ひたい》につけたワシの血も乾かぬうちに、自分が焚き火のまえに立ち、広大な時間について語るところを。ほかの少年たちが畏敬の念で見守るところを。しゃがんで座る見える老人の目に、洞窟の記憶が光を灯《とも》すところを。

彼は叫んだ。喜びの声をあげた。その音は、まるで何百もの少年たちが互いに呼びかけあうかのように、彼には見えないがその奥底に縦横に広がる十数もの空洞に響き渡った。それを聞いて彼は笑い、その笑い声もまた、百倍のこだまとなって返ってきた。残響が消えかけたとき、彼は岩の割れ目のほうを向いた。そろそろ母親のもとに戻る時間だ。かまどで焼いたウサギが彼を待っていた。彼に一人前の男の印をつける儀式が待っていた。

そのとき暗闇で、ごくかすかな音が聞こえた。途切れることなく、集まってくる、蠢《うごめ》き。

少年は割れ目のトンネルの上の岩壁に片手をつき、耳を澄ました。洞窟の奥深くから湧き起こるかすかな音がささやくような音になり、やがて甲高い耳障りな音になった。冷たい石のにおいが、何かほかのもの——太古の何か、野生の何か——の悪臭に変わった。少年は手さぐりでトンネルにもぐろうとしたが、もう遅かった。猛烈な勢いで噴きあがる大群に呑み込まれた。何千もの密集した小さな体が、宙に突きだされた少年の両腕に激突し、トンネルのまわりをグルグルと飛び交いながら、毛と歯とごわごわした翼で彼を殴りつけた。少年は悲鳴をあげて母親を呼んだが、その声は耳をつんざくような羽音にかき消された。彼はよろめき、何も見えないままあとずさった。一歩、また一歩。やがて彼の足の下から地面が消えた。

コウモリたちは少年に目もくれなかった。岩のトンネルに流れ込み、洞窟を出て、明るい空へ飛び立った。彼らの目は光に刺され、彼らの脳は恐怖で燃えあがった。午後の恐ろしい輝きのなかで、コウモリは互いにぶつかり合いながら、光によって解き放たれた。少年が闇によって解き放たれたように。湖畔からは、コウモリの恐怖は見えなかった。彼らはただ、鳥のように優雅に空に浮かんでいるように見えた。

その夜、アレル湖畔で、ふたりの少年が男になった。儀式のまえ、見える老人が十二回の夏で初めて口を利いた。行方不明の少年は鳥の神々に連れ去られた。彼は言った。これは大変な名誉である。人々は喜んだが、少年の母親は嘆き悲しんだ。

秋になると、少年の仲間の人々は獲物を追って南に移動した。歳月が過ぎた。少年の母親は死んだ。一人前の男になった少年たちも死んだ。十数世代のうちに、少年の仲間の人々は別の人々に取って代わられた。その人々も同じ遠い土地で生まれていたが、異なる神々を崇め、少年の知る場所を異なる名で呼んだ。さらに多くの歳月が過ぎ、その人々は新たな人々に取って代わられ、さらに別の人々に、さらにまた別の人々に取って代わられた。アレル、アレル。そのあいだずっと、洞窟のぽっかりと空いた丸い目は岩崖から人々の営みを見つめ、その暗闇は拳のように握りしめていた——かつて歌を歌い、物語を語り、星を読んだ少年を。ある午後、母親が眠っているあいだに、崖にのぼり、時の織物に触れた少年を。

少年の名は、彼の仲間の言葉ではなんの意味もなかった。しかし、彼の母親にとっては、〝最愛〟という意味だった。

前日

月はなく、星だけが出ていた。星々の下に、平らな土地があった。そこにも光はあった。ぽつりぽつりと散らばる、ごくわずかな光――街灯や車のヘッドライト、家々の小さな四角い窓から洩れる明かり。家々の上方、かつて湖を縁どっていた低い山々のなかで、ひとつの炎が燃えていた。アカシアの木々のあいだで跳びはね戯《たわむ》れる炎は、金色で、オレンジが少々混じり、中心が黒かった。長いあいだ踊りつづけ、夜に向かって熱に浮かされた歌を歌った。

ひとりの人間が燃えるには、想像よりも長い時間がかかるのだ。

ノラ

数学教師の死体が発見された日、ノラは仕事に遅刻した。父親のせいだった。

その日の朝は、いつもと同じように始まった。自分の朝食を食べたあと、父親の朝食のトレーを持って、裏庭を通ってキャンピングカーに向かった。兄のジェレミーが五歳のときに父親が息子のために造った砂場を避けて歩きながら。三十二年間砂漠の太陽にさらされて砂場の木枠は腐り、かつてジェレミーがミニカーのトラックを走らせた砂は鳥の糞で固まっていた。ノラは砂場を撤去すべきだとわかっていたが、撤去しないだろうということもわかっていた。ほとんどの日は、それに目を向けることすらしなかった。

父親のキャンピングカーは、一九九〇年製のフリートウッドプロウラーで、白地に色褪せた青緑と茶のラインがはいっている。ノラが十歳、ジェレミーが十三歳のときに中古で購入したものだった。父親はそのキャンピングカーを上機嫌で自慢していた。当時どんなものでも——バーベキューグリルから、スポーツ万能の息子、鳶《とび》色の髪の美しい妻まで—

——自慢していたように。父親は彼の兄の住むエルコ（ネヴァダ州北東部の町）よりも遠いところに出かけたことは一度もなかったが、キャンピングカーを手に入れたからには、家族を連れて国じゅうを、もしかしたらフロリダまで、ドライブしようと考えていた。ノラの母親は子どものように夢見心地の笑顔を見せた。フロリダですって。母親は言った。想像してみて。

その年の夏、父親は家族をイエローストーンまで連れていった。国立公園そのものの印象は、ネオンカラーの水たまりをおぼろげに覚えている程度だったが、ノラは初めてネヴァダ州を出たときの気持ちを忘れたことはない。アイダホ州にはいっても、低木の生えた砂漠、なだらかな山々という景色は変わらなかったが、『アイダホへようこそ』という看板を見た瞬間、ノラのなかで何かの扉が開いた。次の夏も、その次の夏も、家族でどこか別の土地に行けると思うと、旅に出かけるごとに世界が少しずつ広がっていくと思うと、うれしくてたまらなかった。

ところがその年の秋、ノラの母親はガンと診断され、一家がキャンピングカーでどこかに出かけることは二度となかった。ノラが高校一年のときに母親が死んだあと、父親はきっとキャンピングカーを売るだろうと思ったが、そうはしなかった。そしてノラが大学で実家を離れているあいだに、ここに——裏庭のフェンスの手前に——移されていた。事故のあとは、父親はずっとキャンピングカーで寝起きしていた。家にはまだ彼の寝室があったけれども。ノラはそのことについて一度も尋ねたことはない。父親にしかわからない複雑な罪滅ぼしの一環なのだろうと思ったからだ。

ベニヤ板の仮設のスロープをのぼって、キャンピングカーのドアを開けると、父親が下着のシャツとパジャマのズボンという姿で、テーブルの長椅子に座っていた。ひげも剃っていない。それを見たノラは、額のまわりを細い紐で締めつけられるような気がした。父親が服を着替えていない日はひどかった。ひげを剃っていない日はもっとひどかった。

ノラは朝食のトレー——シリアル、トースト、コーヒー——をテーブルに置いて、両手を腰に当てた。彼女は背が高く、尖ったひじと長い手足を持ち、痩せて骨ばった体つきをしている。チュチュやスパンコールだらけのフリル大好きな子ども時代から、テレビドラマ『爆発！ デューク』の登場人物、デイジー・デュークのようなデニムのショートパンツとホルタートップを着こなすティーンエイジャーの美少女時代を経て、いまでは着飾らない女になった。カーキ色のパンツに無地のブラウス、髪はポニーテールでノーメイク。

父親は朝食をじっと見つめた。食べないだろうとノラにはわかっていた。気にすることない。ノラは自分に言い聞かせる。十五分後には、学校に着いていなければならないのだ。ここでぐずぐずしている暇はない。しかし、キャンピングカーから出ようとして、ドアのまえで足を止めた。擦り切れた網戸の向こうに、自宅——小さなランチハウス——の裏が見えた。白い羽目板は赤みがかった灰色になっている。ひび割れたセメント敷きの中庭には、父親の錆びたバーベキューグリルと母親がトマトを育てていた空っぽのプランターが置かれている。フェンスで囲まれた庭は、隅に雑草が固まって生えている以外は何もなかった。昨日とも、一昨日とも、何ひとつ変わらない眺めだったが、ノラの目にいっとき、少女時代の庭の眺めが浮かんだ。フェンスに沿って咲いたパンジー、プランターに生《な》っているトマト、真っ白な羽目板。ほんの数年前までは芝生が生えていた。最後の芝がいつ枯れたのか、彼女は思いだせなかった。

父親が涙ぐんだような湿っぽい咳をした。ノラは息を整えて、それから振り返った。窓から射し込む光のなかで、父親の青い目が潤《うる》んでいる。彼女はビニールシートに腰をおろし、父親に腕をまわした。「今日のお昼は家に帰ってこようか？」

「そんなことはせんでいい」父親は言ったが、もちろん、そうして欲しがっている。ノラは何が父親の涙腺をゆるめたのかわからなかった。たぶん夢か、記憶だろう。今日は何日だ？ 三月十四日。何かあったような気もする。ノラには記念日の心当たりがなかったが、だからといって、何かの記念日ではないとは限らない。

「たいしたことじゃない。お昼にはポットローストを温めるわ」

ふだん、ノラの父親はキャンピングカーの電子レンジで冷凍食品を温めて、昼食にしている。ポットローストと聞いて、父親の顔が明るくなる。ノラは十二時十五分に戻ると約束した。それから冷めてしまった父親のコーヒーを温め直し、昼食には戻るとさらに二回約束し、家に戻って冷凍庫からポットローストを取りだした。車のキーをつかんだときには、八時五分前になっていた。フランクリン通りを猛スピードで飛ばしたが、中学校の二重ドアを駆け抜けたときには、始業のベルから四分が過ぎていた。彼女はまるで七年生の頃に戻ったように、当時と同じ校舎に遅刻して駆け込み、当時と同じように恥ずかしさで顔を赤くしていた。

数学教師が姿を見せなかったとき、最初は誰も深く考えていなかった。事務職員で緊急代理教師のディー・プラッツァーが、いつものように不満たらたら、彼の一時間目の授業の代理を務めた。一時間目と二時間目のあいだに、理科の教師のメアリー・バーンズが、ノラの社会科教室に顔を出し、少しばかりの悪意を込めて言った。「アダムが遅刻よ。ディーにつかまったときの彼にはなりたくないわ」

アダム・マークルがそれまで遅刻したことは一度もなかった。といってもアダムが、ようやく退職した年老いたジム・フェイファーのかわりに、この中学で教えはじめてまだ七カ月しか経っていなかったが。彼はこの町の新顔であり、それ自体がめずらしいことだった。このネヴァダ州ラヴロックは、州間高速道路八十号線沿いの一キロ半ほどの距離に並んだランチハウス、プレハブ、移動住宅からなる砂埃《すなぼこり》の舞う集落だ。リノから東に一六〇キロメートル、ウィネマッカから西に一二〇キロメートルに位置し、周辺の三つの州にまたがる広大な砂漠に囲まれている。この町に引っ越してくるのは、ほかに行くあてのない離婚したスパークス出身の誰かのまたいとこや、出世コースの途中で一時的に修業を強いられた炭鉱の管理者のほかにはいない。アダムがこの仕事に応募したときには、ちょっとした騒ぎになった。ネヴァダ大学の教授がこの町で教えたがっている！　学校のテストの点数がどうなるのか考えてみて！　しかし、その教授が猫背の中年男だと判明し、生徒たちからすぐに〝カメ《タートル》のマークル〟と名づけられると、騒ぎは立ち消えになった。

「誰か彼に電話したの？」ノラは尋ねた。彼女はメアリーのことが好きではなかった。メアリーは離婚したかつての美人で、プロムクイーン（高校卒業直前に開かれるフォーマルなダンスパーティで選出される）だった全盛期から三十年が経ち、十三キロ体重が増加しているにもかかわらず、いまだにあばずれ女子高生のように振る舞っている。アダムが赴任してきたばかりの頃は、彼にまとわりついていたが、アダムはメアリーが何度職員室からコーヒーを運んできても、彼女の寄せてあげるブラにも艶やかな赤い唇にも動じることはなかった。いま、メアリーは誰が気にするのと言わんばかりに肩をすくめた。

「思うんだけど。彼は今日、例のパーティを開くんじゃなかった？」

ノラがアダムの心配をしはじめたのはそのときだった。三月十四日が円周率《パイ》の日だと思いだしたからだ。アダムは先週の職員会議で、3・14は、数学界の国民の祝日であり、三十六人の八年生にパイを焼いてくるつもりだと説明したのだった。ほかの教師たちは驚いた。マークル先生がパーティをするとは——パイを焼くとも——思いも寄らなかったからだ。いいことだ、とノラは思った。職員会議のあとで、廊下でアダムに会ったときには、すばらしいアイデアだと伝えた。

「リノでは」アダムは言った。「数学科のみんなが、パイの日にパイを焼いてきた」彼は笑みを浮かべたが、ノラを惹きつけた悲しみはまだ残っていた。彼女自身もリノのネヴァダ大学に通い、人類学を専攻して卒業した。卒業後はアフリカに人類最古の痕跡を探しにいくつもりだった。あるいはヨーロッパに行って、スペインの洞窟でネアンデルタール人の骨を掘るつもりだった。別の大陸で、ラヴロックとは関係のない古代の謎がたくさんある場所なら、ほんとうにどこでもよかった。ほかのみんなは大学へ行っても戻ってくるわよ——親友のブリッタはしつこくそう言いつづけていたが、ノラは戻りたくはなかったし、アダムもここに来たかったわけではないだろうと薄々感じていた。彼の振る舞いの何かが、まるで骨より重いものを背負うような身のこなしが、アダムがここに来た理由は、彼女がここに戻った理由と同じくらい悲劇的かもしれないとノラに感じさせていた。

「焼くのを手伝うわよ」ノラはそのとき言った。彼女は母親のレシピで、おいしいルバーブパイを焼くことができた。

「いや、大丈夫だ。ひとりでなんとかなる」銀色の眼鏡の奥の彼の目はいつものように薄い灰色だったが、その日は闇が宿っていた。その闇は彼女に強引に押し切ろうかと迷わせ、また後日、押し切っておけばよかったと願わせた。いま、ピンクのフリルのブラウスを着たメアリーを見ながら、ノラはもし何事もなければ、アダムがパイの日に休んだりしないはずだと思った。

ノラがアダムの教室に行ったとき、ディーは二時間目を終えて、ホワイトボードを消しているところだった。「アダムはまだ来てないの？」

「来てないわ。電話もしてこない」ディーはオルガン奏者らしい長い指で、イレーザーをアダムの机にポンと置いた。机の上はあまりに整然と片付けられていて、堅苦しいスカートを穿き、整髪料《セラック》で固めたひっつめ髪というディーですら、その横に立つとだらしなく見えるほどだった。書類入れ、デスクマット、ホッチキス、テープカッターが、学校区から支給されたデルのコンピュータの横に、一直線に並んでいる。実用性のないものは象牙色のチェスの駒、ルークだけで、ホッチキスの横に置かれていた。

「ランチのあと、例のパーティをするはずなのに」ノラは言った。

「じゃあ、急いで来ないとまずいんじゃない？」ノラが顔をしかめたのを見て、ディーはため息をついた。「心配なら、ベッティーナと話してみたら？　わたしは彼の穴埋めでてんてこまいなの」

ベッティーナとは校長のことだ。生真面目な白髪の女で、元大統領夫人のバーバラ・ブッシュに似ているとノラは思っている。ベッティーナはアダムがどこにいるかよりも、代役を手配しておかなかったことを気にしていることだろう。ノラはしかたなく自分の教室に戻った。七年生が社会科教室を埋めつくしたとき、彼女は心配することは何もないと自分に言い聞かせようとした。アダムから電話がないのは奇妙だけれど、きっとすぐに来るだろう。手作りのパイを食べる三十六人の八年生のうれしそうな顔を見れば、すべて許されるはずだ。

三時間目の終わり頃、ベッティーナが校内放送で、体育館に全員集合するようにと言った。その日は集会の予定などなく、突然のことだった。そのときノラは、ラヴロックの全盛期——カリフォルニアトレイル（ゴールドラッシュ時代に開拓民が通ったアメリカ西部山間の主要路）のフォーティマイル砂漠（ラホンタン谷の別名）の手前の最後の宿営地として、ラヴロックが広大な牧草地《ビッグメドウ》と呼ばれ、幌馬車で埋めつくされていた時代——について教えている最中だった。ノラ自身も中学時代に授業で教わった内容で、毎年、地元に誇りを持つために、この歴史を律儀に授業で取りあげている。といっても、それ以降の一五〇年間で、ラヴロックがみすぼらしい廃墟と化したことを強調するだけのようにも思えたが。生徒たちは授業から解放されると知って喜んだが、体育館の入り口に立つベッティーナをひと目見たとき、ノラがアダムに抱いていた不安は、本格的な心配へと深化した。校長は、身につけた白いリネンのスカートと同じくらい血の気の引いた顔色をしており、体育館にやってきた教師ひとりひとりを、職員室に向かわせた。校長の背後、体育館のなかでは、困惑して興奮した一三〇人の中学生を相手に、ディーがガミガミと指示を出していた。ノラは鉛のように重い足取りで廊下を歩いた。

狭い職員室には、七人の同僚教師とふたりのカウンセラーが寄り集まり、昼食まであと十五分すら待てないほど緊急な用件とは何なのかと噂し合っていた。ノラは胸のまえで腕を組み、体育教師のジョージー・ウィルソン――五年前まで高校でサッカーをしていて、まだ高校生といっても通るほど若く見える快活な女教師――の横でカウンターにもたれた。ベッティーナが保安官と一緒にはいってくると、教師たちはおしゃべりをやめた。ディーは生徒たちを校庭に出していた。静寂のなか、子どもたちの声が聞こえてくる。六年生と七年生が甲高い声を発して遊ぶ声。八年生が低い声で噂話をしたり、詮索をしたり、質問をしたりする声。

保安官が職員室のドアを閉めた。保安官のビル・ワタリーはノラの父親と同い年で、二重顎とたるんだ体を持つ元アメフト選手だ。その両肩は、いかにも大柄な男らしく軽々と体重を支えていたが、悪い知らせはそうもいかないようだ。ノラが教師になってから、保安官が中学校に足を踏み入れたのは一度だけだった。高校三年のクリス・ミッチェルが彼の父親のコルト銃で自殺したとき、クリスの妹を授業中に呼びだして、悲報を伝えなければならなかったのだ。そのとき、ビルの両肩は重責に耐えきれていなかったが、いまもうまく受け止めきれていなかった。ノラはカウンターで体を支えた。

「マルゼンの近くの丘で、死体を発見した」ビルはベッティーナを見た。彼女はうなずき、保安官に先をうながした。「たぶん、おたくの新しい数学の先生じゃないかと思っとる」

職員室にショックの叫び声があがった。が、頭のなかが突然の混乱に陥ったノラの耳にはほとんど届かなかった。アダム・マークルが死んだ。もちろん、そうだ。だから学校に来なかったのだ。でも、彼が死んだはずはない。ランチのあとにパーティを開くのだから。マルゼンのそばで死んだわけがない。マルゼンは丘にある小さな地味な町で、ラヴロックの人間は必要に迫られなければ誰も行こうとしないところだ。アダムはマルゼンがどこにあるのか、知りもしなかっただろう。しかし現に、陽に焼けた制服姿のずんぐりしたビル・ワタリーが険しい顔でここにいて、アダムの死体を見つけたと言っている。マルゼンの近くの丘で。

「どうやって亡くなったの？」ノラは尋ねた。全員が彼女を見て、それからまたビル・ワタリーを見た。

保安官は胸を張った。「立場上、話すわけにはいかんのだ」制服の黒いベルトからはみ出たでっぷりとした腹の上に、組んだ腕をきざったらしく置いている。ノラは彼を誤解していたことに気づいた。保安官はこれを楽しんでいるのだ。彼女の心のなかでゆっくりと何かが締めつけられていく。小さなネジが固く締められるように。それは怒りが爆発する寸前の兆候だった。

「夕食の時間までには、町の全員がこの話をしてるはずよ」彼女は言った。「憶測や噂で捜査を混乱させたくないなら、何が起こったのか話すべきだわ」

保安官の太い首筋にピンク色が這いかけたが、ベッティーナから一瞥されると、なんであれ、口にしようとした言葉を呑み込んだ。彼は背筋を伸ばして、部屋を見まわした。権威を取り戻せたと感じたらしく、口を開いた。「みんなも何があったか知っておいたほうがよかろう。今朝、マルゼンの消防団から通報があった。われわれが駆けつけると、町から一キロ半ほど離れたところで、ひとりの男の遺体を発見した。遺体は焼かれていた」保安官は劇的な効果を狙って、そこで間《ま》を置いた。「われわれは殺人事件として捜査中だ」

「なんてこと……」ジョージーが言った。

ノラはアダムが燃えているところを、炎のなかで彼の腕がクルクルまわっているところを想像した。とたんに胃がずれ込むのを感じ、別のことを考えようとした。最後にアダムに会ったときのことを――昨日の朝、職員室で、アダムはコーヒーにクリームを三つ、砂糖を四つ入れていた。英語教師のケヴィン・キーガンが、調味料で自分を殺しているとコメントした。アダムは侮辱されているのか揶揄されているのかわからない様子で、ただ曖昧に笑った。そのとき、彼はあと数時間の命だったわけだが、まるでいつもと同じ一日のように、一方の手にコーヒーを、もう一方にブリーフケースを持って、職員室から足を引きずるようにして出ていったのだった。

『おたくの新しい数学の先生』――ビルはアダムのことをそう呼んだ。アダムの名前すら口にしなかった。もちろん名前を呼んだりするわけがない。保安官とその太った不謹慎な両肩にとって、それがアダム・マークルのすべてなのだから。アダムがほかの何かになるには、七カ月では充分ではなかった。七年でも、足りなかったかもしれない。リノでなら――ノラは思った――アダム・マークルはただの死んだ数学教師ではなかったはずだ。きっと死んだ友人だっただろう。あるいは死んだ兄や、死んだ息子だったのかも……。

しまった。ノラの体がぐいと反らされる。忘れていた自分が信じられなかった。三月十四日はパイの日だけではない。二十年前、ラヴロックの高校のバスケットボールチームが初めて、そして唯一、州大会決勝でプレーした日なのだ。四年生のポイントガードで、チームキャプテンを務めたノラの兄、ジェレミーは四十三得点を挙げ、チームを勝利に導いた。それはいまでも、ビッグメドウから最後の幌馬車が立ち去って以来、この町で起こった最大の出来事だった。ノラの父親にとって、その夜の息子ほど誇りに思うものはなかった。彼はジェレミーのジャージをアクリル樹脂で密閉して、居間の壁に飾り、その横に真鍮のプレートを取りつけた。そこには日付と、スコアと、『43ポイント』の文字が記されていた。それから七年間、父親はその日のゲームのことを、耳を傾ける誰にでも、そして耳を傾けない大勢の人にも、自慢しつづけた。父親が国道九十五号線の橋のガードレールにトラックを激突させて、息子を即死させるまで。

くそったれの三月十四日。ノラの父親はいま、キャンピングカーでひとりきりで過ごしている。おそらくもう泥酔しているだろう。

ジェイク

ラヴロックからマルゼンに行くときは、まず州間高速道路八十号線を二十キロ東に進んでから、ラヴロック＝ユニオンヴィル・ロードにはいる。そこからセージと砂の道を五キロほど南下し、ハンボルト山脈のふもとの斜面をのぼり、リメリック渓谷の途中で右に分岐する、名もなき未舗装の道を進む。さらにヤマヨモギの生い茂る丘陵地帯をのぼると、数十の建物が寄り集まる小さな四角い谷に突き当たる。そこまで行って初めて、ようやく町の様子がわかる。少数の家々やトレーラー、雑貨屋が一軒、バーが一軒、小さな学校がひとつ、消防団の詰所がひとつ。教会は輸送用コンテナを三つ溶接したような大きさと形状で、側面に赤い文字で『マルゼンバプティスト教会』と書かれている。

その町には二〇七人が暮らしている。八十四人の男、七十六人の女、四十七人の子ども。ほとんどの男と、一部の女は、丘のずっと上のほうにある露天掘りの銀鉱で働いている。彼らの父親たちもまた鉱山労働者だったし、祖父たちも同じだったが、彼らの子どもたちの番が来るまえに、鉱石が尽きることはわかっていた。わかっていたが、彼らがそれについて話すことはなかった。マルゼンでは、日々、目のまえにある問題にだけ取り組むものなのだ。

この町には警察がなく、たまに起こる酔っぱらいのケンカも住民たちで解決している。だから死体を見つけて通報したいと思ったら、消防団の詰所に行くしかない。三月十四日の朝は、ジェイク・サンチェスがボランティアで当直についていた。それは彼にとっては、机に足を乗せて、白黒テレビでクイズ番組の『プライス・イズ・ライト』を観るという意味だ。

「ジェイク?」そう声をかけられてようやく、彼は戸口に立つ少年に気づいた。

ジェイクはブーツを履いた足を床におろすと、回転椅子をまわして少年と向き合った。少年のことはもちろん知っている。彼の名前はアブサロムだが、誰もその名前で呼ぶことはなかった。少年の母親でさえも。ある夜、アブサロムの母親が切り盛りするバーのラストオーダーのあと、ジェイクは彼女から聞いたことがあった。息子にアブサロムと名づけたのは、バプティスト教会の小さな聖歌隊で歌っていて、『ダヴィデが聞いたとき』という讃美歌が大好きだからだ、と。〝おお、アブサロム、わが息子、わが息子よ〟その歌はこう続く。〝神がおまえのかわりにわたしを死なせてくださればよかったのに!〟彼女自身の息子には、彼のために涙を流してくれる父親はいなかった。そこで息子に、ダヴィデ王のお気に入りの息子の名をつけることにした——ダヴィデ王が戦死の報を聞いたとき、エルサレムの城壁の上で嘆き悲しんだ息子の名を。もちろん、マルゼンのような町では、息子が実際にアブサロムのようになれるわけがないことはわかっていた。そこで息子をサルと呼んだのである。そんな彼女は九カ月前に死んだ。ときおりジェイクは——サル自身や、彼が一緒に暮らすことになった伯父たちをのぞいて——彼女の息子の秘密の、口にされることのない名前を知っているのはもう自分だけだろうかと考えた。

「何してるんだ、サル？　バスに乗り遅れたのか？」マルゼンの子どもたちが五年生を修了すると、パーシング郡の学校区が用意したバスに乗って、ラヴロックの中学と高校まで通う。サルは昨秋六年生になった。ジェイクは腕時計を見る。七時三十分すぎ。バスは十五分前に出発していた。

サルはすぐには返事をしなかった。ジェイクは注意深くサルを見つめた。サルが伯父たちと暮らすことになったのが、ジェイクは気に食わなかった。ギディオンとエズラのプレンティス兄弟は、町から五キロほど離れた、ゴールドラッシュの時代から先祖代々受け継がれた土地に住んでいる。彼らは一族の歴史のおかげで、乱暴者だとか、犯罪事業に手を染めているだとか噂され、長年のけ者にされてきた。彼らが関わるとされる犯罪事業の内容は、誰が噂するか、その人物がどれほど想像力を膨らませるかによって、牛の窃盗から、覚醒剤の製造、麻薬の売買、ロシアのマフィアのための資金洗浄までさまざまだった。伯父たちと山で暮らすようになってから、サルはどんどん痩せていき、いつも疲れているように見えたが、その日の朝はふだんよりもさらに顔色が悪かった。父親の身元の唯一の手がかりである黄褐色の肌から血の気が引き、ボサボサの黒い前髪が、疲労で落ちくぼんだ目元までかかっていた。

「死んだ人を見つけた」サルは言った。

ジェイクは身を乗りだした。「は？」

サルの肩がピクリと動いた。まるでジェイクにつかまれると思ったかのように。「死体を見つけた。丘を少しのぼったところで」

「マジかよ……」ジェイクは動きを止め、動揺を抑えた。彼はマルゼンボランティア消防団の制服を身につけていた。クイズ番組を観てはいても、その責任を真剣に受け止めている。テレビを消して尋ねた。「骸骨を見つけたのか？」彼の知るかぎり、マルゼンには行方不明者はいない。ごくたまに、カリフォルニアに向かう途中に道に迷った昔の鉱山労働者や開拓者の白骨死体が見つかることがある。

サルはためらった。「ちがう」

「誰だかわかるか？」

少年の黒い目が横に動き、消防団の細長い冷蔵庫に向けられる。扉にはテープで紙が貼りつけられ、なかに食べ物を長時間放置したり、他人の食べ物を取ったりすると、大変なことになるという警告が書かれていた。「ぼくの数学の先生じゃないかと思う」

「数学の先生？」

「車があった。先生のだと思う」

ジェイクはどうしたらいいのかわからなかった。助けを求めて狭い詰所を見まわしたが、もちろん誰もいない。次の当直のリオン・ペトレッリは午後二時にならないとジェイクを窮地から救ってくれない。これは救急要請として扱うべきかもしれない、と彼は思った。マルゼンは小さな町なので、消防団のボランティア隊員は、救急隊員も兼ねている。ジェイクは消防団の制服以上に、救急救命士の資格を誇りに思っているほどだ。救急車で現地まで行き、サルが発見したものを見てみよう。彼は手のひらをズボンで拭いた。「わかった。そこまで案内してくれ」

ふたりは救急車に乗り込み、プレンティスの土地に繋がる未舗装の防火道をのぼった。ジェイクはサルがスクールバスに向かう途中で死体を見つけたのだろうと見当をつけた。案の定、一キロ半ほど進んだところに、古い茶色のカローラが道の脇に停められていた。サルはそこで停まるよう言った。ジェイクは救急車から降りて、その車に近づいた。触らないほうがいいことはわかっていたので、車内をのぞくだけにした。何もなかった。

ジェイクは救急車の横で待つサルのところに戻った。まわりにはハンボルト山脈の山麓の丘——木々はなく、剛毛のような植物が生えるだけの乾燥した小山——が広がっていた。右手には岩の崖が聳《そび》え、男と少年に影を投げかけている。その崖に向かって、のぼり斜面があった。風が吹き、サルの薄い胸にNFLチーム、デンヴァー・ブロンコスのトレーナーが張りついた。三月の砂漠の高地は寒い。山脈の頂上はまだ雪で白かった。

サルは歩きだし、ジェイクを坂に導いた。ヤマヨモギをズボンの裾に引っかけながら、ふたりは黙って斜面をのぼった。低い丘の上までのぼり切ると、その先のくだり斜面には間欠川《かんけつがわ》（降雨時や雨季にだけ水が流れる川）の川床があり、崖のふもとに沿って伸びていた。崖の真下にはアカシアの木が群生し、樹葉の天蓋をまるで手のひらを開くように空に向かって広げている。それはマルゼンを出発してからジェイクが見た唯一の木々で、密集した小さな木立は安全地帯を、守られた場所を示唆していた。あるいは隠れ場所を。

サルが足を止めた。風がヤマヨモギを震わせ、アカシアの灰色がかった緑の葉を揺らし、丘のあいだを縫うように唸《うな》りながら吹き抜ける。何かのにおいもした。かすかだが、強烈なにおい。鼻にツンとくる、腐ったような、焦げたような。遙か上空では、鷹がゆったりと円を描いて飛んでいる。翼をおろし、それから広げ、またおろしながら。

ジェイクはサルを見つめた。少年の目は閉じられ、両肩は固く縮められている。

「この下か？」

サルは目を閉じたまま、うなずいた。

「ここで待ってろ」ジェイクは片手を腹に当て、シャツをズボンのなかに入れてから、川床をくだりはじめた。

木立に足を踏み入れても、数学教師の姿はすぐには見えなかった。石を丁寧に丸く並べた焚き火用のかまどがあり、そのなかに灰がたまっている。かまどのまわりには、成長し、枯れ、倒れた木々が、砂漠に長く静かにさらされ、黒ずんだ死骸となって横たわっていた。彼は最初、その木々のひとつを数学教師の死体だと思った。空のウォッカの壜と子ども用の縄跳びを見つけたときに初めて、男の残骸に気づいた。それからジェイクもまた、目を閉じた。

四十五分後、消防団の詰所に、パーシング郡の保安官と保安官補がやってきた。ジェイクはワタリー保安官の顔を知っていた。主任保安官補のメイスン・グリアーとは高校で一緒だった。メイスンはジェイクのことがわからないようだったが、ジェイクは驚かなかった。ラヴロックの子どもは、マルゼンの子どもとほとんど話をすることがなかったからだ。

サルが死体まで案内した経緯をジェイクが説明したあと、保安官はサルを見た。「どうやって見つけたんだ?」

「バスまで歩いてるときに」サルの声があまりにかぼそいため、保安官は身を乗りださなければならなかった。

「道に転がってたわけじゃなかろう? ここにいるジェイクは、道からかなりはずれたところにあったと言っとるが」

ジェイクは保安官をじろりと睨《にら》んだ。この子は容疑者じゃないんだぞ、いいかげんにしろ。サルは視線を床に向けた。「車を見たから。それに鳥もいて。グルグル飛んでた。その下で何かが死んでるみたいに」小さく息を吸って、吐いた。「バスの時間には早かったし。見にいった」

保安官は手帳に何か書き込んでから、ぱたんと閉じた。「よし。じゃあ見てみるとするか」

木立のなかで、ふたりの警官は、焚き火用のかまどの横で丸くなっている死体を調べた。ジェイクは端に立ち、三リットル入りのスミノフ・ウォッカの空き壜と、死体の足首に結ばれている焦げたナイロン製の縄跳びについてメモを取った。極力、死体は見ないようにした。ジャブを打とうとするボクサーのようにひじを曲げた黒い腕、いまにも叫びだしそうな口、焼け焦げた目。マルゼンのボランティア消防団にはいって十年。彼はそれまで一度も、火が人体をどんなふうに変えるのかを直接見たことがなかった。

メイスンが焚き火用のかまどから二メートルほど離れた岩の陰にしゃがみ込み、保安官を呼んだ。どちらの警官からも近づくなとは言われていなかったので、ジェイクも岩陰に行き、メイスンが見つけたものをのぞき込んだ。

それはやわらかい革製の黒いブリーフケースで、持ち手が擦り切れていた。メイスンはペンを使って蓋を開け、指先で財布を取りだした。財布を開くと、ネヴァダ州の運転免許証が見えた。五十代の青白い顔をした禿《は》げかけた男の写真が空を見あげている。アダム・H・マークルと名前が書かれていた。ジェイクは振り返って死体を見た。黒焦げになって、悲鳴をあげている男の顔を。

「これは、中学校の新しい数学の先生だ」メイスンが言った。彼の声は震え、彼の顔はジェイク自身が自覚しているのと同じくらい青ざめていた。

「フィルに電話しろ」保安官が言った。「鑑識道具を持ってくるように言え。検視官にも連絡させろ。わしは中学に行って、数学の先生が来とるかどうか見てこよう」

「サルはどうすれば?」ジェイクが尋ねた。サルは防火道に停めたパトカーのなかで待っていた。

保安官とメイスンは顔を見合わせた。どうやらふたりとも幼い目撃者のことを忘れていたようだとジェイクは思った。「グリアー主任保安官補が、あの子の連絡先を控える」保安官が言った。「そしたら家に帰していい。調書を取らなきゃならんから、あとで親御さんに連絡する」

「あの子は両親がいません。伯父ふたりと一緒に暮らしていて」サルをプレンティスの家までひとりで歩いて帰らせることなど、ジェイクには耐えられなかった。「家までパトカーで送ったらどうでしょう」

保安官はためらいを見せた。そのときようやくジェイクは、いかにも慣れたふうを装っていた保安官が、どれほど素人同然なのかを理解した。ビル・ワタリーとメイスン・グリアーが見たことのある死体は、薬物の過剰摂取、自殺、事故で死んだ人々と、郵便物がたまるまで発見されなかった孤独死の老人だけだろう。ジェイクはパーシング郡で最後に人が殺されたのがいつだったのか思いだせなかった。そしてこの殺人――焼死体、縄跳び、空のウォッカの壜――には、ジェイクを凍りつかせるような、計算された恐ろしい悪意が沁み込んでいる。彼はそれを解決する保安官の仕事を羨《うらや》ましいとは思わなかった。

「サルを送りがてら、伯父に調書の話もできるんじゃないですか」ジェイクは提案した。

保安官はうなずき、保安官補と一緒にパトカーに向かって歩きだした。ジェイクはふたりの警官のあとについていった。

パトカーが未舗装の防火道をプレンティスの家に向かって進みだすと、サルが身を強張《こわば》らせた。「どこに向かってるの？」

「おまえの家まで送るところだよ」ジェイクは言った。

「いい、大丈夫。歩ける」

「たいしたことじゃない」ジェイクはまえの座席にいる保安官とメイスンをちらりと見た。それから声を低めて言った。「落ち着け」

少年は汚れた爪でジーンズを引っかいた。そのジーンズは彼には小さすぎた。おそらく彼の母親が生前に買ってやった最後のズボンなのだろう。ジェイクは思った。トレーナーも袖が短くなっている。唯一サイズが合っているのはスニーカーで、白い新品のバスケットシューズだった。少なくとも彼の伯父たちは、靴を買ってやることはできたようだ。

その道には、冬に稀に通過する激しい嵐によって削られた溝が何本か走っていて、パトカーのタイヤが跳ねたり滑《すべ》ったりした。三キロほどゆっくり進んだところでカーブを曲がると、小さな谷間に粗末な建物がいくつか立っているのが見えた。未舗装の私道をのぼった先に『プレンティス牧場　進入禁止』と書かれた立て札が立っている。メイスンは立て札を通りすぎ、敷地内にはいった。

ジェイクはプレンティスの土地を見たことは一度もなかったが、プレンティス一家の話はずっと聞かされて育った。初代のプレンティスは、ラヴロックがまだカリフォルニアトレイルのにぎやかな宿場町だった頃に住みついた、詐欺師まがいの巡回説教師だった。彼は地元の娼館にいたパイユート族（ネヴァダ州を中心に大盆地地域に暮らす先住民）の娘と結婚し、牧場主としてまっとうな暮らしをしようとしたが、結局、息子たちとともに牛泥棒に手を染め、北はアイダホやモンタナ、南はデンヴァーから牛を盗んできては放牧した。その子孫は禁酒法時代に密造酒を製造し、それから違法な数当て宝くじを売り、一九八〇年代にはラスヴェガスのマフィアにどっぷり浸かっていた。または、人々からそう言われていた。どこまでが事実で、どこまでが伝説なのか、ジェイクにはわからなかったが、現在のプレンティス家のふたりが無愛想な世捨て人であることは知っていた。彼らが町に来るのは、雑貨店で買い物をするときか、妹のグレイス――サルの母親――がバーテンダーをしていた〈ニッケル〉に飲みにくるときだけだった。

それでも、プレンティス家の評判を知っていても、ジェイクは牧場を見てギョッとした。私道の突き当たりに、廃墟のような二階建ての母屋があった。白いペンキは剝がれ、窓はすべて割れ、玄関ポーチはヤマヨモギの塊に覆いつくされて地面に引きずり込まれそうになっている。母屋のまわりには、円を描くようにごみがぎっしり積みあげられていた。家具、錆びた電化製品、ネズミに詰め物を食いちぎられたマットレス。その母屋から左に三十メートルのところに、コンクリートの板の上に設置されたベージュ色のダブルワイドトレーラーハウス（通常のトレーラーハウスの二倍の面積があるもの）があった。母屋とトレーラーハウスのまわりには、崩れかけた木造の小屋が六つ、鶏舎、端材で建てられた納屋、錆びた巻きあげ機のついた古井戸、ウォータータンク、プロパンタンク、ソーラーパネルの小さめのセット、発電機が散らばっている。車もなく、人の姿も見えない。

ジェイクはまたサルを見た。ラヴロックの家庭裁判所は、この家の兄弟が伯父だからという理由でサルをここに住まわせた。単純かつ明快な裁定だった。おそらく少年が育つにふさわしい場所かどうか確認すらしなかったのだろう。

ダブルワイドの手前、横転した手押し車に鎖で繋がれている黄色い犬が、歯を剝きだしにして、硬直した脚を引きずって近づいてきた。砂の上には何千という足跡が——何歩も何歩も——つけられ、鎖が届く範囲を示していた。犬の目には敵意だけでなく、困惑しきった惨《みじ》めさが鈍く浮かんでいた。

ジェイクの隣りで、サルが静かに深く息を吸い、止めて、それから吐きだした。

「伯父さんたちは家《うち》にいるのか？」ワタリー保安官が尋ねた。

サルは首を横に振った。「いない」

運転席のメイスンがあたりを見まわし、手帳を取りだした。「伯父さんたちの名前は？」

サルは口を開いたが、声を出さなかった。両手の手のひらがパトカーの座席のビニールシートにぴったり押しつけられている。ジェイクはサルのかわりに答えた。「ギディオン・プレンティスとエズラ・プレンティス」

「電話番号は？」メイスンが尋ねた。

サルは肩越しに、のぼってきた防火道をちらりと振り返った。「わからない」

「まわりをよく見ろ、メイスン」ワタリー保安官がうんざりしたように言った。「ここに電気が通《つう》じとると思うか？」

メイスンは保安官を無視した。「いいか、ぼうず」とサルに言った。「ああいうものを見つけるのは、すごくつらかっただろう。だけど、おまえにはもう少し話を聞かせてもらわなきゃならない、保安官事務所で。伯父さんたちに警察に連絡するよう頼んでくれ、いいな？　できるだけ早く」

「わかった」サルの体は震えていたが、メイスンは気づかないようだった。

「じゃあ、降りなさい」ワタリー保安官が言った。サルは外に出た。メイスンはパトカーをバックさせた。少年は犬のそばに立ち、パトカーが私道を出ていくのを見つめていた。

ジェイクたちが牧場を出て、防火道のカーブに差しかかると、サルはダブルワイドに向かって歩きだした。サルの姿が視界から消えたあと、ようやくジェイクは気づいた——サルが学校用のリュックサックを背負っていなかったことに。

サル

サルが数学教師と出会ったのは、彼が死ぬ六ヵ月半前のことだ。六年生になって中学校に進学した初日で、空に雲ひとつない美しい朝だった。その教師――マークル先生――は、サルに手を添えて、屈辱から救ってくれたのだった。

スクールバスはマルゼン雑貨店のまえに七時十五分に到着する。その日、サルはぜったいに乗り遅れないように五時半に起きた。伯父たちはまだ眠っていたので、音を立てないように動いて、昼食用にボローニャサンドイッチ（ボローニャハムとチーズのシンプルなサンドイッチ）をつくり、リュックサックのなかに五年生のときに使っていたノートと鉛筆がそろっているかを確かめた。外に出たときは、まだ太陽は丘の上に出ていなかったが、空はかすかに青く、手押し車の下に犬のサムスンの姿が見えた。サルがそばを通ると、サムスンは四角い頭をもたげ、それからまたおろした。

マルゼンに向かって防火道を歩いているときに聞こえたのは、自分のボロボロのスニーカーが砂を踏みしめる音だけだった。別の町にある新しい学校へ行くバスまでひとりで歩きながら、サルは勇敢な大人になったように感じたが、もし母親が生きていたら、今日はどんな一日になっただろうと考えずにはいられなかった。母親は朝食にはスクランブルエッグを作ってくれ、昼食用にピーナッツバターサンドイッチとコーンチップ《フリトス》をもたせてくれ、自宅からバス停までの二ブロックを一緒に歩いてくれたことだろう。とはいえ、寝過ごしてしまい、そのどれもできなかった可能性もある。そう考えたとたん、サルの頭が大きくなり、頭蓋骨からはみ出すように感じられた。気をまぎらわすために、彼は物語を紡《つむ》いだ。

サルは物静かな少年だが、彼の紡ぐ物語は、天使と悪魔であふれ、善と悪との壮大な戦いが繰り広げられる騒々しいものだった。その日、天国と地獄の軍隊は丘を血まみれにし、その戦いは、もっとも偉大な大天使、アンジェラスが、死神自身から与えられた大鎌で、地獄の手先を殺戮《さつりく》するまで続けられた。大天使アンジェラスは、ずっとサルの物語のチャンピオンだった。サルが五歳のときに病気になって高熱にうなされ、部屋の隅にモンスターが出現した際に、颯爽《さっそう》と登場してモンスターを皆殺しにして以来ずっと。マルゼンの町が見えてくる頃、アンジェラスがいつものように勝利を収めて、防火道で勇ましく膝をつくと、天の軍勢は空に向かって賛美を歌った。

サルはバスの時刻の三十分前に着いたので、雑貨店のまえの縁石に座って、アンジェラスと天の軍勢が昇ったばかりの太陽に溶けていくのを見つめた。そしてリュックからスケッチブックと鉛筆を取りだすと、星の形の目を持つアンジェラスが、大鎌を高く振りあげ、悪魔と戦うところを描いた。夜になったら、二年前のクリスマスに母親がプレゼントしてくれた色鉛筆で色を塗ろうとサルは思った。

バスが来る十分前になると、ほかの十七人の中学生や高校生がバラバラと集まってきた。誰ひとり、サルとは口を利かなかった。サルの学年は、彼以外に生徒がいない。サルが生まれた年に、ほかに誰も子どもを産まなかったのはめずらしいことだと母親はいつも言っていた。とはいえ、ほかの生徒たちも会話をすることはほとんどなく、夏の眠りから無理やり目覚めさせられたかのように、朦朧《もうろう》として疲れていた。スクールバスが到着すると、彼らはできるだけうしろのほうの席を取った。サルはひとり、バスの運転手のミスター・カーティスの背後の席に座った。

三十五分後、バスはラヴロックのパーシング中学校に停車した。サルは生徒と親が群がる歩道に降り立った。伯父の家を出たときに抱いていた自信は、バスが州間高速道路をガタガタと走るあいだに消滅し、いまや彼はパニックの兆候すら感じていた。中学校の校舎は左右に低く平らに伸びていて、三部屋しかないマルゼン小学校よりも遙かに大きく、サルは眩暈《めまい》を覚えた。

マルゼンの七年生、グレッチェン・スアレスは、ピンクのビーチサンダルでセメントを蹴りながら、一枚の紙を見つめ、それから歩きだした。サルのそばを通りかかったラヴロックの子どもたちの集団も、その紙を持っていた。誰もがそれを持っていた。誰もが行くべき場所を知っていた。サルをのぞいて。なぜなら彼はその紙を持っていなかったから。もし母親が生きていたら——ほかの子どもたちの母親がそうしたように——その紙をサルに渡してくれていたことだろう。しかし母親はあの日の朝、目を覚まさなかったし、いまサルは泣きそうになっている。彼は腹を立てた。赤ん坊のような自分に対して。行くべき場所を知らせる紙も渡さず、サルをひとりぼっちにした母親に対して。サルは中学校の初日に泣きべそをかいた生徒になるわけにはいかなかった。ほかの少年たちと同じバスケットボールのユニフォームの短パンを穿いていても、ほかのみんなと同じくすんだ青色のリュックを背負っていても、その汚名をそそぐことにはならないだろう。サルはつねに入学初日に泣いた子どもとされ、そのせいで、まだ壊されていないほかのすべてのものを壊すことになる。

そのとき、サルの肩に誰かの手が触れた。見あげると、銀縁眼鏡をかけて、やさしそうな灰色の目をした五十代の男が立っていた。「少し迷っているようだね」

サルは声が出なかったので、ただうなずいた。

「どれ、きみがどのクラスに行けばいいのか調べてみるとしよう」その男はサルを連れて、正面入り口の青いドアを通り抜け、小さな事務所にはいった。プラスティックのようなブロンドの髪をした女が机のまえに座り、サルが見たこともないほど細長い指でキーボードを叩いていた。サルはその指から目を離すことができず、彼女の手がキーボードから離れ、蜘蛛が脚を折り畳むかのごとくその指が折り曲げられ、両手が組まれたときにも、まだじっと見つめていた。彼女はサルの頭越しに、男を見つめた。

「何かご用ですか？」

「この若者が、どこに行けばいいのかわからなくて」

ささやくような声だったが、そこにはかぼそいながらも針金のような芯が通っていて、サルの不安は沸騰状態から煮立つ程度まで静められた。

「スケジュールをメールで受け取らなかったんですか？」女は苛立ったように言った。

男は申し訳なさそうに咳払いをした。「わたしは彼の父親ではないんです。アダム・マークル、新任の数学教師です」

それを聞いたとたん、女の表情がころりと変わった。椅子を押しのけて立ちあがると、骨ばった手の一方を差しだした。爪を肌と同じ色に塗っているせいで、指がいっそう長く見えた。「ドクター・マークル！　お会いできて光栄ですわ！　ディー・プラッツァーといいます」

「ミスター・マークルでかまいません」男は彼女の手を握りながら言った。

サルは人の考えを読むのにとても長《た》けていた。母親はよく言っていたものだ。悲しい気持ちでいると、赤ん坊のサルが小さな手で顔に触れてきて、まるでどんな長老よりも年上であるかのように、訳知り顔で見つめてきたのだ、と。いま、ディー・プラッツァーがパチパチとまばたきするのを見て、サルは彼女が男の気を惹こうとしていると気づいた。とはいえ、それは彼の母親がバーの客たちの気を惹こうとしていたように色っぽくセクシーな意味ではない。ディー・プラッツァーは、この男に感銘を受け、彼に好かれたいと望んでいた。サルは初めてその男——ミスター・マークル——をじっと見つめた。彼は背が低く、薄くなった白髪を横に撫でつけていた。昼には気温が摂氏三十二度を超えようという日に、パリッとした白いドレスシャツに、茶色のツイードジャケットを着込んでいる。ネクタイは締めていないが、やっぱり締めてくれればよかったと思っているように見えた。まるで、その日の朝、一度ネクタイを締めようとして、それからやめようと決めたかのように。

ディー・プラッツァーはまたサルのほうを見た。彼女はまだサルに腹を立てていたが、そのことをマークル先生に悟られたくないようだった。「お母さんはあなたにスケジュール表を渡さなかったの、ぼうや？」

「母さんは死にました」サルはそう言って、彼女の反応を待った。この発言にどう反応するかで、その人について多くのことがわかる。サルはそのことに気づいていた。なんと言っていいのかわからず、口ごもりながら目を逸らす人もいる。サルはそういう人々が好きだった。すぐさま心にもない同情の言葉を口にする人もいるが、そういう人々は信用できない。ディー・プラッツァーがどちらのタイプなのか、サルには見当がついていた。

彼女は唇をすぼめて言った。「まあ、可哀想に」サルはうつむいた。満足げな表情を見られないように。

「この子のスケジュールのコピーはありますか？」マークル先生が尋ねた。サルは、母親が死んだことについて彼がどう思っているのか、反応を確認しそびれたことに気づいた。

ディー・プラッツァーは、ほかの生徒たちが持っていたような一枚の紙を印刷すると、マークル先生に手渡した。彼はサルのほうを向くと、キラキラとした惜しみない笑みを浮かべた「きみの一時間目はわたしの授業だ。よければわたしが案内しよう」

マークル先生の一時間目の授業は二十三人の六年生が受ける予定で、サルとマークル先生が着いたときには、ほかの二十二人の生徒たちはすでに教室にそろっていた。実のところ、サルとマークル先生は遅刻していて、生徒たちは互いを追いかけまわしたり、リュックサックを振りまわしたり、空調設備の上に並べられた定規の箱を引っかきまわしたりしていた。まるで野生動物のように楽しげで騒々しい音を立てていて、サルはギョッとした。

マークル先生も面食らっているようだった。片手で黒い革のブリーフケースを持ったまま、教室の入り口に立った。それからなかにはいってドアを閉めた。その小さな行動が、騒音のデシベルレベルを半減する効果を生んだ。十数人の子どもたちは、まるでものすごく悪いことをしているところを見つかったかのように、打ちひしがれた顔をしていたが、残りの子どもたちは、ただがっかりした顔をしていた。

「席についてください」マークル先生は柔和な声で言ったが、その細い音の織条《フィラメント》は、二十二人の夏の子どもたちを突《つつ》いて秋に向かわせるのに充分な音を爪弾《つまび》いた。サルはほかの生徒たちが、小学校で確立したにちがいないヒエラルキーに従い、みずからを選別する様子を眺めた。六人の白人の美少女たちがひとつのテーブルについた。光るビーズを貼りつけたスニーカーを履いており、プラスティックの椅子の上で細い脚を弾ませるたびに、足がキラキラと輝いている。八人の褐色の肌の子どもたちが別のテーブルに集まった。パイユート族とラテン系の子どもたちで、彼らのおさがりのリュックは色褪せて擦り切れていた。三番目のテーブルには、人目を窺うような表情をした、はみ出し者らしき三人の子どもが座った。奥のテーブルには、五人の少年がついた。肩幅がほんの少しだけ広がりはじめた少年たちで、運動神経のよさを目に見えないマントのようにまとっている。サルはため息をついた。マルゼン小学校も同じだった。ただ人数が少ないだけで。

全員が着席すると、奥の少年たちのテーブルの椅子がひとつだけ残った。サルは壁際をそっと歩いて、その椅子に腰をおろすと、あたかもそのグループに属しているかのように振る舞おうとした。彼らとちがって運動選手のような肩はしていないし、新学期に新調した真っ白なナイキも履いていないけれど、少なくとも彼らと同じバスケットボールの短パンを穿いている。五人の少年たちは、最初は好奇心からサルに目をやり、それから彼の乱れた髪からボロボロのスニーカーまで吟味すると、すぐに見切りをつけた。サルは顔が熱くなるのを感じた。明日、自分がこのテーブルに座ることはないとわかっていた。彼の椅子は、不可思議にもはみ出し者のテーブルに移されていることだろう。マルゼン小学校でそうだったように。

マークル先生はブリーフケースからプリントの束を取りだすと、自分の机の横に立った。先生は笑みを浮かべたが、事務所でサルに向けたようなキラキラした笑顔ではなかった。その薄っぺらで、目が笑っていない笑顔は、サルを不安にさせた。マークル先生は、バスを降りたときのサルと少し似た気持ちを抱いているように見えた。

「まずは、わたしのことを話しておこうと思ってね」先生は言った。「わたしの名前は、ドクター――ミスター・マークル。ここで教えるためにリノから引っ越してきた」先生は机にプリントの束を置いた。両手の人差し指を打ち合わせてから、またプリントを手に取った。「わたしはネヴァダ大学の数学科の教授だった。おもに数論を教えていた。ほかには微積分も教えた、統計学も」先生は親指でプリントの端をパラパラとめくった。「おそらくきみたちは、なぜその仕事を辞めてここに来たのかと思っているだろう」

サルは自分以外にその疑問を抱いている生徒がいるとは思えなかったが、数分前の狂騒は蛍光灯のジーーッという音に抑え込まれており、彼らは少なくとも耳は傾けていた。

「わたしは出発点に戻りたかった」マークル先生は言った。「子どもたちが初めて数学に夢中になる時期に。数学が掛け算の表や割り算の筆算以上のものだと知り、数学ですべての説明がつくと気づきはじめる時期に。なぜ空は青いのか。なぜ椅子がきみたちを支えるのか。なぜ風は西から吹くのか。きみたちの話す言語が英語だろうと、中国語だろうと、スペイン語だろうと、等しく数学はそれを説明できる。きみたちがどこに住んでいようと、2＋2は4であり、どんな宗教を信じていようと、円の円周はその直径に円周率《パイ》を掛けたものになる。こうしたことを理解する能力が、われわれとほかの動物たちを区別し、われわれを種《しゅ》として結びつけている」先生はいまや、火花を散らし、電気を帯びたようなエネルギーをみなぎらせていた。「数学とは」先生は言った。「人類のただひとつの真の言語なのだ」

美少女のひとりはガムをクチャクチャと嚙んでいたが、その隣りの少女はまばたきもせずにマークル先生に見入っていた。サルは自分のテーブルに座る少年たちにちらりと目をやった。ふたりは困惑していた。別のふたりは興味を惹かれていたが、マークル先生の紅潮した頰を気まずく感じているようだった。五人目は、まっすぐな黒髪のひょろ長い少年で、親指と人差し指のあいだで鉛筆をクルクルとまわしながら、興味深そうにマークル先生を見つめていた。サルは視線をマークル先生に戻し、この控えめな男から不意に湧きでた詩の次の一節を待った。

しかし、マークル先生は行くあてを見失っていた。咳払いをし、プリントを見つめた。沈黙のなかで、先生は縮んでいくように見えた。教室内の空気はしぼみ、生徒たちは椅子の上で身じろぎした。奇妙な短い演説が終わり、落胆した者もいれば、安堵した者もいた。

マークル先生は、一番近くにいた生徒――黒髪を高い位置でポニーテールにした少女――にプリントの束を渡した。「一枚ずつ取って、みんなにまわして」

プリントがまわってきたとき、サルはその表題を読んだ。〝六年生の数学の内容と学習の目当て〟と書かれていた。さらにページの両側に、行間も空けずにズラズラと概要が書き連ねてあり、それぞれに〝比率と比例関係〟〝進法と分数方程式〟〝素数と素因数分解〟などといった見出しがつけられていた。空の色や風の向きについては、どこにも書かれていなかった。

「比率と比例関係から始めます」マークル先生はホワイトボードのほうを向いた。茶色のツイードジャケットを着た背中は、甲羅のように丸みを帯びている。

サルのテーブルのひょろ長い少年が身を乗りだし、口の端をあげてにやりと笑った。

「あの先生、カメ《タートル》に似てるぞ」そう彼が言うと、ほかの少年たちが笑った。

ノラ

ノラは父親と昼食をとるために家に戻ることができなかった。ビル・ワタリー保安官は昼休みの時間を使って職員室で教職員に尋問をした。校長のベッティーナがコンピュータでアダムの車の車種と住所を調べた以外、誰も役立つ情報を知らなかったが、それでも保安官はひたすら、アダムのことをいつから知っていたか、学校周辺で不審な見知らぬ人物を見かけなかったかと尋ねつづけた。ノラは時計を見ながら、キャンピングカーで酒を飲む父親のことを考え、苛立ちが収まらなかった。

保安官が帰ったあと、その日はのろのろと過ぎた。ノラの午後の授業の生徒たちは何が起こったのか知らされていなかったが――保安官が生徒たちにはまだ伝えるなと釘を刺していったからだ――何かただならぬことが起こったことは察しており、その興奮で落ち着きを失っていた。ノラは苦労してなんとか忍耐力を保った。彼女の母親はこの中学校で十五年間、英語を教えていて、生徒たちからも同僚の教師たちからも同じように慕われていた。ノラが教員免許を取得するつもりだと告げると、校長のベッティーナは彼女を抱きしめ、「あなたのお母さんの娘がここで教えてくれるなんて光栄だわ」と言ったが、ノラはその点でも――多くのことと同様に――自分が〝母の娘〟にはなりえないとわかっていた。

終業のベルが鳴る頃には、昼休みに抱いた父を心配する気持ちは、おなじみの憤《いきどお》りに変わっていた。ノラはもう急いで帰って父の様子を見にいきたいとは思わなかった。キャンピングカーはいつものように散らかっていて、いま行ったところで掃除しかすることはないだろう。教室が空っぽになると、彼女は机のまえに座り、目をこすった。まぶたのなかに砂がはいり込んでいる気がして。砂はどこにでも、つねにはいり込んできた――毛穴にも、髪にも、上下の大臼歯のあいだにまで。棺桶のなかで自分の肉が朽ち果てたあとには、骨の檻のなかに砂の山ができるにちがいないとノラは思っている。

すばやいノックの音がして、顔をあげると、教室の入り口にメアリー・バーンズがいた。メアリーの香水の、甘ったるい花のようなにおいが教室に広がった。

「信じられる？　あの気の毒な人」彼女の目は悪意に満ちた興奮で見開かれていた。

「ひどい話ね」ノラは中立的に言った。

「衝撃的よ！　殺人事件だなんて、ここラヴロックで！」メアリーは真っ赤な唇を打ち鳴らした。「どうして、よりにもよってアダムを殺そうとしたのかしら？　彼は――ほら、あなたも知ってるでしょ。トラブルに巻き込まれるような人には見えなかったのに」

　ノラはどうにか怒りを抑えた。「保安官はその話はするなって言ってたでしょ」

「そんなことできるわけないじゃない？　彼はわたしたちの同僚だったのよ」メアリーは職員室でしていたのと同じように、胸に手を当てて言った。「わたしたちの友人のことなのよ」彼女のブラウスのボタンはひとつ多めに開けられ、胸の谷間のシワだらけの肌がのぞいている。彼女の髪はブロンドに染められ、肩にかかるくらいの長さでカールされている。まちがいなく、一九八八年の学園祭の女王《ホームカミングクィーン》の記念写真と同じように。高校時代クラスで一番人気のある女子二名の一方だったノラは、最近はほとんど自分を誇れることがないが、それでも、メアリー・バーンズのように過去の栄光に必死にしがみつくつもりはない。少なくとも、それがノラの矜持だ。

「ごめんなさい、メアリー。でも、その話をするつもりはないの」ノラは言った。メアリーの口はぴたりと閉じられた。

　メアリーが立ち去ると、ノラは椅子の背にもたれた。まだ帰宅する気になれず、窓の外で、マルゼン行きのバスに乗り込む生徒たちを見つめた。今年度はマルゼンから中学に通う生徒は八名で、例年の数とほぼ同じだった。バスケットボールの短パンやピンクのレギンスを穿き、〈オールドネイビー〉の古着のTシャツを着た彼らは、ほかの子どもたちとなんら変わらないように見えたが、実は別の社会集団《クラン》だとノラは知っている。幼稚園から互いを知るラヴロックの子どもたちに溶け込もうとしても簡単にはいかないというのもあるが、丘の小さな谷間にうずくまるマルゼンという町そのものにも、どこか排他的で警戒心の強いところがあった。高校時代、ノラはマルゼンの少女と一緒にあのバスに何度も乗ったことがある。リリー・デサントは、儚《はかな》げな顔立ちに薄いブロンドの髪をした少女で、その頃にはノラが率いていた人気者のグループには属していなかったが、ノラはリリーが授業中にノートに描く繊細な馬の絵が好きだった。リリーの母親のお手製のタピオカプディングも好きだったし、リリーのシングルベッドのふわふわのマットレスも好きで、狭いベッドの上でふたりで寝ころんだものだった。しかし、何度あのバスに乗ってリリーの家に遊びにいっても、初めてのときと変わらず、ノラはずっとよそ者のままだった。マルゼンというのはそういう町なのだ。

ワタリー保安官は、なぜアダムがマルゼンに行ったと思うかと職員に尋ねていた。ノラも含めて誰にもわからなかったが、いま、窓の外を見つめながら、彼女は六年生のマルゼンの少年のことを思いだした。教室のうしろのほうで、クラスになじめない子たちと一緒に座っている、小柄でもの静かな少年のことを。よそ者のなかのよそ者であるその少年――サル・プレンティスという名だ――は、ほぼ毎日、アダムと一緒に昼食を食べていた。

木曜日の放課後にもふたりが一緒にいるところを見たことがある。彼はアダムが担当するチェスクラブの唯一の部員だった。ノラが木曜に居残って仕事をしていると、ふたりが部活のあと、アダムの車に乗り込むところを見かけることがあり、少年を家まで送ってあげるなんて、アダムはいい人だと思ったものだった。だから、アダムがマルゼンの場所を知っていたことは、それで説明がつく。ただし、昨日は水曜だから、殺された日に彼がマルゼンに出向いたことは説明がつかない。

ノラは天井を見あげて、アスベストタイルを見つめた。この七カ月間ずっと、なぜアダムはラヴロックに来たのだろうと不思議に思っていた。彼は何かから逃げつづけていた。それだけは彼女にもわかった。ラヴロックに移り住む人は誰もが、鉱山会社から派遣された現場監督でさえ、何かから逃げている。本人がそれを自覚しているかどうかはさておき。でも、アダムにどんな理由があったというのだろう？　ノラはその気になれば人に話をさせるのが得意なので、アダムからも、大学の教授職を辞めて砂漠の小さな町の中学で教えることになった経緯を聞きだせるだろうと思っていたが、彼は彼女のあらゆる質問を穏やかにはぐらかし、個人的な話題になった瞬間に礼儀正しく会話を終了したのだった。

「なぜラヴロックなの？」一単刀直入に切りだしてみようと思って、一度尋ねたことがある。

「いるべき場所にいる」いつもどおりの堅苦しい口調で、彼は答えた。「と言うにとどめておこう」

やがて探りを入れるのを諦め、肩の力を抜き、親密ではないものの、温かな友情を育むようになった。彼女は彼が好きだった。不器用だけれども、寂しげなところがあり、ノラは、素朴な親切さが清々《すがすが》しかった。十年前、メイスンとの短い結婚生活が終了したとき、ノラは、ブリッタ以外の高校時代の仲間との関係をすべて断《た》った。そんなノラにとって、ほかに友人と呼べるのはアダムだけだった。とはいえ、ふたりは学校の外では会ったことも大事なことについて話したことも、一度もなかったが。

皮肉なことに、ノラは今週の月曜に、彼との関係がほんとうの友情に一番近づいたと思ったばかりだった。朝の挨拶をしようとアダムの教室に立ち寄ったとき、彼女は彼の様子に驚かされた。肌は紙のように白く、髪は櫛を入れた様子がなく、いつもなら一九五〇年代の雑誌広告のように糊のきいているドレスシャツにシワが寄っていた。

「大丈夫？」そのとき彼女は尋ねた。

彼が目を大きく開いて見つめてきたとき、ついに来たとノラは思った――ようやくアダムが心の裡《うち》を話してくれる。しかし、彼は目を逸らした。「少し体調がすぐれなくて」とだけ言い、ノラもそれ以上は何も聞かなかった。

いま、罪悪感が水のように湧きあがる。身に覚えのある、冷たい水のように。もっとアダムを追求すべきだったのだ。もし月曜に彼を悩ませていたものが、二日後の彼の殺害に関係していたのだとしたら？　彼はそのことを予期していたのだろうか？　それは彼がけっして語ろうとしなかった過去と関係があったのか？　アダムが暗い秘密を抱えていて、そのせいで殺されたとは、ノラにはとても思えなかった。でも、彼を殺した犯人が過去の人物でないなら、この町の誰かということになる。こんな乾いた生気のない町で、誰がほとんど知らない男に火をつけたりするだろうか？　そんな人間がいるとも、とても思えなかった。

彼女は頭を振った。ポニーテールの毛先が肩に触れる。父親が待っている。アダムを殺した犯人を突きとめるのは、彼女ではない。それはビル・ワタリーの仕事だ。そしてメイスンの。

それでも、十四番通りに出たとき、ノラは直進せずに右折した。二ブロック先を左折し、陽光で色褪せた小さな家々が窮屈に並ぶエリアを過ぎると、ベッティーナが保安官に伝えた住所に着いた。ただアダムの車があるかどうかを確かめたいだけ。彼女はそう自分に言い聞かせた。父親はあと五分くらい待てるはずだ。

その家はラヴロックのどこにでもあるような平屋建ての家だった。ノラは何度も似たような家にはいったことがあるので、片側に居間と時代遅れのキッチンがあり、もう片側にふたつのベッドルームがあると想像がついた。前庭は低い金網のフェンスで囲まれている。以前の住人が犬を飼っていたかのように。正面の窓から、照明器具の輪郭が見えた。電気は消えていて、アダムのカローラはどこにも見当たらない。

しかし、家のまえに白いピックアップトラックが停まっていた。ノラが通りの反対側にシヴィックを停めたとき、男がアダムの家の玄関から出てきて、ピックアップに乗り込んだ。まっすぐな黒髪を肩まで伸ばした、ノラと同年代の男だ。青いリュックサックを持っており、それを助手席に置いた。エンジンをかけたとき、ノラに気づいて固まった。ノラはパッと目を逸らした。男はトラックで走り去った。彼が角を曲がって十四番通りに消えると、ノラはハンドルから手を離した。指の関節が強張っている。よほど強く握りしめていたようだ。

ノラは首をひねった。なぜアダムの家に人がいるのか、そして何を持ち去ったのか。しかも彼が殺された翌日に。あの男はリノでのアダムの知り合いなのかもしれない。とはいえ、アダムの死が確認されたのはほんの四時間前、ワタリー保安官が学校に来たときのことだ。リノから誰かがやってくるには、まちがいなく早すぎる。あるいは、あの男はアダムの大家に頼まれて何か仕事をしていたのかもしれない。しかし、ノラはこの町に住む一八一二人全員を知っているが、彼の顔には見覚えがない。それに、あの男がノラを見た目つき――まるでノラの顔を記憶しようとするような目つき――も気に入らなかった。

通りは静かで誰もいなかったので、彼女はアダムの家の玄関まで歩いた。細長い窓から小さな玄関ホールが見えた。テーブルにいくつか郵便物が置かれている。荒らされたようには見えない。ドアノブを試してみた。不法侵入の形跡はなし。家の裏手にまわると、コンクリートのパティオに面したガラスの引き戸があった。引き戸から家のなかをのぞくと、パイが目にはいった。白いキッチンカウンターに整然と並べられた六つのパイ。アルミホイルの覆いが、午後遅くの陽射しを浴びてキラキラと輝いている。かたわらに、何かが書かれた一枚の紙が置かれている。たぶんレシピだろう。キッチンは塵ひとつなく、パイを焼いた痕跡はすべてきれいに片付けられていた。

ノラはガラス戸に額を当てた。アダムがあそこで、できるかぎり身を縮こませるかのように猫背ぎみの姿勢でパイを焼いている姿を想像した。あれだけの数のパイを焼くには何時間もかかったにちがいない。彼の身に何があったのであれ、夜遅くに、不意打ちのような形で起こったのだ。明らかに彼は翌朝、パイの日のパーティのために学校に来るつもりだったのだから。

太陽が丘陵の向こうに落ち、あたりが紫色に染まった。通りから車のドアが閉まる音や子どもの甲高い声が聞こえてくる。犬が鳴いた。隣家で、キッチンの明かりがついた。通りが息を吹き返し、夕暮れの心地よい疲労のような鼓動を打ちはじめる。ノラは引き戸から身を離し、ガラス戸についた自分の指紋が浮かびあがり、そして消えるのを見つめた。最後にもう一度、整頓されたキッチンとパイ——闇が迫り、もう黒い影となっている——を見てから、車に乗って父親のもとに帰った。

サル

六年生の二日目。サルが予期していたとおり、うしろの少年たちのテーブルから、サルの椅子が消えていた。彼ははみ出し者のテーブルについた。そのテーブルにいるのは、いつも小声で歌を口ずさんでいるシルヴァーナ・エッガース、鼻をほじってはジーンズにこすりつけているロニー・トリプレット、それからセブンティーン・ジョーンズ。彼は小学一年のときに、顔を十七回砂場に突っ込んで以来、本名のルディ・ゴンザレスと呼ばれたことがなかった。サルが座っても、誰ひとり彼のほうを見なかった。

最初の週が終わる頃には、うしろのテーブルの少年たちがマークル先生を好きではないことは明らかだった。彼らは、美人の体育教師、ウィルソン先生以外、どの教師も好きではなかったが、マークル先生は初日の尻切れトンボのスピーチのせいで、とりわけ見くだされたようだ。先生がホワイトボードのほうを向くたびに、彼らはばかにしたように背中を丸めてみせた。ほかの生徒たちは、はみ出し者たちでさえ、両手で口を押さえて笑いをこらえていた。

マークル先生は彼らが何をしているのか承知していたにちがいないが、パッと振り返って彼らの尻尾をつかもうとはしなかった。クスクス笑いがまるでネズミのように教室を駆けめぐるなか、ただ比率や割合について語りつづけた。サルはそんな先生の姿を見るに耐えなかったが、せめて自分だけでも先生を笑わないでいることは、自分が果たすべき義務だと感じた。

数学が終わると、ウィートン先生の社会の授業があった。ウィートン先生は、怒り肩で厳しい顔つきの美人で、まるで食料品リストでも読んでいるかのように、ネヴァダ州の開拓について話した。次に、バーンズ先生の理科の授業があった。バーンズ先生は胸の大きなブロンドの女で、香水のにおいをプンプンさせている。理科の次は昼休みになる。昼休みはサルにとって一日で一番つらい時間帯だった。一緒にランチを食べる相手もいないので、図書室の窓際に座って食べ、それから校庭のひび割れたアスファルトの上で悪魔と戦うアンジェラスの絵を描いて時間をつぶした。校庭では、うしろのテーブルの少年たちがナイキのスニーカーを履いてバスケットボールをしていた。昼休みが終わると、サルはピクニックテーブルの脇のごみ箱にそっと近づき、半分食べかけのサンドイッチや、食べずに捨てられたバナナを漁っては、四時間目の授業に向かいながら食べた。ボローニャサンドイッチだけで空腹が満たされることはなかった。

彼が初めてマークル先生とランチを食べたのは、三週目のことだった。その日の朝、うしろのテーブルの少年たちのひょろ長いリーダー、キップ・マスターズの侮辱行為が度を過ぎていたため、マークル先生が強張った背中を向けたまま、比率を書くのをぴたりとやめた。クラスはドキドキしながら待った。キップとその仲間たちですら動きを止めた。しかし、振り返ったマークル先生は、そのまま比例関係について話しつづけた。いつもと同じ穏やかな声で。その声の芯で金属繊維がぎゅっと締まって唸るのを聞いたのは、サルだけだった。サルと、あとおそらく、調子はずれの鼻歌をいっとき止めたシルヴァーナだけ。

その瞬間——危険を孕《はら》んだ一刻——が気になって、その日の昼休み、サルは図書室ではなく数学教室に向かった。教室の入り口から、ちょうど八年生の女子生徒のグループが出てくるところだった。サルは壁にぴたりと張りついて、女生徒たちのキラキラ光る髪と、短パンがズリあがって丸見えになっている尻の丸みから離れた。彼女たちはそばを通りすぎるときも、サルにまったく目を向けなかった。

マークル先生は自分の机のまえに座っていた。サルが見ていると、先生は引き出しから白いパンのサンドイッチを取りだした。背中を丸め、サンドイッチに鼻をつけている姿は、カメにしか見えなかった。サルは憐れみのため息をついた。

マークル先生が顔をあげて、「サル」と言った。悲しげな顔が明るくなった。「何か用かい？」

サルはバスケットボールの短パンをいじった。マークル先生の背後のホワイトボードは、八年生が習う代数がびっしり書き込まれていた。八年生も、マークル先生のことを〝カメのマークル〟と呼ぶようになっていた。サルは廊下で見かけた女生徒たちが、あきれて天井を見あげたり、膝に置いた携帯電話に釘づけになったり、ノートに書き写したマークル先生の方程式のｘやｙに額をくっつけている姿を想像した。

「なんで空は青いの？」彼は尋ねた。

「なんだって？」マークル先生が言った。

「最初の授業で。先生は言ってた。数学はなぜ空が青いのかを説明できるって」

「できるよ」

「いつそれを教えてくれるの？」

「まずは比率を習わないといけない。それから分数を」マークル先生は眼鏡に触れた。

「だが、いずれそこにたどり着く」

サルは新学年の初日以来、空の色について考えたことはなかった。それでも同時に、つねに空の色のことを考えていたのだと気づいた。「いま知りたい。お願い」

「ふむ」マークル先生は困ったように動きを止めた。それからサンドイッチを机に置いた。「太陽の光は、虹のすべての色でできている。宇宙からそれを見ると、すべてが混ざって白になる」

「それが空となんの関係があるの？　数学と？」

サルの母親が聞いたら、失礼だとたしなめたことだろう。しかし、マークル先生はまばたきしただけだった。それから肩をまっすぐ伸ばして言った。「かけたまえ」

サルは椅子を引っ張ってきて、机を挟んでマークル先生の向かいに座った。マークル先生は立ちあがり、ドレスシャツの汚れを払う仕草をした。シャツはまったく汚れていなかったけれども。それからホワイトボードの代数を消した。「どんな色の光も波の形で動く」先生は言った。「しかし、その波の長さはそれぞれ異なる」そして波の線を何本も引くと、その横に赤、オレンジ、黄、緑、青と書いた。「数学を使えば、その波の長さを測ることができる」先生がサルを見つめた。そのとき、また発生した――あの初日に教室を満たした電気が。サルは息を呑んだ。

マークル先生は波線の隣りに、小さな円をたくさん描いた。「大気は酸素と窒素の分子でできている。数学は、それらの分子がどれだけくっつき合っているか、どれだけ大きいかを教えてくれる」先生は波線を円のほうまで伸ばした。「大きな光の波は、分子よりもずっと大きいから、ほとんどの分子に触れることなく通りすぎる」赤、オレンジ、黄、緑の大きな下降線が小さな円が集まる領域を抜けて、反対側に出た。「だが、小さな波、青い波は、分子にぶつかる」青を表す曲がりくねった線が、小さな円のひとつに突入した。「光の波が分子にぶつかると、その光は散らばる。小さな青い花火が爆発するように」その円から四方八方に矢が放たれた。「その爆発が空全体で、毎秒何兆回と起こっているところを想像してごらん」先生はさらに多くの小さな爆発を書き足した。それから波線と矢の下に棒状の人間を書くと、顔をあげた。「われわれにとっては、空全体が安定した青い光で輝いているように見える」

先生は窓の外を見た。サルもその視線を追った。校庭の錆びたバスケットゴールの上に、砂漠の秋の日の焦げつくようなサファイア色をした空が広がっていた。サルは、アンジェラスがその空を指でなぞり、水中で生物が発光するように、空に光を散らすところを想像した。

マークル先生は腰をおろし、マーカーで手のひらを叩きはじめた。サルは何十億という分子が小さな青い太陽のように輝く姿を思い浮かべ、それから言った。「先生を笑い者にする男子を止めたほうがいい」

先生はマーカーを動かす手を止めた。「ああ、別にいいんだ、サル。わたしは気にしていないよ。男の子にはああいう時期があるものだ。信じられないかもしれないが、わたしも昔は男の子だったんだ」

先生は嘘をついている。サルにはわかった。そして先生にもわかっているはずだ。マークル先生があああいう少年だったことは一度もないということを。「あいつらを止めないと、誰も先生の話を聞かないよ」

マークル先生は、デスクマットの端に平行になるようにマーカーを置いた。「それはどうかな」と言ったが、その声はためらいがちで、あの不可思議なエネルギーはまた鳴りをひそめていた。先生はまず自分のサンドイッチを、それからサルをちらりと見て、咳払いをした。「よかったら、一緒にお昼を食べないか？」

サルは開けっ放しの教室のドアを見た。〝カメのマークル〟と一緒にランチを食べる生徒になるべきではないとわかっていたが、かといって、図書室でランチを食べたくもなかった。図書室では司書のシモンズ先生がサラダをバリバリと大きな音を立てて食べているからだ。そこでサルは数学科教室のドアを閉めて、自分のリュックからボローニャサンドイッチを取りだした。それは、マークル先生のターキー、チーズ、トマト、レタスがぎっしり詰まったサンドイッチと比べると、薄っぺらくてしなびていた。マークル先生はそれを見て、自分のサンドイッチをそっと器用に半分にちぎると、一方をサルに差しだした。

「食べてくれないか」と先生は言った。「ひとりでは全部食べ切れないんだ」

サルは両手を短パンで拭いた。彼の手は汚く、パンはあまりに白かった。

「わたしが大学で教えていた頃」サルがひと口かじると、マークル先生は言った。「学生のひとりがよく一緒に昼食を食べてくれた。一緒に食事をする相手がいるのはうれしいものだと思う」

それから、サルは毎日マークル先生の教室にランチを食べにいった。マークル先生は毎日、サルのためにターキーのサンドイッチを丸々ひとつ持ってきた。授業中、マークル先生は相変わらずダラダラと比率の話をしつづけ、キップ・マスターズと仲間たちは陰で先生をばかにしていたが、昼休みになると、先生は数学がどんなふうに岩石の年代を測定するのか、季節の移り変わりを予測するのか、捕食動物と獲物となる動物の持ちつ持たれつの関係を説明するのかについて、情熱的にサルに語った。そんなときの先生は、退屈な授業をしているときとはまるで別人のように見えた。最初の数日が過ぎると、サルは教室のドアを閉めようともしなくなった。

ノラ

キャンピングカーのなかは、ノラの予想どおりの散らかりようだった。父親は長椅子で意識を失い、ガアガアと湿った喘鳴《ぜんめい》を洩らしていた。テーブルにはジムビームの空き壜があった。一本だけでよかったと思うべきなのだろうとノラは思った。彼女はキャンピングカーに酒を置かないようにしていたが、父親にはまだ友人がいる——鉱山の仲間、高校時代のチームメイト、それから自分の息子を亡くした男を不憫に思う、ノラの父親がかつて監督を務めたスポーツチームに息子が所属していた父親たち。彼らは頻繁に来るわけではないが、いつも何かしら持ってきた。そしてこのキャンピングカーにはノラには見つけられない隠し場所がいくつもあるのだった。空き壜は家の裏口のごみ箱に投げ込まれ、小気味いい音を立てて砕けた。

ノラはスパゲッティを茹でて、少女時代からずっと食事をしているキッチンテーブルで食べた。三つの空っぽの椅子は昔の友人たちのように、彼女の目には映らなかった。食後、スパゲッティの皿と『ナショナルジオグラフィック』を持って、キャンピングカーに向かった。あたりは暗くなっており、キャンピングカーの窓明かりが、剝きだしの地面と朽ちかけた砂場の木枠に四角い光を投げかけていた。ノラが父親の障害者手当で購入した発電機が、隅でガタガタと鳴っている。

父親はテーブルのまえに座り、煙草を吸っていた。まだパジャマのズボンを穿いていたが、染みのついたアンダーシャツの上にジャイアンツのトレーナーを着ていた。目は充血しているが酔いは抜けている。ノラはホッとしたとたん、今度はイライラした。「夕食を食べにくればよかったのに」

「腹が減らんくてな」父親は〝イエローストーン国立公園〟と片側に刻印されたプラスティックの灰皿で煙草をもみ消した。ノラが皿と雑誌を置くと、父親は喫煙者がよくする痰のからんだ咳をした。「これはなんだ？」

「すごくいいもの」

その雑誌の表紙は、長い黒髪の少女のイラストに〝最初のアメリカ人〟という文字が添えられている。父親が雑誌をめくると、ノラは向かい側に座って両手を重ねた。

メキシコの海底洞窟で少女が発見された。少女は一万三〇〇〇年前、大氷床が世界の骨格から剝がれ落ちた更新世の最後の日々に死んだ。法医学的復元によると、彼女の目はアジア人のものだが、現代に生きるどの人種よりも頬が幅広く、下顎の輪郭が狭かった。その効果で、個性として見れば記憶に残りやすく、異質さとして見れば不安にさせる顔立ちをしている。ノラの父親はやさしく恭《うやうや》しい指づかいで、そのイラストに触れた。

アメリカ先史時代は、スポーツの話ばかりしている高卒の男が熱中するにしては奇妙な対象だったが、少女時代のノラにとっては父親の心にはいるための裏口のドアだった。『ナショナルジオグラフィック』や『考古学《アーキオロジー》』といった父親の雑誌を読んでは、ケネウィック人（一九九六年ワシントン州で発見された古人骨）やアンジックの少年（一九六八年モンタナ州で発見された古代の幼児の骨）の記事の話題を持ちだし、父親がまったく別の父親になるのを眺めたものだった。兄のジェレミーは、古い骨に目を輝かせる父と妹をばかにしたが、ノラは父のお気に入りの兄が、彼に理解できない情熱に締めだされ、めずらしく苛立つ様子を見ておおいに楽しんだ。

ノラが十歳のとき、父親はノラを連れて丘陵地帯に槍の穂先を探しにいくようになった。父親は歩きながら娘に語った——一万五〇〇〇年前、ベーリング陸橋を渡って、太平洋岸を南下し、内陸部にはいり、オレゴンからカリフォルニアまで、大盆《グレートベイスン》地を覆いつくしていた広大な先史時代の湖の岸にたどり着いた人々のことを。とんでもなく勇敢な人々だったにちがいない、と父親は言った。または、とんでもなく必死な人々だったか、とノラは思った。彼らが探検していたのか、逃亡していたのかは、誰にもわからない。わかるのは、彼らがここにやってきたという事実だけだ。

今でも、ノラにとって父親と過ごす最高のひとときは、新しい発見が『ナショナルジオグラフィック』に大々的に掲載されたときだった。父親が悲嘆に暮れる日々のために酒を隠し持っているように、彼女もまたそうした雑誌をとっておく。しかし、今日という日は、それだけでは足りなかった。

父親は雑誌を閉じた。遙か昔に死んだ少女がかけた魔法は、煙草のけむりで汚れた空気に消えた。思い出に傷ついた父親の目が、窓の外の暗闇をとらえる。「今日は何の日か知っとるか？」

ノラは両手の指を絡ませた。「ジェレミーが州大会で優勝した日」

父親は痰のからんだため息をついた。「あいつの最高のゲームだった」

父親は毎年同じことを言い、毎年ノラの鼓動を激しくさせた。彼女はジェレミーのことを考えるとき、国道九十五号線のそばで、血まみれで重傷を負った姿を思い浮かべずにはいられない。一方、父親はジェレミーに重傷を負わせた張本人だというのに、まだ完璧で無傷だった頃のジェレミーを思いだしている。ノラの気分が最悪な瞬間には――いまはまちがいなくそのときだったが――それは父親にはふさわしくない慈悲だと彼女は思う。

「こっちに来て、キスしてちょうだい」その州大会の決勝の夜、ノラの母親はジェレミーに言った。「幸運を祈って」母親はソファに横たわっていた。ノラはリクライニングチェア《レイジーボーイ》に座って、父親が帰宅し、試合会場のリノまで車で連れていってくれるのを待っていた。ジェレミーは——背が高くハンサムで、青と白のユニフォームを着ていた——バスケットボールをトスする手を止めた。

「母さんは来ないの？」

ノラの母親の片手が、体を覆う黄色いアフガン織の毛布の上で小刻みに揺れた。「わたしは行けなさそう」母親はそう言った。レイジーボーイに座るノラのまわりで部屋が回転しはじめた。母親はそれまで一度もジェレミーの試合を見逃したことがなかった。乳房切除手術を受けた五日後にも、バトルマウンテン高校戦で、ジェレミーが一一〇メートルダッシュする雄姿を見届けた。化学療法の副作用で、ポータブルトイレに吐くことがあっても、野球の試合を見逃したことはなかった。そんな母親が、なすすべもなく申し訳なさそうに息子を見つめて——皮膚が頬骨に張りつきすぎて光って見えた——息子の人生で最大の試合を見逃すと告げていたのだった。

ノラの母親は当時、すでに三年半闘病生活を送っていた。そのあいだは家族にミートローフをふるまっても、母親はひと口も食べようとしなかったが、それでもミートローフを作ることは絶対にやめなかった。洗濯をするのも、公民館で慈善バザーをするのも、先住民居留地の子どもたちに勉強を教えるのもやめなかった。母親の長い夕焼け色の髪が抜け、伸びて、また抜けた。永遠に病気が治らないように思えた。ノラの指の爪がレイジーボーイの革のひじ掛けに半円の跡をつけた。ジェレミーがソファの横で膝をついた。兄の泣く声は聞こえなかったが、ノラは母親が彼の背中を撫でるのを、とても静かで遠い、時の流れから切り離されたところで見つめていた。

その夜の試合では、誰もジェレミーを止められなかった。相手チームの選手を水のように振り払いながら、ペイントエリアを駆け抜けた。残忍なほど明るい顔で、ペリメーター（ペイントエリアの外側、スリーポイントラインの内側のエリア）からシュートを放った。ノラの父親は息子がシュートするたびにパッと立ちあがったが、ジェレミーが父親のほうを見ることはなかった。彼はボールとゴール、そしてそのあいだにある暗く恐ろしいもの以外、何も目にはいっていないようだった。試合終了のブザーが鳴ると、ジェレミーはくずおれ、チームメイトがその上に飛び乗って、汗で光る歓喜に満ちた若い肉体が積み重なった。ノラの父親は息子の背中を叩く大勢の男たちの輪のなかに消えた。ノラは母親が座るはずだった席に座ったまま、帰る時間になるのを待った。

ラヴロックに戻ると、ノラの父親はジェレミーを連れて〈ウイスキー〉に行った。息子がまだ十七歳だということは気にしなかった。ジェレミーは町のヒーローであり、バーテンダーのフレッドは、彼に男の酒を注いでくれることだろう。父親はジェレミーの意向は尋ねなかった。高校の祝賀会に参加して、仲間からビールと栄光を浴びせられたほうがいいか、あるいは母親のもとに帰りたいかとは訊かなかった。ふたりがノラを自宅前で降ろしたあと、彼女は父親の車のテールライトが、十六番通りに消えるのを見つめた。星々の絨毯の下で、あたりは静まり返っていた。

家のなかにはいり、母親が身じろぎもせず横たわっているのを見て、一瞬、足が動かなくなった。アフガン織の黄色い毛布が隆起するのを見たとき、ノラは両手を固く握りしめて、体の震えを止めなければならなかった。

母親が目を開けた。「勝った？」

「うん」

「あの子はどこ？」

「父さんが〈ウイスキー〉に連れていった」

ノラの母親は天井を見あげた。それからソファを叩いて言った。「ここにおいで」

ノラはクッションの端に腰をおろした。母親とふたりきりでいることに違和感を覚え、最後にふたりでいたときのことを思いだせないことに気づいた。昔は母親から編み物やパイ生地の作りかた、テーブルセッティングの方法を教わっていた。何百という夜、このソファに座って、『コスビー・ショー』や『ジェシカおばさんの事件簿』といったドラマをふたりで一緒に観て過ごした。それから母親は病気になり、ノラはティーンエイジャーになった。どちらか一方だけなら、どうにかなったかもしれないが、双方が一度にやってきて、母娘は互いを見失った。

「店までふたりを迎えにいってあげて」母親は言った。「一時間経ったら」

ノラはもうベッドにもぐり込んで、上掛けをかぶりたかった。「ジェレミーが運転できるよ」

「あなたが行かないと、閉店までいることになる。そのときにはジェレミーは運転できなくなってるわ」

ノラは母親の言うとおりだとわかっていた。毎週土曜日、ノラの両親はイムレイの〈オアシス〉によく行っていた。母親は少し飲み、父親はかなり飲み、帰りはいつも母親が運転した。母親が病気になると、父親はできるかぎり頻繁に、家族を残して出かけられる連れを誰かしら見繕っては、〈ウイスキー〉に通いはじめた。ノラの母親は閉店間際になると父親を迎えにいった。ノラは一度、どうして自分で運転させないのと母親に尋ねたことがある。たった一キロ半ほどの道のりを、ひと気のない夜に走るだけなのに。母親は、こんなときでも父親の面倒を見ることができてうれしいのだと言った。一方、兄が高校生活でパーティを楽しむ様子を見ていたノラは、彼がフレッドに注がれる男の酒をいくらでも飲むだろうと見当がついた。

母親はノラの手を取った。「父さんと兄さんは」母親の胸の奥からかすかにヒューという音がした。「面倒を見てあげなくちゃならないの」

ノラは泣いていた。いつから泣いていたのかわからなかった。それまでの三年半、母親が洗濯物の山のなかで懸命に闘っているあいだ、ノラはブリッタの家や公園や図書室に――どこであれ、ここではない場所にいた。処方薬が目にはいらず、鎮痛クリーム《ベンゲイ》のにおいのしない場所に。そのにおいは、その後のノラの人生において、虚《むな》しい希望を象徴することになる。そのときの母親の肌は透き通り、目はエメラルドのように輝いていた。母親はもう助からないとノラは悟った。静かな闘いはすべて終わったのだ。いやだと言いたかった。闘いつづけてと言いたかった。この三年半という時間を取り戻したかった。そうしたら母親と一緒にばかげたテレビ番組を見られるのに。しかし、ノラが何を望もうと関係なかったし、母親が何を望もうとも関係なかった。母親の結婚指輪はゆるくなり、放っておくと指からはずれてしまうほどだったから。だからノラはわかったと言い、すると母親の紙のように白い肌の内側に光が咲き、美しさが蘇《よみがえ》ったのだった。

二日後、母親は死んだ。

当初、ノラはあの夜の約束を守った。洗濯をし、夕食を作り、父親の日曜のアメフトパーティのために、プルドポーク（じっくり煮込んだ豚肉をほぐしてソースであえた家庭料理）も作った。ジェレミーが州間高速道路で十五キロほど北にある刑務所で働きはじめたときには、朝食にスクランブルエッグも作った。兄にとって母校のバスケの試合をスタンドから観戦するのはつらいことだとわかっていたし、父親は妻を亡くして悲嘆に暮れていたから、ふたりが週に三日、四日、ときには五日も〈ウイスキー〉に通っても、ノラは何も言わなかった。まだ若すぎて運転できる年齢ではなかったけれど、車でふたりの送り迎えをした。ワタリー保安官は――高校時代、父親と一緒にアメフトをプレーした仲間だった――見て見ぬふりをした。ノラは居間を通るたびに、ソファの背に畳んで置いてあるアフガン織の黄色の毛布に指を走らせた。

しかし、彼女は美しく成長しつつある脚の長い子どもであり、思春期特有のシミが薄くなるにつれて、通りを歩くときにあらゆる男の視線が自分を追うことの意味を知るようになった。高校二年生になると、プルドポークは宅配ピザやグリルドチーズサンドに変わり、洗濯かごに洗濯物がたまりはじめた。三年生になる頃には、ハンボルト川沿いの牧草《アルファルファ》畑でパーティをして、ブリッタの家の裏庭でマリファナを吸い、ライトニング尾根にのぼって、ラヴロックのまばらな灯りを見おろしながら、メイスンと愛し合うようになった。

一方、ジェレミーと父親は自力で帰宅し、私道にトラックを斜めに停めていた。ノラは居間を通っても、もうアフガン織の黄色の毛布を見ることはなかった。

それでもノラは家を出るつもりはなかった。ほとんど守れていないとはいえ、家にいることで母親との約束を果たしていると考えた。それに、ブリッタやメイスン、彼女の知るほかのみんなにとってラヴロックで充分なのに、この町を薄汚れて狭くて窮屈だと考えるなんて何様だろう？　彼女はいずれメイスンと結婚し、両親がそうしてきたように、この町で子どもを育て、しあわせになるのだ。しかし高校のカウンセラーから、彼女の成績ならネヴァダ大学への全額支給奨学金を受け取れると告げられたとき、ノラの胸の奥がドキドキと震えた。十歳のとき、キャンピングカーがアイダホ州にはいった瞬間のように。

合格通知が届いた日、彼女は車でビッグメドウ墓地に向かった。町から西に一・五キロ、州間高速道路と鉄道線路のあいだに挟まれた二万平方メートルほどの硬い砂地にある墓地だ。ウィルソン家、フィンニー家、メネンデス家の墓を通りすぎて、ウィートン一族の墓碑がギザギザした歯のように並ぶエリアに出た。多くのラヴロックの一族と同様、ウィートン家も敷地を裏庭の安普請のパティオのようにセメントで固め、厳しい土地から死者を守っていた。ノラはその上にあぐらを組んで座ると、ポケットから合格通知を取りだし、母親の墓石のまえに置いた。

「みんなでイエローストーン国立公園に行ったときのこと、覚えてる？」ノラは尋ねた。

母親の墓碑が彼女を見つめ返した。『最愛の妻であり母』とそこには書かれていたが、ノラが思い浮かべたのは、オールドフェイスフル間欠泉《ガイザー》のまえに立つ母親の姿だった。旅行のために購入したカメラに目を当て、髪を炎のように風になびかせている姿。十八で結婚し、十九で母親となった彼女は、キャンピングカーとそれが約束する世界に胸を高鳴らせていた。フロリダを見たがっていた。

ノラはそれまで何度も母親を思って泣いていた。誕生日に、クリスマスに。初めての高校のダンスパーティで、髪を巻いてくれたり化粧をしてくれたりする母親がいなかったときに。しかし、その日墓地で初めて、ノラが失った母親のためではなく、ノラの母親だった女のために涙を流した。娘に自分が歩んできた人生と同じように、愛する人々に尽くして生きてほしいと頼んで亡くなった女のために。母親だった女が、なぜノラが彼女のように生きられないのか、理解してくれますようにと願った。

いま、ノラの目のまえで、父親がキャンピングカーの長椅子に座って、いつものようにジェレミーの州大会決勝の試合について話していた。ジェレミーはチームに一番必要とされたときに期待に応えた――それが父親の覚えている息子の姿だった。チームを背負った勇敢なキャプテン。ノラは雑誌の表紙の少女を見つめた。翼を広げたような頬骨と、なだらかな突きでた額。少女は十六歳で亡くなり、狩りの獲物の死骸と一緒に穴に放り込まれた。一万三〇〇〇年後、彼女は部族でただひとりの親善大使となった。

「兄さんはチームのために試合に勝ったわけじゃない。父さんのために勝ったわけでもない」ノラの舌は母親の墓前で流した涙の味を感じていた。父親は戸惑い傷ついた目をして、ぼんやりノラを見つめた。悲しみに打ちひしがれた父親にとって、自分が殺した息子の雄姿を思いだすことだけが、唯一の喜びだった。なぜノラがその喜びを奪おうとするのか想像もつかないのだろう。

「兄さんは母さんのために勝ったのよ」ノラはそう言い、雑誌を持ってキャンピングカーを出た。父親をひとり残して。

ジェイク

サルが数学教師の死体を発見した二日後、ジェイクはラヴロックの〈ファミリーダラー〉で買った衣類の袋を持って、トラックでプレンティスの家に向かった。小さなアカシアの木立を見おろす崖を過ぎたあたりでスピードをあげると、トラックが蹴立てた土埃が宙に漂った。

ジェイクは生まれてからずっとマルゼンで暮らしてきた。飛行機に乗ったことも、海を見たことも、中華料理を食べたこともなかったが、別にそういうことをしたいとも思わなかった。全員が彼の名を知っている、丘に囲まれたこの小さな町での暮らしを愛していた。週に三回、十二時間勤務のシフトで鉱山の運搬トラックを運転する仕事のかたわら、消防団でボランティアをするのが好きだった。三十五歳になっても、母親のロジータと暮らしていて、それも気に入っていた。唯一、不本意なことは、まだ結婚していないことだ。女にモテないからではない。彼は精悍なハンサムで、安定した仕事に就いているから、それなりにデートもしてきた。しかし、彼が愛した女は、〈ニッケル〉のバーテンダー、グレイス・プレンティスだけだった。バプティスト教会での歌声で、ジェイクの魂を体から抜き取った女。一度、ディナーに誘ったとき、ジェイクのことを〝やさしい人〟と言った女。ふたりは小学校からの友だちだった。ひとつの机をふたりで共有し、休み時間にはグレイスが考えたごっこ遊びをした。ジェイクにはよく理解できなかったが、その遊びの最中は、彼女のどんな命令にも従った。その後、ふたりはラヴロックの中学校に進学した。最初にジェイクが、翌年グレイスが。しかし、グレイスが入学したときには、もうジェイクの友だちにはなりたがらなかった。十六歳になると、彼女は先住民居留地――ラヴロックの西の端にある、トレーラーハウスや崩れかけた家々の集まる治安の悪い地域――に住む男と暮らしはじめた。相手はパイユート族の大柄な男で、二十歳をゆうに超えていた。小学二年生の頃のグレイスの遊びでは想像力が働かなかったジェイクも、その男が彼女の服を脱がせ、小さな丸い胸に触れ、その幅広い太腿で彼女にまたがるところは簡単に想像がついた。

高校を卒業して数年後、グレイスがマルゼンに戻ってきたとき、ジェイクは彼女がようやく落ち着く気になったのかと期待した。その後、深夜〈ニッケル〉のまわりで、グレイスが店を閉めるのを待つ男たちを見かけるようになった。険しい顔つきをした気の短そうなやつらで、人から見られているのに気づくと、用心深い目つきでじろりと睨み返した。そして彼女を連れて丘をくだり、神のみぞ知る場所へ向かった。それでも、店のカウンターの奥にいるときには、彼女はジェイクを古い友人のように扱った。外国産のビールを好む彼をからかいながらも、救急救命士の訓練を終えたときには、店のおごりでベルギーのステラビールを出してくれた。だからジェイクは週に三日、〈ニッケル〉のスツールに座って、期待を抱きつづけた。

彼女は妊娠について一切語らなかった。次第にお腹が膨れても、そのことには触れなかったし、常連客も誰ひとりとして触れなかった。まるで妊娠をなかったことにすると、みんなが示し合わせているかのように。しかし、彼女がつらそうに腰のくびれに手を当てるのを見て、ジェイクの心は苦悩で膨れあがった。父親はそばにおらず、彼女はひとりだった。相手の男はグレイス・プレンティスと子どもを作っておきながら、彼女に時間をかける価値がないと判断した。そのことを考えて、ジェイクは激怒した。ひとり静かにビールを飲みながら。だから誰も彼の怒りを知ることはなかった。

サルが生まれたあとは、険しい顔の男たちは二度と現われなかった。グレイスのふたりの兄、ギディオンとエズラが、毎週金曜に店に顔を出し、妹に馴れ馴れしく言い寄る者を睨みつけて目を光らせるようになった。その頃、ようやくジェイクは彼女をデートに誘った。断られたときには屈辱を感じたが、その後も彼女は以前と変わらぬ気さくな親しみを込めてジェイクと接した。まるで彼がその手のひらに、率直なやさしい心をのせて、彼女に差しだしたことなどなかったかのように。その態度は、いっそう彼を惚れ込ませるだけだった。

サルが六歳になると、グレイスは息子を店に連れてくるようになった。サルは隅のテーブルに座り、夕食にバーの料理を食べ、天使と悪魔が出てくる毒々しいコミックブックを読み、午後九時になるとひとりで歩いて帰宅した。物静かで行儀がよく、グレイスが客に酒を出すのを、その年頃の少年が母親に抱く、一途な深い愛情を込めて見つめていた。口元がグレイスに似ており、ふっくらとした繊細な唇をしていた。美しい少年だ、とジェイクは思った。誰もがそう思うわけではないことは承知していたけれども。

六月のある土曜の夜、グレイスはバーを十一時に閉め、帰宅し、ソファに横になった。翌朝、ジェイクは無線で通報を聞いてすぐに向かい、もうひとりの救急救命士であるハンク・フルマンが救急車で到着するまえに現場に駆けつけた。心不全と誰もが言ったが、ジェイクはそうではないと知っていた。彼女の葬儀では、にきびだらけの少女ジェニー・ホワイトが音程の定まらない声で、グレイスの好きだった讃美歌『日暮れて四方は暗く』を歌い、一〇〇人の参列者がその若すぎる死の不公平さを悼んだ。ジェイクは、彼女の兄たちや〈ニッケル〉のほかの三人の常連客と一緒に、彼女の棺を教会から運びだしながら、まさにその通路を彼女と腕を組んで歩くところをずっと想像しつづけた日々を思った。悲嘆と後悔で頭がフラフラした。彼は彼女の死を予期していなかった。ひとつの兆候さえ気づいていなかった。

いま、彼はトラックでプレンティスの敷地にはいり、錆びたスプリング付き寝台《ボックススプリング》の残骸のそばに駐車して、誰かが出てくるのを待った。誰も出てこなかったので、ホッとした。彼保安官とメイスン・グリアーがいないときにプレンティス兄弟に会うと考えただけで、彼は自覚する以上に動揺していた。持参した衣服はダブルワイドの入り口の階段に置いておき、月曜日にスクールバスの停留所でサルを見つけて、自分の置きみやげだと伝えることにしよう。

トラックから降りたとたん、手押し車の背後から薄汚い黄色い犬が唸りながら現われた。ジェイクは犬を避けながら、ごみの輪にはいって、ダブルワイドに側面から近づこうとした。ごみのあいだを縫うように通り抜けるとき、ごみの山が寂しげな思い出の品々に姿を変えた。グレイスの物だったにちがいない、壊れたプラスティック製のドールハウス。その横には、クルミ材の壁掛け時計。かつての美しい年代物が、いまは見るも無残な姿となっている。スプリングが生地から突きでた飾りボタン付きのオットマン。砂の上に逆さまに置かれたソファ。錆びたミシン。金属製のパンケース。長年雨に濡れ、日に焼けて腐った学校の教科書の山。

ジェイクは母屋を見あげた。その頑丈な羽目板は、昔のささやかな繁栄を物語っていたが、この二十年の物語はまったく異なり、ごみと貧困の風景のなかに綴られ、顧みられることもない。次第に朽ちていく先祖代々の家から三十メートルと離れていない低床のダブルワイドで、三人の子どもを育てるとはどういうつもりだったのか。サンチェス家の四代目であり、曾祖父が二番通りに建てたこぎれいな木造住宅に暮らすジェイクには、まったく理解できなかった。

ダブルワイドの横、ごみの輪のすぐ向こうに、木造の小屋があった。ほかの離れの建物とちがって、新しくて、よく手入れされているように見えた。好奇心から、ジェイクは小屋のドアを開けた。すると工場のような接着剤とニスのにおいが漂ってきた。彼はあたりを見まわした。防火道をのぼってくる車はなく、風が吹く低い音以外、丘は静まり返っている。犬は凶暴な悪意を剝きだしにして彼を見ていたが、もう唸ってはいない。ジェイクは小屋に足を踏み入れた。

そこは作業場だった。壁の金属製の棚に何十という工具がぎっしり並んでいる。カウンターには木材が置かれていた。廃材ではなく、オーク材やクルミ材、マツの木の心材など、古い壊れた家具の一部だ。作業場の真ん中には、金属でできたものがあった。輪になったもの、アーチ状のもの、扇状のもの。ジェイクは古い門扉に使われていた錬鉄の部品にさっと手で触れた。それは年代物の鋤の一部にはんだ付けされ、木の椅子に取り付けられていた。ほかにも壊れたもので作られた未完成の家具が、床の残りの部分を埋めつくしている。プレンティス兄弟のどっちがこれを作ったのだろう？　ジェイクは思った。どの家具も快適さはもちろんのこと、実用性もなさそうに見えた。こんな家具を欲しがりそうな人物はひとりも思いつかない。

ジェイクはドアを閉め、母屋に近づいた。作業場での驚きに気を取られて、犬のことをすっかり忘れており、気づいたときには脚からあと三センチのところまで、犬が突進してきていた。ジェイクはうしろに跳びのいた。衣服をいれた袋が太腿に当たって跳ねた。

「サムスン、伏《ふ》せ！」

犬は寝そべり、前肢のあいだに頭を乗せると、ダブルワイドのドアに立つ少年のほうを見た。サルが犬に近づき、耳のうしろを掻いてやった。犬は尻尾をものすごい勢いで振って地面を打ち鳴らした。サルは片手で犬の首輪に触れ、手を止め、それから鎖をはずした。犬は跳びあがって、少年の顔を舐めた。

「こいつは意地が悪いわけじゃなくて」サルは言った。「いつも退屈してるんだ」

尻尾を振っていようがいまいが、意地が悪そうに見えたが、犬はジェイクのことは忘れて、地面のにおいを嗅ぎながらどこかに行った。ジェイクは袋を差しだした。「おまえが使えそうなものをいくつか持ってきた」

サルは二日前に消防団の詰所に来たときと同じジーンズとデンヴァー・ブロンコスのトレーナーを着ていて、なんとなくさらに疲れているように見えた。しかし、袋のなかを見ると、驚いて眉を跳ねあげた。「ありがとう」

ジェイクは上着のジッパーをいじった。グレイスが死んでから、ジェイクは五、六回サルをつかまえては、どうしてるかと尋ねていた。サルはいつも大丈夫だと答えた。ジェイクはその言葉を信じていなかったが、さらに突っ込んで話を聞くことはなかった。一陣の風が渓谷を吹き抜け、サルが身震いした。ジェイクは言った。「ちょっと話せるか？」

「ギディオンがすぐに戻ってくる」

「少しだけだ」

サルはダブルワイドの入り口に繋がるコンクリートブロックの階段に腰をおろすと、横にずれてジェイクが座れるスペースを作った。ジェイクはダブルワイドのなかはどうなっているのだろうと思い、サルの不在の父親について考えたときと同じ静かな怒りを覚えた。どうしてふたりの兄は妹の息子をちゃんと世話せずにいられるのだろう？　葬儀のとき、ギディオンとエズラは青ざめて静かだった。彼らの悲しみは手に取るようにわかり、牧師以外は誰も彼らに話しかけようとはしなかった。ジェイクは中学時代の一幕を思いだした。やせっぽちで獰猛なギディオンが、大人顔負けの凶暴さで拳を突きだし、噛みつき、ずっと体の大きな少年を殴り倒していたときのことを。のちにジェイクは噂を耳にした。ギディオンの妹には手を出すな、さもないと、あれと同じ目に遭うぞ。明らかに、その熱心な保護欲はグレイスの息子に対しては引き継がれなかったようだ。

犬がやってきて、サルのそばの砂の上に寝そべった。ジェイクは緊張してその犬を見たが、犬は彼を無視した。「あのさ」彼は言った。「おまえが見つけた人のことなんだけど。よければおれに話してくれないか」

サルはトレーナーの胸元から、チェスの駒のような小さな象牙色のお守りを取りだした。頭上の空は白い紗幕で覆われ、陽光を骨の色に漂白している。サルはそのお守りを指のあいだで転がすばかりで、何も言わなかった。

一分近く待ってから、ジェイクは両手を太腿に置いた。サルからは何も聞きだせそうにない。もう帰ったほうがよさそうだ。しかしジェイクが立ちあがるよりも早く、犬が先に起きあがり、鼻先を防火道に向けた。少し離れたところから、エンジンの音が聞こえてくる。やがてピックアップトラックが砂利を踏みしめながら現われ、速度をあげて坂をのぼると、轍《わだち》のついた私道にはいってきた。ジェイクとサルは立ちあがった。サルはチェスの駒をトレーナーのなかに押し込み、衣服の袋を背中に隠した。

トラックから、ギディオン・プレンティスが出てきた。彼は大柄な男ではなかったが、捕食動物のように締まった体つきをしていた。その目はごく薄い灰色で、ほとんど白のように見える。〝プレンティスの目〟と町の人々は呼んだ。グレイスとエズラはちがったが、彼らの父親も、その父親も同じ目をしていて、初代の無法者まで遡《さかのぼ》ると言われていた。

ギディオンはジェイクを見つめ、それからトラックのドアをバタンと閉めた。その閉めかたは、私道の入り口にある〝進入禁止〟の立て札をジェイクに思いださせた。ジェイクはギディオンよりも頭ひとつ分背が高く、十数キログラム重かったが、どちらの事実も気休めにしかならなかった。彼は上着のジッパーをおろし、ギディオンに〝マルゼンボランティア消防団〟のバッジが見えるようにした。

ギディオンは公的な役職の印を見ても、感銘を受けた様子はなかった。「なんの用だ、ジェイク?」ふたりは長年同じ学校に通い、〈ニッケル〉で何十回と顔を合わせていたが、ギディオンがジェイクの名前を口にしたのはそれが初めてのことだった。友人の名を呼んでいるようには聞こえなかった。

「サルが死体を通報したとき、おれが詰所にいたんだ」ジェイクは言った。「子どもが、ああいう光景を見るのはつらいもんだろ。だから様子を見にきた」

ギディオンはあまりグレイスに似ていなかったが、頭をすばやく右下に傾ける仕草に、ジェイクは彼女の面影を感じた。「大丈夫だ。わざわざすまない」

「たいした手間じゃない。ただ、警察がまたサルと話したがってる。あんたに連絡してほしいらしい」ジェイクはそう言いながら、ギディオンはどうやって連絡するのだろうと思った。ワタリー保安官はおそらく正しい。ここには電気は通っていないだろう。ギディオンは携帯電話すら持っていないかもしれない。とはいえ、それはジェイクの問題ではない。

「それと、サルにいくつか服を見繕ってきた」ジェイクは自分のトラックに向かいながら言った。

「こいつには必要ない」

ギディオンの鋭い口調に、ジェイクは振り向いた。ギディオンの重心が踵《かかと》に戻り、顎先が上向く。甥に体に合った服を買ってやる気はなくても、そのことを指摘されることは気になるようだ。「〈ファミリーダラー〉でいくつか買っただけだよ」ジェイクは言った。

「用があったついでに。サルにちょうどよさそうだったし」

サルは袋を体のまえに出した。まるでギディオンが奪いにくると思っているかのように。

ふたりの男はサルを見つめた。丈の短すぎるジーンズと、袖が手首まで届いていないブロンコスのトレーナーを身につけているサルを。

「おれたちは、施《ほどこ》しは受けない」ギディオンは言ったが、頬の筋肉がぴくりと跳ねた。袋を奪いにもいかなかったし、サルに返せとも言わなかった。

ジェイクはトラックの運転席に乗り込み、ドアを閉めた。「じゃあな、サル」開いた窓から声をかける。そして走りだした。男と少年と犬をあとに残して。

サル

サルが伯父のところに移り住むまえは、母親とふたりで、マルゼン三番通りにある小さな青い家に暮らしていた。寝室がふたつ――ひとつは小さく、もうひとつはさらに小さい――あり、玄関ポーチはロッキングチェアを一台置けるくらいの幅だった。正面はカチコチに固まった砂の道で、裏手には丘に面した庭がある。ときどき、ウサギやキツネが丘からおりてきた。サルの母親はニワトリを飼いたいと言ったが、キツネが心配で、結局飼わなかった。

サルが母親の死後も小さな青い家に住めるかどうか尋ねたとき、ソーシャルワーカーは、子どもは大人と一緒でなければ暮らせないと答えた。もちろん、サルはそのことを知っていた。その家が実際には通りの角に住む退役軍人のミスター・シンプスンのものだと知っていたのと同じように。サルがその質問をしたのは、ただ彼女に知ってもらいたかったからだ。彼がどれほどそこに――母親の石鹸のにおいを嗅いで、母のお気に入りの椅子に座っていられる家に――残りたがっているのかを。しかし、彼女はサルの気持ちを理解してはいないようだった。

ソーシャルワーカーの名前は、ミセス・マクドナルドといった。ブロンドの長い髪をした大柄な女で、小さな肉の塊のような太った首の上に顎が乗っていた。善意は感じられたが、なにぶん忙しすぎた。サルにふたりの伯父がいると知ったとき、彼女の胸は安堵で大きく膨らんだ。「家族がいてくれるのが一番なのよ」と言って。葬儀の前日、彼女は小さな青い家の居間でギディオンとエズラの兄弟と面談した。サルは自分の寝室の暖房の吹き出し口のそばにしゃがんで耳をそばだてた。

「お勤め先は？」ミセス・マクドナルドの声はかぼそく甲高かった。

「自営業だ」ギディオンが言った。

「どんなお仕事を？」

「家具を作ってる」

「年収はどれくらい？」

「一万五〇〇〇ドル。二万のことも」

「お住まいは――」彼女は書類をめくった。「プレンティス牧場通り？　どこです、それは？」

「五キロくらい南にある」

「その土地を所有してるんですか？」

「抵当にもはいってない」

「あなたはどうです？　お仕事は？」

「求職中だ」エズラが答えた。

また書類がめくられた。「妹さんは死亡した場合のアブサロムの後見人を指名していませんでした。彼の行き先は家庭裁判所が決めることになりますが、わたしの推薦が大きく考慮されます。甥御さんを引き取る意思はありますか？」

ギディオンが「一族の面倒はおれたちで見る」と言うのを聞いたとき、サルはホッとしてオーク材の床に頭をつけた。ミセス・マクドナルドがうなずきながら、太った首をふいごのように膨らませたり縮めたりする様子を思い浮かべた。彼女は夕食前にはラヴロックに戻れるだろう。

サルは伯父たちが自分を引き取ると言ってくれたことがうれしかった。ふたりと一緒に暮らしたいからではなく（母親のバーで見かけたことがあるだけで、話しかけられたこともほとんどなかった）、もし拒絶されたら、自分がどこに行くことになるのかと恐れていたからだ。母親が目を覚まさなかった日から、教会の三人の女が交代で母親のベッドで眠り、食べきれないほどのキャセロールをサルによそったが、葬儀が終わったら彼がどこに行くのかという話は誰ひとりしなかった。里親に引き取られるのではないかとサルは恐れていた。まわりに実際に里親に預けられた子ども――ビリー・レドモンド――がいたからだ。ビリーが二年生のとき、彼の母親は更生施設に行き、ビリーはイムレイの里親のところで暮らした。戻ってきたとき、ビリーは里親の息子に毎日放課後に庭の物置に連れていかれ、自転車のインナーチューブで殴られたと言った。六カ月後、ビリーの母親は更生施設に戻り、ビリーは再び里親のもとに送られ、それ以来、誰も彼の姿を見ていない。

さらに、サルは伯父たちのことをよく知らなかったけれど、一番重要なことは知っていた。毎週金曜の夜、伯父たちはサルの母親の店のカウンターの端に陣取り、母親が常連客といちゃつくのを見つめ、馴れ馴れしすぎる客を睨みつけた。ふたりが帰ると――ギディオンが先頭に立ち、エズラがそれに続いて――店内に安堵がさざ波のように広がった。兄弟はウイスキーを飲みながら目を光らせる以外に何もしなかったが、ピンと張りつめた空気を漂わせていた。とりわけギディオンはそれが顕著で、その空気はいずれ爆発し、男に評判を与えるたぐいの暴力に発展するのではないかとサルは想像した。サルにとっては、それでかまわなかった。隅のテーブルから見つめるサルには、伯父たちが有能で猛烈な保護欲を抱いてサルの母親を愛していることがわかった。母親が死んだいま、その息子である自分のことも守ってくれるだろう。

一週間後、教会の女たちに促され、サルは荷づくりをして準備を整えた。最終日の担当のミセス・アミティは、ポーチにサルと一緒に座った。その横には彼の学校用のリュックサック、中古のスーツケース、段ボールがひと箱置かれていた。その箱のなかには、サルのコミックブック、色鉛筆、スケッチブック、額に入れたサルと母親の写真、そして母親の名前がソリストとして掲載されている日曜礼拝プログラムのスクラップブックがはいっていた。聖歌隊の腰の曲がった老指揮者、ミスター・ブランドからそれを渡されたとき、サルはマルゼンバプティスト教会の木製の信徒席の背もたれの感触と、わずかな信徒たちの香水と汗のにおいを感じた。母親が聖歌隊の赤いローブのまえに黒髪を垂らして歌う姿を見つめていたときのように。『主よ御許《みもと》に近づかん』。『アメージング・グレイス』。『キャリー・ミー・オーヴァー・ジョーダン』。サルの母親は信心深かったわけではない。ただ歌うことが大好きだっただけだ。それはサルと母親のふたりだけの秘密だった。

七月上旬の暑い日だった。太陽が砂の道の上の大気を波のように揺らし、通りの向かいの庭では、フィネガン家の大型ボクサー犬が家の陰で荒い息をしていた。ギディオンは二時に迎えにくる約束だったが、十分過ぎていた。ミセス・アミティは額の汗を拭いた。彼女はとても若かった。まだ若すぎて結婚できないんだけど――サルの母親は言っていた――

—ときにはそういうことも起こるものなの。母親はどんなことが起こったのかは説明しなかったが、ミセス・アミティには赤ん坊がいたから、サルは想像がついた。

二時十五分、ギディオンがピックアップトラックでやってきた。サルとミセス・アミティは立ちあがり、彼女はサルに腕をまわした。「さあ、伯父さんが来たわ」彼女はほとんど独り言のように言った。

ギディオンはポーチの階段の下で足を止めた。両手の親指をジーンズのポケットに引っかけている。白いTシャツは陽光に照らされて明るく輝いていた。黒髪はうしろに流され、櫛を入れた線がついていた。色素の薄い奇妙な目が、ミセス・アミティのブロンドの頭のてっぺんから、白いエナメル革のサンダルを履いたピンク色に塗られた足の爪までたどった。サルは彼女の重心が片方の脚からもう一方の脚に移るのを感じた。

「これで全部か？」ギディオンが尋ねた。

ミセス・アミティはサルの肩甲骨のあいだに手を添えて、一歩うしろに下がった。「持ち物が少なかったの」

それは事実ではなかった。サルのものはたくさんあった。母親がチョコチップクッキーを作るときに使っていた青い欠けたボウルだとか、居間の壁に掛けてある母親が高校時代に描いた静物画だとか、サルには子どもっぽすぎて恥ずかしかったアニメ『ボブとはたらくブーブーズ』の柄のベッドカヴァーだとか。だめだめ、と教会の女たちは言った。あなたの伯父さんたちはそんなもので家を散らかしてほしくはないはずよ。中古品セール《タグ》で売って、代金をあなたの預金口座に入れてあげる。お金にしたほうがずっといいわ。しかし、サルは段ボール箱とリュックサックとスーツケースの横に立ちながら、そのすべてが欲しいと思った。網戸の向こう側に残していくもの全部のことを考えただけで、彼の目に涙が浮かんだ。

ギディオンが段ボールを手に取った。サルはリュックサックとボロボロのスーツケースを持ってあとに続いた。伯父がトラックに荷物を積み込むあいだ、サルは振り返ってミセス・アミティを見た。彼女はピンクのサンドレスのスカートを指でつまみながら、ポーチに立っていた。事情を知らなければ、そこが彼女の玄関ポーチで、彼女の小さな青い家に見えたことだろう。家のなかでは彼女の夫が待っていて、小さいほうの寝室には彼女の赤ん坊が眠っているかのように。ミセス・アミティは手を振った。サルに向かってなのか、ギディオンに向かってなのか、本人もわかっていないのだろうとサルは思った。

サルはプレンティスの家に一度しか行ったことがなかった。前年の夏、彼の祖母が亡くなる直前のことで、それ以来、彼は注意深く、どんな場所だったのかを思いださないようにしてきた。やがて、ギディオンのトラックが最後のカーブを曲がって、ごみの輪のなかの崩れかけた母屋が見えてきたとき、サルの胃はゆっくりと弧を描きながら沈んでいった。ビリー・レドモンドのような目に遭うよりはマシだ。サルは自分に言い聞かせた。

ギディオンがちらりとサルを見た。「たいした場所には見えない。だが、一族が一七〇年間暮らしてきた土地だ」

彼の言葉は、咎めるような響きの奥に誇りが染みついていた。サルの母親は、彼女の家族は〝送電網の外側《オフグリッド》にいる〟とよく言っていた。サルはそれを文字通りの意味だと思っていた。母親とサルは町に住み、NVエナジー社から送られる電力を使っているが、祖母と伯父たちは、送電線のない丘陵地帯に住んでいるのだ、と。しかし、ギディオンの痩せこけた厳しい顔を見ているうちに、それ以上の意味があるのではないかと思いはじめた。

ギディオンは私道にはいってすぐのところにトラックを停めた。ひっくり返った手押し車の背後から黄色い犬が、鎖を引きずりながら出てきた。サルは犬に近づこうとした。

「やめろ」ギディオンが言った。「エズラの犬だ。底意地が悪い」

サルはうしろに下がった。意地悪な犬なら一、二匹知っていた。たとえば、ミスター・シンプスンのドーベルマンは、フェンスの上から手を伸ばして撫でようとしたら、手を嚙みちぎることだろう。この犬の目はそのドーベルマンの目よりも悲しげだったが、同じように意地悪そうだった。

　ギディオンのあとを追ってダブルワイドに向かううちに、前年の夏に訪れたときの記憶が膨らみ、サルの頭蓋骨の内側に押しつけられた。煙草と猫の小便のにおい。老婆の咳の音。クローゼットのなかのような、暗くて息の詰まるような空気。サルは覚悟してなかにはいったが、たるんだ染みのついたソファや汚れたカーペットは変わらなかったものの、猫の小便のにおいはほとんど消えていて、煙草のにおいの下から消毒剤のにおいがした。

　ソファに座っていたエズラが、ビールを置いて立ちあがった。

「よう、甥っ子」彼はギディオンと同じように痩せて強靭な体つきだが、ごみを漁る人のような緊張感を漂わせている。それ以外は、サルの母親に似ていた。満面の笑み、黒髪、濃い茶色の睫毛。エズラは手を差しだし、サルはそれを握った。エズラの手は汗ばんでいた。ダブルワイドのなかの空気は、煮込み用電気調理鍋《スロークッカー》の内部と同じくらい熱かった。

「トラックからこいつの荷物を取ってきてやれ」ギディオンが言った。

「了解ッス、兄上」エズラはふざけて敬礼すると出ていった。ギディオンは親指と人差し指でエズラの半分空になったビールをつかむと、キッチンの金属製シンクに置いた。それから仕草で細い廊下を示した。「おまえには奥の部屋を使ってもらう」廊下の奥に、狭くて暗い寝室があった。最近掃除したようなのに、カビと猫のにおいがした。家具はシングルベッドだけで、サルはそれを見てギョッとした。ヘッドボードは、一メートル半も高さがあり、金属くずと動物の骨をねじり合わせたようなもので作られていた。ギディオンはサルの反応を見て言った。「あまり時間がなかった。気に入らないなら、別のを作る」

サルはなんと言えばいいのかわからなかった。こんなベッドで眠りたいと思う人の気が知れなかったし、ギディオンがどうしてサルが気に入るかもしれないと考えたのか、想像もつかなかった。サルはリュックサックを薄いベッドカヴァーに置いた。ベッドカヴァーには、アメフトのボール、野球のボール、サッカーボール、バスケットボールの色褪せた模様が描かれていた。天井のソケットから蛍光灯の電球がぶらさがり、ベッドの上に細い窓がひとつあった。そこから外をのぞけば――サルには予想がついた――母屋を囲むごみの山と、その向こうの不毛な丘陵地帯が見えることだろう。気管を万力《バイス》で締めつけられたかのように、呼吸をするのがつらく苦しくなった。

エズラがサルのスーツケースを持ってやってきた。「ほらよ、甥っ子」そう言って、スーツケースを床に置くと、段ボールを取りに戻った。ギディオンとサルはスーツケースを見つめた。部屋にはもう何も置けそうになかった。

「収納棚を置こう」ギディオンが言った。サルは伯父の手製でないことを願った。

ふたりの伯父は荷ほどきをするようにと言って、サルを残して出ていった。荷ほどきに時間はかからなかった。スーツケースは、服をいれたままベッドの下にしまった。母親との写真を窓の下枠に置くと、段ボール箱は部屋の隅に押しやった。それからベッドに腰かけた。ヘッドボードは見ないようにした。ここで、何もない辺鄙《へんぴ》な場所で、母親もいなくて、これからどうなるのかについては考えないようにした。涙をこらえた。

しばらくして、部屋を出て廊下を戻ると、エズラがまたソファに座ってビールを飲んでいた。ギディオンの姿はなかった。「外で仕事してるよ」エズラが言った。「あのイカれた家具をもっと作ろうとしてるのさ。ベッドは気に入ったか？」

「まあまあ」

「うそつけ」エズラは笑った。「奇天烈《ファックアップ》だ、そうだろ？」

サルの顔は口汚い罵《のの》り言葉に青ざめた。「ちょっとだけ」

「あんなもんで寝たら、おれなら悪夢でうなされるね」エズラは言った。「だが、ギディオンには、あのクソ家具を気に入ってる客がいるんだ。センスのかけらもないヴェガスの連中さ。それでいつも忙しくしてる。兄貴は忙しくしてないとイカれちまうんだよ」エズラは手に持ったビールで、染みだらけの格子柄の布地をかけてあるクッション付きのリクライニングチェアを示した。「座れよ、甥っ子」

サルは座った。それは祖母が座っていた椅子だった。当時、椅子の横には酸素ボンベが置かれ、そこから伸びたチューブが祖母の鼻に差し込まれていた。サルはそのときまで、祖母に一度も会ったことがなかった。だから祖母の唯一の記憶は、脆《もろ》い骨を袋に詰めたような体で、髪がほとんどなく、平らな胸が垂れ、外にいる犬の目のように意地悪く悲しそうな目でサルを見つめていたことだけだった。祖母はその一週間後に死んだ。サルと母親は葬儀には出なかった。

「もちろん、おれはおれでやるべきことをやってる」エズラは言った。「別々の事業をしてるのさ、ギディオンとおれは。別々の客。別々の金」彼はビールを飲み、横目でサルを見た。「冷蔵庫にコーラがあるぞ」

コーラは欲しくはなかったが、サルは立ちあがった。冷蔵庫の一番上の棚にコーラの六本パックがあった。その横には半分無くなったバドワイザーの六本パックがある。下の棚には、ケチャップの壜、ピーナッツバターの壜、食パンが一斤、ボローニャハムが一パックあった。サルはコーラを一本取りだして、椅子に戻った。エズラは片方の腕をソファの背に伸ばし、指先からビールの缶をぶらさげていた。顔には気さくな笑みを浮かべている。人を惹きつけるような、サルの母親に似た笑みを。サルはコーラをひと口飲んだ。とても冷たくて美味しかった。

「ざっくり言うと、おれは薬を売ってるんだ」エズラは言った。「このあたりには、医者にかかれない人がたくさんいる。医者にかかる金もないし、保険にもはいってない。たとえ医者にかかっても、たいていの医者は役立たずだ。腰が痛いと言ったら、理学療法を受けろと言われる。患者がほんとに欲しいのは、痛みをなくすもんなのに。そのための薬はちゃんとある。パーコセット、オキシコンチン、ノルコ。どれも食品医薬品局《FDA》が承認した、完全に合法な薬だ。でも、みんなそれを手に入れることができない。できても充分な量を得られない。医療制度の失敗だぜ、はっきり言って」エズラはもうひと口ビールを飲んだ。「だからおれがかわりに手に入れてやってるのさ」

サルはコーラの缶の薄い縁を指でなぞった。オキシコンチン。八カ月ほどまえ、そういう名前の薬が、小さな青い家のバスルームの洗面台に置かれるようになった。母親のバーで——サル以外誰も見ていないときに——エズラの手がカウンターの上を滑り、その小壜と現金を交換しているところを見たことがある。「ぼくの母さんのためにも手に入れてた」

エズラは眉をあげた。「そうだ。グレイスは腰痛持ちだった。おまえを妊娠したときからずっとだ。そのせいで、カウンターに立つのがつらかったんだ。なら、おれが言ってることわかるだろ」

たしかにサルの母親はその薬で腰の痛みが取れたと言っていた。しかし、サルは薬がもたらした母親の変化が好きではなかった。ときどき寝過ごして朝食を作れなかっただけではない。薬のせいで、サルが怖くなるほど目が虚《うつ》ろになった。母親が死ぬ四カ月前、サルは薬をトイレに流して捨てた。母親がサルに手をあげたのはそのときだけだった。一度だけ、彼の頬を強く叩いた。そのあと、ふたりは恐怖に駆られて見つめ合った。壊れた何かのギザギザの縁を感じながら、それが二度と修復されることはないと悟ったのだった。その夜バーで、母親はサルの前髪を指でかきあげて、ごめんねと言った。サルは、いつまであの薬を飲むつもりなのかと尋ねた。母親はずっと痛みを抱えて生きることがどんなものなのか、あなたにはわからないのよと言った。少しぐらい眠くても、痛みから解放されるなら安いものなのだ、と。母親はもっと高い代償を払っているとサルは思ったが、平手打ちの記憶で頬が焼けるように痛んだので、黙っていた。

「おれの事業の弱点は流通手段なんだよ」エズラは言った。「おれの客はラヴロックにいるんだけど、ギディオンの野郎はトラックを貸してくれない。そこでおまえの出番というわけだ」彼はサルが何か言うのを待ったが、サルは歯を強く嚙みしめていた。「この秋から、ラヴロックの学校に通うんだろ？　思いついたんだよ。おまえなら薬を持っていって、どっか学校の近くでおれの客に会うこともできるってな」エズラはウインクした。「おまえに十パーセントの分け前をやろうかとも考えてる」

　コーラの缶についた水滴がサルの脚に垂れたが、サルは気づかなかった。エズラが身を乗りだした。彼の目は温かく、理解を示していた。「ビビってんだろ。わかるよ。たしかにこれは完全に合法ってわけじゃない。嘘つくつもりはないさ。だけど、覚醒剤《メス》や麻薬とはちがう。薬なんだ。誰も傷つけないし、人を助けるもんだ。つまり、おれたちは人を助けると同時に、金も稼げるってわけだ。完璧だろ」彼はサルの膝を叩いた。「どうだ？　おれのパートナーにならねえか？」

　サルは声を出すまえに、二度言葉を呑み込まなければならなかった。「せっかくだけど、いい」

　エズラの笑みは揺るがなかったが、怒りの炎が彼のまわりの空気を焦がした。彼はキッチンへ行き、空のバドワイザーをシンクに置くと、冷蔵庫からもう一本取りだした。

「こうしようぜ、甥っ子。時間をかけて、もう一度考えてみるんだ。学校が始まるのは二カ月後だろ」彼はカウンターに寄りかかり、プルタブを開けた。「だけど、覚えとけよ。ここでは誰もが自分の役割を精一杯こなさなきゃならないってことを。さもなきゃ、ここでの生活はうまくいかないかもしれねえなあ」

　突然、空気が濃くなり、サルはほとんど息ができなくなる。エズラはビールを掲げて乾杯のポーズをした。まるでふたりが合意に達したかのように。

その夜、サルは薄いベッドカヴァーと、洗濯してもけっして取りのぞくことのできない埃のにおいのするシーツのあいだに身を横たえた。頭上に、目には見えないけれど、伯父が作った病的な殴り書きのような金属と骨のオブジェの存在を感じた。物語を紡ぐためにアンジェラスを呼びだそうとしたが、あまりに動揺しすぎて天使や悪魔のことを考える余裕がなかった。窓から月のない空に輝く星々を眺め、ミセス・アミティの温かくやわらかな手のひらが肩のあいだに添えられた感触を思いだした。サルは母親のことを考えようとしたが、目に浮かんでくるのは、ソファからだらりとさがる母の手——注射器をつかんだまま、動かぬ血で紫に染まった指先だけだった。

ノラ

ジェイクがプレンティス牧場を出て、未舗装の防火道をくだっている頃、ノラと父親はラヴロックの〈コンフォーツカフェ〉に車で向かっていた。〈コンフォーツカフェ〉はラヴロックの唯一の信号のある交差点、本通りとコーネル通りの角にある。かつてコーネル通りが旧国道四十号線の一部であり、アトランティックシティまでまっすぐ行くことができた時代には、その信号は重要な目印だったが、現在は州間高速道路のそばの広告板だけが、人々が見かけるラヴロックのすべてだ。その看板には、鎖のついた南京錠の色褪せた写真の横に、『ラヴロックであなたの愛《ラヴ》をロックしよう』と書かれている。その一方で、活気を失った旧高速道路の信号は、赤から青へ、青から赤へと辛抱強く変わりつづけていた。ノラは信号がカフェのまえに駐車する許可を出すまで待った。

ノラの友人のブリッタはカウンターのなかにいた。背が低く丸みを帯びた体つきで青いエプロンをつけた彼女は、まるで手が六本あるかのように、エスプレッソを作り、釣りを数え、クロワッサンを出していた。高校時代、彼女は学級委員長とチアリーディングチームの副キャプテンを務め、ホームカミングクイーンに――ノラのほうが美しかったにもかかわらず――二度選ばれた。今ではカフェの店長としてラヴロックの戦没者追悼記念日《メモリアルデー》パレードや開拓時代《フロンティアデーズ》フェスティバル、独立記念日バーベキューを運営している。本通りの残りの部分は、三軒に一軒の窓に色褪せた賃貸募集広告が貼られ、衰退しつつあるショッピングモールさながらだったが、〈コンフォーツ〉の店内は、母親と幼児のグループがテーブル席につき、五人の老人が隅の席で菓子パン《ペストリー》を食べ、レジには列ができていた。ノラの目には、リノやポートランドのような重要な街にあるコーヒーショップのように見えた。

ノラと父親がカウンター席につくと、ブリッタはさっそく切りだした。「数学の先生! なんてこと!」彼女の青い目が大きく見開かれる。〈コンフォーツ〉はラヴロックのゴシップの中心地であり、ブリッタの客はこの二日間、それ以外の話はしていなかったにちがいない。

「数学の先生がどうした?」ノラの父親が尋ねた。ノラは父親に伝えていなかった。

「中学校の数学の先生よ」ブリッタが言った。「誰かに殺されたの。火をつけられたんですって」ブリッタの興奮は静まり、混乱とかすかな恐怖に取って代わられた。

入り口のチャイムが鳴り、メイスンが妻のリリーと三人の子どもたちを連れてはいってきた。一番上のアレックスは泥のついた野球のユニフォームを着ている。彼は奥のアイスクリームカウンターに駆けていった。そこにはブリッタの娘のシンディが母親とおそろいのエプロンをして待っていた。下のふたりの娘たちとリリーがあとに続いた。リリーが末娘を抱きあげて、ケースのなかを見せているとき、ノラのほうを見た。

リリーとノラはいつも互いに無関心を貫いているが、その日は高校時代のお泊まり会のことを思いだし、ノラは彼女に手を振った。リリーは薄い眉をひそめた。リリーが薄い髪を三つ編みにすることはもうないかもしれないが、本質的には内気な少女だった頃と変わっていない。ノラが高校二年生のときにスーパーマーケット〈セーフウェイ〉の裏でメイスンからキスされたと話したとき、嫉妬のため息をもらしていた頃と。メイスンがようやくリリーの存在に目を留めたのは、ノラが大学に進学して町を出たあとのことだった。しかし、ノラが戻ってくると、彼はリリーと会うのをやめた。リリーがつねに自覚していたように、彼女は残念賞にすぎなかったとばかりに。三年後、メイスンはリリーの元に戻ったが、その事実が消えたわけではなかった。リリーは手を振り返さなかった。

メイスンがカウンターにやってきた。ノラはちらりと目をやり、ジーンズとグレーのトレーナーを身につけたすらりとした体に見惚《みと》れた。メイスンともう結婚したくはないにしても、彼を見つめることに飽きることはないだろう。こめかみの生え際が後退したダークブロンドの髪のせいで、マシュー・マコノヒーに似ている。かつて中堅手としてセンターフィールドを自在に駆けまわった、ヒョウのようにしなやかな動きはいまも健在である。彼は軽くうなずいてノラに挨拶をした。十一年の歳月と、妻と子ども三人との家庭生活を経て、ふたりは昔なじみの元恋人同士のあるべき態度として、互いに過度な親密さを避け、心地よい距離を保っていた。ノラはそれを喜んでいた。なんといっても、ここは小さな町なのだ。

「数学の先生は気の毒だった」彼は言った。「学校のほうは、みんなどう?」

ノラはアダムの家にいた見知らぬ人物が誰なのかわかったかと尋ねたかったが——彼女は前日そのことを通報していた——〈コンフォーツ〉のゴシップ好きの耳に届くところでは訊くべきではないとわかっていたので、ただ言った。「なんとかやってる、ありがとう」

それは控えめな表現だった。学校はアダムの死を官僚的な効率性で処理しており、ノラはぞっとしていた。彼が亡くなった翌日には、学校区は求人広告を出し、ディー・プラッツァーはアダムのかわりに殉教者のような面持ちで数学を教えた。警察が彼の机を捜索したあと——重要なものは何も見つからなかった、とメアリーは咎めるように少し肩をすくめてノラに言った——誰かが彼の私物を箱に入れて、黒い油性マーカーで〝マークル〟と書き、職員室のコーヒーメーカーの横に置いた。

「誰がやったか、見当はついとるんか？」ノラの父親が尋ねた。

「いやまだ」メイスンはノラをちらりと見て、彼女の通報の件を知っていること、警察がまだその男の正体を突きとめていないことを暗に伝えた。「証人はいるけど。のようなもの、というか」

「誰かが見てたの？」ブリッタが尋ねた。

「死ぬところを見たわけじゃない。だが、マルゼンの子どもが死体を発見した」

「どの子？」ノラは尋ねた。

「サル・プレンティス」メイスンは言った。

ノラは息を吐いた。社会科の授業で後方の席に座る、物静かな六年生の少年を思い浮かべる。学校の先生があんなふうに死んでいるのを見つけるなんて、どれほど恐ろしかったことだろう。そしてラヴロックやマルゼンのあらゆる場所のなかで、よりにもよって、アダムのお気に入りの生徒が発見しかねない場所で殺されたとは、なんと恐ろしい偶然だろうか。

月曜日、ノラは二時間目の生徒たちのまえに立ち、休み時間に掲示板に貼った教材を変更する係を選ぶふりをした。六年生はまだそうしたことを特権と考えているので、ノラは道徳的な意味での褒美として係を決めていた。たとえば、キップ・マスターズのようなクソガキは、絶対に掲示板係になることはない。しかし、今日は別の意図があった。

「サル・プレンティス」彼女は言った。

ほかの生徒たちがいっせいに落胆のため息をついた。シルヴァーナ・エッガース、ロニー・トリプレット、セブンティーンと呼ばれている少年と一緒に座っているテーブルで、サルが乱れた黒い前髪の下からノラを見つめた。その目には喜びではなく、警戒の色が浮かんでいるのが見て取れた。ベルが鳴ると、彼はクラスメイトたちより先に影のように教室から抜けだした。サルは手伝いにくるだろうか。ノラは訝《いぶか》った。

しかし、休み時間が始まって五分後、サルはノラの机のまえに現われた。バスケットボールの短パンを穿き、色褪せた青いパーカーを着ている。ノラは腕を組み、彼が入学してから初めて、注意深く見つめた。彼女はどんな生徒であっても注意深く見ることはほとんどない。ノラの母親の共感力は、母親をすばらしい教師にしたが、ノラは周囲の人々の歓喜や悲劇によって母親の気分が上下するのがいやでたまらなかった。だから自分が教師になったときには、生徒とのあいだに安全な心的距離を置くように気をつけてきた。

サル・プレンティスには、しかしながら、その主義に小さな穴を開けるような何かがあった。痩せているとか、着ているパーカーが小さすぎるとか、疲労のせいで肌の血色が悪いとか、そういうことだけではない。ノラの生徒のなかには、栄養が不足し、満足な服を与えられず、疲れている子どもはほかにもいる。おそらくサルの目のせいだろう。ただの六年生にはありえないような、脆く秘密めいた目をしている。いざ彼をまえにすると、なんと言うべきなのかわからないことにノラは気づいた。自分が何を知りたいのかはわかっていた。サルがどれだけアダムと親しかったのか、アダムが死んだ夜、マルゼンまで行った理由を知っているのかどうか。警察が身元を確認できないほど燃えつくしたアダムを見つけたとき、どういう感じだったのかを知りたいのだ。もちろん、このかよわい少年にそんなことを尋ねることはできない。いきなりには。しかし、サルが数学教師の黒焦げの死体を発見したことは、いまでは学校中の人々が知っている。だから、慎重に探りをいれていけば、とっかかりはつかめるはずだ。

「調子はどう?」ノラは尋ねた。「先週は大変だったでしょう」

リュックサックのストラップを握るサルの指の関節がパッと白くなる。「平気」

「ミセス・リニーとはもう話した?」ミセス・リニーとは、学校のカウンセラー長で、アダムの死について生徒たちと話す機会を作ると言っていたが、ほとんどの生徒は、学校の外で起こった残忍な殺人事件によって心の痛手を負うというより、むしろ元気づけられており、警察の制服を着たフィル・バーンズとスミッティ・マクギニスの姿に感激しているように見えた。ふたりの保安官補は、いま会議室で職員にひとりずつ事情聴取をしているところだ。ノラ自身の事情聴取はその日の朝にあり、そのときにまた、アダムの家で見かけた男について話した。フィルの不機嫌そうな表情から、警察はまだその男の正体を突きとめていないのだろうと察した。

「いいえ」サルは言った。

ノラは驚かなかった。マルゼンの子どもたちは——とりわけ、ラヴロックに住む誰かに——助けを求めることはなかったからだ。「あなたはミスター・マークルのチェスクラブにいたのよね？」

簡単な質問をしたつもりだったが、サルの顔が青ざめた。彼女は口調をやわらげた。「ミスター・マークルはわたしの友だちだった。彼が亡くなって、すごく悲しいと思ってる。なんだったら、お母さんに頼んでわたしに連絡してもらえば、ふたりで話ができ——」

「母さんは死にました」

なんと言うべきか、あれこれ考えていると、サルが鋭くこちらを見つめていた。ノラは自分の母親が死んだあとに、さんざん聞かされた〝ほんとによく病気と闘った〟や〝少なくともいまは安らかに眠っている〟という言葉を思いだした。そのセリフを吐く口を、端から思い切り引っぱたきたくなったことも。「わたしの母も死んだわ」ノラは言った。「あなたとたいして変わらない年齢のときに」

リュックを握りしめる手が少しだけゆるんだ。興味深い反応だった。母親の死は、数学教師の死よりも無難な話題なのだ。ノラはチャンスに乗じてさらに突っ込んで尋ねた。

「お父さんは？」

「いたことがない」

「誰が面倒を見てくれているの？」

「伯父さん」

「マルゼンの？」

「はい」

「ミスター・マークルはときどき家まであなたを送っていた、そうね？」

再び、強引に踏み込みすぎたようだ。サルは拳をぎゅっと握りしめて下を向いた。それから言った。「すみません、ミズ・ウィートン。掲示板のことをするんじゃないんですか？」その声には、猫背で自信のなさそうな姿勢とは裏腹に、とげとげしさがあった。ノラは事情聴取をいったん諦めて、ホッチキスの針を抜く道具を渡した。

「まず、カリフォルニアトレイルをはずすわよ」

ふたりは一緒に、ビッグメドウの幌馬車のくたびれたポスターや、開拓者の移動ルートの地図をはずした。全部はずしおわると、ピンクの掲示板はまるで蜂に刺されて死んだ毛のない獣の皮膚のように見えた。ノラは校庭のほかの生徒たちの声を聞きながら、アダムがいなくなったいま、サルは誰と一緒にランチを食べているのだろうと思った。彼がクラスメイトの誰かと――同じテーブルのシルヴァーナやロニーやセブンティーンとさえ――話しているところを見た記憶がない。サルはおしゃべりするよりも観察するタイプだった。

彼女は次の単元の教材を指さした。グレートベイスンの古代人についての資料で、ノラが唯一好きなものだった。「どこに貼るかを決めてちょうだい」

サルは異常なほど慎重に、ポスターをテーブルに広げた。そして旧石器時代の石器のポスターをノラに手渡すと、一番上の角を指さした。彼女はサルの指示に従った。左に、右に、もう少し低く、もう少し高く。ふたりはほとんど口を利かずに、掲示板を埋めた。サルがポスターを手渡し、指示を出した。ふたりでポスターのボロボロの角にホッチキスを打ち込んでいった。全部貼りおわると、一歩下がって、掲示板を見つめた。シベリアから、消えた陸地ベーリンジア（陸橋《ベーリング》の別名）を通って、南北アメリカ大陸にいたるまで、色とりどりの矢印が降下していく地図。その地図を囲む、さまざまなイラストや図表のモンタージュ。一番上に、ノラが新任のときに画用紙から切り抜いてラミネート加工した赤い文字。『最初の人々《ファーストピープル》』

「これはどういう人たち？」サルが尋ねた。

「元々はアジア人。でも、一万五〇〇〇年前、あるいはもっと以前に、ここにやってきた」

「彼らはどうなったの？」

「いまもここにいる」彼女は笑みを浮かべた。「この人たちのDNAがパイユート族やアメリカ大陸のほかの先住民の遺伝子に受け継がれているの」

彼は悲しげな黒い目で、ノラのほうを見た。「ちがうよ。もう消えちゃった」

ノラは腕を組み、サルの評価を改めた。彼の言わんとすることは理解できた。時間をかけて氷河を渡って、太平洋岸にたどり着いた小さな部族には、何百万という子孫がいたかもしれないが、彼らはあらゆる重要な意味において消えていた。彼らの伝統も、彼らの名前も、彼らの言語も、彼らの歌と物語も、すべてが地上から消え失せた。移住と拡散を繰り返し、千の世代を経るうちに、もっとも強固な口述歴史《オーラルヒストリー》でさえも生き残ることができずに、消し去られてしまったのだ。掲示板には、褐色の肌の人々が槍や編み籠を持ち、赤ん坊を背負って、湿地帯の草むらを歩いている場面を描いたポスターが貼られていた。消え去った生活様式の一般的な表現としては充分に正確だが、どの顔も同じように虚ろな表情を浮かべ、どの目も同じように遠くの地平線を見つめている。まるで彼らが歩きながら話したり、笑ったり、言い争ったり、睦《むつ》み合ったりすることなどなかったかのように。時間によって空洞化された、空虚な描写だ。時間とはそういうものだ。しかしノラは、サルがそれを知っているとは思いもしなかった。

彼女は机の上のビッグメドウのポスターの山をきちんと整えた。掲示板の作業は完成し、休み時間はほぼ終わりかけていたのに、サルからアダムの話はまだ聞きだせていなかった。

「こういうのはどうかしら」ノラは自分が提案しようとしていることに気まずさを感じながらも、ともかく切りだした。「わたしもチェスが好きなの。そのうち昼休みにあなたとわたしで指してみるとか」

サルは掲示板に視線を戻した。胸のあたりに手をやり、首から紐でぶらさげている小さな白い何かに触れた。「いえ、いいです。チェスはあまり好きじゃないし」

「好きじゃないの？」

「はい。ただミスター・マークルが好きだっただけで」

ノラは、毎週毎週、チェス盤の上で頭を寄せ合っていたふたりの姿を思い浮かべた。生徒のことをもっとよく知りたいというアダムに、放課後のクラブ活動を始めることを提案したのはノラだった。アダムは一対一で教えるのが一番性に合っていると言っていた。この少年の静かな悲しみを見て、アダムは正しかったと思った。昼休みやチェスクラブのときに、彼らはどんな話をしていたのだろうかと考え、サルはラヴロックのほかの誰よりも――ノラも含めて――アダムのことを知っていたのかもしれないと気づいた。

彼女はサルの視線を追って、草むらを歩く部族のポスターに目をやった。この子はチェスは好きではないかもしれないが、この消えた人々には興味を抱いている。「父はよくわたしを連れて、ファーストピープルが作った槍先探しに出かけた。見つけるのは難しいんだけど、ひとつだけ見つけたのよ。よかったら見てみる？」

サルはノラのほうを向いた。興味を惹かれながらも、吟味するように。「わかった」

「あなたが家に帰るのが少し遅れたら、伯父さんは気にすると思う？」

「ううん」

「それなら、明日にしましょう」

終業のベルが鳴ったあと、ノラは職員室に行った。コーヒーメーカーの横にはアダムの私物のはいった箱が置かれている。学校から人がいなくなるまで十五分待った。それから、その箱を開けた。

メアリーの言ったとおりだった。重要なものは何もない。黒い大型クリップで留めた三つの紙の束。もう彼が教えることのない授業の宿題用紙。〈ビック〉の同じボールペンの束と、それを入れていた黒いプラスティックのコップ。『数論』というタイトルの分厚い白い教科書。その教科書の上に、象牙色のチェスの駒がひとつ。ノラはそれを手に取った。ルークの駒で、上部を丸く囲む胸壁は擦り減り、ほとんどなめらかになっていた。チェスセットの本体は箱の底にあった。精巧な細工の品だ。明るい木材と暗い木材でできたマスが並ぶ盤は、真ん中に蝶番《ちょうつがい》がつけられ、閉じればケースにもなる。ノラが真鍮の留め金を開けると、象牙色のルークをのぞくすべての駒が、緑のフェルトの枠に収められていた。手作りのチェス盤、それもかなり年代物のように見えた。

それ以外に箱にはいっていたのは、紐を巻いて閉じる形式のマニラ封筒だけだった。開けてみると、二枚の写真がノラの手に滑り込んできた。一枚目は、クリスマスツリーのまえで、二歳くらいの少年を抱いた暗い色の髪の女の横に、アダムが立っている写真だった。三人とも笑みを浮かべている。アダムはあまりにしあわせそうで、三つ向こうの教室で数学を教えていた血色の悪い男とはまるで別人のようだった。女はしっかりした体つきで、そばかすのある率直そうな顔をしていた。アダムよりもずっと若く見えたが、ふたりとも結婚指輪をはめている。二枚目は、成長した少年が青い襟つきシャツを着て、黒縁眼鏡をかけて写っている学校で撮った写真だった。ノラはその写真を裏返した。女の筆跡で、『ベンジャミン、四年生』と書かれていた。

どちらの写真も、しばらくそのまま持ち歩かれていたかのように、シワができて曲がっていた。ノラは写真のボロボロの角に指で触れた。この写真は大切なものだったのだ。大切すぎて、アルバムにしまっておくことができないほどに。アダムはこれを身近に置いておく必要があった。しかし、額に入れて机の上に置こうとはしなかった。

ジェレミーが死ぬまえ、家のなかにはいたるところに彼の写真があった。アメフトの、野球の、バスケットボールのユニフォーム姿の写真。いろんな美しい少女たちと写っている正装した姿の写真。高校四年生のときの写真は、ノラの写真と並べて、廊下に飾られていた。ノラの父親が病院から戻ってきたあと、そうした写真はすべて消えた。ノラの母親が死んだときにはそんなことはしなかった。今回はなぜちがうのか、ノラにはわかっていた。父親は死んだ妻の写真を見ることはできても、死んだ息子の目を見ることはできなかったのだ。ノラはうれしかった。なぜなら、彼女もまたジェレミーを見ることができなかったから。

ノラはその二枚の写真を封筒に戻した。アダムはどんな後悔をして、この女と少年を見るのがつらくなったのだろう。その煉獄《れんごく》にみずからを追い込んだのが彼だけではないと知ったら、あるいは、誰も見ていないときでなければ、愛する人の写真を見ることができないのは彼だけではないと知ったら、少しは彼の助けになっただろうか。

サルがプレンティス牧場に移り住んだ日以降、エズラは二度と薬のビジネスの話をしなかった。夏が終わる頃には、エズラの気が変わっていますようにとサルは願っていた。しかし学校が始まってから最初の木曜日、エズラはサルの寝室にやってきて、仕事のやりかたを説明した。毎週金曜、サルは昼休みに学校を抜けだし、二ブロック先にあるラヴロック裁判所の裏の公園まで歩き、東屋《あずまや》の横にあるコンクリートのベンチに三十分間座っていること。エズラの客はそこでサルと会い、サルは彼らの必要とするものを渡すこと。

サルの寝室の窮屈な暗がりには、抵抗する余地はなかった。だからサルは膝を抱えて座っていた。エズラはサルのリュックのファスナーを開け、小さな茶色の袋をいくつかなかに詰め込んだ。それからサルの肩を叩いた。「心配すんな、甥っ子。うまくいくさ」エズラの笑顔は、サルが心配しているときに母親が見せた笑顔と似ていた。そして母親の笑顔と同じように、サルの心配を取りのぞくことはできなかった。彼は学校からどうやって抜けだせばいいのか心配だった。真っ昼間の公園で何をしているのかと人に訊かれやしないか心配だった。エズラの客はどんな人たちなのか心配だった。翌朝、彼はそうした心配をずしりと重く胸に抱えながら、バスに乗った。リュックサックのなかに恐ろしい秘密を入れていることは、きっとみんなにバレているにちがいないと思った。

ところが、エズラの言ったとおりになった。万事うまくいった。校庭のごみ箱の裏の金網のフェンスに、ちょうどサルがくぐり抜けられる幅の裂け目があった。公園のベンチに座っているサルに目を留める人もいなかった。やがてサルは、自分が先住民居留地に住むパイユート族やラテン系の少年たちと似ているため目立たないと気づくことになる。彼は金曜日にマークル先生とランチを食べない言い訳まで考えて、スクールカウンセラーのミセス・リニーのカウンセリングを受けるからだと伝えた。どれもこれも難しいことではなく、そのことがやがて、最悪の事態を招くことになる。

しかしその初日は、サルは口のなかに恐怖の鉄の味を感じながら、ベンチに腰をおろした。コンクリートのベンチの熱が膝の裏から伝わってきた。公園の奥には小さな遊び場があり、ふたりの母親がハコヤナギの木陰に座り、幼児たちが滑り台の下でしゃがみ込んでいた。サルの横には小さな東屋と〝恋人たちの錠前《ラヴァーズロック》〟——何百という安物の南京錠がぶらさがる鎖で繋がれた緑の支柱の輪——があった。州間高速道路の色褪せた看板に『ラヴロックであなたの愛をロックしよう』と書かれているように、どの南京錠にも愛《ラヴ》の物語が記されていた。〝KP＋JS　一九七四〟〝メアリーとミッチ、永遠に！〟〝ジョニーとエイプリル、二十五周年〟どの物語も、晩夏の陽射しを浴びたベンチのように熱かった。

サルはエズラの客を長く待つ必要はなかった。五分もしないうちに、シャツにネクタイを締めた禿げた男が裁判所から出てきた。それから、小さな男の子を乗せたベビーカーを押す若い女が、遊び場に行く途中で立ち寄り、体格のいい女が通りの向こうにホンダを停めた。裁判所の男はさりげなく脚を組んだ。若い母親はベビーカーを外側に向けて、恐る恐る腰をおろした。ホンダに乗った女の腹は、広げた両脚のあいだに小麦粉の袋のように垂れさがっていた。そのたびに、サルは震える手をリュックサックに入れ、紙袋を取りだし、前夜エズラに練習させられたように、折り畳んだ紙幣を手のひらで受け取った。

四人目の客は老人で、杖をつきながらゆっくりとした足取りでやってきて、ベンチに座ってため息をついた。唯一、その老人だけが、ひとりの人間が別の人間を見るようにサルを見つめ、その老人だけがサルに話しかけた。

「エズラが甥を遣《つか》いにだすと言っておったが、まさかこんなに若いもんを寄越すとは」

サルの神経がキリキリと締めつけられる。エズラは客と話をすることについて何も言っていなかった。「ぼくは十一歳です」彼は慎重に言った。

「ふむ、十一なら充分じゃろう。わしはおまえさんより若い時分に、親父の自動車工場で働いておった」老人はやさしい顔をしており、骨太で肉厚な体格で、四角い手には、六十年間レンチやラチェットを締めてきたせいでタコができていた。老人は薄い革の財布を取りだしたが、開かなかった。ほかの客たちは急いでいたが、彼はそうではなかった。財布で右の膝を叩いた。

「わしはアメフトをやっておっての。四年間ずっと選抜チームのレギュラーじゃった。ディフェンスラインだ」思い出が老人のまわりで蛍のように輝きはじめる。「あの頃はいまより十八キロも目方《めかた》があってな。誰もわしを抜くことはできんかった」

ロックバンド、ラモーンズのTシャツを着た細身のブロンドの少女が芝生を歩いてきた。彼女は十メートルほど離れたところで立ちどまり、ひじをいじった。

「若い時分は」元ラインバッカーの老人は言った。「痛みを感じない。年を取ると、体が全部思いだすんじゃよ」彼は膝をいとおしそうに、そして憐れむように見た。まるで玄関先で倒れていた怪我をした小動物を見つめるように。「わしの主治医は若くてな。イブプロフェンでなんでも治るもんだと思っとる」

サルは早く話を切りあげてほしかった。ブロンドの少女が待っているし、彼女が最後の客なのだから。しかし、老人は話しつづけた。「まあ、だからといって、あの四年間を老後のいい膝と交換したりはしないが。だから、おまえさんの伯父は天の恵みじゃった。エズラに会うまえは、郵便受けまで歩くのもやっとでな。いまは一日三錠飲んで、歩きまわることもできる」

ようやく老人は財布を開くと、真新しい二十ドル札を二〇〇ドル分数えて、サルの手に置いた。サルは茶色の袋をベンチに置いて老人のほうに滑らせ、老ラインバッカーはそれをポケットにいれた。「また来週な、ぼうず」彼はよろよろと立ちあがりながら言った。

老人がいなくなると、ブロンドの少女が、薄いゴムのビーチサンダルをほとんど芝に触れさせることなく、滑走するようにやってきた。彼女はひと言も口を利かずに、サルにシワだらけの札束を渡し、薬を受け取ると、来たときと同じように音を立てずに去っていった。

エズラはサルに客についてごく最低限の説明しかしていなかった——若い男、母親、太った女、老人、ヒッピーの女。サルは、薬を飲んだときの母親のように、眠たげで血の気の失せた人々を思い描いていた。あるいは薬に飢え、一刻も早く寄越せと自暴自棄になっている人々を。実際には彼らはまったくそんなふうではなかった。彼らはどこにでもいる人に見えた。ごく普通の人に。たったいま、客のひとりの若い母親は遊び場で息子をベビーブランコに乗せて、背中を押していた。彼女は夜になって疲れすぎて息子を寝かしつけられなかったり、夕食のマカロニチーズにチーズミックスを入れ忘れたりするようには見えなかった。裁判所の男はキビキビとした足取りで仕事に戻っていったし、元ラインバッカーの老人は目を輝かせてアメフトをプレーした日々について語っていた。ブロンドの少女が立ち去るのを見つめるうちに、サルの筋肉の緊張は少しほぐれた。学校にこっそり戻るのも、抜けだすのと同じくらい簡単で、誰もサルがいなくなったことに気づかなかった。

その夜、エズラがサルの寝室に金を回収しにやってきた。ギディオンが夜九時以降は電気を使わせないので、エズラはキャンプ用のヘッドランプをつけていた。その小さな強力な光を当てて、エズラはサルの色褪せたベッドカヴァーの上で、一〇〇〇ドルを数えた。数えおわると、まるでお泊まり会の少年のようにサルのベッドにあぐらをかいて座った。分厚い札束の山が、エズラの神経を高ぶらせ、舌をなめらかにした。

このビジネスはお袋が死んでから始めたんだ、とエズラは言った。エズラの母親はガンが骨に転移したため、オキシコンチンを処方されていた。母親の死後、彼が薬棚を掃除したとき、オキシコンチンが二十錠残っているのを見つけた。この薬をマリファナに交換できないかと大麻の売人に尋ねたところ、もちろんできると答えた。ギディオンはふたりの母親が死んだことを——椅子に座ったまま、とても静かに息を引き取り、息子たちが気づくまでに二時間かかったことを――わざわざ医者に報告しなかった。だからエズラが追加の処方を依頼すると、薬を出してもらえた。三カ月間、彼は薬をマリファナと交換していたが、やがて売人がその薬を一錠十ドルで売っていることを知った。

「一錠十ドルだぜ！」エズラは言った。「なのに、おれには十錠の薬を、十セント硬貨《ダイム》二枚分のマリファナと交換してやがった！」エズラが自分でビジネスをしようと考えたのはそのときだった。大麻の売人には事前に先住民居留地では売らないと約束させられた。しかしエズラには、両腕にタトゥーを入れた一八〇センチ以上もあるパイユート族からは絶対に買わないが、安全な場所で会ってくれる痩せた白人からなら喜んで買う人々がいるはずだとわかっていた。実際、彼は正しかった。〈ウイスキー〉でちょっとささやくだけで、彼の年代物のアンドロイド携帯が鳴りはじめた。

それから二カ月後、大問題が発生した。医者から、死んだ母親が診察に来なければ、もう追加の薬は処方しないと言われたのだ。エズラは彼のビジネスももはやこれまでかと思ったが、そのときは道が拓けた――大麻の売人がリノの元締めを紹介してくれ、エズラが捌《さば》ける数のオキシコンチンを用意してくれることになった。エズラに薬を渡し、売却後に代金を支払わせる仕組みだった。これはビジネスを始めたばかりで、投資資金の少ない人間にとっては、ものすごくありがたい取引だった。その分、リノの男は多額の手数料を取ったけれども。だから、エズラはまず薬を直接買えるだけの資金を稼ぎたかった。サルの助けを借りればそれが可能で、そうすれば唸るほど金を貯めることができる。

「金が貯まったら、この肥《こえ》だめみたいなところから出て、おれの人生を生きてやるぜ」エズラは言った。「ギディオンに四六時中、あれやれこれやれと指図を受けなくてもいい人生をな」ギディオンには——とエズラは付け加えた——絶対に知られることはない。ギディオンはふたりの父親と同じ清教徒《ピューリタン》みたいな野郎であり、父親もギディオンも、詐欺師、牛泥棒、密売人という誇り高き血統に泥を塗っている。

「プレンティス一族は無法者なんだ」エズラは言った。「昔からずっとそうだった」

金を数え、自慢と今後の計画を語りおえると、エズラは重ねた紙幣から汚れた二十ドル札を一枚剝がし、サルに手渡して言った。「よくやった、パートナー」それから部屋を出て、ヘッドランプの光を揺らしながら廊下の奥に消えた。

サルは汚い二十ドル札を両手に持ったまま、しばらくベッドに座っていた。二十ドルはエズラが約束した十パーセントには足りなかった。そのことを気にしている自分がこの札と同じくらい汚く感じられた。エズラの客は一般人かもしれないし、薬が彼らを傷つけているようにも思えなかったが、エズラがビジネスを始めた経緯を聞けば、それが違法なことは明らかだった。少しでもお金を受け取ってしまうと、里親の元に行きたくないから薬を売るしかなかった子どもではなく、犯罪者になってしまう。サルはそんなふうに感じた。その一方で、どうせ金をもらうなら、少なくとも、公平な分け前を得るべきではないのか？　頭のなかで、そんな絹のようになめらかな声がささやいた。お札を裏返したとき、サルの指先は怒り半分、恥ずかしさ半分で、ズキズキと疼《うず》いた。長い時間が流れたあと、サルはようやく部屋の隅の段ボール箱まで這っていき、教会のプログラムのスクラップブックを取りだすと、ページのあいだにその札を挟んだ。それからベッドにもぐり込み、窓のほうを見あげて、物語を紡ぐためにアンジェラスを谷に召喚した。

ところが、大天使が現われたとき、彼はひとりではなかった。サルが驚いたことに、もうひとりの大天使が、アンジェラスの背後から颯爽と谷にやってきたのである。それはアンジェラスの弟だった。納屋の横で互いに向かい合ったまま円を描くふたりを見て、サルの創造力が炸裂した。この大天使は、アンジェラスの弟であり、宿敵なのだ。実は、このカテラスこそが、悪魔を地球に放った張本人であり、いまや悪魔の将軍だった。アンジェラスはこの宇宙的裏切りに対して、弟を殺すことを誓ったが、黄金色の目と黒い翼を持つカテラスは、戦場ではアンジェラスに匹敵する強さを誇っていた。サルの部屋の窓の外では、カテラスの剣とアンジェラスの大鎌が打ち合う音が響きつづけ、やがて互いに脅しの言葉を吐きながら、勝負は引き分けに持ち込まれた。

サルは枕に寄りかかり、彼のおなじみの物語に新たな展開が訪れたことに興奮した。それから数週間、大天使の兄弟は、何度も何度も小競り合いを繰り返すことになる。丘の上で、バスのなかで、ラヴァーズロックのそばでさえも、大天使たちは赤黒い血をほとばらせた。子どもたちが何も知らずに遊び、サルが茶色の袋にはいった小さな白い錠剤を買いにくる三人の女とふたりの男を待っているあいだにも。

ジェイク

グレイス・プレンティスが死ぬ前夜、〈ニッケル〉は静かだった。十時半には、客はジェイク以外には、奥の角でビル・ジョンソンとメディック・ゴンザレスがコヨーテ狩りに最適な場所はどこかについて議論しているだけだった。グレイスはカウンターを拭いてから言った。「ラストオーダーよ、ジェイク」

ジェイクは週に三日、〈ニッケル〉に通っていたが、あまり酒は飲まない。ビール二杯が彼の普通の量だ。ビールがまだ半分残っていたので、「おれはもういい」と答えた。

「お母さんが起きて待っているの?」グレイスは細く黒い眉の一方を吊りあげて訊いた。

ジェイクは顔を赤らめた。彼の母親は実際にジェイクを待っている。グレイスは笑ってから、追及をゆるめた。「待っててくれる母親がいるのは、いいことだわ」

ジェイクはカウンターの上でグラスをまわし、結露が作った水滴の輪を崩した。ジェイクはマルゼンに住む全員を知っている。誰が頼りになり、誰が助けの必要なときに姿を消すかも知っている。ほとんどの人の秘密を知っていたし、誰が彼の知らない秘密を知っているかも知っていた。それなのに、グレイスの母親のことは何も知らなかった。「きみのお袋さんはまだ元気なの？」

「去年、死んだわ」グレイスは蛇口をさりげなく拭いた。「でも、子どもを寝ないで待つタイプじゃなかった」

「いや、きみが思うほどいいことでもないよ」

彼女は蛇口を見たまま、顔をしかめた。「そんなことない。わたしは毎晩サルを起きて待ちつづけるわ。たとえあの子が大きくなって、起きて待っている母親がいるには年を取りすぎたとしても」それからジェイクにウインクすると、店の反対側の奥に歩いていった。

「ビル！　メディック！　ラストオーダーよ！」

翌朝、ジェイクは彼女の小さな家に、最初で最後の訪問をした。彼は彼女の冷たい肌に手を触れ、脈が途絶えていることを確かめた。視界の端にサルがはいったとき、ジェイクが悲しみのなか最初に考えたのは、グレイスはサルを寝ないで待つことは一度もなかった、サルが出歩けるようになるまえに永遠の眠りについてしまったということだった。

あの陽射しの強い暑い朝から九カ月経ったいま、ジェイクは数学教師の遺体を発見した日、消防団の詰所で身を縮めて怯《おび》えていたサルのことを考えずにはいられなかった。また、グレイスが目を覚まさなかった日、小さな青い家の玄関ポーチで触れた、まるで鳥の肩のように脆いサルの肩の感触を忘れることもできなかった。

パーシング郡の保安官補二名は、週末ずっとマルゼンにいて、手当たり次第に質問しつづけた。ラヴロックの数学教師を知らないかと尋ねたが、誰ひとり知らず、中学生の親ですら知らなかった。アダム・マークルが殺された日に、彼や彼の車を見かけなかったかとも尋ねた。当日は誰も見かけていなかったが、多くの人々がサル・プレンティスを乗せた茶色のカローラが、放課後に町を通ってプレンティスの家に向かうところを見ていた。一、二回見たという人もいた。週に二、三回という人もいた。毎日見たと、雑貨店を営むサリーは言った。死体はプレンティス家の近くで発見されている。そう複数の人が指摘した。

警察はプレンティス一家と話をするべきだろうと彼らは言った。

ジェイクは茶色のカローラやプレンティスやサルについての噂話を聞いて、サルのリュックサックがないことに気づいたときと同じように不安に駆られた。だから火曜の午後遅く、消防団でのシフトが終わると、丘の小さな木立のところまで車を走らせた。警察のいないときに、自分自身の目で現場を見ておきたかったのだ。

もちろん、現場には何もなかった。死体も、ウォッカの壜も、ブリーフケースも、縄跳びもすべて消えていた。残っているのは、木に結びつけられたボロボロの黄色い警告テープと、地面の焦げついた染みだけだった。風が低く唸り、丘のあいだを吹き抜けていたが、木立は崖の風下にあるため、空気が淀んでいた。アカシアの枝が上空を覆うように伸びていて、暴力的な死の余韻のなかでも、ジェイクは再び安全地帯にいるような感覚を覚えた。低い丘の上から初めてこの木立を見おろしたときと同じように。

地面を調べたが、何も見つからなかった。何を探そうとしているのかもわからず、捜索している自分がばからしく思えてきた。まさかおれに——ボランティア消防士のジェイク・サンチェスに——警察が見落とした何かを見つけられるとでも思っているのか？ 彼は焚き火用のかまどの灰の山のそばにしゃがみ込み、木の棒でぼんやり突《つつ》いた。金属がきらりと光ったのが見え、指で灰を掻きわけると、皮下注射針が出てきた。注射器はなかった。溶けて消えたのだろうと思った。ジェイクは注射針をアカシアの葉で注意深く包み、上着のポケットに入れた。もうばからしく感じることはなかった。

木立のほかの部分をじっくりと捜索したが、ほかには何も見つからなかった。夕陽が崖の向こうに落ち、木立が早くも夕闇に包まれたとき、彼は来た道を戻ろうとした。すると、ほとんど目につかない細い道があることに気づいた。曲がりくねったその道は、キャンプサイトから間欠川の溝を越えて、崖のふもとまで続いている。数学教師を殺害した犯人はてっきり自分と同じように防火道からここまで来たのだろうと思い込んでいたが、別のルートがあったのだ。

ジェイクは腕時計を確認した。母親が夕食の支度を済ませて彼の帰りを待つ時間までまだ一時間ある。彼はブーツで硬い砂を踏みしめながらその細い道を進んだ。崖のふもとで、小道は左に逸れた。さらに三十メートルほど歩くと、崖は急勾配の丘へと姿を変え、小道はジグザグに丘をのぼる坂道になった。ジェイクは荒い息をしながら坂道をのぼった。消防団のボランティアは体を鍛えることになっていたが、誰も気にしておらず、最後にジェイクの心拍数が一三〇を超えたのは、もうずいぶんまえのことだった。ジェイクは二度、巨石のあいだで道を見失ったが、二回とも見つけることができた。細かい砂が固まった道に判別可能な足跡がついていたからだ。

半分ほど丘をのぼった頃、マルゼン方面からやってくる車の音が聞こえた。防火道を見おろすと、赤いシヴィックが四輪駆動車用道路を二輪駆動車で走る人の注意深さで、彼のトラックの脇を追い越していった。その車はプレンティスの家に向かっていた。興味深いことだった。ギディオンとエズラは来客を歓迎するようなタイプではない。

頂上までのぼると足を止め、ジェイクはひと息ついた。前方には今度はくだり坂の小道があった。三十メートル近く坂をおりると、低い鉄柵に囲まれた小さな墓地に出た。

ゆっくりと墓地に近づいた。まるで消えてしまいそうな蜃気楼に近づくかのように。四平方メートルに満たない広さで、丘がさらに急勾配でくだる直前の平らな土地にあった。十二の墓石があり、すべてにプレンティスの名が刻まれている。一番新しい墓石は一年前。子どもの帰宅を起きて待つことのない、グレイスの母親のものだった。グレイス自身の墓はない。ジェイクは彼女の棺がマルゼンバプティスト教会の裏の墓地に埋葬されるのを見ていた。しかし、彼女以外の一族は全員ここにいた。

遮《さえぎ》るもののない丘を激しい突風が吹き抜け、墓の上に獣の生皮のように生い茂る黄色い草をなぎ倒していく。そこはプレンティス一族にとってすら荒れ果てた場所で、なぜ自分たちの住む場所からこんなに離れた場所に身内を埋葬するのだろうとジェイクは不思議に思った。それから、一二〇メートルほど下にある谷を見て、合点がいった。墓地からつづく小道の終点には、古い母屋とダブルワイド、散らばったごみの輪があった。さらにギディオンのトラックのうしろには、赤いシヴィックも停まっている。

ジェイクは片手で顔を撫でた。いま目にしているものの重要性を理解しはじめる。プレンティスの敷地は、曲がりくねった防火道を通る場合には、あの木立まで三キロメートル以上の距離がある。しかし、崖を越える小道を行けば、せいぜい八〇〇メートルしか離れていない。近道であり、サルがバス停まで歩く途中で死体を見つけたことも説明がつく。ただし、あの少年はそうは言わなかった。サルは保安官に防火道を歩いていたと話した。

そして車と鳥を見たから、調べにいったのだ、と。

そのとおりなのかもしれない。サルは崖を越える小道のことを知らなかったのかもしれない。しかし、ジェイクはそうは思わなかった。あの朝、学校に行く途中だったとも思わなかった。理由は説明できない。ただ、灰のなかの針の何かが——サルの母親の死にざまと相まって——サルがリュックを持たずに消防団の詰所に現われて以来、ずっとジェイクが抱きつづけている不安を増大させた。注射針のことを、殺人現場からプレンティス家まで繋がる小道のことを、保安官事務所に伝えなければならない。だが、とジェイクは思った。そのまえに、グレイス・プレンティスの息子ともう一度話をしてみよう。

サル

サルは実はそんなにチェスが好きではなかった。たいしてうまくもなかった。毎日ランチを食べにマークル先生の教室に通うのと同じように、憐れみと称賛と感謝の入り混じった複雑な気持ちに動かされて、衝動的にチェスクラブに申し込んだだけだった。

九月下旬、学校でクラブの日——生徒が放課後に集まって行なうグループ活動に参加する日——があった。本来なら、サルは参加しなかっただろう。ただし、学校側も選択制にしたら誰も参加しないことはわかっていた。そこで二時間目を使ってクラブ活動の参加申請を行なったのだ。社会のウィートン先生はサルのクラスの生徒たちを体育館に連れていった。そこには十数個のテーブルが並べられ、各クラブ——卒業アルバム委員会、4H《フォーエイチ》クラブ（農業青年の頭脳、技術、心、健康を育成するための組織）、ロボット工学クラブ、さらに編み物サークルまであった——の入部申し込み用紙が置かれていた。サルやほかのマルゼンの子どもたちは入り口のそばでたむろしていた。どのクラブも彼らには関係なかった。彼らはバスに乗らなければならず、放課後は学校に居残ることができなかったからだ。

それから、マークル先生がテーブルのまえに座っていることに気づいた。テーブルには、キャラメル色とハチミツ色のマスを挟んで駒が向かい合うチェスボードが置かれている。テーブルについている教師はマークル先生だけで、ほかの教師たちは体育館の観客席でおしゃべりしていた。観客席を見つめるマークル先生が、まちがいをしでかした――ばかな真似をしてしまった――と考えていることがサルにはわかった。だからサルはチェスクラブに申し込んだ。申し込んだ生徒はサルだけだった。

翌日、サルはマークル先生に、マルゼン行きのバスに乗らなければならないから、実はチェスクラブには参加できないのだと告げた。マークル先生は心配しなくていいと言った。自分が家まで送っていくから、と。そんなわけで毎週木曜日、マークル先生はサルにチェスを教えたが、サルはチェスが好きではなかったし、たいしてうまくもないとわかった。

それでも、チェスの駒は好きだった。通る道を悉《ことごと》く破壊して進む、高慢なクイーン。優雅でほっそりとしたビショップは、キングの耳にささやきかける。利口なナイトは横から不意打ちをかけて敵を突き刺す。そして勇敢な小さな兵士、ポーンは戦略的な死に向かって突進する。サルはこのゲームに要求される論理や展開を見通す思考にはほとんど興味がなかったが、駒たちが披露する武術的な舞踏にはけっして飽きることがなかった。一局ごとに、犠牲、勇気、苦労のすえの勝利、苦い敗北といった新たな物語が生まれた。ときおり、サルの頭のなかでチェス盤が血の海と化した。そのあまりの生々しさに、思わず磨かれたマスに触れて、血でベトベトになっていないことを確かめてしまうほどだった。ある日、サルのキングをあっという間《ま》に捕らえたあと、マークル先生が言った。「ちゃんと注意を払っていないだろう。わたしは四手前に王手の可能性をそれとなく知らせたのに」

しかし、サルはずっと注意を払っていた。盤面で展開される物語を見守っていた。マークル先生のクイーンを攻撃する道を開いたサルのビショップに対し、白のナイトが切り込んだ。すかさずマークル先生のクイーンは、象牙色の首を縦に振ってうなずくと、横暴な距離からサルのキングを殺したのである。サルのビショップは神に慈悲を請いながら倒れ、三つのポーンは後方への攻撃を撃退することはできず、なすすべもなくキングの敗北を見守るしかなかった。サルはマークル先生の事前の合図は見落としたが、盤上で繰り広げられた、悲劇と美が織りなす壮大なドラマは見逃していなかった。

「もしチェスの駒のどれかになれるとしたら、何になる？」サルは尋ねた。彼はキングの防衛をせずに、ずっとそのことを考えていて、ポーンになろうと決めていた。ポーンは強力なナイトやビショップに比べれば、取るに足らない存在だし、悲しまれることもなく残酷なほど数が減ってしまうが、彼らはまた最上の物語を可能にする存在でもあった。彼らは充分に近づきさえすれば誰であろうと――キングでさえも――殺すことができたし、辛抱強く、静かにチャンスをつかめば、最強の駒であるクィーンにさえ昇格できるのだ。

「ルークだ」マークル先生は言った。

サルはマークル先生の机に白いルークが置いてあるのを見たことがあった。このチェスセットのルークで、先生はチェスを指すときはいつも白を選んだ。「どうして？」

マークル先生はその白のルークを手に取り、親指で胸壁をなぞった。「ルークは庇護者だ。みんなを安全に守る者」

先生の顔は虚ろで、後悔がにじんでいた。ルークの胸壁はまるで何度もこすったかのように擦り減っていた。サルは母親が肋骨のまわりに腕をまわしてくれたことを、そっと抱きしめてもらったとき、どれほど安全に守られていると感じたかを思いだした。結果的には、サルは安全に守られていたわけではなかったとしても。「子どもはいるの、ミスター・マークル？」

マークル先生は驚いて、体をうしろに引いた。「息子がいた。ベンジャミン。でも死んでしまった」

サルはうなずいた。「お気の毒に」この言葉が一番いいとサルは知っていた。

「ありがとう」マークル先生は眼鏡をはずし、目をこすった。また眼鏡をかけると、目の縁が赤くなっていたが、濡れてはいなかった。「さあ、どうすればわたしの攻撃を止められたか、やってみせよう」

先生は死んだ駒を盤上に戻して説明した。もしポーンをクイーンの攻撃の道筋に動かしておけば、ナイトはビショップを奪うのではなく、まずポーンを取りのぞかなければならず、サルのキングは逃げる時間を稼ぐことができた。サルは耳を傾け、新たな物語を頭のなかで再生した。ビショップは助かり、かわりにポーンが虐殺され、キングは安全なところに退却する。ビショップは倒された歩兵に敬礼し、歩兵は上官に感謝されながら息絶えた。マークル先生はベンジャミンにチェスを教えたのだろうか。ふとサルは思い、それから教えたはずだと考えた。

マークル先生が説明を終えたとき、火災報知器が鳴りはじめ、けたたましい音が廊下を駆けめぐり、すべての教室のドアを叩きつけてまわった。サルは弾《はじ》かれたように立ちあがった。

「何もないと思うよ」マークル先生は言ったが、もぞもぞと指を動かしてチェスセットをしまい、机からマニラ封筒を取りだした。「でも、ここを出よう。念のため」

学校にいたのは十人ほどだった。校長、用務員、理科のバーンズ先生、音楽のルイス先生とジャズクラブの四人の生徒。十一月下旬の午後、頭上で警報が鳴り響くなか、彼らは正面入り口からぞろぞろと外に出た。

「誰が警報を鳴らしたの？」ウッドワード校長が言った。困惑した顔をしている。それから、ジャズクラブの生徒のひとりが、マークル先生の教室の窓の下にある金属網のごみ箱から立ち昇るけむりを指さした。炎は小さく、網目のなかで赤く光っているだけだったので、みんなでそれを見にいった。マークル先生だけが動こうとしなかった。サルが振り返ると、先生は校舎の壁に寄りかかり、頭を膝につけんばかりに身を屈めていた。サルはマークル先生のところへ行こうとしたが、バーンズ先生のほうがすばやかった。バーンズ先生はマークル先生に腕をまわし、頭をぐっと近づけた。彼女の黄色の硬い巻き毛が、彼の灰色の顔にかかるほどに。

四ブロック先の消防署からサイレンが聞こえはじめた。消防車はおそろいの赤い救急車を従えて、エルムハースト通りを疾走し、中学校のまえで急停止した。黄色いゴムのズボンとジャケットを着た消防士たちが飛びだしてきて、火災の場所はどこかと見まわした。ごみ箱のボヤでしかなかったと気づいたときには、彼らの顔に落胆の色がありありと見て取れた。

その頃には、マークル先生の顔色は元に戻っていた。彼はバーンズ先生から一歩離れて

——がっかりした彼女の手だけが宙に浮かんでいた——サルのところにやってきた。校舎内では警報がまだ鳴り響いていた。

「レッスンは終わりにしよう」先生は言った。「いつになったら警報が鳴りやむのかわからないし」そんなわけで、ほかのみんながラヴロックの消防士たちがごみ箱に水をかけるのを見ているあいだ、サルとマークル先生は駐車場を歩いて先生の車に向かったのだった。

車のドアを開けたとき、サルは誰かに見られているような気がした。バーンズ先生かと思ったが、あたりを見まわすと、鏡面仕上げのアビエーターサングラスをかけたひげ面《づら》の男が、へこんだ青いセダンの運転席に座っているのが見えた。セダンは親が子どもを迎えに来たときに停める縁石のそばに駐車していたので、ジャズクラブの生徒を迎えにきた保護者なのだろうとサルは思った。サルの視線に気づくと、その男は片手をあげ、小さく手を振った。

マークル先生はゆっくりと角を曲がって西通りにはいり、それから本通りに出て、ラヴロックにひとつだけある信号で停止した。そこは一方の角に図書館があり、もう一方の角に〈コンフォーツカフェ〉がある町の中心部の交差点だが、歩道には誰もおらず、車道にも彼らの車しかいなかった。四〇〇メートルほど先には、高さ十二メートルのコンクリートの柱の上にある州間高速道路八十号線を、車が轟音を立てて走り抜けていた。

州間高速道路に乗ると、マークル先生は右側の走行車線から移ろうとせず、いつものように制限速度よりも時速十五キロも下回るスピードで走った。十八輪トラックが背後に現われ、急接近してきて、それから追い越し車線に移った。マークル先生は大型トラックが横を通りすぎるとき、ハンドルにしがみついていた。州間高速道路を走るときにはいつも緊張していたが、その日は特にピリピリしているように見えた。先生が気を取り直すまでそっとしておこうと、サルは窓の外を見つめた。空の青はとても深く、ほとんど紫色をしていて、その下には広大なセージ畑が銀色にきらめいていた。

無事にラヴロック＝ユニオンヴィル・ロードにはいったとき、マークル先生が言った。

「以前、ベンジャミンにもチェスを教えていたんだ。死んだときは十歳だった。きみと同じ年頃だ」

「何があったの？」

「交通事故だ。もうすぐ二年になる」

「つらいね」サルは言った。二年前に亡くなった十歳の息子がいたにしては、先生は年を取りすぎているように思えた。ベンジャミンは父親がこんなに年老いていることを気にしていたのだろうか。ふと、サルは思ったが、考え直した。そんなことはどうでもよかったのだろう。どんな父親だろうと、人は自分の父親を愛するものなのだろう。

「きみのお母さんは？」マークル先生が尋ねた。「いつ亡くなったんだい？」

サルは母親が死んだことをマークル先生が知っているのをすっかり忘れていた。彼はまた窓の外を見て答えた。「今年の夏」

六月二十四日。日曜日だった。毎週日曜にはそうするように、歩いて教会に行くはずだった。しかし、サルが目を覚ましたとき、『ボブとはたらくブーブーズ』のベッドカヴァーに当たる陽射しの色から、すっかり寝過ごしたことがわかった。母親はてっきりベッドで寝ているのだろうと思った。薬を飲んで眠るといつもそうなるように、口を開けて寝ているのだろう、と。ところが、母親はソファにいて、バーから帰宅したときの服——黒いジーンズと白いシャツ——を着たままだった。母親の口は開いていたが、眠ってはいなかった。

「何があったんだい？」マークル先生が尋ねた。

サルが911に電話した五分後、ジェイクがやってきた。彼はサルの母親の喉に二本の指を当て、動きがないことを確認し、頭を垂れた。それから注射器を手に取り、前腕にきつく巻かれた靴紐をはずすと、手首の上の小さな痣を隠すように袖をおろした。注射器と靴紐をキッチンにあったペーパータオルで包み、注意深くポケットにしまった。コーヒーテーブルには、ライターがひとつ、スプーンが一本、そして赤いゴムの破片がいくつか散らばっていた。ジェイクはそれも別のポケットにいれた。彼はバスルームの薬棚を開け、オキシコンチンの壜を取り、それからサルの母親の寝室に行き、ベッドサイドテーブルの引き出しから何かを取った。居間に戻ると、サルの母親の顔をまるで眠っている子どもの顔に触れるように手のひらで包み、二枚目のペーパータオルを使って、唇のあいだから毒キノコのように円錐状に生えていた、茶色がかったピンクの泡を拭き取った。

それからジェイクはサルを玄関ポーチまで連れていった。陽は高く、空気は温かく、サイレンの音がして、角の向こうから救急車が現れた。ジェイクはサルの肩に片手を置いた。その重みは無言の約束だった。誰もがグレイス・プレンティスは心不全で死んだと考える。なぜならジェイクがギディオンとエズラに、教会の人々に、救急車を運転するハンク・フルマンにそう告げるからだ。それはほとんど親切さの限度を超えた行為であり、サルはずっと感謝しつづけるだろうが、マークル先生の親指は後悔の念を込めてルークにやさしく触れていたし、州間高速道路を遅すぎるスピードで運転していたから、サルは窓の外を見て、母親の秘密を打ち明けた。

「母さんは腕に注射針を刺した」

もしサルが焦点を正しく合わせたら、ヤマヨモギはぼやけて均一な灰色となり、水のように見えたことだろう。彼はマークル先生がちらりと自分を見て、それから視線を道路に戻したのを感じた。

思い出の詰まった沈黙のなか、ふたりを乗せた車は残りの道のりを走った。マークル先生がプレンティスの敷地の私道に車を停めたとき、サルは降りようとしなかった。先生にはまだ何か言いたいことがあるとわかっていた。手押し車の横で、サムスンが小さな硬いビー玉のような目で、ふたりを見つめていた。

「ベンジャミンも、どのチェスの駒になりたいかと訊いてきたよ」マークル先生は言った。「わたしはキングになるだろうと答えた。キングになりたくない人がいるはずないだろうと思ってね。究極の賞品。誰もが手に入れようとし、誰もが守ろうとするもの」

サルがキングになりたいと思うことはないだろう。キングはポーンよりもずっと駒《ポーン》でしかない。「ベンジャミンは何になりたがったの？」

「当ててごらん？」

その質問は重い毛布のようにサルの両肩にかぶさった。彼がベンジャミンについて知っているのは、マークル先生が彼にチェスを教えたことと、彼が父親にチェスというドラマのなかでどの役を演じるかと尋ねたことだけだった。ベンジャミンもまた、象牙色と黒色の兵士がチェック柄の戦場を行進する物語を見たことがあったのかもしれない。もしそうなら、ベンジャミンが選ぶ駒はひとつしかなかった。「ポーン？」

マークル先生は不安定な笑みを浮かべた。「そのとおりだよ。わたしはポーンになりたがる人がいるとは想像もつかなかった。だが彼は、ポーンは誰も見ていないところで偉大なことができると言っていた。ポーンはキングを殺すことすらできると」

サムスンがグルグルと二周してから、横になって前肢に頭を乗せた。マークル先生が手を伸ばし、サルの手を取った。「きみには何か特別なところがあるね、サル？　ときどき、わたしが考えていることを正確に知っているように感じる。きみはわたしに息子がいることを知っていた。息子が死んだことも知っていた。息子の好きなチェスの駒まで知っていた。どうしてわかるんだい？」

サルがもっと幼い頃は、人の考えていることがわかるのは本物の超能力だと思っていた。いまは超能力を使えるのは物語のなかの人々だけだと知っている。それでもまだひそかに、その力が自分を特別な存在にしていると考えていた。サルはうれしくて顔を赤らめた。

「ただ、人をよく見ているだけだと思う」

「ああ、そうだね」マークル先生は考え込むように言った。「きみの目には、わたしはいつもどう見えるんだい？」

「悲しそうに見える、たいていは」サルはそう口にしてすぐ、そんなことを言わなければよかったと思ったが、それから考えを改めた。結局のところ、それは真実なのだから。マークル先生は小さく笑った。「そのとおりだ。わたしは悲しい」先生の指がサルの指をぎゅっと握りしめた。「たいていは」

ダブルワイドのドアが軋みながら開き、ギディオンがコンクリートブロックの階段に立った。マークル先生はすでに九回もサルを車で送ってくれていたが、サルの伯父のどちらかが外まで出迎えにきたのはそれが初めてだった。マークル先生はサルの手を離した。ふたりは車から降りた。先生は緊張したように頭のてっぺんの髪を撫でつけたが、しっかりとした礼儀正しい声で言った。「こんにちは。アダム・マークルといいます。サルの数学の教師です」

ギディオンは階段を降りてきた。彼とマークル先生は同じくらいの背の高さだったが、先生の体はやわらかくて傾斜しているのに対し、ギディオンは筋肉質でまっすぐだった。

「あんたがサルにチェスを教えてる先生か」

「彼はすばらしい少年ですよ」マークル先生が言った。「もちろんご存知でしょうが」

ギディオンは冷ややかな目をサルに向けた。その目は、サルのすばらしさを認めてはいなかった。ギディオンはマークル先生に視線を戻した。ただでさえ険しい顔をさらに暗くして。先生は一歩さがった。

「お会いできてよかった」先生はそう言ってから、車に戻った。

ギディオンとサルは先生の車が走り去るのを見つめていた。サムスンが砂の上で鎖を引きずりながら行ったり来たりした。カローラのうしろに、砂埃が立ち込めていた。

「あの男は疫病神だ」ギディオンがそう言ったが、サルは信じなかった。

ノラ

サルはノラの家の居間を見まわした。まるで目録を作成するかのように黒い目が動いている。その目には何が映っているのだろうかとノラは思った。居間は一九七〇年代に建てられた当時のままに、壁にはフェイクウッドの羽目板が使われ、床には毛足の長い茶色の絨毯が敷かれていた。そして、あのリクライニングチェア《レィジーボーィ》も——ひじ掛けには、ジェレミーのバスケットボールの州大会決勝の夜にノラの爪がつけた溝が残っている——ノラの母親が横たわったまま死んだソファの横に、まだ置かれていた。壁にはぜいたくをして買った薄型テレビが、額に入れたジェレミーの優勝記念ジャージと並んで掛けられている。毎晩ノラの父親はレイジーボーイに座って、なんであれその季節に行なわれているスポーツの試合を観戦していた。ノラから渡された一本のペールラガービール《ミケロブ》をちびちびと飲みながら。部屋をじっと見つめるサルを見ていると、彼がそうしたことすべてを見通しているかのように思えたが、もちろんそんなはずはない。

ノラは本棚から埃まみれの陳列ケースを取りだし、ソファに座るサルの隣りに腰をおろすと、彼の手に槍先を置いた。長さ十七センチ、幅四センチ弱の槍先は、薄い堆積岩《チャート》でできている。表面には小さなくぼみが池のさざ波のように折り重なり、次第に細くなる先端は鋸歯状で、いまでも充分肉を切れそうなほど鋭かった。ノラはもう何度も見ていたが、それでも、一万年前、辛抱強く慎重に石を少しずつ削ってこれを作りあげた職人のことを考えると畏敬の念を抱かずにはいられなかった。

サルはまるで同じことを考えているかのように、厳粛な表情でそれを吟味している。

「どこでこれを見つけたの？」

「間欠川の川床で。一番見つかりやすい場所のひとつよ。槍先が川の水で流されて、川が干あがったら、そこでじっと発見されるのを待っている」ノラは大げさに言った。槍先はグレートベイスンのあちこちに転がっているわけではない。めったにあるものではなく、ノラの父親は内心では絶対に見つかるわけがないと信じていたのではないかと思う。母親が死ぬ一年前のある土曜日、ノラがその槍先を蹴りだしたとき、父親は、ジェレミーがタッチダウンを決めたときと同じように歓喜の雄叫びをあげた。

「何年前のもの？」サルが尋ねた。

「それが川床の問題点。水が手がかりを洗い流してしまうから、何年前なのかわからない。

でも、これはクローヴィスの尖頭器（先を尖らせた打製石器のこと）だから、一万年前から一万三〇〇〇年前のどこかね」

ノラはサルがそのことをじっくり考える様子を見つめた。ほとんどの中学生は悠久の時の流れを理解することができないが、サルは理解しているのではないかと思えた。彼は一本の指で、そっと槍先の縁をなぞった。「これで何を狩っていたの？」

彼女は笑みを浮かべた。この話をしたらきっと目を輝かせることだろう。「昔はこのあたりにヒョウがいたのを知ってる？　体長三メートルの巨大なナマケモノも。ゾウの二倍の大きさもあるマストドン、剣歯虎《けんしこ》、ラクダまでいたのよ」

「ほんとに？」サルは眉をあげてノラを見あげた。「その動物たちはどうなったの？」

「それはね――」ノラはそこで言葉を切った。彼女とサルはその槍の穂先を見つめた。その実用的で死をもたらす美しさを。

そのとき、裏庭でキャンピングカーのドアがバンと開く金属音が響いた。居間のガラスの引き戸越しに、父親が足を引きずりながら歩行器を使ってベニヤ板のスロープを降りてくるのが見えた。

「しまった」ノラはソファからパッと立ちあがる。

「誰？」

「父よ。わたしの車の音が聞こえたのね。どうして顔を出さないのか不思議に思ったんだわ」

「外に出ちゃいけないの？」

「もちろん、出てもいいんだけど、あまり来客に慣れてないの」ばかなことを言ってしまった。ノラは思った。まるで父親が引きこもりであるかのように。まあ、彼はたしかに引きこもりだったが、来客が嫌いなわけではない。ただサルとの会話中にここに来てほしくないだけだ。父親がいると話がややこしくなる。ノラは引き戸に駆け寄り、勢いよく開けて言った。「父さん！　ここにいる！　すぐにそっちに行くから！」

しかし、遅すぎた。父親はスロープを降り切っていた。ノラが見つめるなか、父親はドタドタと歩きながら、土の庭からパティオに移動して敷居をまたいだ。サルに気づくと、父親の顔に笑みが広がる。「どちらさんかね？」

ノラは諦めのため息をついた。「こちらはサル。わたしの生徒のひとりよ。サル、こちらはわたしの父、ミスター・ウィートン」

サルはまだ尖頭器を手にしたまま、ノラの父親を――乱れた髪から、茶色のスウェードのスリッパまで――さっと見つめた。今回はサルの目に映るものがノラにも簡単にわかった。サルの年齢からしたら年を取りすぎている男。どれくらいの年の差までなら話が通じるのだろうかと考えあぐねているのだろう。ノラの心のなかのやさしさと辛辣さがもつれた部分が、少し強く締めつけられた。

「この子に槍先を見せとったのか」ノラの父親が言った。

「興味があるようだったから」ノラは言った。「ちょうどファーストピープルの単元が始まるところなの」

父親は歩行器を押して、レイジーボーイまで行き、腰をおろした。「わしらはそれをウィンディギャップで見つけたんだ」父親はサルに言った。「いまにも嵐が来そうなときでな。急いでトラックに戻らねばならんかった。だが、坂が急すぎたせいで、尻で滑り降りるしかなかった。覚えとるか、ノラ？　えらいスピードで滑り降りとるときに、ノラが勢いよくそいつを引っ剝《ぱ》がした」

ノラは無理やり笑みを浮かべた。キャンバスパンツを穿き、ハイキングブーツで機敏に歩いていたかつての父親と、リクライニングチェアのひじ掛けに置いた手を震わせている目のまえの父親を結びつけるのは難しかった。しかし、サルから槍先を受け取ったとき、父親の手は安定していた。彼は槍の基部にあるふたつの突起の一方を指で押した。

「ほれ、ここに突起がついとるだろうが？　これは驚くべき技術なんだ。これを槍の柄に差し込めるようになっとる。動物の腱で縛れば、繋げた部分が壊れることもない」父親は自分の腕を柄に見立て、槍先をつけて見せた。「これを作った人たちは、大物狙いのハンターだった。マストドン、マンモス、バイソン、それにヒョウも。狩りは危険な仕事だ。だから一番勇敢で、一番強い若者を送りだした。彼らは獣を取り囲んで、フェイントをかけたり、鋭く突いたりして、獣が疲れるのを待った。それから彼らのなかで一番勇敢で一番強い者が、心臓にぐさりと槍を突いて殺した」父親はすべてを身振り手振りで真似してみせた。待ち伏せ、フェイント、致命的なひと突き。「彼らが帰ったとき、どんなふうに祝われたか。おまえさんは想像できるかい？　焚き火があって、みんなで踊って、生け贄《にえ》が捧げられる。その若きハンターたちは英雄だった。人々はほとんど神を崇めるのと同じように、彼らを崇めたんだよ」

ノラは目をぐるりとまわす仕草をするのをこらえた。クローヴィスの人々はほぼ確実に、マストドンに近づいて槍で刺すようなことはしなかったはずだ。おそらくアトラトル――安全な距離から投げる古代の投槍器《とうそうき》――を使っていただろう。あるいはマストドンの群れごと崖に追いつめて突き落とし、殺していたのかもしれない。彼らがどんな神を崇拝していたのかも、誰にもわからない。洞窟画や手の込んだ埋葬からその消失した生活が推測可能な古代ヨーロッパ人とは異なり、最古のアメリカ人は絵や工芸品もほとんど残さなかったし、彼らの骨でさえ、ふたつの大陸と七〇〇〇年の時間のあいだに散らばった状態で、ほんの少し発見されただけにすぎない。それなのに、目のまえの彼女の父親は、マストドンの狩りの話を、まるで高校のバスケットボールの決勝戦と同じであるかのように語って聞かせていた。

サルは首からさげたお守りらしき何か――チェスのポーンのような小さくて白いもの――を引っ張った。彼の目に想像の世界の影が揺らめいている。狩り。勇敢な若者たち。マストドンの胸骨を狙う槍。ノラの父親もまたその揺らめき――少年が古《いにしえ》の世界に心を奪われているさま――に気づき、そのなかに自分が指導してきたすべての少年たち、そして自分が育てたひとりの少年を、たしかに見ていた。壁にはアクリル樹脂のフレームに収められたジェレミーのジャージが掛けられており、午後遅くの太陽が、その平らな青い肩の部分や、胸に描かれたうしろ肢で立つ白いマスタング（アメリカに生息する野生馬。西部開拓時代のシンボル）に、投光器のように強い光を降りそそいでいる。

ノラは槍先に手を伸ばした。「サルを家まで送らないと」

父親の顔が暗くなる。古代の武器をノラに渡す手はまた震えはじめ、出かかった咳をこらえた。それからクルミのような指の節で歩行器の持ち手を握ると言った。「会えてよかった、サル」

「あなたの槍先を見せてくれてありがとう、ミスター・ウィートン」

わたしの槍先よ、とノラは思ったが、口には出さなかった。

マルゼンはノラが最後に訪れたとき——十六年前のリリーの家でのお泊まり会——から、まったく変わらないように見え、ラヴロックが大都会に見えるほど小さくてみすぼらしかった。たしか、リリーの実家は本通りを横切る未舗装の道の端にあったはずだ。リリーの両親はまだそこに住んでいるのだろうか。ノラはふとそう思ってから気づいた。もちろん住んでいるに決まっている。ほかにどこへ行くというのだろう？

彼女はちらりとサルを見た。家を出てから、ひと言も口を利いていない。それもこれも父親のせいだとノラは思った。まず、彼はノラがサルと過ごす時間を全部横取りした。さらにファーストピープルの話で、サルの気を逸らしてしまった。おかげでノラは、どうやってアダムのことを切りだしたらいいのか、わからなくなっている。

「少しお腹が空いたんだけど、あなたはどう？」空腹ではなかったがそう声をかけた。それから、サルはどんな夕食を食べているのだろうと思った。サルは肩をすくめた。ノラはそれをイエスと受け取り、正面に木材が使われている雑貨店のまえで車を停めた。昔来たときには、リリーがマルボロライトのパックをくすねているあいだ、ノラがカウンターに寄りかかって、レジ係のサリーにタンクトップのなかをのぞき込ませたりしたものだった。

雑貨店はいまでもタールと木屑のにおいがし、いまでも冷蔵庫にはソフトドリンクの二倍のアルコール飲料を収めていて、いまでもレジ係はサリーだった。ノラはキャンディバーをひとつ取り、サルにも何か選ぶように言った。彼は三つで九十九セントの棚からピーナツをひと袋取った。「あとふたつ取っていいのよ」とノラが言うと、一瞬、間《ま》をおき、言われたとおりにした。

サリーはノラのことがわからないようだった。彼にどんな味のミントキャンディ《ティックタック》が好きかと尋ねた十六歳のストロベリーブロンドの少女と、オックスフォードシャツのボタンを鎖骨まできっちり締めた、背が高くいかめしい女が同一人物だとは思わなかったのだろう。ノラはホッとした。彼女は当時の自分を思いださせられるのが好きではなかった。あの頃、どんなふうに自分の美しさを使っていたのかを。それをなんのために使っていたのかを——煙草、ウォッカ、マリファナ。そしてメイスン。

町を出て、轍の多い未舗装の道を走りだすとノラのシヴィックが不安定になったので、スピードをさげ、山麓のふもとの丘陵地帯の斜面をゆっくりとのぼった。ときおり噴出した石灰岩が垂直な壁のように切り立っている場所を通りかかった。ノラは専門家の目でそうした崖を見つめ、偉大なる更新世の湖の水位線が時間をかけて上昇し下降したことを——千年の単位の湖水の満ち引きが砂のなかに消えていくさまを——記す岩棚に着目した。

かつてオンタリオ湖よりも広大だったラホンタン湖は、いまは砂漠と化している。一キロ半ほど走ると、道路から低木林《チャパラル》に半分突っ込んだ形で、黒いピックアップトラックが駐車していた。シヴィックでその横をギリギリ通り抜けたとき、ノラはサルが両目をぎゅっとつむっていることに気づいた。「あのトラックを知ってるの？」

彼は目を開けたが、窓の外は見なかった。「ジェイクの」

「ジェイクって誰？」

「消防士」サルの体のあらゆる線が硬直している。ノラはなぜ消防士のジェイクが怖いのか尋ねたかったが、訊いても教えてくれないだろうとわかっていた。

プレンティスの敷地に到着し、ノラは母屋、ダブルワイド、崩れかけた離れの小屋、壊れた家具やごみの輪を見た。以前にも先住民居留地で、圧倒的な貧困を目の当たりにしたことはある。この母屋と同じように廃墟と化した家、同じようにごみに埋もれた庭を。しかし、この辺境の地にはさらに悪い何かを感じた。その腐りゆく貧困は意図的なものに見えた。あえてそれを選んでいるかのように。彼女はサルのほうを見た。彼は挑むようにノラを見つめていた。まるで何か言いたければ言ってみろとでもいうように。ノラはサルに笑いかけたが、彼は笑い返さなかった。

ダブルワイドの横に白いピックアップトラックが停まっていた。荷台には木とねじれた鉄で作られた奇妙な椅子のセットが置かれている。男が小屋からビニールの防水シートと巻いたロープを抱えて出てきた。ハンドルを握るノラの指が冷たくなる。その男は、アダムの家で見かけた男だった。

「あれは誰？」彼女はサルに尋ねた。

「伯父さん。ギディオン」

男は防水シートとロープを地面に置き、ノラの車に近づいてきた。彼女はガラス窓を開けた。何気なく。親しげに。あのときの男だと気づいていないふりをして。「あなたがミスター・プレンティスね。わたしはサルの社会科の教師です。彼に放課後残るよう頼んだので、家まで送ってきました。勝手にすみません」

サルが車から降り、車の正面に立つと、両手をリュックサックのストラップにかけて、ふたりをじっと見つめた。ギディオンはアダムの家でノラを見たのを覚えている。ノラは確信した。しかし、彼が言ったのは別のことだった。「あんた、ジェレミー・ウィートンの妹だろう」

「ええ」ノラは驚きを隠そうとした。ギディオンは目につく顔立ち――鋭い頬骨、角張って尖った顎先――をしていたし、目は灰色がかった不穏な色をしている。もしアダムの家で見かける以前に彼と会ったことがあれば、きっと覚えていたはずだ。しかし、彼のほうは二十年前のノラを覚えているらしい。

「ジェレミーとおれは同じ学年だった」彼は言った。「同じ集団《クラウド》じゃなかったが」

「でしょうね」その言葉はノラが意図したよりも辛辣に響いた。取り繕おうかと迷ったが、そのままにした。

ギディオンは目を険しく狭めた。シヴィックの屋根に片手を置き、身をかがめて言った。

「あんたは、あいつがいなくて寂しいんだろうよ」

ノラがたじろいだのはほんの一瞬だったが、ギディオンはそれを見逃さなかった。唇をゆがめ、嘲《あざけ》るようなかすかな笑みを浮かべると、頭を甥のほうに傾けた。すると突然、ふたりの似ているところが浮き彫りになった。サルのほうが肌の色が濃いが、その幼い顔の細い骨格には、伯父の骨ばった顔つきの面影がある。たたずまいも似ていて、どちらも緊張した油断のない静けさをたたえている。目の表情さえも同じだった。表情の読めない注意深い目。

ギディオンは一歩さがって、彼女を解放した。ノラは私道をバックで進み、カーブを曲がるまでゆっくりと運転した。それからアドレナリンの勢いに任せ、後輪のタイヤの異常な振動も無視して猛スピードを出した。ギディオン・プレンティスはアダムが死んだ翌日にアダムの家にいた。なぜ？　どうやってアダムの住んでいる場所を知ったのか？　リュックサックには何を入れていたのか？　恐ろしい仮説が頭のなかを駆けめぐり、ノラの足はアクセルをさらに強く踏み込んだ。

目のまえに消防士のジェイクのトラックが迫ったとき、ノラは慌ててハンドルを切り、茂みに突っ込んだ。トラックはまだ狭い道の半分を塞いでいた。スリップしてなんとか停止すると、彼女は両手をハンドルに置いた。冷静にならなければ。こんなところで車を壊したら、マルゼンに助けを求めるしかなくなる。

左側で何かが動いた。青い制服を着た男が低い丘をこちらに向かっておりてくるのが見えた。消防士のジェイクだろう。ノラが車から降りると、彼は手を振った。近くまでくると、彼女のフロントバンパー——セージの塊に鼻先を突っ込んでいる——を指さした。

「手を貸そうか？」

「いいえ、大丈夫。あなたがジェイク？」

「ジェイク・サンチェス。そう」彼は夕方の陽射しに目を細めてノラを見た。彼は大柄で——太ってはいないが、厚みがあり背が高い——こざっぱりした黒髪に幅広のハンサムな顔をしている。「どこかで会ったことがある？」

「サル・プレンティスを知ってる？」サルの名前を聞いて、ジェイクの顔が曇った。「わたしはサルの中学の教師なの」ノラはジェイクに言った。「さっき家まで送ってきたところ。ここを通ったとき、サルがこれはあなたのトラックだと言ってたから」

ジェイクの顔にホッとしたような笑みが浮かんだ。「ああ、サルは知ってる。あの子の母親と友だちだったから」彼は頬を赤らめた。そのとき、ノラはジェイクのことを思いだした。学校の一年先輩で、ぽっちゃりした内気な少年。ギディオンの言葉を借りるなら、ノラの集団《クラウド》ではなかったけれど、感じがよさそうに見えた。それからサルの母親のことも思いだした。たしかノラと同じクラスに、グレイス・プレンティスという名前の、野性的な美しさを備えた黒髪の少女がいたはずだ。みんなが何やら噂をしていて、ほかの女の子たちを遠ざけるようなたぐいの話だったが、どんな内容だったかは思いだせない。とはいえ、そうした噂もジェイクを遠ざけることはなかったようだ。彼が頬を染めた様子を見ると。

「彼女は亡くなったとサルから聞いたわ」

「心臓発作で。去年の夏に」

心から悲しそうに言うので、ノラは彼に好感を持たずにはいられなかった。いったんはためらったものの、かまうものかと腹を括《くく》った。マルゼンの唯一の知り合いは彼女の元夫と結婚していて、ノラと口を利いてはくれないだろうから。「サルの数学の先生のことは知ってる？　数日前にこのあたりで亡くなった」

「あそこでだ」ジェイクはさっきおりてきた低い丘を指さした。行きにここを通ったとき、なぜサルがあんなにも落ち着かない様子だったのか、ノラはようやく理解した。「ちょっと追加の調査をしていて。消防団のために」

「何か見つかった？」

「警察が全部持っていった」彼の指が上着のポケットをさっと撫でる。「何か見落としていないか、念のため調べてただけなんだ」

ノラはその丘を見あげた。ほかの丘と何も変わらないように見えた。なだらかで、セージとハマアカザの茂みが突き出ている。その上にそびえる石灰岩の崖が歩哨のように見張っている。「あそこで死んだ人は、わたしの友だちだった」

風がセージのなかでため息をついた。ノラはジェイクがじっくりと考え込んでいるのを感じた。ようやく彼は言った。「案内しようか？」

彼女がうなずくと、彼は踵《きびす》を返した。ふたりは低い丘を越えて、崖のふもとから十五メートルほど、間欠川の近くにある小さなアカシアの木立まで歩いた。ジェイクは無言で彼女を木立の陰に案内した。

木の幹に結ばれた黄色い警告テープの切れ端がはためいている。木立の真ん中に小さなかまどがあった。ノラは、何千年も昔、こんなふうに単純な石の輪で作られたかまどに思いを馳せた。それから世界は大きく変わったが、いまでも人は暗闇のなかで外にいると、崖の陰にしゃがんで火を熾《おこ》す。焚き火はこの木立に、まるで家のような安心感を与えてくれるのだ。

それから砂地が黒く焦げついたところを見た。それは三日月の形をしていた。まるで横向きに丸まった男のおぼろげな影のように見えた。ノラはジェイクの視線を感じ、無理やり彼のほうを向いた。「警察は何があったと考えてるの？」

「おれには何も言わなかった」ジェイクは焚き火用のかまどに近づいた。「ただ、足首は縄跳びで結ばれてたし、空のウォッカの壜が転がってた。縄跳びの一方の端はかまどの灰のなかにあった。たぶん誰かがウォッカを燃焼促進剤として使い、それから縄跳びに火をつけたんだろうと思う。導火線みたいに」

ノラの目にまたアダムの姿が浮かんだ。彼が燃え、炎がパチパチと跳ねている。さらに今度は彼の足首が縛られているところも、火が縄跳びを伝ってズボンを穿いた脚まで到達するところも見えた。目を閉じても、アダムはまだそこにいた。自身を呑み込む炎から逃げることができずに、地面の上で苦悶しながら。彼女はそのイメージを強引に押しやり、目を開けた。ジェイクがこちらを見ていた。車のなかで目を閉じたサルに対して彼女が向けたのと同じ、同情を込めた眼差しで。ノラは片手で髪を撫でた。

「警察の話では、死体

を発見したのはサルだったって」

「消防団の詰所に来た。おれが勤務についてた」ジェイクは咳払いをした。「つらかったはずだ」

「いまもつらいはずよ。彼とアダムは、その数学の先生は、とても親しかったから」

ジェイクはみじめな表情でうなずいた。ノラはさらに彼のことが好きになった。サルが知っているかどうかはともかく、この人はサルの友だちだ。ノラはうれしかった。マルゼンにサルを気にかけてくれる人がいることが。ギディオン以外に。

ふたりは防火道まで歩いて戻った。ノラは硬い砂地とゆるい砕石《がれ》の駆け引きを楽しみながら、フラットシューズで軽々と歩いたが、ジェイクは一歩ずつ慎重に歩いているようだった。彼は狩りをしたり、ハイキングをしたり、オフロードカーで丘陵地帯を走ったりするような人ではないのだろう。マルゼンの男としてはめずらしい部類にはいる。シヴィックまで戻ったところで、ノラは振り返った。

「覚えているかどうかわからないけれど。わたしはノラ・ウィートン。高校であなたの一年下のクラスにいた」ジェイクは驚いた顔をしたが、ノラは気にしなかった。彼の知る少女といまの自分がどれほどちがって見えるか、よくわかっていた。「友だちが亡くなった場所に案内してくれてありがとう」

「どういたしまして」彼は言った。

「彼の身に何が起こったのか、どうしても知りたいの。もしほかに何かわかったら、電話してもらえる?」

彼はためらったが、言った。「もちろん」

ノラは携帯番号を紙の切れ端に書き、彼はそれを上着のポケットに入れた。それから彼女はシヴィックに乗り込み、再び慎重に坂をくだりはじめた。ジェイクのトラックが彼女に追いつくまでさほど時間はかからなかったが、彼は彼女がのろのろ運転でマルゼンにたどり着くまで、節度ある車間距離を保ちつづけた。

サル

マークル先生が死ぬ四カ月前、サルにとって奇跡としか思えないようなことが起こった。中学校でブックフェアが開催されたのだ。月曜日、ウィートン先生が六年生を図書室に連れていった。ふだんは殺風景で、『大草原の小さな家』や『ハリー・ポッター』のくたびれた本しかない狭い図書室だが、その日は各テーブルにカラフルなペーパーバックの花が咲いていた。まごつく司書のシモンズ先生の隣りに、ビジネススーツを着た細い女が立っていた。彼女は言った。「この売上はPTAの利益になります。今週中はいつでも買い物ができるわよ」PTAの母親がふたり、役に立っていると見せかけようとしていた。三人目は古い百科事典のセットの横にある現金箱のそばに座っていた。ウィートン先生はドアのそばの椅子に座り、腕時計を見つめた。

六年生は、読書をする生徒としない生徒に分かれて、図書室のあちこちに散らばった。読書をする生徒たちは本を手に取り、パラパラとページをめくった。読書をしない生徒たちは隅に集まって、立ち話をしたり、笑ったりしていた。キップ・マスターズと仲間たちは、定期刊行物の背後にたむろして、ナイキのスニーカーでポーズを取ったり、読書する生徒たちを鼻で笑ったりしていた。

その頃には、サルはキップ・マスターズのことを知り尽くしていた。彼の父親はラヴロックでもっとも裕福な人物のひとりで、それだけでも彼の人気を説明することができたが、キップ自身も、奇妙で左右非対称な顔立ちと邪悪な知性に根差した独特のカリスマ性を備えていた。サルでさえ、半分は彼に惹かれていた。同時に憎んでもいたが。サルはキップが六年生の社会という海の荒波を軽々と乗りこなすところが嫌いだった。キップの何気ない虚栄心と、それに伴う残酷さが嫌いだった。何よりも、キップがサルを見ようとしないところが一番嫌いだった。校庭でキップのいじめの格好の標的にされているロニーやセブンティーンのようになりたいわけではなかったが、自分がキップの明るく鋭い目から一瞥される価値すらないことがいやだったのだ。

サルは窓のそばにコミックブックのテーブルを見つけた。『サンドマン』や、『ヘルブレイザー』のシリーズ（映画『コンスタンティン』の原作コミック）——サルの母親はそういうコミックは成人向けだと言っていたが、結局はサルに買ってくれたのだった——はなかった。『ミス・ペレグリンと奇妙なこどもたち』や『グレッグのダメ日記』のような子どもじみたタイトルの小

・中学生向けの本はつまらない。そんなふうに思いながらいろんな本に指を走らせているうちに、『墓場の少年』という一冊にたどり着いた。表紙には墓石と青白い幽霊に囲まれた少年が、半分天使で半分悪魔のように見える男の大きく広げた腕の下に立っている。サルの脈拍が速まった。

「その本が気に入ったの？」母親のひとり――縮れ毛で小太りで、ブラウスのボタンのあいだに隙間が空いている――がテーブルに身を乗りだし、サルの手からコミックブックを取りあげた。彼女はコミックを裏返した。「税抜十五ドル九十九セントよ」

夏の暑さがやわらぎ秋になる頃には、サルは十二回、校庭の金網のフェンスをくぐり抜け、年老いた元ラインバッカーのアメフト話に耳を傾け、薬を現金に交換していた。サルのベッドカヴァーの上でエズラがお札を数えるのを見つめ、十二枚の二十ドル札をスクラップブックに挟んだ。二四〇ドルは、かつてのサルが一度に見たこともないような大金だった。毎週、彼は親指で札束の縁をなぞり、増えていく厚みを味わった。とはいえ、それを使おうと思ったことは一度もなかった。

その日までは。いま、彼の頭のなかの絹のようになめらかな声は、二十枚のうちの一枚を使って『墓場の少年』を買えとそそのかしている。サルはそれを無視しようとした。たとえその薬が老ラインバッカーの膝や若い母親の関節リウマチや裁判所の男の手根管症候《しゅこんかん》群の痛みをやわらげたとしても、それでも薬を売ることは違法であり、サルがそれによって得た金は汚いものだった。

だが、それはおまえが稼いだ金じゃないか。なめらかな声は言い張った。いつ教師に見つかるかわからないのに、リュックに薬を入れて運んだのはおまえじゃないのか？　いつ警察に捕まるかわからないのに、公園のベンチに行ったのはおまえじゃないのか？　エズラはおまえをパートナーと呼んだが、あいつは月に一度トラックでリノに行くだけで、危険なことは全部おまえがやってるじゃないか。自分で稼いだ金で本を一冊買ったところで、誰も傷つけやしない。もしおまえの母親が生きていれば、その本を買ってくれたはずだ。そもそも、母親が眠ったまま死んでしまったから、おまえはエズラの薬を運ぶはめになったんだぞ。

数日間、サルはその声に抗《あらが》ったが、ついに木曜日の夜明けまえのおぼろげな光のなかで、スクラップブックを取りだした。最後にもう一度、彼はためらった。それから彼の指先——人目を忍んで紙袋と紙幣を何十回と交換してきた指先——が、二十ドル札を一枚、手のひらに滑り込ませた。

昼休みが始まってすぐ、ブックフェアに行った。現金箱の横にいるPTAの母親が紙幣を受け取った瞬間、サルは息を呑んだ。が、彼女はまるでそれがほかの二十ドル札となんら変わらないかのようにトレーに入れ、二ドル九十五セントの釣りを返した。サルは安堵と罪を犯したスリルで眩暈がした。これで男子トイレの横にある自動販売機でマウンテンデューを買い、味わうこともできる。今日一本買って、明日もう一本買っても、まだ九十五セントが手元に残る。

サルが図書室を出ようとしたとき、キップ・マスターズがテーブルを見てまわっているのが目にはいった。キップは入学以降初めて、まるで儀仗兵のように彼に付き従う少年たちを連れずに、ひとりきりでいた。彼は一冊の本のページをめくっていた。黒い直毛の前髪が垂れて、顔が隠れている。やがてキップが六冊の本を抱えて現金箱に向かったとき、サルは衝撃を受けた。そのうちの一冊が『墓場の少年』だったのだ。

キップは本をリュックサックに――彼の友だちの誰ひとり見ることができないところに――しまうと、図書室を出ていった。サルの指先は興奮でゾクゾクした。ほどなくキップ・マスターズは――あのキップ・マスターズが！――サルがその夜開くのと同じ本を開くことになる。三十キロメートル以上離れた場所にある、大海原ほども環境の異なるふたつの寝室で、ふたりの少年が同じときに同じ本をめくっている。サルはそんな場面を想像した。いつかふたりであの本について話す日が来るかもしれない。はみ出し者のテーブルにいる目立たない少年が、自分と同じ物語が好きだと知ったとき、キップの目は驚きで丸くなることだろう。中学校の教室内階層の法則に逆らって、ふたりは友だちになるかもしれない。ランチを食べに、マークル先生の教室に向かって歩いているとき、サルの歩幅は広がった。〈ファミリーダラー〉にはキップが履いているような白いナイキのスニーカーが売っているのだろうか、そしてそれはいくらなのだろうかと考えた。

マークル先生はサルを見てホッとした。「今日はカウンセリングの日だったかと思っていたよ」

「ううん。ブックフェアに行ってた」

「何か買ったのかい?」サルが『墓場の少年』を手渡すと、マークル先生は言った。「ああ、ニール・ゲイマンか。よく彼の本をベンジャミンに読んでやったよ。この本は息子のお気に入りだった」

「『サンドマン』の本を読んであげたことはある?」サルはリュックサックを床に置いて、椅子に座った。「かっこいい話なんだよ」

マークル先生は『墓場の少年』の表紙をじっと見つめていた。墓地に立つ少年の横で、半分天使で半分悪魔の男が片腕を大きく広げているイラストを。「ベンジャミンはよく言っていたよ。ボッド（『墓場の少年』の主人公、ノーボディの愛称）のように、生者と死者の境界を歩くことができると。いつでも望んだときに姿を消すことができると。だから、わたしたちは、ほんとうに息子が消えたふりをしたものだ、レナータとわたしは。ベンジャミンが死者であるかのように、わたしたちには彼が見えないかのように」

教室の空気がふいに脆くなった。まるで誤った言葉を発したとたん砕けてしまいかねないかのように。「透明人間になれるのは、いい超能力だね」サルは注意深く言った。

「透明人間ではない」マークル先生が言った。「存在が消えるんだ。きみが消えるとき、ほかの人にはまだきみが見えるけれど、そのあときみのことを忘れてしまう」

先生の目は暗くなっていた。サルは先生の無抵抗な指から『墓場の少年』を取ると、リュックサックに入れようとした。が、慌てていたせいで、スケッチブックが床に落ちてめくれてしまい、色鉛筆で描かれた鮮やかなアンジェラスとカテラスの絵のページが露わになった。サルは拾おうと身を屈めたが、一歩遅かった。

「それはなんだい？」マークル先生が机の横からのぞき込んでいた。「見てもいいかな？」

サルは自分の描いた絵を母親以外に見せたことがなかったが、マークル先生の目が輝いたので、スケッチブックを渡した。

その絵はマルゼンの上にある丘で対決する大天使たちを描いたものだった。サルの絵はどれもそうだが、筋肉隆々としてエネルギッシュな体と、剣と大鎌の激しい戦いが描かれている。それは彼のお気に入りの一枚だったが、改めて見ると欠点ばかりが目についた。天使たちの腕が長すぎる。足を描くのが下手だ。それから手も。唯一うまく描けたのは顔だけだった。アンジェラスの堂々とした鼻には気高さが、カテラスの憑《つ》かれたような目には堕落が見て取れた。

「壮大な絵だ」マークル先生は言った。「彼らは誰だい？」

サルは一方の足からもう一方へ重心を移した。「銀の翼のほうがアンジェラス。彼は天使の隊長。黒い翼のほうはカテラス。アンジェラスの弟だけど、地獄のために戦ってる」

「なぜ地獄のために戦ってるんだい？」

サルはカテラスの動機についてあまり考えたことがなかった。彼はアンジェラスの邪悪な双子の弟で、大天使の輝かしいコインの暗黒の裏側というにすぎない。「わからない。まえは天国の側にいたけど、悪に染まったんだ」

サルはマークル先生がスケッチブックを返してくれるものと思っていたが、先生はその絵を見つめつづけていた。だから、サルは下の隅にある建物を指さした。それはマルゼンをざっと描いたものだった。「ここに町があるでしょ？　そこにいた男の子が三つの願いを叶えてくれる精霊《ジーニー》を呼ぼうとした。でも、まちがえて悪魔を呼びだしたんだ」サルは悪魔の部隊に触れた。「カテラスはずっとまえに悪魔たちを解放して、地球に隠れて人間を襲うチャンスを待っていたんだよ」マークル先生がまだじっと耳を傾けているので、サルは続けた。「その町に牧師がいて、悪魔が来たとき助けを求めて祈った。アンジェラスがその声を聞いて、軍隊を引き連れて地球に降りてきた。でも、彼は遅すぎた。牧師も男の子もほかのみんなも、もう死んだあとだったんだ」

「町の人はみんな死んだのかい？」マークル先生は驚いた様子だった。サルの母親もそんな結末は好きではなかっただろう。でも、もし母親が生きていたら、彼はそんな物語を紡いだりはしなかったはずだ。母親が生きている頃には、アンジェラスはみんなを救い、悪党を簡単に倒していたし、世界を滅ぼそうとする邪悪な弟もいなかったのだから。

「町の人を殺したのはカテラスだ。だから、アンジェラスは彼を殺そうとしてる」

マークル先生はアンジェラスの、歯を剝きだしにした厳しい顔を見つめた。「彼はやりとげる？」

「ううん。ふたりはずっと戦い合ってるけど、お互いを殺すことはないんだ。たぶん本人たちが考えるほど、相手を殺したいとは思ってないんだと思う」サルはいままでそんなふうには考えていなかったが、それは真実だと感じた。結局のところ、彼らは兄弟なのだから。

マークル先生は上の隅を叩いた。そこには丘の上から殺戮を見つめる赤い短パン姿の小さな少年が描かれていた。「これはきみかな?」

「うん」サルはどの物語の絵にも自分の姿を描いていた。つねに外側から物語をのぞき込む位置に。物心ついた頃からずっとそうしてきた。

「きみは何をしてるんだい?」

「観察してる」

「なぜ?」

「どんな物語にもそれを観察する人が必要だから。そうでないと、それが起こらなかったのと同じになる」サルはそのことを――彼の頭のなかでは、いかに観客なき物語が、誰にも気づかれずに森のなかで倒れた木のようなものなのかを――説明しようとしたことがなく、うまく説明できているとは思えなかった。しかし、マークル先生はうなずいた。

「そのとおりだと思うよ。そしてきみは、ほんとうに優れた観察者だ」先生は眼鏡越しに微笑んだ。サルは温かい喜びが湧きあがるのを感じた。マークル先生から、人の考えていることがわかる能力は特別だと言われたときと同じように。

マークル先生はスケッチブックをめくった。戦闘から戦闘へと。「どんなふうに物語を考えるんだい？」

サルの頭のなかには、ただそこに物語があった。まるでアンジェラスとカテラス自身がそこに置いていったかのように。しかし、それをどう説明したらいいのかわからず、ただこう言った。「わからない」

「見事な才能だ」マークル先生は言った。「頭のなかで物語を生みだせるというのは」

この褒め言葉も、サルの肌をゾクゾクさせた。彼はマークル先生のように、ほんとうのことを興味深く話して聞かせるほうが難しいと思っていたけれども。「別の物語も話せるよ。もし聞きたければ」

即座に誤ったことを口にしたのではないかと不安になった。マークル先生はサルの母親ではない。サルの作ったほかの物語を聞きたいはずがない。ただ親切心から褒めてくれただけなのだ。それでも、サルは心が期待で膨らむのを止めることができなかった。

「ぜひ聞かせてくれ」マークル先生は言った。教室の窓から射し込む陽射しのなか、先生の目からほとんど影が消えていた。

ノラ

ノラはサルをプレンティスの家まで送り届けて帰宅するとすぐに、メイスンに電話をかけて〈ウイスキー〉で会ってほしいと頼んだ。話したいことがある、と彼女は言った。彼はその夜、家族と食事を終えたあとに会うことを了承した。彼女は七時半に店に到着し、奥のテーブルについた。顔つきから推測して、特別割引時《ハッピーア》間《ワー》からずっと店にいるらしい常連客から離れた場所に。もちろん、彼らのことは全員知っている。ノラの父親のかつての飲み仲間、ハリー・ストンチとピート・ギャリティ。メアリー・バーンズ。馬のような笑いかたをする法廷記者、ミンディ・ロノン。高校時代に父親とジェレミーを迎えにいったときに、あの笑い声をよく聞いたものだ。タクシーが来たわよ、とノラが言う。ジェレミーが父親に声をかける。ほら、親父、メーターがもう動いてるぞ。するとミンディ・ロノンは笑い転げたのだった。

いまのミンディは笑っていなかったが。彼ら四人は恐れおののき、興奮した調子でアダムの殺人事件について話していた。メアリーは死んだ男とのつながりを利用して、注目を集めていた。ノラが耳を澄ますと、メアリーの声が聞こえてきた。「彼がこんなことに巻き込まれるなんて、思いも寄らなかった。とってもやさしい人に見えたもの。でも誰にだって裏の顔はあるものよ、そうでしょう?」

みんなが訳知り顔でうなずいた。ノラ自身もアダムの謎めいた過去を不思議に思っていたが、バーにいる四人は、彼に実際に秘密があろうとなかろうと、殺されるに値する秘密があったと考えたことだろう。よそ者であるアダムが、みずから殺人の原因を持ち込んだと考えるほうが楽だからだ。ラヴロックは無関係だ、と。

「でもさ、じゃあ誰が彼を殺したの?」ミンディ・ロノンが尋ねた。「わたしはそこが知りたいわけよ」

「リノから来た誰かに決まっとるさ。その先生はリノから来たんだろう」ピートが言った。

「それかマルゼンのやつだ。あそこで発見されたんだから」

みんながいっそううなずいた。それがその場にいる全員にとって最善の結果であることは明らかだった。「あなたの言うとおりであってほしいわ」ミンディが言った。「わたし、ほとんど眠れないのよ。窓には全部鍵をかけて、枕の下には拳銃《ルガー》を置いてるくらい」

そこから、最善の隠して携帯する銃《コンシールドキャリー》はどれかという活発な議論に発展し、ミンディのルガーは、メアリーのベレッタ、ピートのグロックと対決することとなった。それからメイスンが店にはいってくると、ビールを注文している彼に、四人が群がった。

「ちょうど地元の殺人事件のことを話しとったんだよ」ピートが言った。「何か新情報はあるかい？」

メイスンは笑みを浮かべて、バドライトを持って退散した。「逮捕したらすぐに、ピート、あんたの耳にもはいるよ」

彼はノラのテーブルにつくと、バドライトの壜を彼女の壜に当てた。ジーンズに青いヘンリーシャツを着ていて、幅広い肩が強調されていた。ミンディ・レノンがビーズのような目を輝かせてふたりを見つめている。明日までにはノラと元夫とのデートが町じゅうに広まることになるだろう。まるで離婚して十年経つふたりが、成熟した大人として一緒にビールを飲んではならないかのように。たとえメイスンが出ていってから、ふたりが一緒に飲むのはこれが初めてだったとしても。ノラはクアーズをごくごくと飲んだ。

「どうした？」メイスンはリラックスした様子で、まるでほんとうに古い友人同士で飲みにきているかのようだった。ノラは彼がリリーに行き先を告げたとわかっていた。リリーがそれをどう思ったかは想像がついたが、たとえリリーが理解しなかったとしても、彼が告げたことは忠誠心の表明だ。ノラは単刀直入に切りだした。

「アダム・マークルのことで話があるの」

メイスンは驚いたようだった。「彼の何を？」

ノラがメイスンを呼んだのは、アダムの家にいるところを見かけた男がギディオン・プレンティスだと伝えるためだったが、そのまえに何かしら捜査情報を引きだせないか試してみるつもりだった。ピート・ギャリティには話さないかもしれないが、自分になら話してくれるのではないかとノラは期待していた。結婚しているとき、メイスンの事件の話を聞くことは、ノラが彼に寛大な態度を取れる数少ない機会のひとつだった。そしてふたりはこのバーで多くの夜を過ごし、彼が日々目にする大小さまざまな暴力について話したものだ。最終的に、彼のなかでノラが一番愛したのは、高校の人気者が小さな町の警官となり、その仕事を重く受け止めているところだった。リリーはノラにはできなかった感情的なサポートをほかの千もの方法で彼に与えたが、彼女は彼の仕事の話を聞くのは好きではないだろうとノラは踏んでいた。

「捜査はどうなってる？」彼女は尋ねた。

メイスンは片手で髪を掻きあげた。昔からの癖だ。「難航してる」

「想像できるわ。いまのところ何がわかってるの？」事件からもうすぐ一週間近く経つ。予備的な証拠くらいはつかんでいるはずだ、少なくとも。しかし、メイスンは首を横に振った。

「頼むよ、ノラ。話せないことはわかってるだろ」

ノラはテーブルにひじをついて身を乗りだした。煙草と気の抜けたホップの奥に、彼のにおいがした。〈アイボリー〉の石鹼と〈オールドスパイス〉の制汗剤。十七歳の頃と同じにおいだ。マリファナをのぞいて。「ちょっと、メイス、ここは金庫室よ」ノラは自分の頭を叩いた。「誰にも言ってないでしょ」

町役場の落書き犯とは、十年前に町役場の建物に、スプレーでものすごく下品な反警察の落書きをしつづけた犯人のことだ。彼は警察を激怒させていたが、ある晩、メイスンが現行犯で取り押さえた。犯人は八十二歳の年金生活者で、認知症の終末期に政治的風刺の天賦の才と、リノの十代の落書き犯にも匹敵する芸術的スタイルを見出していた。メイスンとノラは抱腹絶倒し、それからメイスンはその男の娘にそっと接触した。町役場の落書き犯は老人ホームに送られ、落書きはぴたりとやんだ。かくしてビル・ワタリーが宿敵の正体を知ることはなかった。

メイスンは笑みを浮かべた――懐かしい思い出に、または懐かしい愛称に、またはその両方に。ふたりのあいだの空気が温かくなる。木の椅子にゆったりもたれてため息をつく。

「実は、あまり話すことがないんだ。鑑識からは何も出てこなかったし、足跡すら残ってない。誰かが現場じゅうを調べて、きれいに掃除したらしい。指紋もない。検視官から死亡時刻は聞いたけど、毒物検査の結果が出るのは二週間後になる」

「燃えた死体でも毒物検査ができるの？」ノラは尋ねた。

「想像しがたいけど、そうなんだ」

ノラは想像しないようにした。「死亡時刻もわかるの？」

「検視官は前日の夜の九時から十一時のあいだだと言ってる」

「死因は？」お願いよ、ノラは願った。どうか撃たれたか、刺されたか、絞め殺されたのでありますように。生きたまま燃やされたのではありませんように。

「焼死だ」

ノラはカーディガンを強く引っ張った。「ひどい」

「ああ。この町では五十年間殺人事件がなかったのに、いきなりこれだ。少なくとも地元の人間の仕業じゃない」

アダムはラヴロックに七カ月住んでいたが、一八七〇年から先祖代々ここに住んでいる家の一員であるメイスンにとって、アダムが地元の人間ではないことはノラにはわかっていた。

「容疑者はいるの？」

メイスンはためらったが、わからないということをノラに伝えるのは許容範囲内と判断したようだった。「まだだ。だけど、彼の知り合いにちがいない。あの殺されかたを見ればわかるだろ？　あれは通り魔じゃない。彼に対して深い恨みを抱いていた誰かだ。彼が誰を怒らせたのか、スムーズに見つけられればいいんだが」

メイスンの言うとおりだ。ノラは思った。人に火をつけるというのは、とてつもなく恐ろしい行為で、激しい、個人的な憎しみに根差しているはずだ。けれど、導火線はどうなる？　それは冷徹で計算高い悪意によるものだ。同じ瞬間、同じ人物にその両方が存在することは想像しにくい。もし犯人がギディオンだとしたら、彼は、当然、非常に危険な人物だということだ。

メイスンがノラの思考を遮った。「彼を発見した子どものことは、何か知ってるか？　サル・プレンティスのことだが」

ノラは自分があまりサルについて話したくないことに気づいた。「そんなには。おとなしい子よ。母親が死んで、伯父と暮らしてる」警察はまだサルに事情聴取をしていないのだろうか。ノラは思った。サルが配慮のかけらもないビル・ワタリーに厳しく尋問されるかと思うと胃がムカムカした。

メイスンはカウンターにいるグループを見た。「メアリー・バーンズはどうだ？」

理科の教師はピンクのマニキュアを塗った手でジントニックのグラスを持っている。ピンヒールのショートブーツを履いていて、少し体が揺れている。「どうして?」ノラは尋ねた。「彼女が何か知ってると思ってるの?」

「彼女がマークルと一緒にいるのを見たことは?」

中学校にはたった八人しか教師がいない。もちろん、ノラはふたりが一緒にいるところを見たことがある。ノラは、メイスンが友人としての飲み会を装いつつ、何をしているかに気づいて、必死で苛立ちを隠そうとした。彼はノラに尋問をしているのだ。最初は、サルの情報を聞きだそうとし、いまはアダムが赴任したばかりのとき、メアリーがどんなふうに彼を追いかけていたかを聞きだそうとしている。ノラはメアリーに親愛の情をまるで感じていなかったが、それでも彼女をビル・ワタリーの餌食にするつもりはなかった。

「ふたりは同僚よ。友だちじゃなかった。彼女が犯人を知っているとは思えない」

メイスンはバドライトをひと口飲んだ。それから何気ない声で言ったが、ノラは一瞬たりとも騙されなかった。「ほかの先生たちの何人かは、彼女がマークルに興味を持ってたけど、彼に断られたと考えてる」

それ以上、苛立ちを隠すことはできなかった。ノラは言った。「だから何? そのせいで彼女が彼に火をつけたとでもいうわけ?」

メイスンは顔を赤らめた。「ビルの考えだよ。それに彼女には前歴がありそうなんだ」

「人を焼死させた前歴？」ノラは愚弄するように笑った。「ちょっと、メイスン。あなたたちはもっとマシな捜査官のはずよ」

メイスンはまたカウンターにいるグループを見た。「彼女とミッチが別れたとき、誰かが彼のトラックに火をつけた、覚えてるだろ？　おれたちはずっと彼女の仕業だと思ってたけど、証明できなかった。それに数カ月前、誰かがマークルの家の外のごみ箱に火をつけてる。ごみ箱は自宅前の縁石に置いてあって、回収されるのを待ってた。それも誰がやったのかわからない」

ノラは笑うのをやめた。メアリーがミッチのトラックに火をつけたというのは信じられる。実際、メイスンと同じように、ノラも当時そう思っていた。それは、不倫によって壊れた二十年の結婚生活の最後に、いかにもメアリーがやりそうなメロドラマ的行動だった。それでも。「受付嬢のせいで夫から離婚を突きつけられるのと、よく知りもしない男が夕食に誘ってくれないのとでは、大ちがいよ」

「わかってる。だけど、ごみ箱が燃やされたと通報してきたとき、マークルはものすごく動揺してたんだ。これはメッセージだと言ってた。それが何のメッセージなのか、誰からのメッセージなのかは言おうとしなかったけど、怯えているようだった。その数日後に、彼の教室の窓の外にあるごみ箱にも火がつけられた。放課後だったが、そこにはメアリーもマークルもふたりともいた」

「メアリーじゃない」ノラは言った。「彼女のスタイルじゃない。たとえ殺したいほどアダムに腹を立てていても、彼女ならハンドバッグに入れてるベレッタで撃つだけよ」

メアリー・バーンズはカウンターにもたれかかっていた。彼女の胸の膨らみは、アンゴラセーターの深い襟ぐりからはみ出ており、既婚者のピート・ギャリティはそれを見つめまいとしていた。ノラは突然、メアリーに共感を覚えた。愛情に飢えた孤独な年老いた美女。同世代の男といえば、既婚者か酔っ払いか元恋人しかいない町に住んでいる。残りの人生を不倫するか、ほかの女が夫と離婚するか死ぬのを待って過ごすしかない。そのことを彼女は重々承知しているのだ。彼女がアダムに飛びついたのも無理はない。

ノラはメイスンに視線を戻した。そろそろ彼を呼んだ理由を伝える頃だ。「アダムの家にいた男が誰なのかわかった」

「ほんとに？　どうやって？」

「昨日、また会ったの。サルを学校から家まで送ったときに。彼の伯父だった。ギディオン・プレンティス」

メイスンは口笛を吹いた。「ギディオンはそんなことは言ってなかった」

「もう彼と話したの？」

「マークルがときどき放課後にサルを自宅まで送ってたと聞いたから、昨日丘まで行ってきた」メイスンはテーブルを指で叩いた。「ギディオンはマークルとは一度会ったことがあるだけだと断言してる。去年の秋に、マークルがサルを送ってきたときに。いまのところ、ふたりを結ぶ線は何もない」

「彼はアダムの家からリュックを持って出てきた。何かなくなってたものはあった？」

「目につくものでは何もなかった。マークルのノートパソコンも携帯電話もあった。侵入された形跡もなかったけど、ドアの鍵はかかってなかった」メイスンはビールをもうひと口飲んだ。「大量のパイを見つけたよ。メモがついていて、〝パーシング中学校の八年生へ、よきパイの日になることを願って〟と書いてあった。〝カメのマークル〟と署名されてた。あだ名か何かかい？」

ノラは微笑まずにはいられなかった。アダムってば。彼はあだ名を受け入れることで、陰口を無効にするつもりだったのだ。アダムにそんな才能があったとは知らなかった。

「生徒がつけた愛称よ」

「パイの日っていうのは何？」

「三月十四日のこと」ノラは言った。「円周率の数字を覚えてる？　3・14から始まる数字」

メイスンは笑みを浮かべた。彼が高校で受けたあらゆる数学の授業に及第するよう助けたのはノラだった。「まあ、なんであれ、それで説明はつくな」

「そのパイはどうしたの？」

彼の笑みが消えた。彼はノラが何を尋ねているのかわかっていた。「署に持ち帰った。それから誰かがスタッフルームにそれを置いた」

警察がパイを食べるのは当然の流れではあったが、ノラはアダムの作ったパイが八年生に配られなかったことが気に入らなかった。これで子どもたちの記憶には、アダムが手作りのパイで驚かせた男ではなく、ただ〝カメのマークル〟としか、マルゼンのそばで殺された数学教師としか残らないだろう。メイスンの目に謝罪の色が浮かんでいるのを見て、彼もそれが気に入らなかったとわかった。ノラは椅子にもたれた。

「じゃあ、これからギディオンを尋問するの？」

「もちろんだ。情報をありがとう」

「あなたが尋問を担当して。ビルじゃなくて」

「ベストは尽くすけど、何しろあのビルだからな。この事件でちびりっぱなしなんだよ。それでいて、ＣＮＮに出られるのをいまかいまかと待ってる」

その言葉に、ノラは思わず噴きだした。メイスンも笑っていた。眉をあげる無防備な仕草は、ふたりで車の窃盗や空き巣の件に頭を悩ませた夜や、それよりもずっとまえのさまざまな夜を思いださせた。ふたりのあいだに気まずい沈黙が流れた。小さなテーブルの上で三十センチと離れていない互いの手の位置が、突然、近すぎるように思えた。ノラは両手を膝に置いた。「リリーや子どもたちはどうしてる？」

メイスンは椅子の背に深くもたれた。「アレックスが先週末に初ホームランを打った」

「それはすごい」ノラは無理に笑みを浮かべている自分を感じ、この会話を始めた自分に腹を立てた。彼女はメイスンの子どもを欲しがらなかった。結局のところ、メイスン自身すら欲しがっていなかったとわかった。メイスンがノラに結婚を申し込んだのは、ジェレミーが死んで三カ月後、彼女が悔恨で打ちひしがれていた頃のことだった。結婚式の前夜、ノラはブリッタと朝四時までテキーラを飲んでいた。母親のドレスを着て教会の通路を歩いているときも、まだ酔っていた。そのときでさえ、彼女は心のどこかで、自分で望んだわけでもない人生と無理やり折り合いをつけたことが、今後の結婚生活に影を落とすだろうとわかっていた。一年八カ月後、彼女は彼に出ていってくれと告げた。彼の心の傷は彼女の良心にさらに重くのしかかった。しかし、彼はいましあわせだ。リリーも。誰もがまえに進んでいた。ノラも含めて。

「お父さんの具合はどうだい？」メイスンが尋ねた。

ノラの父親はメイスンを少年野球《リトルリーグ》と少年アメフトリーグ《ポップワーナー》で指導していた。父親はノラの恋人としてメイスンを気に入り、義理の息子として愛した。ふたりのあいだの親愛の情は離婚後も続いていた。「元気でやってる」ノラは言った。ほんとうは、事故以来ずっと元気ではなかったように、いまも元気ではなかったけれども。メイスンが同情的にうなずいたので、ノラの嘘を見抜いているとわかった。彼だけがよく理解しているさまざまな理由で、ノラと彼女の父親を気の毒に思っていることも。ノラはそろそろこの会話を終わらせる必要があった。彼女は残りのビールを飲み干した。

　メイスンは空の壜を指さした。「もう一杯飲む？」

「もういい、ありがとう。父さんが待ってるから」ノラはテーブルに五ドルを置いて立ちあがった。メイスンは動かなかった。彼はまだビールが半分残っていた。ノラが店を出るとき、背後からミンディ・ロノンのけたたましい笑い声が聞こえてきた。いったい何がそんなにおかしいのよ、とノラは思った。

サル

見知らぬ男がサルのベンチに座ったのは、マークル先生が死ぬ三カ月前、十二月の第二金曜日のことだった。元ラインバッカーの老人はすでに来ていて、五十年前のホームカミングデーのバトルマウンテンとの対抗試合についてひとしきり話したあと、サルから受け取ったオキシコンチン——痛みが悪化したため、三十錠に増えていた——を持って足を引きずりながら去っていった。若い母親と裁判所の男も数分ずつ座った。冷たい空気のなかで、彼らの息が小さな雲を作った。若い母親は息子がもうすぐ幼稚園に通いはじめるので、息子と離れるのを不安がっていた。裁判所の男は、彼が手根管症候群を患っていることを信じない主治医に対する不満を洩らした。いつものように、サルは同情を示しながら耳を傾けた。彼らの気持ちはベンチに腰をおろしたときよりも、立ちあがるときのほうが軽くなるように見え、そのことでサルの気持ちも軽くなった。そんなわけで彼はホンダの女——多発性硬化症を患い、保険に加入していない妹のために薬を購入していた——とロックバンドのTシャツを着たブロンドの少女——一度もサルに話しかけたことがない——のふたりを待っているところだった。

サルはその頃には仕事をうまくこなせるようになっていた。校庭からこっそり抜けだすことも、周囲に溶け込むことも、紙袋と紙幣のすばやい交換も。当初の緊張はもう感じることはなかった。やがて、ラヴァーズロックのそばで、アンジェラスとカテラスが戦いはじめ、剣と大鎌が火花を散らした。「おれはおまえのためにやったんだ！」とカテラスが叫んだ。サルがこの興味深いセリフの理由を考えだすまえに、見知らぬ男が——まるでカテラスが従える悪魔のひとりのように——宇宙の継ぎ目からするりと姿を現わし、サルの横に座った。

サルは跳びあがり、それから必死で自分を落ち着かせようとした。この見知らぬ男は公共の公園の公共のベンチに座っている、ただの男にすぎない。ホンダの女とブロンドの少女には受け渡しができなくなるが、どうしようもなかった。サルはリュックサックを肩にかけた。

「おっと、おれが追いだしたみたいじゃないか」男が言った。二十代後半で、背が高くひょろりとしていて、赤茶色のひげを生やしている。擦り切れたカーキのズボン、汚れた茶色の靴下、風雨にさらされた革のサンダルという格好で、脂《あぶら》とハンバーガーの肉のにおいがした。

「いいんだ」サルは言った。「どうせ学校に戻らないといけないし」

「まだ十五分ある」男は脚を組んだ。「それにあとふたりいるだろ？　でかい女と小娘が」

空気がガラスの板のようにひび割れた。サルは慌てて立ちあがった。しかし、男の右手がヘビのようにさっと動き、サルの手首を引っ張って座らせた。

「落ち着け。おれは警官じゃない」彼の声は軽く穏やかだったが、その手はサルの手首を万力《バイス》で締めつけるかのように握りしめていた。「何を売ってんのかと思ってただけさ」

「何も売ってない」サルの心臓は激しく鼓動した。きっとコート越しに、この男の目にも見えているにちがいない。目の端にブロンドの少女が芝生をくねくねと歩いてくるのが見える。彼女はサルと男を見ると足を止めた。彼女の右手の指が左のひじに触れ、まるで小動物の歯のように皮膚をつまんだ。

「おまえは毎週金曜の十二時二十分にここに来る。三十分間ここにいる。同じ人間と会ってる」男は細い歯を見せて笑った。「麻薬少年《ドープボーイ》は見ればわかるんだよ。おまえの手さばきはなかなかのもんだけど。それは認める」

パニックの下で、サルの良心は弱々しい反論を試みた。それがなんであれ、サルはドープボーイとやらではない。医薬品を配っている。人々を助ける薬を。元ラインバッカーの老人、若い母親、裁判所の男——サルは彼らの話に耳を傾けた。彼らがどれほど傷ついているかを知っていた。そしてサルが渡した茶色の袋をハンドバッグやポケットに滑り込ませるとき、彼らの目に安堵が広がるのを見てきた。

ブロンドの少女はハコヤナギの木にもたれた。風が彼女の綿毛のような髪の房をふわりと持ちあげ、それから下に落とした。男は空いているほうの手をサルのリュックのなかに入れ、茶色の袋を取りだした。それから袋をひっくり返すと、彼の膝に壜が落ちた。「オキシか。やっぱりな」

サルは壜に手を伸ばした。男は壜をサルの手の届かないところに遠ざけ、失望した親のように舌打ちした。「おまえのまわりにはいないのか？　おまえを愛して、これがヤバい仕事だと言ってくれるようなやつは？　この商売の末路はふたつにひとつだ。刑務所にはいるか、死んじまうか」

エルムハースト通りに赤いホンダがスピードを落として停止した。大柄な女がウィンドウ越しにサルを見つめている。サルは彼女に向かって首を振った。彼女は顔をしかめて走り去った。彼女の妹は一週間待たなければならない。

「おまえのボスに伝えろ、三十くれと」男が言った。

「は？」

「聞こえただろ。いくらで売ってる？」

サルの筋肉を緊張させていた乳酸が安堵とともに押し流された。男は警官ではなく、客だったのだ。男にずっと観察されていたことは気に入らなかったが、たぶん声をかけるまえに安全かどうかを確認していたのだろう。サルは首をすくめた。「ひとつ十ドル」

「来週持ってこい」男は薄く笑った。「それからアダム・マークルに、ルーカスがよろしく言ってたと伝えてくれ」

サルはまた緊張した。正しく聞き取れたのかどうか確信が持てず、慎重に訊き返した。

「誰に伝えろって？」

「アダム・マークルだ。おまえを毎週木曜に家まで送ってる男だよ」男はじっと待った。

サルが事態を呑み込むまで。ごみ箱のボヤ、青い車の男、サルがマークル先生と駐車場を歩いていたとき、けだるそうに振られた二本の指。サルの手首をつかんでいる男はアビエーターサングラスをかけていなかったが、どこか近くに、へこんだ青いセダンが停まっているはずだ。

「ぼくたちを見てた。あの日、学校で」サルは腕を引き抜こうとしたが、男は握る力を強めた。楽しげに、冷ややかな憐れみを込めて、せせら笑った。

「おまえはあいつを守りたいんだろ？　もちろん、そうだよな。どんくさく見えるけど、数学がいかに世界を動かすかについて語るとき、あいつは詩人になる。そして詩人というのは壊れやすいもんだ」男は身を寄せてきて、サルの耳元でささやいた。「だが、注意したほうがいいぞ、サル。あいつが望むものを、おまえは与えてやれないんだから」

サルの名前を運ぶ息は生温かくムッとするにおいがし、子どもがロウソクの火を吹き消すように、サルから抵抗する気力を消し去った。「お願い」サルは言った。「学校に戻らなくちゃならない」

「ああ、だろうな」男は言った。「アダムに月曜の四時にここでおれが待ってると伝えろ。話す気があるなら来いと」

彼はサルの腕を放すと、薬のはいった袋をサルに投げた。サルはパッと立ちあがると、ラヴァーズロックの横を駆け抜け、歩道に出て、全力でダッシュした。スニーカーの擦り減った靴底がコンクリートで滑った。ブロンドの少女がすばやく二歩、サルに近づいてきたが、サルは走りつづけた。少女は公園の木のそばで膝をつき、両手でひじをつかみながら、飛ぶように遊び場を駆けていくサルの背中を見つめていた。

ラヴロックでは、死は暗闇に訪れる。やわらかな灰色の毛織物に包まれて、静かに訪れる。一錠、また一錠、また一錠。まず筋肉が溶けだし、それから宙に舞いあがる感覚を覚える。そして記憶が蘇る。ああ、記憶よ！　暴力によって恍惚をもたらされた体。肩と肩のぶつかり合い。巨人と巨人のぶつかり合い。押しつぶされた草の饐《す》えたにおいと人々の叫び声。そのあとの、彼女の濡れた下着と、バタ－ラムキャンディのような舌の味。血がどんなふうに熟したかを覚えているか？　手足がどんなふうに軽かったかを？　心がどれほどたやすく沈黙したかを？　それが昨日という感覚、昨日が昨日であったときの。それが青春という感覚、青春が自分のものであったときの。そして、これが死にゆく感覚。ラヴロックで、空っぽの家の色褪せたシェニール織のソファの上で、真夜中にテレビをつけながら、死にゆく感覚。

ノラ

〈ウイスキー〉でメイスンと会った翌日、ノラは六年生が受けたファーストピープルについての小テストの採点をした。彼女はまずサルの解答用紙から読んだ。彼の字はブロック体で整っており、掲示板に慎重にポスターを貼っていた様子を思いださせた。第一問は〝ファーストピープルはどんな食事をしていましたか？〟だった。サルの答は、〝剣歯虎《けんしこ》。ナマケモノ。マストドン。ラクダ。人々が動物をみんな殺すまでは〟ノラはその残酷なまでの正確な表現に笑った。ほかの設問の答はどれもそっけないものだったが、最後のひとつはちがった。ノラが用意した設問は〝ファーストピープルはどうなりましたか？〟である。正解は彼女がサルに話したとおりだ。〝その子孫が、今日《こんにち》のパイユート族や、そのほかのアメリカ大陸の現代の部族になった〟サルの解答は、紙の一番下まで書かれていた。

彼らの神々は新しい神々に殺された。新しい神々は、彼らがそれまで語っていた

物語を、もう語ってはならないと命じた。しばらくすると、彼らは古い物語と古い神々を忘れた。やがて、新しい神々はさらに新しい神々に殺され、さらに新しい神々は人々にまた物語を変えるよう命じた。それから、その神々もまた殺された。パイユート族は最初の物語や最初の神々を覚えていない。誰ひとりとして。

ノラは彼にAをつけた。サルの成績表に記入したとき、サルにとってこの一年で初めてのAだとわかった。ほかの成績はほとんどCだった。

小テストの一番上、Aの評価の横に、ノラは書き加えた。〝昼休みに来なさい〟

サルがやってくると、テーブルのひとつに一緒に座るように言った。彼はリュックサックを椅子の背にかけ、そこに腰をおろした。「あなたの小テストについて話がある」ノラは言った。サルは顔をしかめた。彼女は続けた。「心配しないで、A評価は変わらないから。ファーストピープルがどうなったかについて、あなたが言ってたことが気になったの。どうやってあれを思いついたの？」

サルは何か言いかけたが、それから気が変わったようだった。「わからない」

「そうね、興味深い答だけど、正確ではない。ファーストピープルが大昔に生きていたからといって、彼らの物語がすべて消えたわけではないのよ」サルはまた顔をしかめた。ノラは続けた。「わたしが大学に通っていたとき、ファーストピープルよりもずっと以前、何百万年もまえにアフリカに生きていた人々について学んだの。その人たちでさえ、いまも物語が残ってる。それを探す人たちは人類学者と呼ばれている」

サルの眉がぴくりとあがった。「どうやって探すの？」

「その人々を見つけるの。つまり、彼らの骨を。それから、彼らの作ったものを見つける。あの槍先みたいなものを。そういうものを見つけると、たくさんのことがわかる。たとえば、彼らが何年前に生きていたか、何歳だったか、何を着ていたか、何を食べていたか。ときには、どうやって死んだかもわかる」

サルは掲示板のほうを見つめた。ポスターのなかで、ファーストピープルが永遠に足並みをそろえて草むらを行進している。「その人たちはファーストピープルのことも探してるの？」

「そうよ、彼らの骨はあまり見つかっていないけれど。たぶん死者を火葬したんだと考えられている」

まずいことを言ったと思ったときにはもう遅かった。サルはうつむいた。彼の睫毛は彼の黄金色の肌に浮かぶ黒い三日月のように見えた。「火はただの物質の遊びだよ」彼はそっと言った。

ノラは首筋が締めつけられるように感じた。アダムを殺した火は遊びではなかった。貪欲で飢えた野蛮な炎だった。それでも、たんなる陽気な化学反応のように考えれば、サルの気持ちも少しは楽になるかもしれない。彼女はその気まずい瞬間をなんとかやわらげようとした。「ファーストピープルはたぶんそれが死後の世界に行くのに役立つと信じていたんでしょうね」

サルの表情が少し明るくなった。「ヴァイキングもそう考えてたんだ。彼らは剣も一緒に焼いた。そうすれば天国でも使えるから」

「それは妙だと思わない？」ノラは尋ねた。「天国でも剣がいるの？」

「戦う必要がなければいらない」サルが言った。

「どうして天国で戦う必要があるの？」

「天使を助けるため」

「天使は誰と戦う必要があるの？」

「悪魔と」

ノラは彼の想像力に感銘を受けながらも、それを受け入れる気にはなれなかった。「戦わなければならないような天国は好きになれそうにないな。平和なところに行きたい」

サルはまた視線を落とした。いっとき彼を活気づかせたエネルギーはしぼんで消えた。

「母さんもそれを望んでたと思う」

ノラははっとした。サルの母親が死んだことを忘れていたのだ。もちろん、彼は死んだあとにどうなるかと考えることだろう。ノラ自身、母親が死んだときに同じことを考えた。そしてサルのように想像力豊かではないが、自分なりの答を導きだした。彼女はその答を彼に聞かせた。「たぶん誰もが望んだところに行けるんじゃないかな。それが天国というものなのかもしれない」

サルは悲しげな笑みを浮かべた。「それはいいね」

「あなたはどんな天国に行きたい？」ノラは尋ねた。「剣を持っていきたい？」

「ううん」サルはまた掲示板を見た。「ぼくは観察者になりたい」

「観察者って何？」

「観察者はあらゆることを見て、物語を残す者」彼はテーブルから鉛筆を手に取った。

「人々が忘れた物語でさえも」

ノラはサルがほとんど目立たず、つねに警戒しながら校内を移動している様子や、まるで家具が語る物語に耳を傾けるかのように、ノラの家の居間を見つめていた様子を思いだした。「観察者は真実を語らなければならないの？　それとも作り話を語ってもいいの？」

「彼らは真実を語らなければならない」サルは言った。

「それが彼らの仕事だから」

「見たことはすべて語らなければならないの？」

サルの体が少し強張った。「ううん」

「じゃあ、人々はその語られない物語をどうやって知るの？」

「ときには知るべきではない物語もある」

「どうして？」

「なぜなら――」サルはそこで言葉を切った。鉛筆を握る手に力が込もっている。ノラはそれに気づかないふりをした。

「知るべきかどうかは誰が決めるの？　観察者たち？」

「それは――そう」

ノラは椅子の背にもたれ、彼をじっと見つめた。「それなら、わたしも観察者になりたい」

サルは答えなかったが、口の端がぴくりと動いた。ノラはそれが笑みであってほしいと思った。それからベルが鳴り、彼はあっというまに逃げだした。まるで教室を出るまえに姿を消してしまったかのように見えた。

放課後になっても、ノラはサルとの会話について考えていた。だから隣りの教室から洩れ聞こえるくぐもったすすり泣きにも、最初は気づかなかった。気づいたあとも、ノラはメアリーを放っておこうと考えたけれど、彼女の教室のまえを通りかかり、閉め切ったドアのガラス窓から、理科の教師が机について背中を丸め、ティッシュで顔を覆っているのが見えたとき、ノラのなかに隠された母親の痕跡が頭をもたげ、気づけばドアを開けていた。

「メアリー、どうしたの？」

「ああ、なんでもないの」メアリーは気持ちを落ち着かせようとしていたが、あまり功を奏していなかった。「今日、警察に行かなくちゃならなくて。ちょっと気が動転してるの、それだけよ」

ノラはドアを閉めて教室にはいった。「なぜあなたが警察に行かなくちゃならないの？」

メアリーは肩をすくめたが、彼女が望むほどにはさりげない仕草にはならなかった。「アダムが殺された夜、わたしがどこにいたかを知りたがってるの。供述書を作成する必要があるんですって」

ノラは信じられなかった。ビル・ワタリーの仕業にちがいない。「そんなのばかげてる」

「ええ。でも、誰かが警察に言ったらしいの。わたしが彼と付き合いたがっていて、彼が断ったって。どうやらそのせいで、わたしが彼を殺したと思ってるみたい」メアリーは笑おうとしたがうまくいかず、怒りに満ちた嗚咽《おえつ》を洩らした。

ノラは椅子を持ってきて腰をおろした。メアリーの机は、書類、半分空《から》になったダイエットペプシの壜が何本か、〝愛〟〝希望〟〝親切〟などの文字が書かれた石のコレクションなどで埋めつくされていた。窓際には飼育ケースが三つあり、トカゲ、モルモット、つがいの白ネズミの住まいとなっている。掲示板には、光合成をマルディグラの祭りのように色彩豊かに飾りつけたポスターが貼られ、天井からは紙の鎖が熱帯雨林の蔓のように吊るされている。メアリーは明らかに自分の仕事を愛していて、ノラはそれを羨ましく思った。

「あの夜、どこにいたかだけを言えばいい」ノラは言った。「それを知りたいだけなんだから」

メアリーはあざ笑った。「わたしがどこにいたと思う、ノラ？　自分の家にいたのよ。ひとりで。夢中になってテレビで『ジェーン・ザ・ヴァージン』（医療ミスで妊娠した主人公を描くロマンティック・コメディ）を観てたの。でもそれを証明することはできないわ。わたしの猫から事情聴取でもしないかぎり」

「そんなこと関係ない」ノラは彼女を安心させた。「あなたがアダムを殺したと本気で考えてるわけないんだから」

「そうかしら?」メアリーの口元にくっきりと刻まれたほうれい線がさらに深くなる。

「みんながわたしのことをどう思ってるかわかってるのよ。哀れな、離婚したメアリー・バーンズ。子どもも産めなかった。男を繋ぎとめることもできなかった。新任の先生に言い寄ったけど、その先生にも断られた。そのうえ、十年前にミッチのトラックが燃えたからってだけで、わたしは『危険な情事』のあの女と同じ扱い」メアリーはティッシュを丸めた。震えるほど力を込めて丸めるその仕草に、ノラはメアリーが感じている抑圧された怒りのすべてを見た気がした。自分にふさわしいはずの人生から騙されて追いだされた——彼女がどれほど深くそう信じているのかを。プロムクイーンの王冠をかぶり、クラスメイトのまえに立った日には、自分には当然の権利だと考えていた人生から。ノラは色の塗られた石の上に身を乗りだした。

「メアリー、なぜまだここにいるの? ほかの土地に行きなさいよ。もっとたくさんの人が、ちがう人たちがいるところに」

メアリーは目をパチパチとしばたたいた。ノラは彼女がこの町を離れることを一度も考えたことがないのだと知った。何十年もまえに、彼女が崇められ、羨望の的だったこの町から。「母が介護施設にいるの」メアリーは口ごもった。「わたしが誰だかさえもうわからないけれど、母を置いていくことはできなかった」

「わかる。わたしがここにいるのは父のためだけだから。父はあと十年、あるいは二十年は生きるでしょう。でも父が死んだらすぐに出ていく、本気よ」ノラは〝親切〟と書かれた石を手に取りたい衝動に駆られた。「あなたもそうしなさいよ。あなたはいい先生だもの、メアリー。この州のどんな学校でも、あなたがいてくれたらラッキーよ」

メアリーの目にまた涙があふれた。彼女はピンクの花柄の箱からまた一枚ティッシュを取った。「ありがとう、ノラ」

ノラは立ちあがり、歩きだした。ドアまで行くと、振り返って言った。「それと弁護士を頼んで。弁護士の同席なしでは警察に話をしちゃだめ」

あと少しで車にたどり着くというところで、ノラは尾《つ》けられていることに気づいた。振り返ると、四歩うしろに、ギディオン・プレンティスがいた。彼は足を止めた。ジーンズに迷彩柄のジャケットを着た痩せた体つき。プレンティスの土地で感じたときと同じ、とぐろを巻いたようなエネルギーを帯びて、指がピクピクと動いている。

ノラはうろたえた。が、いまはもう彼の家の前庭にいるわけではない。ここは彼女のテリトリーだ。駐車場の両側の歩道にはまだ大勢の生徒と保護者があふれ、マルゼン行きのバスは縁石でエンジンの音を立てている。ノラはギディオンを頭のてっぺんから足先まで検分するようにとっくりと眺めた。パーシング高校の誰もが認めるふたりの女王の一方だった日々を思いださせるような視線で。「なんの用？」

彼の頬の小さな筋肉が跳ねあがる。それはたじろぎだった。ノラはそれに気づいたことを彼に悟らせた。「あんた、おれがあの教師の家にいたと警察に話しただろう」

メイスンはギディオンに事情聴取をしたのだ。よかった。しかし、ギディオンがここにいるところを見ると、逮捕にはいたらなかったらしい。それをどう考えればいいのか、ノラにはわからなかった。「あそこで何をしてたの？」

「あんたには関係ない」

「アダムはわたしの友人だった。だから、わたしには関係がある」

ギディオンは一歩近づき、ノラに指を向けた。「おれの甥にかまうな。これ以上、あいつを厄介事に巻き込むんじゃない」

ノラはサルがすでに抱えるあらゆる厄介事について考えた。ほとんどがこの男のせいではないか。彼女は冷静さを保とうとしたが、無駄だった。怒りを抑えきれず、駐車場じゅうの人に聞こえるような声でぶちまけた。「ふざけるんじゃないわよ。わたしは毎日あの子を見てるの。あの子は痩せすぎだし、服は小さすぎるし、辺鄙な場所の、ごみに囲まれたトレーラーに住んでる。あの子のことを気にかけてるふうな口を利かないで」

ギディオンの唇が白くなる。「おれたちの生き方に口を出すな。うちの一族は六世代にわたってあの土地に住んできたんだ」

「そんなことは、豚みたいな暮らしをする言い訳にはならない。どうやってあの子の親権を取ったのか知らないけど。当局は、あなたが牧場と呼んでるあの不潔な野営キャンプまで出向いてチェックしなかったのはたしかね。誰か児童保護サーヴィスに連絡して訪問してもらったほうがいいんじゃないの」

ノラは、誰かが身じろぎもせずにこれほど激しく怒るのを見たことがなかった。彼をそこに残して帰ろうとしたが、リュックを背負い、背中を丸めたサルがこちらに向かって歩いてくることに気づいた。ギディオンが振り返って、彼女の視線の先を追った。ふたりはサルが駐車場を横切るのを待った。サルがふたりのところまで来ると、ギディオンはサルの肩に手を置いた。それから、男と少年はノラのほうを見た。伯父と甥の瓜ふたつの心を閉ざした顔が並んでいる。この男なの？　ノラは心のなかでサルに語りかけた。あなたが語らない物語というのは、ギディオンのものなの？　ノラはサルの反応を待った。うなずきであれ、まばたきであれ、なんであれ。でも何も返ってこなかった。数時間前に交わされた、天国と観察者と失われた物語についての会話は、実は存在しなかったのかもしれない。

ギディオンは、サルの肩に手を置いたまま、踵《きびす》を返した。ふたりはトラックに向かって歩きだした。そんなふたりを、ノラはずっと見つめていた。サルがちらりと振り返るのではないかと期待して。しかし、彼が振り返ることはなかった。

見知らぬ男がベンチに座った日の直後の週末、サルは不安を抱えながら過ごした。あの男はマークル先生に何を望んでいるのだろうか。先生の友人であるはずはなかった。友人ならば先生に直接電話していただろう。しかし、ベンチの男は堂々と近づくことはせず、こっそり先生を見張り、サルを通してメッセージを届けようとしたのだ。月曜日の昼休みにマークル先生の教室に行ったとき、サルは即座に男のことを伝えるつもりだった。ところが、マークル先生は片手に黒い革のブリーフケースを持ち、満面の笑みで机の横に立っていた。

「ちょっとした冒険をしようかと思ってね」先生は、細い繊維がピンと鳴るようなサルの大好きな声音で言った。先生はサルを連れ、正面入り口からプラッツァー先生の目を盗んで外に出た。ふたりがマークル先生の車に乗り込んだとき、校庭からクラスメイトたちの叫び声が聞こえてきた。ベンチの男のことが気になりながらも、サルの心臓は興奮でドキドキした。これはごみ箱の裏の金網のフェンスをすり抜けるよりもずっと大胆な脱走だ。

町を出て一キロ半ほど走り、それから田舎道に出た。舗装された道路が土に変わり、やがて幅六十メートルの小さなダムを渡った先で、マークル先生は車を停めた。ふたりは歩いて戻り、道路を下から支える低いコンクリートの壁を見つめた。東の壁の六メートル下には小さめの球根のような形の貯水池の端があった。貯水池はアルファルファ畑のあいだを細いリボンのようにうねりながら伸び、遠くの砂地の向こうまで続いていた。西の壁の水門からは緑色の細い水がハンボルト川――いまでは細く絞られ、丸石の上を曲がりくねって進む小川と化している――に流れ落ちている。

「わたしの大学のオフィスはトラッキー川の近くにあってね」マークル先生が言った。「ときおり、学生のひとりとそこでランチを食べた。このダムの話を聞いたとき、ぜひともきみと一緒に来なければと思ったんだ」

先生はダムの東の壁に乗ると、貯水池の上に足を垂らして座った。サルがよじのぼって横に座ると、先生はまるで高級レストランのウェイターのような華麗な身ぶりで、ターキーサンドイッチを手渡した。サルはそんなにもしあわせそうな先生を見たことがなかった。頭の隅では見知らぬ男がうろうろしていたが、もう少し待たせておくことにした。とてもいい天気で、空気は冷たいが陽射しは暖かかった。公園のラヴァーズロックの横のベンチはとても遠くに感じられた。

「この川は、ここから四八〇キロ離れた、東ハンボルト山脈から始まっている」マークル先生はサンドイッチの包装を剥がしながら言った。「これは海に注がない川のなかで、アメリカで一番長い川だと知っていたかい？」

サルは川というのはかならず海に流れ込むものだと思っていた。「じゃあ、どこに行くの？」

「ラヴロックの二十キロほど西の砂地で涸れるんだ。ここに引っ越してくるとき、きっとそこを通りすぎたにちがいない」マークル先生は残念そうに言った。まるでアメリカ最長の内陸河川の終着地点には、時速一一〇キロで走り去るよりも、ずっと敬意を払う価値があるとでもいうように。サルの汚れたスニーカーの下では、濁った緑の水が運命の分かれ道となる最後の障壁にぶつかっていた。サルはこの川を気の毒に思った。たいした川ではないかもしれないが、どんなものだろうと、砂漠での孤独死に突き進む運命がふさわしいものなどない。

マークル先生はいわくありげな笑みを浮かべた。数学の話が始まるまえにいつも浮かべる笑みを。「どうしてこの川が二十キロ先で消えてしまうのか、その理由を教えてあげよう」先生は説明した。どんなふうに暖かい空気が川の水の分子を激しくかき混ぜ、分子がはじき出されて空に浮かんでいくのか。その分子は、上空の冷たい空気に触れたとき、ひと粒の塵のまわりに集まって雲となり、やがて雨粒となること。その塵のなかには、太陽系の遙か彼方からやってきた何千という小さな隕石が、毎日大気圏で燃え尽きてできたものもあること。

「考えてもみてごらん」マークル先生は言った。「星屑のかけらが、雨と一緒に地球に落ちてきているんだよ」

先生の声ににじむ畏敬の念が、サルの心を落ち着かなくさせた。『いかに数学が世界を動かすかについて語るとき、あいつは詩人になる』とベンチの男は言った。あの男はマークル先生の友人ではないかもしれないが、先生のことをよく知っているにちがいない。なぜなら、マークル先生と親しい人だけが、カメの甲羅の下にある、やさしくて感嘆させられる心を見抜くことができるからだ。サルは息を吸った。それを吐きだすとき、言葉がするりと出てきた。「ルーカスって人に会った。先生と話したいって」

マークル先生の喜びは泡のように消えた。しかし、穏やかな表情は変わらなかった。

「そうか、ルーカスがここに。驚いたな。どうやって知り合ったんだい？」

「今日、バスが停まったときに来て、数学の先生を知らないかって訊かれた」サルは週末にその嘘を考えたのだが、いとも簡単に自分の舌から滑りでてきたことにうろたえた。

「ほかには何か言ってたかい？」

「もし先生が話をしたいなら、今日の四時に裁判所の裏の公園にいるって」サルはダムの冷たいコンクリートに両手を押しつけた。「あの人は誰？」

「ルーカス・ジマーマン」マークル先生の声は、その名前の音節を発するときにかすれた。

「大学の教え子のひとりだった」

「よく一緒にランチを食べてた人？」

「そうだ」マークル先生はまっすぐまえを見た。先生の目は眼鏡のつるに隠れて見えなくなった。「彼はすばらしかった。非常に速く、優雅に思考した。あんな学生には出会ったことがなかった。彼の頭脳のなかに招き入れられ、その思考の過程を見守ることができたのは喜びだった」

サルは突然、肋骨の下を引っ張られるような感覚を覚えた。マークル先生はサルのことも〝すばらしい〟と言ったが、サルの頭脳は優雅でも迅速でもなかったし、数学的でもなかった。彼はいまだに四年生でマスターすべき割り算の筆算に手こずっていた。「あの人はなんの用があるの？」

「おそらく、わたしたちの別れかたについて話したいんだろう」マークル先生の声はまだ落ち着いていたが、その下にかすかな震えが感じられた。

「どうして？」

「わたしが彼を裏切ったからだ。そのせいで、彼は彼にとって唯一大切なものを失った」

サルの足元で、澱んだ川から冷気が立ち昇った。その川が生まれた遙か遠くの山脈から運ばれてきた冷気が。ベンチでオキシコンチンを買おうとした薄汚い見知らぬ男は、すばらしい数学科の学生には見えなかったが、自分にとって唯一大切なものを失ったようには見えた。「どんなふうに裏切ったの？」

マークル先生は直接その問いには答えなかった。かわりに尋ねた。「きみにはお父さんはいるのかい、サル？」

サルにはふたりの父親がいた。彼が生まれるまえに出ていった男と、もし一緒にいたらこうだっただろうと空想する父親。どちらもサルの頭のなかで完全に現実化しており、通りで見かければすぐにふたりがわかるだろう。とはいえ、それはマークル先生が尋ねている父親ではない。だからサルは言った。「いない」

マークル先生はうなずいた。すでに予想していたことを確認したとでもいうように。

「わたしの父は、フレズノの工場で洗濯機を作っていた。父が子どもの頃は宇宙工学を勉強したかったらしいが、大学には行けなかった。だから、わたしには立派な大学に行って、父にはできなかったことをしてほしい、宇宙船を造ってほしいと願っていた」

「そうしたの？」

「いや。結局のところ、わたしにもそれはできなかったんだ」

マークル先生は、その特別な夢に失敗したのはたいしたことではないかのように話したが、雨粒の中心にある星屑の話をする先生の様子から察するに、きっと宇宙船を造ることも好きだっただろうとサルは思った。またしても、サルの心は落ち着かなくなった。「数学教授になるってかっこいいよ」

マークル先生は笑みを浮かべた。「ありがとう。でも、父は賛成してくれなくてね。ネヴァダ大学を卒業した日、請求書を渡された。わたしは奨学金を借りて大学に通っていたが、夏のあいだは父と一緒に住んでいた。父は言ったよ。毎年三ヵ月間家に泊めたのは、私が二流大学に行って、数学教師になるためではないとね」

サルは五歳のとき、母親に宇宙飛行士になりたいと言った。やめなさい、と母親は言った。宇宙は遠すぎるし、そんなところにサルが行ったら、母さんが寂しすぎるから。サルは宇宙飛行士にはならないと約束した。でも、ほんとうはサルが宇宙飛行士になろうが、ほかの何になろうが、母親は気にしなかっただろう。サルがしあわせになれることなら、どんなことでもいいと考えたことだろう。「それはひどいね」サルは先生に言った。

「わたしも以前はそう考えていたよ」マークル先生は言った。「しかし、わたしの父は、生計のために洗濯機を作っていた人だ。息子にはもっといいものを作ってほしかったんだ。わたしを育てることで、自分もそれを作ることに関わったのだと思えるようなものを。父は息子とはそういうものだと思っていた」先生は眼鏡のブリッジに触れた。「ルーカスは優秀な数学者だった。わたしよりもずっと優秀だった。わたしは彼を教えたのは自分だと言いたかった。わたしがいなければ、偉業を達成することはなかっただろうと言いたかった。そして、彼ならそれを達成できると信じていた。ルーカスに会ったとき、ようやくわたしは父の気持ちを理解したんだよ」

サルはまた肋骨のなかで何かが引っ張られるのを感じた。今度はずっと強く。彼は足元の水面に目を落とした。「あの人に会うつもり？」

マークル先生は長い息を吐きだした。それは先生をしぼませるのではなく、大きく広げたように見えた。「ここに来た当初は、人生の帳尻を合わせることはできないと思っていた。最近になって、結局のところ、わたしが抱えるこの負債を減らすこともできるのかもしれないと考えるようになった」先生はサルに向かって微笑んだ。その頬はピンク色に染まっていた。「しかし、同時に過去を振り返り、できるところから償《つぐな》いもしなければならない。そのなかのひとつに、ルーカスへの償いがある。だから、そう、彼に会うつもりだ。そして彼の赦しを請うつもりだ」先生は膝の上で手を組んだ。「彼がわたしに会いたがっているということは、彼が赦してくれるかもしれないという希望を与えてくれるからね」サルの頭のなかで、ルーカスの声が響く。『あいつが望むものを、おまえは与えてやれないんだから』。肋骨がズキズキと痛みはじめる。嫉妬と、それから言葉にならない深い恐怖の鉤爪に捕らわれて。足元の水は、陽射しのなかですら、ほとんど黒に見えるほど暗い色をたたえていた。

川が運命に向かって水門を通過する音に耳を傾けながら、ふたりは黙ったままサンドイッチを食べおえた。それからマークル先生は包装紙をブリーフケースにしまい、壁から降りた。サルもそれに続いた。先生の車は静かな田舎道を戻り、川の水を吸いつくす緑の細長い畑のあいだを抜けた。ふたりがルーカスについて話すことはもうなかった。

ジェイク

ジェイクは防火道のふもとに立ち、スクールバスが雑貨店のまえで乗客を降ろすのを見つめていた。生徒たちはマルゼンの狭い路地に散らばったが、ひとりだけ防火道に向かって歩いてきた。サルが自分のところまで来ると、ジェイクは言った。「少し一緒に歩いてもいいか？」

「もちろん」とサルは答えたが、本音では予想外の道連れを歓迎していないことはジェイクにもわかった。それでも自分が贈ったジーンズをサルが穿いているのを見てうれしく思った。

「ズボンはちょうどいいみたいだな」

「うん」ちらりとこちらを見る。「ありがとう」

「おまえさえよければ、もっと買ってくる」

「だいじょうぶ。ギディオンが買ってくれるから」

「ほんとに？」

サルは石を蹴った。「ぼくの服が小さくなってることに気づかなかったって言ってた」

サルをちゃんと見ている人間なら、誰だって服が小さすぎることに気づくだろうとジェイクは思ったが、口には出さなかった。防火道の坂は険しく、二〇〇メートルほど歩いただけで、ふたりはすでにマルゼンの町並みの上にいた。ジェイクは、かつて小学校から帰る途中にグレイスとふたりの兄がこの坂をのぼる姿を見つめていたことを思いだした。ふたりの少年はまるでボディガードのように妹の両脇を固めていた。

「丘の上に住むのはどうだ？」ジェイクは尋ねた。

「平気」

「町からだいぶ遠いだろう」

「プレンティスの土地だから」サルの顎があがった。「一七〇年間ずっとそうだった」

ジェイクは驚いてサルを見つめた。プレンティスの土地は人が誇らしく思うような場所には思えなかった。グレイスはまちがいなく誇りには感じていなかったはずだ。「それはそうと、伯父さんたちはあそこで何をしてるんだ？」

「ギディオンは家具を作ってる」

その言葉にもまた、心の奥底にある誇りがにじんでいた。ジェイクはそれも理解できなかった。小屋で見かけた家具はひどいものだった。「エズラは？」

サルはリュックサックのストラップを肩にかけ直した。「エズラはもう住んでない」

「ほんとに？　いつ家を出たんだ？」

サルは肩をすくめた。「何週間かまえ」

「どこに行った？」

「リノ、だと思う」

それは興味深い事実だった。サルに〈ファミリーダラー〉の服を持っていき、ギディオンに出くわした日以前は、ジェイクがプレンティス兄弟のどちらか一方だけを見かけたことは一度もなかった。学校で、町で、バーで、兄弟はつねに一緒にいた。まるで不機嫌なブックエンドのセットのように。それでも、エズラがもうこれ以上、ごみの山のなかで暮らしたくないと考えたとしても驚くべきことではない。むしろ残っていることのほうが理解しがたかった。

アカシアの木立を視界から遮る低い丘に差しかかったとき、ジェイクは足を止めた。しかたなく、サルも立ちどまり、崖に背を向けた。

「こないだ、あそこまで行ったんだ」ジェイクは頭で丘のほうを示した。「警察が何か見落としていないかと思って」

サルはボサボサの前髪の下からジェイクを見あげた。「何かあった？」

「いや。ただ細い道を見つけた。崖を越えて、それからプレンティスの家までくだる道だ。バスに乗るときにその道を使ったことはあるか？」

サルは首を横に振った。

「あんなことがあったあとだけど、もし耐えられそうなら、その道を使えば歩く距離が半分以上縮められるぞ」

「探してみる」

「あのキャンプサイトでドラッグを使ってる人たちの話を聞いたことはあるか？　麻薬を注射してたりとか？」あの木立は人里離れた場所にあるが、ジャンキーが集まってもおかしくない場所に見えた。それなら注射針が残っていてもおかしくはない。しかし、サルはまた首を横に振った。

「あそこはプレンティスの土地だ。ぼくたち以外は誰も立ち入れない」

その答はジェイクの不安をさらに悪化させた。サルは歩きはじめたが、ジェイクは言った。「ちょっと待て」サルはさらに二歩進み、それから振り返った。ジェイクはまるで容疑者を尋問する警官のような気分だったが、サルが死体を発見した日からずっと心にくすぶっている疑問を思い切って口にした。「あの朝、詰所に来たとき、どうしてリュックを持ってなかった？　バス停に行く途中だと言ってたのに」

サルは、ひと呼吸分長すぎる間《ま》を置いてから答えた。「学校に置いてきた。前日に」

ジェイクはサルの言葉を信じられず、恐ろしくなったが、さらに追及するつもりはなかった。少なくとも、あの数学教師が死んだ場所から一〇〇メートルと離れていないこの場所では。だから言った。「いいか、サル。きみの母さんはおれにとって特別だった。もし何かあったら言ってくれ。どんなことだろうとかまわない」

彼はグレイスに対する気持ちを誰にも話したことはなかったが、サルを見て、この少年はずっと知っていたのだと気づいた。バーの隅のテーブルから、ジェイクを見つめているだけで。

「ありがとう」サルは言った。それから二本の指を額に当て、小さく奇妙な敬礼をして歩きだし、誰もいない坂道をのぼりはじめた。

その夜、ジェイクは生まれてからずっとほぼ毎日夕食を取ってきたキッチンで、フライドチキンとメキシカンライス、焼いたピーマンを母親と食べた。静かに食事をしながら、サルとの会話を頭のなかで再現し、そのあと少年が重いリュックサックを背負いながら、とぼとぼと歩いてプレンティスの土地――プレンティス家の人間だけが立ち入ることのできる土地、そしてギディオンだけが残った家――に向かった様子を思い浮かべた。

食事を終えたとき、彼はあることを思いついた。彼の母親は四十年近く、マルゼンの郵便局を運営してきた。ロジータ・サンチェスは、矯正靴を履いていても身長が一五二センチしかない、ぽっちゃり体型の心の温かい女で、郵便局に立ち寄った人たち、つまり町の全員とおしゃべりしていた。なぜならマルゼンの人々は全員が郵便物を私書箱に配達してもらっているからだ。彼女はこの町で起こっていることをほかの誰よりもよく知っていた。

「こないだ、ギディオン・プレンティスとばったり会った」ジェイクは言った。

「〈ニッケル〉で？」母親は言った。彼が週に三晩〈ニッケル〉に通っていたとき、母親は不服そうだった。きっと足繁く通う理由を知っていたのだろう。

「プレンティスの家まで、サルにちょっとしたものを持っていったんだ。それでみんなが言ってるプレンティスの話はほんとうなんだろうかと思ってさ。彼らは犯罪者だって話」

「昔はそうだったわ。牛泥棒、お酒の密売、それからマフィアの仕事も。でも、エイサはちがった。ギディオンの父親よ。彼は家具を作ってた。このあたりでもたくさんの人が彼から家具を買ってたわ」母親は皿の上のピーマンの残りを掻きあつめた。「ギディオンとエズラのことは知らないけど。彼らは殻に閉じこもってるから。先祖と同じように」

「どうしてそうなの？」ジェイクはずっと、プレンティス一家が隔絶された場所に閉じこもっていることを当然と思っていたが、いまはそうではない。

「たぶん、最初は自分たちがやっていることを隠すためだったんでしょうね。でもいまは、もうそれが生活の一部になってしまったんだと思うわ。長く同じことを続けていたら、いつのまにかそれが身についてしまうものなのよ」母親はキッチンを見まわした。ジェイクは母親の顔にほのかな悲しみが浮かぶのを見て、驚いた。母親は自分と母親と祖父が育った家で息子を育てて、しあわせなのだとずっと思っていた。それが母親の期待していた人生であり、期待どおりの人生を送れば、人はしあわせになるはずだと考えていた。

「いま、あそこにはギディオンしかいないらしい」ジェイクは言った。

母親は眉をあげた。「へえ、そうなの。どちらかが残るとしたら、ギディオンだろうとは思ってたけど」

「どうして？」

「シモンズの兄弟に何があったか覚えてる？」

ジェイクは、おぼろげながら覚えていた。二十年前、彼が高校生の頃のことだった。

「プレンティスの土地に忍び込もうとして殴られた」

「そう。でも、それで全部じゃないの」母親はためらった。「もうずいぶん昔のことだから話してもいいかしら。でも、人には言わないで」

「言わないよ」

「シモンズ兄弟はけしかけられて忍び込んだのよ。誰に、どんな理由でけしかけられたのかは知らないけど、スプレー缶で家に何かを落書きするつもりだったらしいわ」

「え？」

「何かあまりよくないことを書くつもりだった。たぶん、グレイスのことだと思う。あの子はあまり評判がよくなかったでしょう。でも、その現場をプレンティスが取り押さえた」

　シモンズ兄弟はジェイクよりも三学年ほど年上であり、当時はマルゼンの不良グループの一員で、この町やラヴロックで問題を起こしていた。それからイエス・キリストに出会い、いまはマルゼンの娘と結婚し、鉱山で働いている。いまは真面目な一般市民だが、かつては十代の少女の家に〝売春婦〟とスプレーで落書きすることを愉快だと考えていたのだ。

「それで殴られたんだ」

「そう。ギディオンとエズラとエィサから。でも、兄弟を家に連れて帰ったのはギディオンだった」母親はフォークを皿の上のナイフに交差させて置いた。「彼はポールを仕留めたシカみたいにトラックの屋根に縛りつけた。ステュアートはピックアップトラックの後《テー》部ドア《ルゲート》に五、六メートルのロープで繋がれた。ギディオンは山をおりるまでずっと裸足のまま走らせたの。アリス・シモンズはステュアートの足の裏が生肉みたいになってたと言ってたわ」

「そんな話、一度も聞いたことがないよ」

「アリスはわたし以外には話さなかったから。ギディオンから言うなって釘を刺されたのよ。もし息子のどちらかがまた現われたら、次は殺すとも言ってたらしいわ」母親はジェイクの皿を取り、自分の皿に重ねた。「自分の土地に侵入した人を殺すって言うような人が、その土地から離れようとしないのは当然でしょう」

「もしまた同じことが起こったら、彼はほんとに殺したと思う？」

母親は皿を片手に持ったまま考えた。「たぶん殺しはしなかったと思う。プレンティス一家は長いあいだ悪事に手を染めていたかもしれないけど、人を殺したと聞いたことはないわ」それから、欠けた青いシンクに皿を運んだ。「それでも、兄弟を家まで連れて帰ったのが、エイサではなくギディオンだったことが、ずっと気にかかってるのよ。エイサはシモンズ兄弟を殴って追い返したことで満足したけど、ギディオンは彼らを辱めないと気が収まらなかった。わたしにはそんなふうに思えるの」

ジェイクはギディオンが激怒したのは、不法侵入のせいだとは思っていなかった。ギディオンが中学生の妹に〝手を出した〟年上の少年を殴ったという噂について考えた。それから〈ニッケル〉で妹にちょっかいをだそうとする連中を睨みつけていたことを。もしギディオンを殺人に駆り立てるものがあるとすれば、グレイスを傷つけた相手だろう。だが、そのグレイスは一年前に死んでいる。ジェイクの肩から少し力が抜けた。いままで、彼は夜も眠れないほどのもっとも暗い恐怖を抱え、それに名前をつけることができずにいたが、サルが何を隠しているにせよ、それは伯父のどちらかが数学教師を殺したことではないはずだ。

母親は皿を洗いはじめた。ジェイクはフックから布巾を手に取った。最初の皿を彼に手渡しながら、母親は言った。「でも、エズラが出ていったと聞いて、驚いたわ」

「どうして？　おれだってあそこに住みたいとは思わないよ」

「そうね。でも、プレンティス一族はそういう人たちではないのよ。誰かひとりを傷つけたら、一族全員を傷つけたのと同じことで、かならず代償を払わせられる。シモンズ兄弟のように。ああいう家を抜けだすのは難しいものよ」

「グレイスは出たよ」

「ええ、女の子の場合は別なのよ」母親は言った。「エイサには姉がいたけど、彼女も家を出たわ。たしか、イムレイの人と結婚して。でも、プレンティスの息子が家を出たことはなかったと思う、いままで一度も」

あのプレンティスの墓地に埋葬されていた女は妻たちだけだった。ジェイクは思いだした。それもうなずける。プレンティス家は一族以外の男が自分たちの土地の権利を主張することを望まないだろうから。土地が受け継がれるのは父から息子だけだ。あるいは伯父から甥か。『あそこはプレンティスの土地だ』とサルは言っていた。ジェイクの肩は再び強張った。グレイスは息子があの土地で――彼女自身は高校を卒業するまえに出た孤立した土地で――一生を過ごすことをどう思うだろうか。もし彼女がいまどこかにいて、彼女の死がもたらしたものを見ているのなら、後悔してくれているといいのだが。彼はそう願った。グレイスに対して批判めいた思いを抱いたのはそれが初めてだった。彼は布巾で皿を強くこすった。まるでそうすれば心のなかからその思いを掻き消せるとでもいうように。

母親は誤解して、泡のついた手で彼の手に触れ、握りしめた。「グレイスはいい子だったわ。若いときには、その年頃の女の子にありがちな、ちょっとしたトラブルもあったけど、最後はちゃんと息子のために正しいことをしていたもの」

実際には、グレイスは最後にサルのために正しいことをしたわけではなかったが。彼女はドラッグに溺れ、ドラッグで身を破滅させた。いま、彼女の息子は殺人現場から一キロメートルも離れていない不潔な土地で、彼女の無法者の兄と一緒に暮らしているし、ジェイクの人生はもはや期待していた人生ではなくなった。彼は母親に握られた手を引き抜くと、皿を食器棚にしまった。

サル

クリスマス直前の金曜日、サルの客は――元ラインバッカーの老人以外の全員が――やってきては去っていった。彼らはサルのクリスマス休暇中の分まで薬の壜を買い増ししたので、取引はどれも複雑になったが、サルはマークル先生が〝父親が息子を愛するように〟愛していた男の気配に目を光らせつづけた。その後、ようやくルーカスが西通りをガニ股歩きでやってくるのが見えた。長い脚にはぶかぶかのカーキのズボンを穿き、手には白いビニール袋を持っている。彼がベンチに腰をおろしたとき、サルは体を強張らせたが、ルーカスはサルの腕をつかもうとはしなかった。かわりに、ビニール袋からワックスペーパーに包まれたサンドイッチを取りだした。「どうせ食《く》えてないんだろ？」

ルーカスの言うとおり――サルは金曜日にはランチを食べていなかった――だったが、サルはそんなことで懐柔されるつもりはなかった。サンドイッチを膝に置き、リュックサックから茶色の袋を取りだすと、何も言わずにルーカスのほうに滑らせた。

サルがルーカスのことを伝えたとき、エズラは大喜びした。サルが薬を売っていると見破られたことは心配していなかった。たぶん客の誰かから聞いたんだろう、とエズラは言った。ビジネスっていうのはそうやって口コミで広がっていくもんなんだよ。実のところ、エズラはその頃には客が増えるだろうと期待していたようだが、どうやら誰もが定期的に薬を買いたいと思っているわけではないらしかった。欲しいときにだけ買いたいという客もいて、そういう客は欲しいときにはすぐに入手したいので、居留地に行って、エズラの知り合いのような町角の売人から買っているそうだ。エズラは前払いで月に二十壜を購入していたものの、その手のビジネスには太刀打ちできなかった。少なくともいまはまだ。いつまでもできませんように――サルはひそかにそう願った。彼はむしろ、居留地で買う人々とはちがう方法で薬を買いたいと望む客に売りたかった。

ルーカスは、サルよりもすばやい手さばきで、オキシコンチンを黄褐色のウインドブレーカーのポケットにしまった。コーギー犬を散歩させている女がそばを通りすぎ、ふたりを一瞥したあと目を逸らした。サルは自分たちがどんなふうに見えるのかわかっていた。公園のベンチにうつむいて座る、みすぼらしいふたり連れ。影の薄い人間たち。あの女は次の角にたどり着く頃には、ふたりのことをすっかり忘れていることだろう。

「アダムに伝言してくれて、サンキュ」ルーカスが言った。「おかげで楽しくおしゃべりできたよ」

サルはそのおしゃべりがどうなったのかわからなかった。その週はずっとマークル先生を観察していたが、今回に限っては、先生の心を読み取ることもできなかった。

「おれのこと、あいつはなんて言ってた？」ルーカスが尋ねた。

サルはリュックサックに視線を落とした。「ただ昔の教え子だって」

「あいつのお気に入りだったって言ってたか？」

サルはリュックのファスナーを開けたり閉めたりした。「ううん」

「マジで？　リーマン予想の話はしなかったのか？」ルーカスが尋ねた。「おれが証明するはずだった仮説だ。おれが証明した暁には、あいつは念願の正教授になれるはずだった。おれの指導教官だったってだけで」

サルは顔をあげると西通りを見て、元ラインバッカーの姿を探し、早く来てほしいと願った。あの老人がこんなにも遅れたことはなかった。スケジュールを守ることは大切だ、とくに退職してひとり暮らしの場合には。老人はいつもそう言っていた。彼の妻は亡くなり、娘はサンフランシスコに住んでいたが一度も訪ねてきたことはない。サルはひどいと思った。サルなら訪ねていただろう。もし元ラインバッカーの老人がサルの父親だったとしたら。

「リーマン予想とは何かって訊かないのか？」ルーカスが尋ねた。

サルはリーマン予想がなんだろうとどうでもよかったが、ルーカスは返事を待たずに話しはじめた。「といっても、子どもにどうやって説明したらいいんだろうな。リーマンゼータ関数がゼロになる点はすべて同じ直線上にあって、しかも無限にあるという仮説のことだよ」彼はサルの困惑した表情を見て笑った。「ああ、おまえには一生わかりっこないことだ。要するに、おれはその仮説が真実だと証明しようとしたのさ」

サルは自分がそれを理解できるかできないかは気にならなかった。そのリーマンなんとかは、マークル先生の教室のホワイトボードを覆っている素因数分解図《ファクターツリー》と同じくらい無意味に聞こえると思った。「どうしてそれをやりたいと思ったの？」

ルーカスは片手をひらひらと振った。「数学者ってのは、たんにそういうことを考えるのが好きなんだよ」

「それで何か説明できるの？　たとえば、現実の世界で物が動く仕組みとか？」

「いや。完全に理論的で抽象的なものだ。だからすごいんだよ」

それは、マークル先生が好きな種類の数学ではない。サルはそう思って少しだけ満足した。マークル先生が好きなのは、火山がなぜ噴火するのか、砂漠になぜ砂があるのかを説明するような数学だ。どれだけ先生がルーカスのことを好きでも、ゼロと直線について意味のない情報を伝える数式のことなど気にするはずはない。「じゃあ、ただのゲームなんだね」

「いや、ただのゲームじゃない」ルーカスは突然、真剣な表情をして身を乗りだした。「これは美しい仮説だ。純粋で、最高の数学であり、実にエレガントだ。それに真実でもある。誰もが真実だとわかっている。なのに、誰もそれが真実だと証明できていない。リーマン本人でさえだ。一五〇年間、数学者たちが証明しようとしてきたのに。もし証明できるもんなら、証明したいと思わないわけないだろ？」

ルーカスはマークル先生が数学の話をするときのような、尖ったエネルギーを発していた。サルはベンチでそわそわと体を動かした。「じゃあ、それが理由なの？　ほかに誰もやったことがないから、やりたいだけなの？」

「それが数学者であることの本質なんだよ！　ユークリッド以来、人々は数の働きについて理論を考えだし、それを証明しようとしてきた。でも、その理論を考えた優秀な人々は、それを証明するまえに死んでしまい、その証明は何世紀もあとに生まれてくるほかの人々に託される。まるで五〇〇年前から続けられてきた途方もない会話みたいなもんさ。おれはただその一部になりたかっただけだ」ルーカスの両手は震えていた。彼は震えを静めるように手を組んだ。

『数学とは、人類のただひとつの真の言語なのだ』──マークル先生は六年生の授業でそう言った。先生はルーカスにもその話をし、それがルーカスの一番欲しいものになった。そのあと、マークル先生のせいで、ルーカスはそれを失った。「じゃあ、これからそれをやるの？」サルは尋ねた。「その人が言ったことを証明するの？」

ルーカスは耳障りな声で笑った。「おれは一からやり直さなくちゃならないんだ。大学はおれを追いだしたときに、おれの研究成果を全部持っていきやがった。研究の所有権は大学にある、それが向こうの言い分さ。おれは文句の言える立場じゃなかった」彼は目の端でサルを見た。「なんでおれが追いだされたか知りたいか？」

サルは知りたかった。その答を気に入ることになるとは思えなかったけれども。「うん」

「おまえと同じことをしてて追いだされたのさ。ジャンキーたちに処方箋の鎮痛剤を売ってたんだ」

サルは驚きのあまり口をぽかんと開けた。それから公園の遊び場で大きな悲鳴があがった。女が滑り台から落ちた幼児に駆け寄り、抱きあげている。サルの客である若い母親だった。彼女は息子をぎゅっと抱きしめた。サルのなかに、彼女を守ってあげたいというやさしい気持ちが湧き起こった。「彼らはジャンキーじゃない」

「ジャンキーに決まってるさ。なんであいつらは公園のベンチにいるガキから薬を買ってると思う？」

サルはジャンキーが何か知っていた。麻薬常習者だ。サルの客は麻薬常習者ではない。彼らは仕事と家庭があり子どものいる普通の人たちだ。彼らが公園のベンチにいる子どもからオキシコンチンを買うのは、関節炎やアメフトの怪我や手根管症候群の薬が必要なのに、医者にかかるお金がなかったり、医者が薬を出してくれなかったりするからだ。ルーカスは彼らの生活がどんなものなのか知らない。それに、ルーカスもそれを買おうとしているのだろう？　彼らがジャンキーなら、ルーカスだって同じはずだ。

「で、そもそもなんでこの仕事を始めた？」ルーカスは尋ねた。「おまえくらいの年のガキなら、兄ちゃんに誘われてってとこだろうが。でも、おまえには兄弟はいないんだろ？ついでに両親も」

サルの肩甲骨が硬くなる。「どうしてそう思うの？」

「おまえの服は小さすぎる。もし弟がいるなら、その服は弟が着てるはずだ。兄ちゃんがいるなら、おまえはデカすぎる服を着てるだろう。親のことはただの当てずっぽうだが、難しい推理じゃない。おまえが世界でひとりぼっちだっていうのは顔にデカデカと書いてあるからな」

ルーカスが薄ら笑いを浮かべて見てくるので、サルの頭皮がチクチクした。サルはそれまで自分が他人を観察するように、誰かに観察されたことがなかった。観察されるのは好きじゃなかった。「ぼくは家族と暮らしてる」

「かもしれないな。でも、そいつらはおまえのことなんて気にしちゃいない」ルーカスは赤毛のひげを片手で撫でた。「どうやって始めたのかは、言いたくないらしいな。別にかまわない。それも想像がつく。おまえは小銭を稼ぎたかったんだろ。そしたら誰かがこれなら楽に金が稼げるし、誰も傷つけないと言った」

「お金のためじゃない」

「分け前をもらってるのか？」ルーカスはサルの沈黙を肯定と受け取った。「なら、金のためだろうが」

ちがう。サルは思った。これをやらないと、エズラに里子に出されてしまうからやっているだけだ。サルはそのお金で『墓場の少年』のコミックブックを買ったけれども。そしてエズラは、あの初日以降、ソーシャルワーカーのミセス・マクドナルドのところに送り返すかもしれない子どもではなく、年下のパートナーのようにサルを扱っていたけれども。

サルの足元の砂地では、枯れ葉が風の指先に捕らわれてねじれている。

「小遣い稼ぎをしたいと思うことは恥じゃないぞ」ルーカスは言った。「おれはカリフォ《チコ》

・ルニア州立《ステート》大学チコ校でマリファナを売ってた。奨学金だけじゃ足りなかったからだ。ただ、マリファナだけにしておくべきだった。マリファナのことなんて誰も気にしやしない。でもリノに行ったら、客の要望が手に負えなくなった。鎮静剤、リタリン、コカイン、マリファナ、大学院生はそういうのを片っ端からやる。あいつらは、最初はハイになって、そのうち気を静めなくちゃならなくなって、それから集中しなければならなくなる。ポスドクの地位も獲得しなければならないし、インターンシップも取らないといけない」陽射しを受けて、ルーカスの目がカテラスの目の色に——深く豊かな黄金色に——輝いた。
「その手のビジネスの問題点は、何かひとつでもまちがえば、全部おじゃんになることだ。おれにとっては、それがアダム・マークルだった」

若い母親は息子を解放すると、まるで夢うつつのような足取りでベンチに戻った。サルの両手の親指がサンドイッチのやわらかいパンに押し込まれる。彼はルーカスが立ち去り次第、それをごみ箱に捨てるつもりだった。ルーカスは薬を売っていただけではない。ほかのものもたくさん売っていたのだ。悪いものを。マークル先生はそれを見つけて、通報したにちがいない。それがマークル先生の裏切りなのだ。先生はそのことに深い罪悪感を抱いているが、そんな必要はない。ルーカスは麻薬売人——犯罪者なのだから。

「だからここに来たんだ」サルは言った。「学校を追いだされて、先生に怒ってるから」

ルーカスは片眉をあげた。「かもな。けど、近くにいたからとも言える。おれはただ追いだされただけじゃない。刑務所にブチ込まれたんだよ」ショックを受けたサルの顔を見て、ルーカスは笑った。「この通りの先にあるラヴロック州刑務所に一年五カ月いたんだ。一カ月半前に出所して、友だちからアダムがここにいると聞いた。興味深いと思ったね。おれが収監されてた場所から一番近い町に引っ越してたとは。あんなことがあったのに、まるでおれのそばにいたかったみたいに」

それもまちがってる。マークル先生がラヴロックに来たのは、数学を最初の出発点から子どもたちに教えるためだ。先生は新学年が始まった日にそう言っていた。サルはつま先で砂をほじくった。

「だが、最高なのはその先だ」ルーカスは言った。「アダムがラヴロックに来て何をしたか？　あいつはまた別のドープボーイと知り合ってた。おまえの、お仕事がなんなのかわかったときは、マジで信じられなかったぜ」

サルはたじろいだ。「先生はこのことは知らない」

ルーカスはサルの背中を叩いた。「わかってる。だからこそ完璧なんだよ」

ノラ

中学校の駐車場でギディオンと遭遇した日の夜、夕食が終わると、ノラは父親が食後の《ミケ》一壜《ロブ》を片手にリクライニングチェアに腰をおろし、テレビで全米大学体育協会《NCAA》男子バスケットボールのトーナメントを見はじめるのを待った。それから自分の寝室に向かった。

高校の学年アルバム《イヤーブック》はクローゼットの奥にあった。四年分のアルバムを引っ張りだしてベッドに座ると、まず一年生のときのアルバムをめくり、グレイス・プレンティスの写真を見つけた。西欧農民風《ペザント》ブラウスを着た黒髪の少女で、明らかに美しいにもかかわらず、不安げな笑みを浮かべている。ギディオンがジェレミーたち四年生と一緒に写っている写真は一枚もなかったが、ノラは驚かなかった。マルゼンの子どもたちの半分近くは、卒業まで固まって過ごしているからだ。

ほかの学年のアルバムもパラパラとめくって、グレイスの写真を探した。ノラとブリッタはあちこちにいて、ホームカミングクイーンのティアラをつけ、チアリーディングの衣装でポーズをとっていたが――〝ブリッタ・ダニエルズとノラ・ウィートンはチアチームの共同キャプテンで、マスタング精神を炸裂させている！〟――グレイスは撮影カメラからすり抜け、ほとんど載っていなかった。彼女はクラブにもはいらず、スポーツもしていなかった。唯一彼女の素顔が写されていたのは、二年生のときにアメフト部の選手たちと撮った一枚だけだった。彼女はフェン・マーフィの膝に座り、弾《はじ》けるような満面の笑みを浮かべている。くすんだ黒髪の巻き毛と大きな黒い目にはサルの面影があったが、その笑顔や、自信を持ってツンとあげられた顎には感じられなかった。

ノラはイヤーブックをクローゼットに戻しながら、ジェレミーのイヤーブックはどこにあるのだろうと考えた。

兄の部屋のドアはいつも閉じられているが、ノラは月に一度、埃を払うためにはいっているので、気構えする術は心得ていた。彼女は大学で家を出たときに、自室から十代の自分を剝ぎ取っていたが、ジェレミーは二十代になっても模様替えをしなかったので、部屋のなかはまるで十七歳の彼のタイムカプセルのようだった。壁にはマイケル・ジョーダンのポスターがいくつも貼られ、平らな場所はリトルリーグとポップワーナーのトロフィーで埋めつくされていた。唯一欠けているのは、ジェレミーのにおいだ。彼が死んだ一週間後に洗濯をしたとき、なじみのある彼の汗臭いにおいがして、ノラは膝から崩れ落ちた。

それきり、二度とそのにおいを嗅いだことはない。

彼女は本棚にジェレミーのイヤーブックを見つけると、急いで兄の部屋を出た。

ギディオン・プレンティスの一年生の頃の写真――色素の薄い目とニコリともしない顔――は、中学校の駐車場でノラを脅した男の予兆を完全に捉えていた。ジェレミーの二年生のアルバムでは、三人目のプレンティスを発見した。一年生のエズラだ。その繊細な顔立ちは、グレイスとの血の繋がりが感じられた。ジェレミーの三年生のアルバムでは、二年生になったエズラが不機嫌そうにカメラを見つめており、四年生のアルバムでは、高校最後の年のギディオンがあざ笑うかのような半笑いを浮かべている。若い少年たちの態度を熟知するノラは、驚いたことに、そのわざとらしい薄ら笑いのなかに傷つきやすさを感じ取った。彼女はアルバムをパタンと閉じた。

一時間後、ノラが〈ウイスキー〉に行くと、ブリッタがマルガリータ二杯を注文して待っていた。「電話してくれてホッとしたわ。ジャックとモーリーがインフルエンザになっちゃって」ブリッタは母親業もふだんのマルチタスクな才能を発揮してこなしているが、子どもが病気になったときだけは、いつも夫に世話を託している。ノラは笑って、マルガリータをひとつ手に取った。

その日は金曜日で、バーの席は埋まりつつあった。ふたりの女子会はじきに賑やかなパーティとなるだろう。だから、ブリッタの愚痴——子ども用の解熱剤《モトリン》にほんの少し睡眠薬《アンビエン》を入れておいてくれたら、どんなにいいか！——をひとしきり聞いたあと、ノラは切りだした。「高校で一緒だったプレンティス兄妹《きょうだい》を覚えてる？　グレイス、エズラ、ギディオン。マルゼンの」

「グレイスは覚えてる」ブリッタは舌を鳴らした。「奔放な子だった」

「そういうイメージなんだけど、理由が思いだせないの」

「フェン・マーフィと付き合ってたんだけど、彼を振って、居留地のパイユート族の麻薬売人に乗り換えたのよ。しかも一緒に住みはじめてた。まだ十六で、相手は二十四とかだったのに」

ノラは記憶になかったが、ブリッタが覚えていても驚かなかった。ブリッタの記憶力は天性の政治家並みなのだ。「彼女、亡くなったみたい。去年、心臓発作で」

「ほんとに？……可哀想に」ブリッタが知らないことをノラが知っていることはそう頻繁にはない。

「アダム・マークルを発見したのは彼女の息子なの。その子はギディオンと一緒に、事件現場近くの丘に住んでる」ノラは声を落とした。この店に来てから、アダムの名前を五、六回は耳にしていた。できることなら、ラヴロックのフル稼働中のゴシップ工場に燃料を投下したくはなかった。「あの子にどんなサポート体制があるのかなと思って。あと、ギディオンはまともな人なのかどうか」

ブリッタはじっくり考えてから言った。「ギディオンのことは覚えてないけど、エズラのことは覚えてる。彼はちょっとキュートだったし。だけど変わってた」

「どんなふうに？」

「誰ともつるまないで、隅でコソコソしてるとか、そういう感じ」

「彼がいまどこにいるか知ってる？」もし近くに彼を引き取れるもうひとりの伯父がいるのなら、どうしてサルはあの荒れ果てた土地に住んでいるのか。ノラには想像もつかなかった。

「マルゼンなんじゃないの」ブリッタは肩をすくめた。ラヴロックのほかのみんなと同じように、ブリッタもマルゼンのことを〝中学と高校に通うときだけ出てきた人々が、卒業後に戻ったら永遠に出てこないブラックホール〟だと考えている。実際にはマルゼンの人々はしょっちゅうラヴロックの店で買い物をしたり、レストランで食事をしたりしているのだが、ラヴロックの人々は彼らが立ち去ったとたん、その存在を忘れてしまうのだ。

「数学の先生といえばね」ブリッタの目が輝いた。「メアリー・バーンズのこと聞いた？

って。彼女がよく思わないだろうってわかるでしょ」

「なんでわかるの？　数学の先生と彼女、付き合ってたって聞いたわよ。でも彼が振った

「メアリーはアダムを殺してない」ノラは言った。

彼女が容疑者だって聞いたわよ！」

ブリッタのコーヒーショップでどんな下品な噂が流れているのか、想像がついた。この町のほとんどの人にとって、アダムの殺人事件は人生で起こった一番エキサイティングな出来事なのだ。それでも、自分たちの仲間を犯人に仕立てあげようとする人々に、ノラは嫌悪感を抱いた。「メアリーとアダムは付き合ってない」

「ケヴィン・キーガンはそうは言ってなかったわ」ブリッタは言った。「ミッチがスージーのために出ていったとき、メアリーがミッチのトラックに火をつけたの覚えてる？　あれ以来、彼女、どんどん自棄《やけ》になるばっかりだったし。いまはいくつなの、五十歳？　その哀れな数学の先生は、たぶん彼女の最後のチャンスだったんじゃない？」

「ケヴィンなんて、何も知りやしないくせに」そう言ってから、ノラは自分の口調の激しさに驚いた。とはいえ、ブリッタは高校時代のボーイフレンドと十五年間しあわせな結婚生活を送り、ラヴロックの社会的ヒエラルキーの頂点に、まるで艶《つや》のいい親鳥のように立っている人だ。もちろん、同じことを期待したのにうまくいかなかった女に対して同情す

ることができる。

ブリッタは引き際を心得ていた。「彼女がやったと言ってるわけじゃないわ。ただほかの人たちが言ってる話を伝えてるだけ」

「お願いだから」ノラは言った。「誰かがメアリー・バーンズが炎の少女的《ファイアスターター》な殺人鬼だとか話してるのを聞いたらやめさせてほしい、いい？　彼女はわたしたちと同じように、この土地で生きていかなければならないのよ」

「いいわ、わかった」ブリッタはグラスを掲げた。ノラはグラスをカチリと合わせた。

その二分後、ビング・ウォラーマンがやってきて、ブリッタとラヴロック市議会の補欠選挙について話した。それからマイク・コニアーズが、ブリッタに目を通してもらいたがっている新しいアメフトのスコアボードの案をいくつか持ってきた。やがて六人がテーブルにつき、ブリッタを中心として、最新の計画——独立記念日の熱気球フェスティバル——について相談しはじめた。この祭りはラヴロックを観光地図に載せることになるわ、とブリッタは言った。そうかもしれない、とノラは思った。愛情を込めて友人を見つめながら。もしラヴロックを観光地図に載せられる人がいるとしたら、ブリッタしかいない。

ときおり、ブリッタはノラのほうに視線を向けた。黙り込んでいるノラに苛立っていることはわかっていた。ブリッタは大学がノラをお高くとまった人間に変えたと思っている。

あながちまちがいでもない。現にいま、ジェシー・ハインドが飼い犬のテリアの繁殖について文法的に崩れた文章でまくしたてているせいで、頭がガンガンしている。でもほんとうは、ノラを地元の仲間から遠ざけているのは学位ではなかった。メアリー・バーンズのように、このバーにいる誰ひとりとして、この町を出ることを考えようともしない。仕事を失っても、事業に失敗しても、結婚が破綻しても――あるいは残忍な殺人犯と疑われても――ひざまずき、バラバラになった人生のかけらを拾おうとする。ノラは父親が死んだらすぐに、人生のすべてのかけらを捨てて町を出るつもりだった。そこがどうしても埋められない溝なのだ。

ノラはマルガリータを飲みながら、思考を巡らせた。ギディオン・プレンティスは、アダムが死んだ翌日、アダムの家にいた。その正当な理由は思いつけない。プレンティスの土地でも、学校の駐車場でも、彼は悪意を剝きだしにしていた。とはいえ、サル――語られない物語を知っているサル――は、ギディオンを恐れているようには見えない。メイスンとビルも、なぜアダムの家にいたのか尋問したあとでも、ギディオンを逮捕していない。そしてノラはバーにいる隣人たちを見まわしながら、犯人の動機は個人的なものだというメイスンの言葉を思いだしていた。何世代もまえにはこの町にも血の争いがあったが、この半世紀は誰も人を殺していない。アダムがどんなことをすれば、たった七カ月間で、ギディオンを――あるいはここにいる誰かを――アダムに火をつけるほど激怒させられるのか、想像もつかなかった。

しかし、アダムはリノには長く住んでいた。教授になり、結婚し、妻と息子の写真をこっそり見ることしかできないほど、つらくてたまらない何かを経験するだけの時間を過ごした。

メイスンはそのうち大学を訪問し、正しい質問をしてまわるだろう。ただし、メイスンは、アダムがラヴロックでよそ者だったように、リノではよそ者だ。一方、ノラはそこで四年を過ごした。長くはないが、充分な時間かもしれない。

ノラは酒を飲み干すと、バーからそっと抜けだした。その姿を見ていたのはブリッタだけだった。

サル

マルゼンバプティスト教会の墓地に草は生えていなかった。教会は灌漑《かんがい》設備を賄《まかな》うことができなかったし、助祭たちは野生の下草が敬虔な場に見苦しすぎると考えたから、教会の管理人アルヴィラ・メネンデスは、月に二回熊手《レーキ》で砂を掻き、生えてくるものはなんでも引き抜いた。彼女はグレイス・プレンティスの墓のまわりでもそれをした。サルが小さな石で墓をきれいな長方形に囲ったせいで、レーキを使うのが難しくなったあとでさえも。マークル先生が死ぬ十一週間前のクリスマスの日、サルは母親の墓の横に伯父ふたりと一緒に立っていた。アルヴィラのレーキが砂につけた線は、カテラスの部下の悪魔たちの鉤爪の痕のように見えた。サルは頭のなかから、地面の二メートル下に半年間横たわる母親のイメージを追いだした。かわりに、教会で見た金属の棺のなかの母親が――白い枕に黒髪を広げて――どれほど美しかったかを思い浮かべた。葬儀の日の母親の姿を思いだすのは簡単だったが、生きている母親を思いだすのは、次第に難しくなっていた。

その日、サルがキッチンにはいっていくと、スーツのズボンと白いドレスシャツを身につけたギディオンが卵料理を作っていた。ギディオンはサルを見ると、弟の部屋のドアを叩きつづけた。ようやくエズラが、無精ひげを生やしたままボクサーショーツとランニングシャツ姿で、目をしばたたかせながら出てきた。三人はいつものように無言で食事をした。伯父兄弟はフォークを合成樹脂《ベークライト》の皿にこすりつけながらさっさと食べ、それから欠けたセラミックのマグカップでコーヒーを飲んだ。サルはゆっくりと味わいながら食べた。ギディオンはサルの母親と同じように卵料理を作った。チーズと玉ねぎを加え、ピリ辛ソースをかけて。それは、ふたりが子ども時代をともに過ごしたことを示す、めったに見られない痕跡だった。

サルが食べおわると、ギディオンが言った。「今日は死者を称える日だ。部屋でちゃんとした服に着替えてこい」

サルの困惑を見て、エズラが言った。「クリスマスにはいつもコレをやるんだ。理由は訊くなよ」

「ずっとそうしてきたから、そうするんだ」ギディオンは言った。

「何を訊いても、兄貴の答は全部ソレなのさ。親父がしてたなら、おれたちもやらなきゃならねえ」

「親父がしてたのは、祖父《じい》さんがしてたからだ。曾祖父《ひいじい》さんもしてたからだ」ギディオンは自分の皿とマグを持った。「さあ、着替えてこい」

「くそったれめ！」エズラはそう毒づいたが、部屋に行った。その頃には、サルにもわかっていた。エズラは文句を言うことはあっても、結局、つねにギディオンの言うとおりにする。ギディオンはあらゆることに指示を出した。エズラがマリファナを吸ってもいい場所から、エズラがトラックを借りられる時間、エズラが朝起きる時間、夜寝る時間にいたるまで。それはおそらく少年時代に端を発している身に染みついた支配関係であり、仕事の分担にさえ、それが反映されていた。ギディオンは料理や電気器具のメンテナンスといったより高度な作業をし、エズラはごみを捨てる穴を掘ったり、ニワトリに餌をやったりした。

サルが母親の葬儀で着たスーツは、まだスーツケースの底に入れたままで、絶望的なまでにシワだらけだった。それに小さすぎた。きつい縫い目に、母親の死から今日までの一八六日分の時の経過をひしひしと感じた。サルが寝室から出ていくと、ギディオンは狭い食料庫からアイロンを取りだした。サルはソックスと下着姿でテーブルに座り、ギディオンがアイロンの先をサルのシャツの襟に当て、ズボンの折り目をつけるのを見つめた。しかし、ギディオンはそこまで配慮しても、スーツが小さすぎることには気づかなかった。

彼らが最初に立ち寄ったのはマルゼンの墓地ではなかった。細い小道の先、丘のずっと高いところにある、プレンティスの墓地だ。サルがその小さな墓地を見るのは初めてだった。少数の墓石が――そのすべてにプレンティスの名が刻まれている――谷を見おろすように立っているさまは、彼の心に深い感銘を与えた。ギディオンから、プレンティス一族は一七〇年前からここに住んでいると聞いたときにはピンとこなかったが、先祖代々の土地という実感が湧いた。彼は『墓場の少年』を読みおえていた。本のなかでは、サルと同じ孤児の少年が死者に話しかけていたが、その寂しい丘の上にいると、ふっと吐きだした息の先に、死者が潜《ひそ》んでいるように感じられた。彼は錬鉄製の柵に触れ、その金属に何千もの寒い夜と暑い日を、その土に五世代にわたる物語を感じ取った。

墓地の奥に、一番古いふたつの墓石が並んでいた。エジキエル・プレンティスと彼の妻、ワイアネット。エジキエルの墓石には『天使の翼に乗り、悪魔をうしろに従える』と刻まれており、サルにアンジェラスとカテラスを連想させた。エジキエルとワイアネットの手前には、ジェームズとジョンの墓石があった。同じ日に生まれ、六十年後の五カ月と離れていない日に埋葬されている。ジェームズの墓石には『最愛の夫であり、兄であり、父親』とあった。彼の左には、セイディ――『最愛の妻』――の墓があり、右にはジョン――『最愛の弟』――の墓がある。ジョンの横には誰もいない。さらに二世代の墓が続いた。

リチャード、彼の妻メアリー、ふたりの息子ソール、彼の妻のエメライン。一番新しい墓は、サルの祖母エリザベスのものだった。その横には彼女の夫エイサ、ふたりのあいだにはトーマス。『最愛の息子』と墓石には書かれている。ほかの墓石とはちがって、文字がふぞろいだ。草がささやくようにカサカサと鳴った。まるで聞こえない言葉の重みに揺らされたように。サルはまた祖父の墓石を見つめた。彼はトーマスの六日後に死んでいた。

『最愛の息子』。サルの母親は、この三番目の兄弟について一度も口にしたことがなかった。サルは墓石に刻まれた没年に注目した。トーマスが死んだとき、母親は十六歳くらいだったことになる。十六で家を出たのは、もっとビッグな人生を送りたかったからだと母親は言っていた。といっても、マルゼンに行っただけだったが、サルはそれが母親の望んだビッグな人生なのだろうと思っていた。しかしいま、そもそもなぜ母親は家を出たのだろうと思いはじめた。

「これがわが一族だ」ギディオンは言った。彼の目がサルの目を見つけて捕らえた。「おまえの一族を忘れるんじゃないぞ」やわらかに吐きだす息遣いのような風が吹いた。サルにはそれが誰かの声のように聞こえた——まるでプレンティスの祖先たちが、そのとおりだとつぶやいているかのように。

そしていま、ギディオン、エズラ、サルの三人はサルの母親の墓のまえに立っていた。サルはできるかぎり静かに泣いた。彼が泣いたのは、母親が恋しかったからだ。そしてどれだけ耳を澄ましても、母親の声が聞こえなかったからだ。また、彼が泣いたのは、母親に腹を立てていたからでもあった。母親が注射器を不注意に扱って、自分の人生を終わらせ、サルの人生をめちゃくちゃにしたことに対して。しかし、それだけではなかった。彼が泣いたのは、母親が自分の属する土地の、丘の上のあのささやくような墓地に弟と一緒に埋葬されるのではなく、このレーキの筋のついた砂地でひとりぼっちでいるからでもあった。

ダブルワイドに戻ると、エズラが一緒に狩りにいこうとサルを誘った。それまで一度も誘われたことはなかったし、墓地でサルが泣いているのを見たから誘っているだけだとわかっていた。いつもなら、いかないと返事をしていただろう。しかし、母親の墓にアルヴィラが残したレーキの痕がサルの心をえぐっており、その日ばかりは部屋にひとりでいることに耐えられなかった。そこでスーツを着替えて、エズラのあとについて、谷から続く蜘蛛の巣状の小道をのぼった。

広々とした空と、冷たく明るい空気のおかげで、サルの気分はよくなった。鎖に繋がれていないサムスンが草のなかを跳びはねる姿も、心を軽くした。エズラの歩幅すらいつもより大股になっていた。エズラはほぼ毎日狩りに出かけている。こうして彼の様子を見ていると、彼を丘に引きつけているのは、鳥やウサギだけではないのだろうとサルは思った。

「こんなクリスマス、いままで過ごしたことねえだろ」エズラは涸れ川の川床を横切り斜面をよじのぼったあと言った。

「うん」毎年サルと母親は車でラヴロックに行ってツリーを買い、クリスマスイヴには教会に行って、母親は礼拝の最後に『さやかに星はきらめき』を歌った。

「おれたちがガキの頃、おまえの母さんはクリスマスが大好きだった」エズラが言った。

「ギターを持ってて、クリスマスキャロルを歌ってた。すげえうまかったよ」

サルは初めて、ギディオン、エズラ、彼の母親の兄妹《きょうだい》は子どもの頃どんなふうだったのだろうと考えた。たぶん母親とエズラはよく一緒に遊んでいたのかもしれない。威張りたがり屋で不機嫌なギディオンとよりも。母親のバーにいるとき、ギディオンは母親を保護するような強烈な目つきで見張っていたが、腰の痛みはどうだと声をかけていたのはエズラのほうだった。そして母親が酒のおかわりを注《つ》いでいたのは、ギディオンではなく、エズラのグラスだった。

サムスンがうずくまり、尻尾をピンと立てた。まるで彫像のように体を強張らせ、五、六メートル先のセージの大きな塊に鼻先を向けた。

「静かに」エズラが言った。ポケットから笛を取りだして口にくわえると、ひじの高さで抱えていたライフルを肩の位置まで持ちあげた。それからセージにそっと忍び寄る。犬から三メートルほど離れたところまで進んだとき、笛を短く鋭く吹いた。

サムスンはまるで縮んだバネに押しだされるかのように勢いよく前方に跳びだした。茂みから十数羽の鳥が一斉に飛び立つ。発砲音がして、サルはとっさに耳を覆った——一回、二回、三回。五秒とたたずに鳥は消え、銃も静かになった。

それからエズラがまた笛を吹いた。サムスンは鼻を地面につけたまま、セージのなかをうろつきはじめた。サルが夢中で見つめていると、犬は何かを口で拾いあげ、主人のところへ駆けもどった。

「いい子だ」エズラは犬に言った。それから手のなかのものをサルに見せた。小さな茶色いウズラだった。頭がだらりとして、右の翼は血にまみれている。数カ月後、ウィートン先生の家で槍先を見せてもらい、一万年前にマストドンを狩った勇敢な若者たちの話を聞いたとき、サルはこのウズラのことを思いだすことになる。ウズラを銃で撃つよりも、マストドンを槍で狩る若者のほうがフェアな闘いをしているように感じたが、結局のところ、マストドンも狩られてしまうのは同じだ。そして現代のグレートベイスンの勇敢な若者たちには、小さな鳥やウサギしか獲物がない。サルはそのすべてを気の毒に思った。マストドンも、鳥もウサギも、勇敢な若者たちも。

ウズラを手にしたエズラはにやりと笑った。「あと二羽獲れたら、クリスマスディナーにしよう」

ふたりは大きな円を描くように丘をのぼった。さらに二回、サムスンが鼻先で獲物を示し、エズラはさらに三羽のウズラを仕留め、最初の一羽と一緒に革袋にいれた。ようやく丘の頂上にたどり着き、プレンティスの墓地の背後に出た。エズラは墓地の柵にライフルを立てかけると、マリファナ煙草を取りだし、プラスティックのライターで火をつけ、深く吸い込んだ。それから親指を墓に向けた。「彼らのこと、何か知ってるか?」

サルはマルゼンの人々がプレンティス一族をどう考えているかは知っていたが、彼の母親からは何も聞かされていなかった。「知らない」

エズラはひとつひとつ墓石を指さしながら言った。「エジキエルは巡回説教師で牛泥棒だった。彼がラヴロックにやってきたとき、ワイアネットは売春宿で働いてた。ジェームズとジョンも牛泥棒だった。おれたちの曾祖父《ひいじい》さんは闇酒屋だった。禁酒法時代にウイスキーを売ってたんだ。祖父《じい》さんは書類を偽造してた。運転免許証とか、グリーンカードとか、出生証明書とかそんなものを」

マルゼンで耳にした噂から、プレンティス一族は犯罪者集団であり、母親と自分はうまく逃げだしたのだと想像していた。いまエズラの話を聞いて、その想像は正しかったのだとサルは思った。しかし、彼らの墓のそばに立っているとき、サルがもっとも心を打たれたのは〝最愛〟という言葉だった。それはひとつをのぞき、すべての墓石に刻まれていた。

「どうして母さんはここにいないの？」サルは尋ねた。

エズラはまたマリファナを吸った。「おれたちの弟が死んだ」

サルはトーマス・プレンティスの墓石を見た。彼は九歳で死んでいた。サルより二歳若い年で。「どうやって？」

「あいつは心臓が悪かった。ある日、目を覚まさなかった」エズラは一方の肩をビクッと揺らした。「おまえの母さんも心臓が悪かったんだろうな」

サルの母親が死んだとき、ギディオンとエズラは背筋を硬直させ、灰色の顔をしてラヴロックの小さな病院にやってきた。ジェイクは監察医に死因を調べてもらうこともできると言った。ふたりが断ったとき、サルはジェイクがホッとしたのを感じた。あのとき、母親は心不全で死んだというジェイクの言葉を伯父たちが信じたのはなぜなのか。サルはいまその理由を知った。

エズラはトーマスの墓を顎で示した。「あいつは、トミーは、代々のプレンティスの誰よりもタフなやつだった。学校にも行けなかった。ずっと病気がちだったから。でも、文句のひとつも言わなかった」

サルはうつむき、自分のボロボロのスニーカーに目を向けた。エズラを可哀想だと感じている自分に驚きながら。伯父が強張った声で、妹と同じくらい弟を愛していたと言うのを聞いた。兄弟のなかで愛さなかったのはギディオンだけなのに、そのギディオンのせいでここに縛りつけられてるのだ、と。「じゃあ、だから母さんは家を出たの？ トミーが死んだから？」

「トミーが死んだのは、親父とお袋のせいだと思ったからだよ。親父たちはトミーを一度も医者に連れていかなかった。もう階段すら満足にのぼれなくなってもだ」エズラは不愉快そうに笑った。「お袋がガンになって、公的医療保険制度《メディケイド》に加入したとき、おまえの母さんはブチ切れたのさ」

サルは祖母の酸素ボンベと意地悪で悲しげな目のことを考えた。母親の自分を育てた女との最後の別れは、三十分もなかった。サルと母親はソファに座ってコーラを飲んだ。足元ではサビ柄の猫たちがまとわりついていた。老女は鼻にチューブを入れて、ゼーゼーと息を切らしていた。何かひと言でも言葉が交わされたかどうか、サルは思いだせなかった。

「どうして医者に連れていかなかったの？」

「それが親父のやりかただった。家《うち》には金がなかったし、タダでは何ひとつ受け取らない人だった。特に政府からは。『プレンティスは、施しは受けない、自分たちの面倒は自分たちで見る』って言ってた。ギディオンがまくしたてる例のたわごとだよ」エズラは肩をすくめた。「一週間後、親父は銃で自殺した。きっとそういう考えはまちがってたと思ったんだろ」

サルは想像しようとした。代金が払えないものを受け取るくらいなら、息子を死なせることを選んだが、息子をとても愛していたから、その後罪悪感に耐えられず生きていけなくなった父親のことを。サルは父親のことも、家族のことも、よく知らなかった。墓石の列を見つめながら、どうしたら男がそんなふうに考えるようになるのだろうと思った。きっと父親からそんなふうに育てられたにちがいない。そしてその父親もまた同じように育てられたにちがいない。たぶんそれが、牛泥棒や酒の密売よりも、プレンティス一族を無法者にした理由かもしれない。

「この土地はクソ刑務所《ムショ》だ」エズラは言った。「ドミーにとっても刑務所《ムショ》だったたし、おまえの母さんにとっても刑務所《ムショ》だったし、おれにとっても刑務所《ムショ》だ」

「でも、ギディオンにとってはちがう」サルは言った。

「あいつにとってもだ。自分じゃわかっちゃいねえけどな」エズラはマリファナを丘に向けた。「一七〇年間、ここはおれたちのものだった。代々、貧乏人のクソ野郎が、嫁をもらわなきゃなんねえって気になって、どっかで嫁を見繕ってここに連れてきて、息子にも同じことをさせたからだ。でも、ギディオンはそれをしようとしない。おまえの母さんをあまりにも愛しすぎてたから」

「どうして母さんを愛してると、ほかの人と結婚できないの？」サルは尋ねた。

エズラはまたマリファナを吸った。サルはエズラが正しい言葉を探しているのを感じた。

「妹を完璧だと思ってたからだ。まちがったことは何ひとつするはずもないってな。いいか、おまえが生まれるまえには、おまえの母さんは相当あれこれやってたんだぜ。でも何をやろうが関係ないんだ。ほかの女はグレイスにはかなわない。グレイスが死んじまったからには絶対に」エズラは唇を曲げた。「けど、ギディオンが知らないことがある。あいつはここに住む最後のプレンティスになる。おれがここを出ていくからだ。おれとおまえのビジネスは、おれがずっと待ってた切符なんだ。おれがいなくなったら、あいつは自分で自分をここに縛りつけることになる。あいつが死んだあとは、おれが全部売っちまうとわかってるからな」

エズラは毎週金曜の夜、お金を回収しにくるたびに家を出ていく話をしていたが、サルは実際には出ていかないだろうと思っていた。いま、サルは尋ねた。「どこに行くの？」

「リノだ。モノホンのやつらはあそこにいる」

リノはエズラが数週間ごとに通って、サルがベンチで配る薬を買ってくる街だ。サルは一度も行ったことがなかった。彼はリノにいるエズラの姿を思い描いた。空を締めだすような高層ビルのあいだを、エズラがギディオンのトラックで走っているところを。ビジネススーツを着た人々で混み合う歩道を、ジーンズに履き古したカウボーイブーツという格好のよそ者のエズラが歩いているところを。「いついくの？」

「金が貯まったらすぐに。家と車を手に入れて、すぐにブツを仕入れて、ビジネスを始めなきゃならねえ。一万ドルあればなんとかなるだろ」

サルはもう数え切れないほど、何千ドルという金を持ち帰っていた。「もう貯まったんじゃないの？」

「リノのやつに、多すぎる額を持っていかれるんだよ。後払いだから。でも、夏までには、充分な金が貯まる。そしたらギディオンとはおさらばだ」

サルはギディオンが夕食後にエズラを探しだし、冷えたビールを持って、コンクリートブロックの階段に一緒に座ろうと誘っていた夜のことを考えた。ふたりはほとんどしゃべることはなかったが、一時間以上も並んで座って酒を飲み、星を眺めていた。エズラが去ることを想像するのは難しいが、弟のいないギディオンを思い描くのはもっと難しかった。

「ほんとにギディオンをここにひとりで置いていくの？」

「あいつは気にしやしないさ」エズラは言った。「この土地と自分の家具以外、ギディオンが気にすることなんてない。それにひとりじゃないだろ？　あいつにはおまえがいる」

サルはことの重大さを理解して、柵を握りしめた。エズラは好きではなかったが、ふたりの伯父のうち、話しかけてくれるのはエズラだけだったし、彼流の汚れたやりかたにしろ、身内のひとりとして扱ってくれたのもエズラだけだった。エズラがいなくなれば、サルは、小屋で家具を作ることに明け暮れ、食事のときにしかサルを思いださないように見える男とここに取り残されることになる。やがて、サルはいまのエズラのようになるだろう。ニワトリに餌をやり、ごみを捨てる穴を掘り、ギディオンにトラックを貸してくれとせがむ。ただし、ギディオンが階段でビールを飲もうとサルを誘うことはけっしてない。

「おまえがおれと一緒に来るってんなら、話は別だけどな」エズラはそう言って、穏やかな満面の笑みを浮かべた。またしても、サルはそこに母親の面影を見た。「どうだ、すげえと思わないか、兄弟《ブラザー》よ？　おまえとおれで、おれたちの事業をメジャーにするんだ。プレンティス一族の誇りとなるようなことを」彼はマリファナの残りを自分の父親の墓にはじき飛ばした。「昔のプレンティス、ってことだけど」

エズラはサムスンに向かって口笛を吹いてから、サルにウインクした。「さあ、クリスマスティナーを食いにいこうぜ」

草の上に寝そべっていた犬が起きあがり、丘をくだる主人のあとを追った。サルはいっときその場にとどまった。そこから見おろすと、母屋とそのまわりの小屋は、カテラスの目に映るように、小さくて壊れやすいものに見えたが、土地自体は頑丈で揺るぎなかった。六世代。いまは七世代。サルがプレンティスの墓地に目を向けると、彼自身の墓石が見え、光って消えた。そこには『アブサロム・プレンティス』と刻まれていた。が、〝最愛〟という言葉はなかった。

サルはエズラと一緒にリノに行きたくはなかった。エズラの事業を、それがどんな意味であれ、メジャーにはしたくなかった。それでも、エズラの細い体がセージのあいだをゆったりと駆けていくのを見ているうちに、あの短く危険な言葉が、サルの肋骨の奥深くに細長い根を張りはじめた。

ブラザー。

翌週、サルは二十ドル札を五枚、ポケットにいれて〈ファミリーダラー〉に行った。キップと同じナイキはなかったが、アディダスと見まちがえるような、同じくらい真っ白なスニーカーがあった。

ノラ

州間高速道路八十号線のラヴロックからリノまでの区間――セージとハマアカザのあいだをぶち抜く一六〇キロメートル――には、のぼり坂もなく、くだり坂もなく、カーブもほとんどない。ちょうど真ん中あたりに、雪のように白く輝く塩原《えんげん》がある。その向こうには、土地が重なり合うように隆起した丘陵地帯があった。小麦色の草に覆われたまったく同じ形の丘が幾重にも重なり、その稜線は太陽のもとで眠る猫の背中のようにやわらかだ。ラヴロックに住んでいれば、そうした丘の名前を覚えることになる。家族でラビットホールスプリングスにピクニックに行く。ダートバイク（山道などの悪路を走るための小型バイク）に乗って、ウィネマッカウォッシュを走ったり、セブントラウズで父親とウズラ狩りをしたりする。夏の夜に、チョコレートビュートで星々に囲まれながら、ビール《ルート45》を飲んだことを思いだす。ラヴロックに住む人にとって、あの丘が想起させるものは、ガードレールのある道を速く走れなかった思い出ではない。日曜の礼拝後のひとときであり、土曜の夜明けであり、金曜の夕陽なのだ。あの丘はこの町を愛する理由となる。この町を愛しているときには。

ノラは丘を愛していた。心を静めてくれるからだ。うまくいかない日々には——父親が酒浸りになったり、父親の体の痛みが急にひどくなったりして——学校が終わるまえに抜けだし、盆地《ベイスン》の三〇〇メートル上まで行き、帰宅前の一時間を吹きさらしの何もない場所で過ごすことができた。そんなとき、彼女は車のボンネットに腰かけて、遙か昔に消えたラホンタン湖を目のまえに出現させた。砂地を水に変え、ラヴロックを一五〇メートルの深さの湖水に沈めて。父親の咳は悪化しているのだろうかとも、医者から必要と言われた父親の理学療法の費用をどうやって捻出しようかとも、もし自分が母親との約束を守っていたら、父親は元気で、ジェレミーも生きていたのだろうかとも考えることなく。丘の上では、彼女は十七歳のときになりたかった女になれた。遠く離れた場所で、時を超えた冒険をしている女に。

学校区の春休みの初日、アダム・マークルが死んでから十一日後、ノラはラヴロック先住民洞窟の下に車を停めた。そこは、パイユート族がやってくる二〇〇〇年前、盆地《ベイスン》に住んでいた名もなき人々が、ホタルイを編んで作った狩猟用の囮《おとり》のカモを保管し、八人の愛する者たちを埋葬した場所だ。空にはレースのように儚げな雲の筋がつき、風が彼女の髪を逆立てていく。遙か下方では、州間高速道路八十号線が砂地に延びる銀の糸のように見える。

一時間前、彼女は昨夜のミートローフを温め直して、キャンピングカーで父親と昼食を取った。

「今日はハイキングには行かんのか？」そのとき父親は尋ねた。春休みになると、ノラはいつもひとりで丘にハイキングに出かけていた。思いがけずノラと一緒にいられて、しあわせそうな父親を見て、彼女は目を逸らした。

「今日は行かない」

父親はミートローフをひと切れ、ケチャップにつけた。「おまえが連れてきたあの少年、気に入ったよ」

もちろん、そうだろう。サルはノラの父親の話に耳を傾けてくれて、父親は聴衆が大好きなのだから。

「サルはいい子よ」ノラは言った。

「あの先生の死体を見つけたのは、あの子なんじゃないのか？」

ノラは父親が覚えていたことに驚いた。「そう」

「つらかったろうな」

「そうでしょうね」

父親はもうひと口、ミートローフを食べた。「あの子は人類学が好きなんだな」

「槍先を気に入ったのよ。男の子ならみんなそう」

「もっと興味がありそうだった」

ここで言い争ってもしかたがない。「そうね。興味を持ってた」

「またあの子を連れておいで」ノラの父親は期待を抱いているように見えた。「あの子にひとつ、ふたつ何か話してやろう、おまえとわしとで」

ノラは自分の皿を脇へ寄せた。「約束があるの」父親はがっかりした顔をした。彼女はテーブルに身を乗りだし、父親の頰にキスをした。「夕食までには戻ってくる」

ジェレミーが死んだあと、寮の部屋を引き払って以来、ノラがリノに行ったことは一度もなかった。ラヴロックのほかの人々は理由を見つけてはリノに出かけていたが、ノラは十三年間、リノに行かない理由を探しつづけてきた。その日、彼女はまず先住民洞窟に立ち寄って心を落ち着けようとしたが、もうそれ以上、先延ばしにするわけにはいかなかった。シグルズスン博士の研究室が閉まるまえに、ネヴァダ州立大学リノ校《UNR》のキャンパスに到着しなければならない。

彼女は制限速度を十五キロ以上もオーヴァーして、一時間半もかからずに到着した。大学三年と四年のときに住んでいた寮の裏に車を停めた。寮——外壁にレンガを貼った五階建ての建物——は変わらないように見えたが、その向かい側に、三倍の大きさの巨大な新しい寮がそびえ立っていた。それを見て、ノラはたちまち不安に陥った。ありえないほど若く見える学生たちも、もじゃもじゃのひげを生やした男たちですら、彼女の不安に拍車をかけた。ふたりの女子学生がそばを通りすぎた。ボヘミアンなデザインの〈フリーピープル〉のブラウスを着て、長い髪をおろしている。ノラはポニーテールをおろしたい衝動に駆られた。

　ヴァージニア通りを渡って、メインキャンパスにはいると、再びまったく知らない場所に迷い込んだような感覚に陥った。彼女が一年生のときに住んでいた寮はなくなり、その場所に建設途中の巨大な建物があった。大きな看板によれば、それは『居住学習コミュニティ、グレートベイスンホール』——それがなんであれ——になるらしかった。図書館もなくなっていて、かわりに正面に『ウィリアム・N・ペニントン学生達成センター』と一メートル近い高さの文字でデカデカと記された、アシンメトリーな建物が立っていた。周囲の木々は真新しく、まるで泥炭《ピート》を撒いたばかりの土地に刺された小枝のように見えた。

　建物が消えて寂しかったわけではないが——ずいぶんまえから建て替えたほうがいいほど老朽化していた——仰々しい名前を冠した新しい派手な建物は、十三年間この場所を避けることで、ノラが無視しようとしてきた事実を露わにした。彼女がラヴロックに縛られているあいだに、世界は彼女を置いて進んでいたという事実を。

ノラは自分のミッションに再び意識を向けた。前夜、グーグルでアダムを検索したが、ほとんど何も出てこなかった。彼は数論、微積分学、統計学を専門とする准教授で、学会でも何度かパネリストを務めていたが、一昨年には大学の教員リストから――そして彼女が調べたかぎり、インターネットからも――消えていた。学会のプロフィールによると、アダムは学部と大学院もUNRに通っていたようだ。つまり三十年以上リノにいたことになる。唯一、ノラが奇妙に思ったのは、年齢や何十年もの教員生活にもかかわらず、アダムが准教授止まりだったという点だ。何度も何度も昇格を見送られることは、さぞかし屈辱的だったことだろう。それが大学を去った理由のひとつなのかもしれない。

とはいえ、ノラの目的地は数学科ではなく、アンサリビルディングだった。レンガとコンクリートを交互に積み重ねたいたって地味なビルで、相変わらず同じ場所にあった。内装には、一九八三年当時最先端だったガラス製の手すりや埋め込み式の照明が使われている。人類学科の研究室はいまも五階にあった。ノラはきちんとした白いブラウスの袖口を引っ張りながら、インターンシップや研究プロジェクトの募集案内で覆われたドアのまえをいくつも通り、シグルズスン博士の研究室にたどり着いた。

初期人類学の専門家であるイングリッド・シグルズスンは、一九九八年にナイロビ東部で、科学界を震撼させる超弩《ど》級の発見をした。ほぼ無傷のホモ・ハビリス（二四〇万－一四〇万年前に存在した最初期のヒト属）の幼児の頭蓋骨である。そんな彼女から、卒業後にケニアでの発掘チームに参加しないかと誘われたとき、ノラは世界の扉が大きく開かれたと思った。その後、午前四時にメイスンから電話がかかってきた。シグルズスン教授は仕事に私情を挟むようなことはしなかった。ノラがチームに誘ってもらった礼を告げたあと、教授からの〝寂しくなる〟という言葉を無駄に待っているあいだ、教授は黒縁の丸眼鏡の奥から鷹のような目でノラを見つめていた。それ以来、ふたりは話をしていない。

ノラは尻込みする気持ちを抑えて拳をぎゅっと握り、ドアをノックした。「開いてるわ」聞き覚えのある、低くしゃがれた声が言った。

教授はデスクに山と積まれた本と書類の向こう側に座っていた。髪は白くなり、顔のシワはアフリカの太陽にさらされていっそう深くなっていたが、まだ同じ黒い丸眼鏡をかけており、いまでも痩せているが強靭な体つきをしていた。教授は誰だかわからないというようにノラをじっと見つめた。ノラは手のひらに爪を食い込ませた。それから、教授は椅子にもたれた。

「ノラ・ウィートンじゃない。なんとまあ」彼女は手を椅子のほうに振った。「はいって」

ノラはシグルズスン博士が自分を覚えていたことにホッとしたが、その爽やかな歓迎自体が彼女の心をチクリと刺した。シグルズスン博士は、発掘の誘いを断ったことをまったく恨んでいないのだ。なぜ恨む必要があるだろう？　十三年は、ほかの優秀な学生たちが現われては去っていくのに充分な歳月だ。ノラは椅子の端に腰をかけ、身を強張らせた。

「ごぶさたしています。最近はいかがですか、教授？」

「忙しいわ」シグルズスン博士は言った。「いまはマラパの近くで発掘してるの。すばらしいのよ、わたしたちがそこで発見したものは」

その言葉にノラは傷ついた。教授は、最近マラパ地方で人類の進化の年表を書き換える発見があったことを、ノラが知らないと推測したのだ。「ホモ・ナレディですよね。読みました」

教授は指先を軽く打ち合わせた。「ホモ・ナレディは興味深いわ、ええ。でもわたしたちが見つけたのは、ほかのものなの」

教授の目が光ったのを見て、ノラは身を乗りだした。「遷移種ですか？」その言葉を口にするだけで、ノラの背筋はゾクゾクした。ルイスとメアリーのリーキー夫妻の時代からずっと、人類学者はヒト属とその祖先、アウストラロピテクス属を繋ぐハイブリッド生物を探しつづけてきた。いわゆるミッシングリンクだ。当初はホモ・ナレディがそれだと考える研究者もいたが、放射性炭素年代測定法による鑑定の結果、年代が新しすぎると判明した。自分がもう少しでなりえた人間に対する悲しみが鋭くノラに突き刺さった。いまごろ、南アフリカの洞窟で、進化の秘密を掘り起こしていたかもしれないのに。

「興味をそそられる発見だと言っておきましょう」シグルズスン博士は言った。「きっとあなたもいつか『ナショナルジオグラフィック』で読めるはずよ」

それはまぎれもなく人を見くだす口調で、ノラは苛立った。「教授の論文を読みますよ。『ネイチャー』か『サイエンス』で発表してくだされば」

ノラは虚勢を張った——その二誌の定期購入は何年もまえに解約していた——が、シグルズスン博士が笑ったので、ノラは自分が暗黙のテストに合格したことを知った。「いまも興味を持ちつづけてくれてうれしいわ。もういまごろは大学院に戻っているだろうと思っていたけれど」

「わたしはまだラヴロックで、父の世話をしています」

「きっとそれだけじゃないでしょ」

「歴史を教えてます」正確には社会科だが、嘘ではない。ノラは教えている相手が中学生だとは言わなかった。「ちょうど、古代先住民の単元を終えたところです」

シグルズスン博士は首を傾《かし》げた。「そのためにここに来たの？　それならジェラルド・

シュミットと話してみて。彼はグレートベイスン古代先住民調査チームを率いているから」

ノラはグレートベイスン古代先住民調査チームのことは聞いたことがなかったが、シュミット教授のことは覚えていた。アメリカ大陸への定住を専門とする気弱な若い准教授で、ノラの槍先は元位置《インシテュー》で発見されなかったので、考古学的視点では役に立たないのだとやさしく教えてくれた。「でも、美術館の展示品にはなるだろう」と彼は言った。ノラはその部分だけを父親に伝えた。

「いいえ、二年前に数学科を辞めた教授について調べに来たんです。彼のことを知っている人をご紹介いただけないかと思って」

「どうして自分で訊かないの？　あなた、シャイな性質《たち》でもなかったでしょ」

先ほどよりは温かみがあるとはいえ、棘のある口調に戻った。ノラは声音を尖らせた。

「その教授が殺されたからです。彼がここを去った理由と何か関係があるかどうかを知りたいんです。彼のことをよく知る人と話をしたい。噂話をしてくれる人と」

「うちの数学科の教授のひとりが殺された？」シグルズスン博士の眉が吊りあがった。

「元教授です。アダム・マークル。二週間前、ラヴロックの近くで殺されました」

シグルズスン博士は眼鏡越しに目をすがめるようにしてノラを見た。「なぜあなたがその人のことを嗅ぎまわるの？　警察が捜査してるはずでしょ」

「してます」ノラは言った。「でも、ラヴロック警察は小さな町の警察です。この五十年、殺人事件は一度もなかったし、リノのこともまったく知らない。アダムはわたしの友人でした。警察が何も見落とさないようにしておきたいんです」

シグルズスン教授はうなずいた。彼女は途方もない数の自発的行動を積み重ねて、いまの位置にたどり着いた。その行動のすべてが厳密に規則に則っていたわけではないことを、ノラは知っている。「数学科の教授はあまり知らないの。メールアドレスを教えてくれれば、聞いてみるわ」

「ありがとうございます」

研究室のドアがためらいがちにノックされた。教授はため息をついた。「どうしてあんなネズミみたいなノックをするのかしら。まだ勤務時間中なのに、まったく」

ノラはポストイットにメールアドレスを書いた。「お会いできてよかったです、教授」

「わたしも会えてよかったわ、ノラ」シグルズスン教授は言った。その言葉の追い風に乗って、ノラは学生達成センターを過ぎ、居住学習コミュニティを過ぎ、マリオットホテルのような新しい寮を通りすぎて、ラヴロックまでの長い道のりを戻った。

サル

クリスマス休暇が終わって、スクールバスに乗り込んだとき、サルはいてはならない場所にいるような気がした。伯父たちと過ごした日々は、二週間よりもずっと長く感じられた。プレンティスの谷間の、人里離れた時間が止まっているような静けさは、毎日少しずつ、ダブルワイドと中学校の距離を遠ざけた。彼は次第に、まるで二度と学校に戻ることはないかのように思いはじめていた。二度と彼の足がプレンティスの土地を離れることはないかのように。丘が繭《まゆ》のように彼をきつく閉じ込めてしまうかのように。だから、バスに乗り込むことが、逃亡であり裏切りであるかのように感じられたのだ。

しかし、バスが西に曲がって州間高速道路に乗ったとき、サルの思考はマークル先生に向かった。マークル先生はどんな休暇を過ごしたのだろうと思い、それから先生とルーカスが一緒にランチを食べ、リーマン予想について語り合うところを想像した。ふたりはクリスマスも一緒に過ごしたのかもしれない。家族のように。バスを降りると、サルは急いで一時間目のマークル先生の教室に向かった。

マークル先生はサルに向かって微笑んだ。まるでサルに会えてうれしいかのように。それを見てサルの鼓動は落ち着いたが、すぐに先生が何か悩んでいるようだとわかった。授業中、マークル先生は気もそぞろで、話している途中に突然、黙り込むことがあり、キップと仲間たちはあきれたように目をまわした。その週の昼休みは、一度もサルに数学の話をすることがなく、木曜のチェスクラブでは、サルは白のキングを隅に追いつめ、初めて「チェックメイト」と言った。

「うまく指したね」マークル先生は言った。

サルはうまく指してなどいなかった。マークル先生のほうが、駒を小刻みに動かすだけで、いつもの戦略的な方向性に欠けていたのだ。この時点では、マークル先生がそんなふうにおかしいのは、結局、ルーカスに赦してもらえなかったからだろうと思っていた。そう考えると、サルのなかにふわふわとした希望が押し寄せた。同時に、マークル先生にとってルーカスの赦しはとても重要なもので、それが得られなければサルにはほとんど集中できないことが腹立たしくもあった。じわじわと呼吸を奪われるような沈黙のあと、サルはリュックサックに手を伸ばした。「新しい話を描いたんだけど、見てみる?」

その頃には、サルは数多くの絵をマークル先生に見せていた。毎回、マークル先生は初めて見たときと同じようにイラストに感嘆し、物語に魅了された。サルはいまでは先生のことを考えながら絵を描き、先生というひとりの観客のために物語を形づくっていた。その日サルが見せたのは、カテラスが地獄から悪魔を解放している絵だった。その絵を描いたのは、マークル先生が、カテラスが大天使ならどうしてそんなひどいことをするのかと訊ねつづけたからだった。サルはまだ納得のいく説明をひねり出せずにいたが、ともかく、その情景をマークル先生に見せたかったのだ。それはサルがそれまで描いたなかで最高の一枚で、カテラスが地面に開いた地獄の口にまたがって立ち、そこから、カブトムシのような黒い甲羅を持つ悪魔たちが何千と湧きでてくる絵だった。しかし、マークル先生はほとんど目を向けなかった。「見事だ」と言って、サルの説明も待たず、すぐに絵を返した。サルは下を向き、新しいスニーカーを見つめた。マークル先生に傷ついているところを見られないように。

マークル先生は次のゲームのために、駒を並べようとはしなかった。チェスクラブはもう終わったのかとサルは思ったが、先生が立ちあがることもしなかったので、ふたりはただ座っていた。先生の背後では、素因数分解のツリーがホワイトボードの上で枝を延ばしていた。サルはまだその要点を理解できておらず、それを見ているうちにリーマン予想のことを思いだし、また腹が立ってきた。

サルはボードを指さした。「どうしてあんなものが重要なのかわからない。誰かが意味もなく作った数学のゲームみたいだ」

それについて考えるうちに、マークル先生の目から曇りが消えた。先生は壁の時計を見た。「なぜ一時間は、一〇〇分ではなく六十分なのか、考えたことはあるかい？」

「ない」

「何千年もまえ、エジプト人が日時計を発明した。彼らは日中の時間を十時間ではなく、十二時間に分けた。なぜなら、わたしたちのように、十ごとのまとまりでは数を数えなかったからだ。彼らはこんなふうに数えた」マークル先生は、右手の親指で右手の人差し指の関節に触れた。「一本の指に関節が三つずつ。親指をのぞいて、手には指が四本ずつ。全部で十二。そのあと生まれた西洋文明も、日中を十二に区切る制度を使いつづけた。ほかのことでは十進法を使っていたけれども。だから、ヨーロッパ人は時間を分に分けるとき、100ではなく、60を選んだ。60は12の倍数だから」

60は10の倍数でもある。サルは思った。彼はその週ずっと、マークル先生が数学の話をしてくれるのを待っていたが、この話は筋が通っていない。「それが因数のツリーとどういう関係があるの？」

「60は、一時間をもっと細かく区切りたいときにも適している。1から6までのすべての数字で割ることができるし、12、15、30でも割ることができる。100は60よりも大きい数だが、1、2、4、5、10、20、25、50でしか割れ切れない」

サルはまだ話を呑み込めていなかった。ルーカスならば理解できるだろうか。きっとできるのだろう。何しろ、彼はすばらしい頭脳を持っているのだから。

「60を割り切れる数字で、なおかつ100を割り切れない数字にはどんなものがあるか考えてみてごらん」マークル先生は促した。「3、6、12、15、30。これらの数字に共通することはなんだい？」

「わからない」まるで不機嫌な子どものような声が出てしまい、サルはそんな自分がいやだったが、どうしても抑えられなかった。

「すべて3の倍数なんだ。3は60の素因数だが、100の素因数ではない」

そのとき、理解の閃《ひらめ》きが訪れ、サルはようやく腑に落ちた。100は、2×2×5×5だ。60は、2×2×3×5だ。そこが大きなちがいなのだ。サルは時間の分けかた——そのすべての細かいまとまり——について考えた。五分や六分、十分や十二分、十五分や二十分や三十分。もし分母が六十でなく、一〇〇だったら、そのまとまりが、どれほど不安定になるかを考えた。素因数分解は、リーマン予想のような数学のゲームではなかったのだ。時間の測りかたなど、現実的で重要な意味があったのだ。マークル先生はサルが理解したのを見て取ると、笑みを浮かべた。ホッとして、サルの頬は温かくなった。

「しかし」マークル先生は指を一本立てた。「ある数学の問題が実世界に応用できないからといって、それを解く価値がないとはいえない。たとえほかの人にとって意味がなかったとしても、問題を解くこと自体が喜びだと感じる人々もいるんだ。そういう男性や女性たちは偉大な思想家であることも多い」

先生は誇りと畏敬の念を持ってそう言った。サルはマークル先生がこの一週間、なぜあんなにも気もそぞろだったのか、その理由をまちがって解釈していたと気づいた。ルーカスは先生を赦していたのだ。マークル先生が気もそぞろだったのは、すばらしい生徒が戻ってきて、六年生に数学を教えることも、サルに数学の話をすることもどうでもよくなったからなのだ。いまや先生はルーカスを相手に、ゼロと直線と無限について、エジプト人は知っているがサルにはけっして理解できない言語で話すことができるのだ。壁の時計の秒針は、盤面をまわっていた。翼が空を切りながら進むように、六十の素因数のあいだを駆け抜けて。サルは嫉妬と焦燥に身を震わせた。

それからサルの心の奥底で、ある考えが生まれた。不完全な形のまま、手さぐりでまえに進みだす。サルは椅子の縁に腰かけ直した。

「『墓場の少年』を読んだよ」

マークル先生はうれしそうに顔を輝かせた。「どうだった？」

「すごくよかった」

先生は言った。「あれは勇気についての話だろう？ 愛する人を救うために、すべてを犠牲にしようとすることについて。だから、ベンジャミンはあの本がとても好きだった」

サルは『墓場の少年』が勇気についての話だとは思わなかった。成長するにつれて、いかに大切なものを失うかについての話だと思った。墓場に住む少年、ボッドは、墓場の魔法の力を持ち、墓場の住人から愛されていたが、成長して力を失い、墓場を追いだされた。ボッド自身が幽霊になるまで、彼を育ててくれた幽霊たちにも二度と会うことはできなくなった。サルは自分自身の心が折れる音を聞きながら、その本を閉じたのだが、マークル先生の教室では、こう言った。「ぼくもそう思った」

「お気に入りのキャラクターは誰だい？」マークル先生はここ数日で初めて、サルを真正面から見つめた。「もちろん、ボッド以外で」

それは簡単な質問だった。サルの好きなキャラクターは、墓地の黒翼の守護者サイラスで、昔はひどいことをしていたが、いまでは本の表紙に堂々と立ち、まるで勝利への道を指し示すかのように、片腕を広げている。サイラスはカテラス——かつては善良だったのにいまは地獄に仕えている——をサルに連想させた。しかし、ベンジャミンは十歳で、愛する人を亡くした経験もなかった。だから、サルは言った。「ミス・ルペスク」

「彼女はベンジャミンのお気に入りだったよ」マークル先生は輝くような笑顔をサルに向けた。勝利の震えがサルの背筋をさっと駆けのぼった。ルーカスは人類でもっとも偉大な思想家のひとりかもしれないが、数学の物語のほかにも物語はある。サルの心の奥底で、アンジェラスがその翼を広げた。

「墓場の魔法のなかで、どれが一番欲しい？」サルは尋ねた。

マークル先生の目が机の上の小さなルークに留まった。「ベンジャミンは姿消しの魔法が好きだった」先生は言った。「でも、わたしはボッドが幽霊と話ができることがいいと思った。なんてすばらしい力だろう」

「ほんとうにできると思う？」サルはクリスマスの日にプレンティスの墓地を訪れて以来、ずっとマークル先生に訊いてみたいと思っていた。死後の世界や、死者が生者のあいだを動きまわったりする可能性にまつわる数学の方程式がきっとあるにちがいない。

「残念だけど」マークル先生はルークを手に取った。「たとえ愛する人が霊として生きていても、わたしたちに話しかけることはできないようだ」

サルはプレンティスの墓の草がささやくように思えたことを思いだした。「そうかな」彼は言った。「ときどき、彼らの声が聞こえそうな気がする」

マークル先生は顔をあげた。先生の瞳孔が眼鏡の奥で小さな黒い点になる。「それを可能にするような科学は知られていない」先生はそう言ったが、指先でルークをひっくり返しながら、長いあいだサルを見つめていた。

翌日、公園のベンチで、サルはルーカスがくれたサンドイッチにかじりつき、味わって食べた。ルーカスはまたしてもサルのほかの客がいなくなるまで待っていて、またしてもオキシコンチンを受け取ったあと、そのまま居座っておしゃべりを始めた。

「客がひとり減ったじゃないか」彼は言った。「じいさんが」

今週も元ラインバッカーの老人は来なかったが、サルはその理由を知っていた。前夜エズラから、彼はもう薬がいらなくなったと聞いたのだ。顧客を失うことはお金を失うことなので、エズラは苛立っていたが、サルはうれしかった。老人のやさしい顔を見られなくなり、アメフトの話を聞けないのは寂しくなるだろうが、老人が膝の痛みに煩わされなくなったのはいいことだった。

「あの人はもういらないんだ」サルはルーカスに言った。

「マジか?」ルーカスが言った。

「そう言ってたって、ぼくの――」サルはそこまで言って、慌てて口をつぐんだ。

ルーカスは深く追及しなかった。かわりに尋ねた。「じいさんの名前は知ってるのか？」

「知らない」サルは誰ひとり、客の名前を知らなかった。彼らにどんな痛みや悩みがあるかは知っていたが、友だちからなんと呼ばれているのかは知らない。それがどれほど奇妙なことか、サルはいままで考えもしなかった。

「しゃべるのは好きだったけどな」ルーカスは言った。「ほかのやつらよりずっと」

「アメフトで膝を痛めたんだ。試合の話をするのが好きだった」

一月とは思えない、季節はずれの暖かい日だった。サルの客たちはいつもより早くやって来た。まるで早く用事を済ませて陽射しを楽しもうとでもいうように。ブロンドの少女は公園の一番奥の芝生に座って、目を閉じて顔を太陽に向けている。彼女はまだひと言もサルに話しかけたことがなかった。サルが彼女について知っていることといえば、彼女が着ているTシャツから推測できること――古いロックバンドが好きらしいこと――だけだ。彼女が立ち去るときには、いつもどこに帰るのだろうと考えた。彼女は両親と一緒に暮らすには年を取りすぎているように思えたが、ほかの場所で暮らすには若すぎるように見えた。

「訊きたいんだけどさ」ルーカスが言った。「おまえはどれくらいアダムのことを知ってる?」

「ものすごくよく知ってる」サルはほくそ笑まずにはいられなかった。「毎日一緒にランチを食べて、チェスを教えてもらってる」サルはルーカスを見つめた。嫉妬しているのを期待したが、ルーカスは心配そうな表情でサルのほうを見ていた。

「おれはおまえが好きだよ、サル。そんなつもりじゃなかったけど、そうなっちまった。だから、おまえにアドヴァイスをしようと思う」

サルはルーカスのアドヴァイスなど欲しくなかったが、肩をすくめた。「わかった」

「高校や大学では、教師はおれのことを、ただ数学が得意なだけのやつだと思ってた。けど、おれは自分がそれ以上の存在だとわかってた。あいつらには見えないスペクトルの色が、おれには見えるみたいな感じで」ルーカスはこともなげに言ったが、サルは彼の顎のあがり具合にプライドを見て取った。「大学院にはいったら、おれがいかに特別な存在かがみんなにもわかると思ったんだが、誰もわかってくれなかった。教授たちはおれを完全に無視して、おれにはBをつけたが、人間電卓と変わらないほかの学生にはAをつけた。おれは自分がまちがってたんだろうかと思いはじめた。結局、おれは特別なんかじゃなかったのかと。

それから、おれはアダムの講義を取った。数論の授業が始まって一週間後、あいつはおれの数字の見方は、いままで見たことのないものだと言った。おれには一世代にひとりの才能があると。それは、おれが生まれてからずっと聞くのを待ちつづけた言葉だった。そんなふうに言われてどんな気持ちになるか、おまえには想像もつかないだろう」

しかし、サルはそれを想像できた。マークル先生から人々の感情を読み取れることがサルを特別にしていると言われたとき、同じ気持ちを感じたからだ。それからマークル先生がサルの描いた物語を褒めてくれたときにも。サルは目を逸らし、芝生に横たわるブロンドの少女を見た。

「アダムは偉大な会話についておれに語った」ルーカスは言った。「それを聞いて、おれはぶっ飛んだ。数論は知ってたけど、その歴史のことなんて考えてみたこともなかった。いまみんなが知ってる数字のことは全部、たった数人が話し合って発見したことなんだ。彼らは何世紀にもわたって、ほかの人には見えない色について話し合ってきたのさ」

サルはブロンドの少女を見つめつづけた。大学院生のルーカスの話は、六年生のサルがマークル先生の数学の話を聞いたときの反応と、ちっとも変わらないように思えた。

「もちろん、おれもその会話に加わりたいと思ったよ」ルーカスは続けた。「アダムはおれにリーマン予想に挑戦しろと言い、おれの指導教員になった。あいつは自分ではリーマン予想を証明することはできなかった。そういう頭脳は持ってなかった。でも、物事を明快にする手腕があった。たったひと言、ふた言で、問題を新しい角度から見る手助けをしてくれるんだ。そんなことができる教師に会ったことはなかった。それ自体が才能なんだよ」

それから、ルーカスの声が暗くなった。「だけど、おれが予想の証明に近づくにつれて、何かが変わった。アダムはおれの教師であることをやめた。おれを信じて、この不可能なことを成し遂げるために、閃きを与えてくれてた人が、別の何かになっちまった。あいつは妙な時間におれのアパートメントにやってくるようになった。おれが何をしたのか見せろと言い、全部コピーを寄越せと言い、計算のひとつひとつのニュアンスを説明しろと言った。もちろん、あいつは手柄の分け前を欲しがってたけど、それだけじゃなかった。まるで寄生虫のように、おれの脳に這い込み、見つけられるかぎり才能を一滴残らず吸い取り、底なしの欲求を満たすために使っているみたいだった。あいつのなかにそんな欲求があるなんて、おれは知らなかったんだ」彼は身震いした。「数学はおれが何よりも愛したものだ。おれが何者なのか定義する方法だった。それがいまじゃ、数字のことを考えることすらできない。おれの頭のなかで、あの底なしの欲望を持つ小さな寄生虫が這いまわって、貪欲な触手をいたるところに伸ばしているのを感じずにはいられないんだよ」

彼はぼんやりと、そう遠くはないところを見つめていた。サルは嫌悪感を隠そうとはしなかった。ルーカスは天才かもしれないが、リーマン予想の証明の方法を示してくれたのはマークル先生だ。ルーカスだって自分でそう言っていた。それなのにいま、ルーカスはマークル先生がくれた贈り物をねじ曲げて邪悪なものに置きかえて、自分の失敗を先生のせいにしている。ほんとうは、ルーカスの人生をだめにしたのはルーカス自身なのに。

ルーカスは拳を握りしめた。「おれはあいつを愛してた。誰も助けようとしてくれなかったときに、おれを支えてくれた。おれの人生で一番父親に近い存在だった。あいつはおれを裏切ったことを赦せと言うけど、あいつにはわからないんだ。裏切ったことは、あいつがおれにしたことのほんの一部にすぎないってことが。あいつはおれを特別にしていたものから喜びを奪った。あの喜びを取り戻せるのかどうかわからないし、そのことであいつを赦すことはできない。できないいんだよ」

ルーカスの声は震えていた。怒りのせいか、後悔のせいか、それとも愛のためかはわからないけれど、サルにはどうでもよかった。ただ勝利に酔いしれていた。マークル先生はルーカスが自分を赦してくれたと考えているが、実はそうではなかった。いずれマークル先生はそのことに気づくだろう。そうしたら、また澄んだ目でサルを見てくれるはずだ。ルーカスがここに来るまえのように。サルはただ待っていればいいのだ。

公園の奥で、ブロンドの少女が立ちあがった。青いデニムジャケットの背中に、茶色の枯れ草があちこちについている。彼女は片手をあげ、小さく手を振ってから、立ち去った。

サルはルーカスが次に言ったことをほとんど聞いていなかった。

「いいか、このままあいつとランチを食ったらいい、サル。やりたいなら、チェスもやればいい。だけど、もしおまえに何か特別なものがあるなら、あいつをそれに近づけるんじゃない。あいつはそれに毒を塗ろうとする。それがあいつのやりかたなんだよ」

ノラ

ネヴァダ州立大学リノ校《UNR》のウェブサイトの教授陣紹介ページによれば、アイヴァン・カズロフは〝トポロジーと密接に関連する関数解析学の一分野である、作用素環〟を専門とする准教授だった。シグルズスン教授のメールには、彼は〝女性の同僚に対して不適切に浮ついた行動を取る〟と書かれていた。だから、ノラは髪をおろし、ウィキペディアに作用素環について尋ねることはしなかった。サリーから煙草をくすねていた十六歳の自分に戻ったような気がしたが、その考えを脇に押しやった。

カズロフ教授の研究室のドアは開いており、教授が椅子に座っているのが見えた。きちんと手入れした顎ひげを生やし、髪の生え際が後退している四十代の男で、ずんぐりした体型をしている。ノラには見えない誰かに向かって、ゴルフをプレーしたときの自慢をしていた。彼はノラに気づいて、彼女を頭のてっぺんからつま先までじろじろと見つめた。やがて口元に浮かんだ笑みは、フレンドリーの一線を越え、ニヤついていた。

ノラはドアの側柱にもたれかかった。「カズロフ教授ですか？」

「どうぞなんなりと」彼は言った。ノラはなかにはいった。同席していたのは、長方形の黒縁眼鏡をかけた、筋肉質な肩をしたアジア系の男だった。アイヴァンは言った。「こちらは、タイ・ファン」

「ファン教授です」もうひとりの男が言った。「あなたが教授と呼ばれるなら、ぼくも同じだ」タイは愉快そうな人物で、簡潔な話し方をした。野暮ったい眼鏡をかけているにもかかわらず、ノラはすぐにアイヴァンよりもタイのほうが好きになった。

「ノラ・ウィートンです。人類学科のシグルズスン教授の元生徒です。十分ほどお時間をいただけないでしょうか？」

アイヴァンは頭のうしろで手を組んだ。「どうぞ座って、別嬪《べっぴん》さん。われわれ数学オタクが、人類学科のためにどんなお役に立てるのかな？」

ノラはタイの横の空いている椅子に腰をおろし、脚を組んだ。彼女が穿いているデニムのスカートが、膝上までずりあがった。「実は人類学の話ではなくて。わたしはアダム・マークルの友人なんです。もしご存知なかったら、悲しいお話をお伝えしなければならないんですが、彼は二週間前、ラヴロックの近くで亡くなりました」

ふたりの男は顔を見合わせた。「聞いたよ」タイが言った。「パーシング郡保安官事務所の人が、数日前に聞き込みに来ていた」

「では、彼が殺されたこともご存知なんですね」部屋のエネルギーが暗くなったが、ノラはかまわず続けた。「彼の過去に何か説明がつくようなことがないかどうか、知りたいんです」

アイヴァンは頭のうしろで組んでいた手をはずし、胸元で腕を組んだ。「なぜだ？　きみは記者なのか？」

「いえ、ほんとにアダムの友人です」

男たちはまた顔を見合わせた。次にアイヴァンがノラを見たとき、彼の表情は閉ざされていた。「われわれは何も知らないよ」

ノラは説明を加えた。「個人的な話を教えてほしいわけじゃないんです。ただ誰もが知っていることに興味があるだけで。たとえば、彼は正教授にはなりませんでしたよね」

アイヴァンは言った。「そうだ」

「どうしてです？」

「いつもの理由だよ。イノヴェーションが足りない、論文発表が足りない」

「それが、彼が大学を去った理由だと思われますか？」

再び間《ま》があった。「彼が去った理由はわからん」アイヴァンは言った。

「彼の奥さんのことは何かご存知ですか？　もう一緒には暮らしていないようですが」

「ああ、もう暮らしてない」アイヴァンの言葉は素っ気なかった。「でも、きみ、個人的なことには興味がないと言ってたじゃないか」

ノラはタイ・ファンのほうを見た。彼は顎に手を添えて座っているだけで、何も言おうとはしなかった。彼女はまた話を切り替えた。「彼は同僚としてどうでした？」

「普通だよ」アイヴァンは言った。「あまり口数は多くなかった」

「ゴルフの腕はたいしたことなかった？」ノラは髪を一方の肩に流した。

アイヴァンは唇を舐めたが、ノラの髪が彼をそれ以上饒舌にすることはなかった。シグルズスン教授が、アイヴァンのゴシップ好きを見誤ったのか、それともアダムの退職の話題は数学科にとって不快なものなのか。「ああ」彼は言った。

「ほかに話せることはありませんか？」ノラは尋ねた。「わたしは彼の唯一のラヴロックの友人なんです」

アイヴァンの口元に薄ら笑いが浮かんだ。ノラは自分のミスを悟った。あまりに必死さを出しすぎた。いまやアイヴァンは、ノラがアダムの友人以上の存在だったと考えているだろう。彼は椅子の背にもたれ、軽蔑し拒絶するような目をノラに向けた。「いいかい、別嬪さん、彼はいいやつだった。これ以上、お役に立てなくて残念だ」

それが、ノラが入手できた情報のすべてだった。気まずい別れの挨拶のあと、ノラは逃げるように廊下に出た。顔を熱くしながら。数学科内部の経緯やゴシップを守ろうとする力は盤石だった。髪をおろしたり、睫毛をパチパチさせたりしても無意味だった。別嬪さん。早くシャワーを浴びてサッパリしたかった。ノラはエレヴェーターのボタンを思い切り押して、髪を束ねてうしろでまとめた。エレヴェーターが来てドアが開くと、ロビーのボタンをさらに強く押した。

閉まりかけたドアのあいだに腕が突っ込まれ、タイ・フアンが乗り込んできた。ノラは反対側の壁際に移動し、腕を組んだ。エレヴェーターが下降しはじめると、タイが言った。

「ノラ・ウィートンというのは、きみのほんとうの名前？」

「もちろん」

「ほんとうに記者ではない？」

「ちがうわ」

「それなら、ノラ・ウィートン、アダム・マークルはぼくの友人でもあった。ついては、きみにコーヒーをおごりたいんだけど」

十五分後、ふたりは新しいジョー・クロウリー学生会館のスターバックスにいた。向かいには、同じように新しいE・L・ウィーガンド・フィットネスセンターと、ほぼ完成したマシューソン‐IGT知識センターがある。ノラは、高校の同窓生以外の同年代の男と最後に話をしたのがいつだったか思いだせなかったが、〝気のあるそぶりモード〟は脱ぎ捨てた。「それで、アダムはあなたの友人だったの？」

「正直なところ、友人というのは言い過ぎかもしれない」タイは言った。「きみはどれくらい彼のことを知ってた？」

「ラヴロックの中学校で一緒に働いてた」ノラは言った。「簡単に打ち解けてくれる人ではなかったけど、でも、わたしは彼のことが好きだった」

「彼はここでも自分の殻に閉じこもっていたよ」タイは言った。「でも、少しは知る機会があった。大学院に在学中、彼の数論の授業を取ったとき、もうさんざんでね。それで、彼のところに相談しにいくようになった。彼の講義は数学科で一番下手くそだったけど、一対一になるとまるでちがうんだ。それまで受講したどんな先生にもできなかった方法で、教材を生き生きとしたものに変えた」

ノラは、アダムがチェスを一対一で教えていたことを思いだした。サルはチェスが好きではないと言っていたのに、それでも毎週教わりに行っていた。「なんとなくわかる気がする」

「彼が去ったとき、数学科は多くのものを失った。そのことを知る人が多くないのが残念だよ」

「誰かが彼を傷つけようとする理由に心当たりはある？」

「たぶん」タイはコーヒーショップを見まわした。店内は学生たちで混み合っている。

「アダムの印象が悪くなることなんだけど。数学科もだ。実際、それを表沙汰にしないためにできるかぎりの手を打ってる。でも、警察はもうそれを知っているはずだ」

　ノラはそこまで確信が持てなかった。「どんなこと？」

　タイは声を低めた。「ある大学院生がいてね。ルーカス・ジマーマン。アダムは彼の指導教官だった」彼はノラを見たが、ノラはその名前を聞いたことがなかった。「ふたりはほんとうに親しかった。普通の指導教官と学生の関係というより、もっと父と息子に近い関係だった」

「だけど？」

「だけど、ルーカスは麻薬売人でもあった。ほとんどは処方箋の鎮痛剤だが、コカイン、リタリン、マリファナ、それにヘロインも少し。おもに大学院生に売っていたが、学部生にも売っていた」

「それにアダムが気づいた？」

「正確にはそうじゃない」タイはふたりの学生がテーブルの真横を通りすぎるのを待った。「アダムの息子が交通事故で死んだのは知ってる？」

『ベンジャミン、四年生』。ノラはコーヒーカップを握る手に力を込めた。「いいえ」

「二年前のことだ。アダムが運転してた。血液検査をしたら、オキシコンチンとヘロインが検出された。ルーカスから手に入れたものだった」

ノラの指先が感覚を失う。「なんてこと」

「数学科はできるかぎりスキャンダルを避けたかった。だから彼を解雇せずに、辞職させた。それきり彼の名前を聞くことはなかった。今回の件までは」

ノラはスターバックスのロゴマークをぼんやりと見つめた。アダムについて知っていたことの多くが意味をなしはじめる。こっそりと眺めて泣いていた写真。ラヴロックでみずからに課した煉獄。とはいえ、ドラッグ？　ノラの父親は長いあいだ誰もが知る酒飲みで、それが人格の一部と化していた。モーティ・ウィートン、へべれけの酔っ払い、いつも閉店時間にバーから追いだされてる。しかし、アダム・マークルには麻薬常習の兆候はなかった。

「大丈夫かい？」タイが尋ねた。

「どうしてアダムは刑務所にはいらなかったの？」ノラはなぜ彼女の父親が起訴されなか

ったのかを知っている。小さな町で、最初に現場に駆けつけた警官が娘の高校時代の恋人で、保安官が同じアメフトチームでプレーした下手くそなラインバッカーで、地方検事がリトルリーグの教え子で、たったひとりの息子の死が充分な罰になるとみなされたからだった。とはいえ、リノではそんなふうに事が運ぶはずはない。

「彼は地方検事と取引して、ルーカスに不利な証拠を提出したんだ。ルーカスは刑務所に行き、アダムは更生施設入所を条件に執行猶予がついた」主張《ステートメント》の強い眼鏡の奥で、タイの目が暗く沈んだ。「ルーカスはまだ刑務所にいるかもしれない。でも、彼にはアダムに激怒してもおかしくない理由がある」

コーヒーショップは笑い声やバリスタの呼び声――「フローラ！ ダブルラテ！」――で騒がしかったが、ノラとタイのテーブルは静寂のドームで覆われていた。ノラの父親は、またサルに話を聞かせたいから連れてきてくれと言った。それに対してノラは、父親は少年にとって重要な二度目のチャンスにふさわしくないと不愉快に感じた。蓋を開けてみれば、アダムは昼休みやチェスクラブで、同じことをしていたということだ、そうだろう？ それなのにノラは、孤独なふたりが互いに慰めを見出したことを喜んでいたのだ。

タイはノラが何か言うのを待っていた。彼女はまばたきをして頭を切り替えた。「彼の奥さんはどう？ まだここにいるの？」

「レナータはそのあとすぐに離婚した。街を出たと聞いたけど、どこに行ったかは知らない」タイはコーヒーカップをいじった。「彼女はいい子だった。内気で、でもやさしくて。アダムよりかなり若かったけど、お似合いに見えた」

クリスマスの写真に写っていた笑顔の女は、たしかに内気でやさしそうに見えた。ノラは、彼女を見つけるのは相当難しいだろうと思った。メイスンは探そうとしたのだろうか。

「ルーカスのことを教えて」

タイはピクッと肩を引きつらせた。この噂話は彼にとって気まずいものなのだ。ノラはタイのことがさらに気に入った。「彼は正真正銘の天才だった。でも、ここではあまり人気がなかった」

「どうして？」

「自己防衛意識が過剰でありながら、同時に優越感を持っている。彼はそんな態度を取ってた。シングルマザーの母親とふたり暮らしで、トレーラーハウスで育った。奨学金を受けて、チコ・ステートで学部課程を修了した」彼はあたりを見まわし、コーヒーショップの店内や窓の外の悲壮なまでに新しい建築物をじっと見つめた。「ここはアイヴィーリーグとは全然ちがう。誰もどんな家に生まれたかなんて気にしやしない。でも、彼はそのせいで見くだされてると考えてた。それでいて、自分がどんな家に生まれたかをまわりに知らしめようとするんだ。まるでそのことが、ぼくらほかの学生よりも頭がいい証明になるとでもいうように」タイは言葉を切った。「彼は実際にほかの学生よりも頭がよかったけど、そのこともいちいち知らしめようとした。それでみんなをイライラさせたんだ」

　意地が悪いというよりも、不安の強い人のようだ。ノラは思った。とはいえ、息子のように扱ってくれた相手にヘロインを売った男でもある。「彼は数学科の誰よりも頭がよかった？」

「ああ。さっきも言ったけど、ぼくは数論が苦手でね。でもルーカスはすばらしい頭脳を持ってた」ルーカスの長所の話になると、タイは気が楽になったようだった。「リーマン予想と呼ばれるものがある。数学のミレニアム問題のひとつだ。ミレニアム問題っていうのは、クレイ数学研究所が発表したきわめて重要で、きわめて難解な、七つの未解決問題のことで、どれかひとつでも解決した人には一〇〇万ドルの賞金が贈られることになってる。ルーカスはリーマンの解決に迫っていたと聞いた。もし解決したら、ルーカスは数学界で確固たる地位を築いただろうし、アダムも同じだ。ルーカスがどれくらいクレジットを与えるかによってちがうけど。そしてまちがいなく、UNRの数学科も名を轟かせたはずだ」

「重罪の有罪判決を受けても、ルーカスを引き留めておきたかったでしょうに」

「普通はそう思うだろうね」タイはまた居心地が悪そうになった。「でも、大学はルーカスを必要としなかったんだ。彼の研究を全部保管していたから。これは大学が所有権を持つ研究だと主張して。いまは三人の数論研究者が仕上げに取り組んでるところだよ」

ノラは人類学科がどれほど熾烈な場だったかを思いだした。「じゃあ、ルーカス・ジマーマンがアダム・マークルに激怒する理由が追加されたってことね」

「そのとおり」

帰り道、ノラは丘も塩原も見なかった。ほとんど道路も見ていなかった。アダム・マークルは麻薬常習者だった。ヘロインを常用していた。そんな彼を、町が雇ったことにノラは驚いた。それでも、彼の履歴書は魅力的だったのだろう。ラヴロックは薬物乱用に批判的になれる立場でもない。町の住民の半分は何かしらの薬物を濫用しているのだから。それにアダムがラヴロックで薬物を摂取していたはずはなかった。ヘロインの常用者が、中学校で数学を教えるために毎朝八時に出勤できるとは思えない。しかも彼は死ぬ当日まで一日も欠勤したことはなかったのだ。

一〇〇キロメートル近く走ってから、ようやく最悪の部分について、おそるおそる思考を巡らせた。『ベンジャミン、四年生』。アダムの薬物依存は息子を犠牲にした。ノラの父親が自分の息子を犠牲にしたように。彼女は机に向かうアダムの姿を思い浮かべた。灰色の髪に灰色のスーツ、そして灰色の顔――騒々しい中学生でいっぱいの教室には場ちがいな男の姿を。ノラはアダムがしたことを知ったいまでも、彼に対する尊敬の念がまだ潰《つい》えていないことに気づいた。彼女の父親は今日から明日へと生き延びるのがやっとだというのに、アダムは更生施設に行き、戻ってきて教職に復帰もしている。たとえそれが、キップ・マスターズのような子どもたちに分数を説明する、年収三万五〇〇〇ドルの仕事であってもだ。どうにかして、アダムは手元に残された小さく縮んだ人生を送る術を見出していた。誰か――たぶん、ルーカス・ジマーマン?――が、それすらも彼は持つべきではないと思うまでは。

家に着いたとき、ノラは疲れ切っていた。夕食にはツナのキャセロールを温め直そう。そう決めて、玄関の鍵を開けた。居間にはいると、ジェレミーの寝室のドアが開いていることに気づいた。ノラは廊下を進み、部屋の入り口で足を止めた。父親が肩を落としてジェレミーのベッドに腰かけていた。ノラの知るかぎり、ジェレミーが死んでから、父親がこの部屋にはいったことはなかった。

「何してるの?」彼女は尋ねた。

父親は泣いてはいなかったが、目が潤んでいた。「こないだの夜、おまえがここにはいるのを見た。何を探しとったんだ？」

なぜ聖なる場所を乱したのか、と訊いているのだ。ノラはシングルベッドの父親の隣りに座り、やさしく接しようと決めた。「ジェレミーのイヤーブックを見たかったの。マルゼンに、ジェレミーと同学年だった男の人がいて、その人がどんなふうだったのかと思って」

ノラは父親が考えを巡らせているのを感じた。父親のひそかな心配事のひとつは、ノラの心のなかでメイスンに代わる別の男が現われることだった。リリーと三人の子どもがいても、父親はいまもメイスンがノラのもとに戻ってくることを望んでいた。少なくともその点では、父親を安心させることができる。「わたしが連れてきた子いたでしょ、サル。あの子は伯父さんと住んでる。その伯父さんがいい人じゃないんじゃないかと心配だったから」

「いい人じゃないってのは、どんなふうに？」ノラの父親は、ボロボロの体が許すかぎり、背筋を伸ばした。ずっと昔、別の男の子がいたことをノラは覚えている。ジェレミーのリトルリーグのチームにいた、小柄なブロンドの少年で、母親の恋人が性的虐待で刑務所に入れられた。ノラの父親がチームの監督を務めていたこともあり、ノラは小学三年生のときには噂を耳にしていた。あの小さな少年を救ったのは、ウィートン監督なのだ、と。当時は、父親が何から少年を救ったのかは理解していなかったが、それでもノラは父親を誇りに思ったものだった。

「そういうんじゃないの」彼女は言った。「アダムが殺された翌日に、アダムの家からその伯父が出てくるのを見かけたから。そこで何をしてたのかと思ったのよ」

父親は話を飛躍させた。「その男が殺人に関係しとると思うのか？」

ノラは額をこすった。こんな会話を始めるべきではなかった。複雑な話をするには疲れすぎている。「父さん、もう遅いわ。夕食を温めてくる」

立ちあがろうとしたとき、父親がノラの手をつかんだ。あまりにも思いがけない行動だったので、彼女は引っ張られるまま腰をおろしていた。父親は両手でノラの手を包み込んだ。「ここにきたら、あいつを感じられるかと思った。あいつが愛したものがあふれてるここでなら。でも、何も感じない」

ノラはジェレミーをどこかで感じたことなど一度もなかったし、死者の訪れなど信じていなかった。彼女は手を引き抜いた。「それはここにはいないからよ、父さん。兄さんはどこにもいないの」

そう言った瞬間、ノラは後悔した。父親に罪悪感を抱かせたくて口にした受動攻撃的（否定的な感情を相手にぶつけず、消極的かつ否定的な態度・行動を取ることで、相手を攻撃しようとする心理のこと）な言葉のすべてを後悔したように。それでも、たった一度でいいから、ほんの半秒、父親が自己憐憫に浸るのをやめて、おまえの兄さんを殺してごめんと謝ってくれたらどんなにいいだろう。落ち込み、寂しがりつづけたこの長い歳月で、ただの一度も、父親はごく簡単なひとつのことをしたことがなかった。責任を取って、償おうとすることを。アダムが更生施設と中学校でしたように。アダムが、もし生きていたら彼の息子と同じ年頃だった子どもたちを教える仕事についたのは、偶然ではないとノラは確信していた。

ふた粒の涙が、父親の頰を伝った。「わしらは、いつもあのトーナメントを楽しみにしとったんだ」

もう、いいかげんにして。なんのことはない、NCAAトーナメントの話だったのだ。だから、父親はこの部屋にいたのだ。死んだ息子がいないのに、ポテトチップスを食べて、大勢の男子大学生がバスケをするのを観るのがどれだけつらいのかを嘆くために。ジェレミーの死はつねに、父親の喪失を意味した――つねに。一緒にバスケットボールを観る相手がいなくなった。飲み仲間を失った。ノラが兄を失ったことや、彼女が計画していた未来を奪われたことではなかった。あるいは、ジェレミーが人生のすべてを失ったことでも。彼はボニー・ミラーと付き合っていた。ふたりはきっと結婚していただろう。いまごろは、メイスンの息子のアレックスのような息子がいただろう。そしてアレックスが所属するリトルリーグチームは、ジェレミーが監督していただろう。やがて、孫が生まれて、高血圧に悩んで、年金生活をして、セドナでゴルフを楽しんで、膝が関節炎になって、土曜の朝には高校時代の昔の仲間と〈コンフォーツ〉でコーヒーを飲む。そうしたすべてのこと――ジェレミーが送ったはずの愛と痛みと喜びの六十年――を、彼は自分の父親のせいで失ったのだ。そしてその父親は、バスケの試合をひとりで観なければならないからと泣いている。

ノラはそのことを口に出すのはこらえた。かわりに――頭がガンガンする――立ちあがって言った。「じゃあ、観るのやめたら」

「わしは観なくちゃならんのだ」父親の肩は半分嗚咽、半分咳によって痙攣している。「あいつにはもう観られんのだから」

このひと言はノラの心のバランスを失わせたが、十三年間の苦しみで作られた防御の壁が、数秒のうちに強固に張り巡らされた。「好きなようにすれば、父さん。わたしはキャセロールを温め直してくる」

のちに、マークル先生もエズラもいなくなったとき、サルは考えることになる。起こってしまったことを未然に防ぐために、タイムトラベラーならどんなことができるだろう？まずは、ルーカスをラヴロックに近づけないこと、絶対に。エズラがサルの寝室にオキシコンチンを持ち込まないようにすること。あるいは、サルに『墓場の少年』を買わせないようにすることも、たぶん。しかし、過去の数週間を振り返ったとき、すべてが必然としか思えない日があった。マークル先生が死ぬ十七日前のことで、サルはその日、古いプレンティスの母屋を探検した。

なぜそんなことをしたのか、サルにも説明のしようがなかった。その日は、初めて母親なしで迎えた彼の誕生日だった。それなのに朝食が終わると、エズラは狩りに出かけ、ギディオンは作業小屋に消えた。まるでいつもと変わらない日のように。だからたぶん、十二歳の誕生日の孤独が、サルを母屋に引き寄せたのかもしれない。あるいは、十一歳よりはずっと年上で勇敢に思える、十二歳特有の大胆さの為せる業《わざ》だったのかもしれない。理由がなんであれ、その朝、サルは母屋の窓のギザギザに割れたガラスを見て、ふと思った。どうしてぼくが母屋にはいっちゃいけないんだ？　プレンティスの敷地にある家であり、エジキエルとワイアネット、その子孫四世代が生き、死んだ場所だ。本来、サルのものでもあるはずだ。

家を取り囲むごみのあいだを抜けながら、サルの耳は、彼と母親が死にかけた祖母に会いにきたときの会話の残響を捉えていた。帰り際、車に乗り込むまえに、サルの母親は足を止め、兄たちと煙草を一服した。

「母さんが死んだら、兄さんたちはここに住む必要はないわ」サルの母親はそう言った。

「もう兄さんたちを縛りつけるものは何もなくなる」

「おれたちはどこにも行かない」ギディオンが言った。いつものように兄弟を代表して。サルの母親は片手を腰に当てた。「売る必要はないの。ただ出ていけばいい」

「おれたちに他人のために働き、他人の家に住み、他人の土地に家賃を払えっていうのか？」ギディオンはうんざりした声で言った。まるでずっと昔からこのことについて言い争っているかのように。

「じゃあ、せめて修理くらいしてよ。ごみを片付けて。母屋に戻りなさいよ。住めないほどじゃないでしょ。兄さんはなんでも修理できるんだし」

「ここのことに口を出すな。もうおまえには関係ない」そのときのギディオンの怒りは新鮮に聞こえた。サルは彼の母親がそういう提案をするのは初めてなのだとわかった。

その夜、母親が寝かしつけてくれたとき、サルは母親が子どもの頃の母屋はどんなふうだったのかと尋ねた。母親は『ボブとはたらくブーブーズ』のベッドカヴァーの上からサルの胸元を撫でた。家具研磨剤のようなにおいがした、と母親は言った。ニワトリやヤギや牛がいて、灯油をつかってランプを灯した。昔の時代に暮らしているようだった。思い出を語る母親の声はやわらかだった。

十二歳になったその日、サルはどうしてギディオンはせめてごみくらい片付けないのだろうと不思議に思った。それなりに長くここで過ごしてきたので、ギディオンが触れるものすべてを――発電機やソーラーパネルからキッチンまで――潔癖なまでにきれいにしていることを知っていた。それなのに、彼はごみを放置して腐らせ、母屋や小屋を朽ち果てるがままにしていた。

サルはギディオンの作業小屋から離れ、母屋の裏手にまわった。裏口には鍵がかかっている。四枚の窓ガラスのひとつを割ろうかとも思ったが、エジキエル・プレンティスがはめてから一七〇年を経たいまでも、その古い波型ガラスを粉々にする気にはなれなかった。

彼は上を見あげた。頭上には二枚のガラスを上げ下げするダブルハング窓が三つ——上にふたつ、下にひとつ——あり、その窓のガラスはほとんどすでに割れていた。

ごみの山から小さなクルミ材のテーブルを引っ張りだし、一番低い窓の真下に置いた。テーブルの上に立つと、割れた窓ガラスの隙間から、窓枠の上部にある鍵に手が届いた。窓は三十センチあげたところで止まったが、それだけあればサルには充分だった。

もぐり込んだ部屋は、かつて応接間だったにちがいない。家具は何も置かれていなかったが、色褪せた花柄の壁紙や、塗装された木枠で囲われたタイル張りの暖炉には格式高さが感じられた。それ以外は、すっかり荒れ果てている。天井の角はカビで黒ずんでいた。壁紙はこま切れに剝がれ落ち、天井漆喰は、ネズミの糞がこびりつき、埃にまみれて、砂糖をまぶした塊のようになって床板に転がっていた。正面の窓から射し込む光は灰色だった。

サルは新しいスニーカーに埃がつかないように注意して、つま先立ちで歩きながら小さな廊下に出た。手前に二階に続く狭い階段がある。そのすぐ奥に応接間よりも狭い部屋があった。たぶん食堂だろう。その部屋も空っぽだった。窓の上の金属製金具《ブラケット》から、壊れたカーテンロッドが一本ぶらさがっているだけだ。食堂の奥にはキッチンがあった。小型車ほどの大きさの天井の塊が落下しており、床もカウンターも漆喰まみれだった。無地の木製戸棚は、長年の夏の暑さと冬の寒さでゆがんだせいか、扉が大きく開いていて、空っぽの棚を見せている。遠くからギディオンの丸鋸機《テーブルソー》の音が響くなか、食料庫で何かが慌ただしく動く音が聞こえた。

サルはトレーナーの上から両腕をこすった。家のなかに家具が置いてあるとは予想していなかった。扉が開いたままの戸棚や壊れたカーテンロッドは、家が破損しようがお構いなしに、大慌てで家具を移動させた痕跡だと思っていた。でも、その推測はまちがっていた。彼の家族は持ち物をダブルワイドに移したわけではなかった。割れた食器、カビの生えたリネン、腐ったマットレス、母屋のまわりのごみの輪を形づくっているバラバラになり風化した家具――あれはサルの家族がかつて毎日触れ、使用していたものだったのだ。誰かがそれをいっぺんに持ちだして、砂の上に捨てるまで。

そのときの音――叫び声、物が壊れる音、泣き声――が聞こえてくるような気がした。家族の家を破滅させた狂気から逃れたくて、サルは急いで外に出ようとした。が、廊下を歩いて戻るうちに、埃のなかの足跡に気づいた。それは玄関から階段に向かって続いていて、何度も踏まれているせいで靴跡の中心には埃がなかった。少なくとも伯父のどちらかは、この立ち入りが禁じられているはずの家に頻繁に出入りしているのだ。サルの好奇心が恐怖心に打ち勝った。彼は階段をのぼった。

二階にあがると、木の床面のまわりに四つの寝室があった。サルはまず、キッチンの上にある部屋にはいった。一階の部屋と同じように、そこも空っぽだった。壁には色褪せたストライプの壁紙が貼られ、床には埃が積もり、天井のかけらが落ちている。その隣りには、女の子用の寝室があり、そこも空っぽだった。ピンク色の壁の塗装が細かく剝がれ落ちているせいで、床が綿菓子で覆われているように見える。サルはそっと窓辺に近づいた。きっと母親はベッドに横たわり、茶色の丘から昇る月や、夜空の星々を眺めたことだろう。三番目と四番目の部屋は家の正面側にあった。左側は青い壁紙で、壁にはポスターの跡のような長方形の黒ずみがいくつかあった。サルはそこにはどんなポスターが貼られていたのだろうと考えた。ロックバンドか、スポーツ選手か、それとも好きな映画だろうか？ダブルワイドに住む兄弟は、どちらもそうしたものに興味のない少年だったように思えたけれども。

埃のなかの足跡は、最後の寝室に続いていた。サルはドアノブに手をかけた。ギディオンのノコギリの音は止まっており、まるで息を止めた瞬間のように、谷の静寂が母屋を呑み込んだ。彼はドアを開けた。

そこは男の子の部屋で、まるで人生のある瞬間で時を止められたかのようだった。飛行機や宇宙船のプラモデルが松の木の本棚にところ狭しと並んでいる。床の上で、埃とネズミの糞に覆われているのは、〈マッチボックス〉のミニカーに〈ホットウィール〉のオレンジ色のトラック、そして〈レゴ〉のブロックで作られた街だ。窓の下に、サルには小さすぎるサイズのスニーカーが一足、靴紐をなかにいれたまま置かれていた。シングルベッドはベッドメイクされておらず、漆喰と塗装のかけらの下のシーツには、スパイダーマンがプリントされている。埃とごみを取りのぞけば、ここで暮らしていた少年がいまにも戻ってきて、遊びはじめるかのように見えた。

サルは埃のなかの足跡を見おろした。頭のなかで身震いするような興奮が騒ぎだす。もし、この足跡が伯父のどちらかのものではなかったとしたら？　もしトミーの幽霊が丘の墓から起きあがり、毎晩この寝室に戻って遊んでいたとしたら？　サルはトミーの姿を思い浮かべた。『墓場の少年』の幽霊たちのように、体が消えかけ、ちらちらと揺らめくトミーが滑るように階段をのぼっている姿を。しかし、足跡はオモチャを迂回して、松の木の衣装ダンスに向かっている。きっとそこには彼を惹きつける何かほかのものがあるにちがいない。この世の玩具よりも、彼が大切にしているもの。無事にあることを確認したいもの。

サルは心のなかで、死んだ少年に謝った。誰にも言わないからね。

一番上の引き出しを開けた。

下着と靴下。蜘蛛が這い、蜘蛛の巣で覆われている。サルはすぐに引き出しを閉めた。それからつまみをじっくりと見た。一番下の引き出しのつまみだけ、埃がついていない。彼はしゃがんで、その引き出しを開けた。

なかにはオキシコンチンの壜が詰まった靴箱と、金属製の現金箱がはいっていた。

サルは落胆を抑えきれなかった。エズラの隠し場所だったのだ。この家に出入りしていたのはエズラで、ギディオンが絶対に見ようとはしない死んだ弟の部屋に秘密の品を隠していたのだ。

「なんだそれは？」

サルはパッと振り返った。部屋の入り口にギディオンがいた。彼は大股で二歩進むとサルの腕をつかんだ。顔を紅潮させ、サルを睨みつけると、ミニカーの山のなかに投げ込んだ。サルの体重などものともせずに軽々と。腕や背中にミニカーが食い込み、サルは悲鳴をあげた。

ギディオンは、あらゆる筋肉を緊張させ、衣装ダンスのまえに立ちはだかった。「これはなんだ？」

「わからない」サルは座り込んだまま、数センチうしろに下がった。「ぼく――ぼくはただ探検してて」

ギディオンは引き出しを引き抜いた。サルがギディオンのなかにずっと感じていた暴力的激情が音を立てて弾けた。サルはさっと片手で頭をかばった。しかし、ギディオンは踵を返して出ていった。サルは——心臓がバクバクと跳ねている——ギディオンを追って母屋の玄関から外に出ると、ポーチを覆うセージのあいだを抜け、ダブルワイドに向かった。ギディオンは母屋の裏のテーブルと開けっ放しの窓を見たにちがいない。あのままにしておくとは、なんと愚かだったのか。しかし、ギディオンが探しにくると、どうしてサルに予期できただろう？　伯父はいままで一度もそんなことをしたことがなかったのに。

ギディオンはキッチンテーブルに引き出しを置いた。それからリクライニングチェアに座って、顎の下で両手の指先を合わせて山の形を作った。サルは自分の部屋に逃げ込み、ベッドの上で膝を抱えた。恐怖が高まり、背筋が凍りついた。

一時間後、エズラが丘からおりてきた。サルの耳に、エズラの口笛が聞こえた。それからサムスンを手押し車に繋げるときの鎖の金属音がして、最後にブーツの靴底がコンクリートブロックの階段を踏みしめる音がした。網戸が軋みながら開いて、エズラの足音が止まった。

「ギディオン、待て」エズラの声がしたかと思うと、何かが砕けるような凄まじい音がした。

サルは廊下を走った。網戸の蝶番が片方はずれ、まるで酔っぱらったようにフラフラと揺れていた。その向こうで、ギディオンが硬い砂地に横たわるエズラを片膝で押さえつけ、弟の顔に拳を何度も何度も叩き込んでいる。エズラはうめき声をあげ、サムスンは物悲しい声で鳴いたが、ギディオンは無言だった。五回、六回、七回と弟を殴った。彼の腕はまるでピストンのように動いた。明らかに彼は人を殴った経験があった。殴りかたを心得ていた。

ギディオンが手を止めたとき、エズラの顔は血まみれになっていた。エズラは横向きになり、砂の上にさらに血を吐きだした。そんなエズラの背中に、ギディオンは蹴りを入れた。それからサルの脇をかすめて通りすぎ、キッチンテーブルの上の引き出しをつかむと、また外に出た。

腫れあがった目で、エズラはギディオンが手にしているものを見た。「ちくしょう!」エズラは叫んだ。ギディオンはウォータータンクの横にある涸れ井戸に向かった。エズラは必死で立ちあがろうとした。「やめろ、このクソ野郎!」

ギディオンは井戸の横で足を止めた。エズラがあと一メートル半まで近づくのを待ち、それから引き出しごと井戸に投げ入れ、もう一度エズラの顔を殴った。エズラは勢いよく尻もちをついた。彼は両手をあげたが、力なくおろした。

「またあんなもんをこの土地に持ち込んだら、警察を呼ぶ」ギディオンは言った。「またあの家にはいったら、おまえを殺す」彼は弟の横を過ぎ、戸口に立つサルの横を過ぎ、鎖に繋がれた犬の横を通りすぎて、作業小屋にはいると、バタンとドアを閉めた。

あたりはしんと静まり返っていた。長い時間が経ったように思えた。やがて、ゆっくりと、エズラが立ちあがった。彼は鼻から垂れる鼻水と血を拭くと、よろよろとライフルが置いてある場所まで歩いた。ライフルを手に取り、両手で構えると、目をすがめるようにしてギディオンの小屋を見つめた。そして一歩まえに出た。額の傷からゆっくりと、大粒の血がぽたぽたと落ちていた。サルは壊れた網戸の枠に片手を置いた。

しかし、エズラは次の一歩は踏みださなかった。勢いよく天を仰ぐと、空に向かって怒りと絶望の咆哮《ほうこう》をあげた。それは周囲の空気を震わせ、丘にこだまして、音の振り子のように行ったり来たりした。ついに声が途絶えたとき、彼は銃を落とし、がくりと膝をついて、子どものように泣きじゃくった。コンクリートブロックの階段の横には、エズラが仕留めたウズラが一羽、まるで飛んでいるかのように、壊れた翼を広げて砂の上に横たわっていた。

ノラ

タイ・ファンと話した翌日、ノラは保安官事務所に出向いた。彼女はもう〈ウイスキー〉でメイスンと会うつもりはなかった。今回は、チムニーロックでのセックスの思い出とクアーズではなく、蛍光灯と会議用テーブルが必要だった。

離婚して以来、保安官事務所に行くのは初めてだった。しかし、受付係のマリアンは、まるでノラが前週来たばかりのように出迎えた。「あら、ノラ。メイスンを探してるの？」

「彼はいる？」

「もうすぐ手が空くはずよ。そこで待ってる？」

ノラはマリアンの窓口の向かいにある、細長い木製ベンチシートに腰をおろした。五分後、ジーンズに〈アグ〉の模倣品のブーツという格好の女を連れて、メイスンが現われた。彼は女にベンチに座るように言ってから、ノラを見た。

「話したいことがある」ノラは言った。「こないだと同じ件で」

メイスンは警察の制服を着ていた。野球のユニフォームと同じようによく似合っている。彼はファッションが許容するよりも少しタイトなシャツとズボンが似合う人だった。

「ちょっと待っててくれ」彼は言った。

女はノラの横に座った。彼女はノラと同年代で、豊かな茶色の髪とクリーム色の肌に濃いそばかすのある顔をした、しっかりした体つきの美しい人だった。髪を耳にかけたとき、ノラは彼女が誰なのか気づいた。アダム・マークルのクリスマスの写真に写っていた女――アダムの元妻だ。

ノラの視線に気づくと、彼女はかご編みのハンドバッグを腹に引き寄せた。レナータ。タイは彼女の名前をそう言っていた。あの写真ではリラックスしてしあわせそうにしていたが、いまの彼女はハンドバッグを盾として使うタイプの女のようだ。

ノラは同情的な笑みを彼女に向けた。「誰かに車を荒らされたの？　都会から来た人にはよくあるのよね、残念だけど」

「いえ、そういうのじゃないわ」レナータの声は驚くほど豊かな低音《アルト》で、声先《こわさき》がかすれていた。ノラがさらに何かを言うよりも早く、フィルが現われた。手には何か分厚いものをいれたマニラ封筒を持っている。封筒には油性マーカーで〝アダム・マークル〟と書かれていた。

「やあ、ノラ」フィルが彼女を見て驚いたとしても、その丸い穏やかな顔には驚きは表れていなかった。彼はレナータに封筒を渡した。「お待たせしてすみません、ミセス・マークル。このたびはお悔やみ申しあげます」彼は廊下を戻っていった。レナータは封筒をバッグに詰め込もうとしはじめた。

「マークル？」ノラは謎を解くようなふりをした。「アダム・マークルのご親族のかたですか？　あの数学の先生の？」

レナータは身を強張らせた。「彼は、わたしの夫です――夫でした」

「わたしは中学校で一緒に働いていたの。ほんとうにお気の毒です」

「知らないかもしれないけど、わたしたちは離婚したの」レナータは封筒をバッグにしまおうとするのは諦めて、脇に抱えた。「彼の父親に警察から荷物を取りにこいと連絡があって、でもすごく具合が悪いから、わたしに電話してきたのよ。断れるわけないでしょ？」息子の死に責任のある男と離婚した女の、煮えたぎる敵意がにじみでていた。アダムの父親はよく彼女にそんなことを頼めたものだとノラは驚いた。

レナータは立ちあがった。衝動的に、ノラは手を伸ばした。「待って。もしあなたがアダムのものを回収しているなら、中学校にも彼の私物の箱があるのよ。そんなにはないんだけど、チェスセットがあって。貴重なものかもしれないから」

レナータの顔に、悲しみだったかもしれない何かが一瞬よぎった。「木製のチェスセット?」

「そう」ノラはハンドバッグから、ペンとくしゃくしゃの〈セーフウェイ〉のレシートを取りだし、携帯番号を走り書きした。「必要なら電話して。今週は春休みで学校は閉まってるけど、月曜には始まるから」

レナータはレシートをバッグにいれると、それ以上何も言わずに出ていった。

保安官事務所の取調室は窓もなく、テーブルひとつ、椅子四つ、コーヒーメーカーを置くのがやっとの広さだった。メイスンはメモ帳とペンを持ってテーブルについた。疲れているようだったが、温かい笑みを浮かべていた。

ノラは彼の向かいの椅子に座った。「あの人がアダムの妻なのね」

「元妻だ。レナータ。マークルの父親が所持品の受け取りを彼女に頼んだ」彼はコーヒーメーカーを顎で示した。「コーヒーを飲むかい?」

ノラは欲しくはなかったが、飲むと答えた。コーヒーを飲みおわるまでは、メイスンの時間を確保できるからだ。彼はふたつの発泡スチロールのカップにコーヒーを注ぎ、ひとつを彼女に渡すと、また椅子に戻った。「で、マークルの件で話したいことがあるんだよな。何か新しい情報があるのか？」

「大学に行ってきたの。まだ向こうに知り合いがいるから、彼について訊いてまわろうかと思って」

「それは――通常のやりかたじゃない」メイスンの眉間に短い縦線がはいった。ノラは制服と規則に縛られたここで彼に会ったのはミスだったろうかと思った。

「知ってる。でも、彼が大学を辞めた理由がわかった」

「辞めた理由はわかってる。交通事故、大学院生、更生施設、全部。彼の自宅から指紋も採取した。それからリノ警察と数学科に出向いておれが話を聞いた」

「じゃあ、リーマンプロジェクトの件も知ってるのね」

「リー、なんだって？」

ノラは片眉をあげた。「ってことは、全部は知らない」

「おいおい、ノラ」メイスンは頭を振ったが、口の片隅があがっている。ノラは自分も口元をゆるめ、にやりと笑った。彼は降参したように短く笑った。とたんに、この無菌の小部屋のテーブルが、〈ウイスキー〉のテーブルのように感じられた。「わかった、話してくれ」

「ルーカス・ジマーマンが追いだされたとき、彼は研究で大きな成果をあげようとしていて、アダムは彼の指導教官だった。もし成功したら、ルーカスは一〇〇万ドルを手に入れてたし、数学科は一躍有名になっていた。ところが、数学科は彼の研究内容を全部保管していて、ルーカス抜きで結果を出そうとしてる」

メイスンは大きく目を見ひらいた。感心しているのだ。「誰から聞いた？」

「タイ・ファアン。数学科の教授。あなたは誰に話を聞いたの？」

「学科長だ。彼はマークルが治療施設にはいることに同意したあと、辞職させたと言っていた。一〇〇万ドルの賞金については省略してた」

「ルーカス・ジマーマンはまだ刑務所にいるの？」

「十一月一日に、ラヴロック州刑務所から仮釈放されてる」

ラヴロック州刑務所は、州間高速道路を十五キロほど北上したところにある。ジェレミーは毎日そこに通勤していたが、車で二十分もかからなかった。「彼はいまどこに？」

「ウィネマッカだ。〈トーステッド・タヴァーン〉でコックをやってる」メイスンは片手をあげた。「おっと、あまり興奮するなよ。フィルとスミッティが彼と話した。マークルが殺された晩も店で働いてたらしく、マネージャーも彼が勤務してたと証言してる」

「レストランは何時に閉まるの？」

「十時だ。そのあと、コックたちはいつもしばらく残って片付けをするそうだ」

監察医は死亡時刻を九時から十一時と推定した。ウィネマッカはマルゼンから車で一時間はかかる。ノラは意気消沈して、椅子にもたれた。もしアダムの指導を受けていた学生が犯人だったとしたら、恐ろしいことだったろう。でも、それなら完璧に筋が通っていたのに。「じゃあ、ギディオンのほうは？　彼とも話したんでしょ？」

メイスンは答えないのではないかと半分思っていたが、彼は言った。「先週、署で話を聞いた」

「どうしてアダムの家にいたのか言ってた？」

「サルのリュックサックを取りにいったそうだ。サルは、マークルの自宅で発見されたパイ作りの手伝いをしていて、リュックを忘れていった」

ノラはアダムの家での記憶を再生した。ギディオンが持っていたリュックは青くて、サルのものに――中学生の半分と同じものだが――似ていた。「ほんとうだと思う？」

「サルもそう証言した」

「あの子もここに連れてきたの？」

「死体発見時の調書を取る必要があったんだ」

「サルとふたりだけで話した？」

「そうだ」

それはギディオンが許しそうなことではない。そこでノラは別のことを思いついた。

「サルはパイを作ったあと、どうやって家に帰ったのかしら？」

メイスンはノラをじっと見つめた。「マークルが自宅まで送った」

ノラはテーブルを軽く叩いた。「だから、アダムは殺された夜に丘にいた」彼女の頭のなかで半ダースの歯車がカチカチと高速で回転した。「ギディオンは警察にそれを知られたくなかった。だからサルのリュックをアダムの家から持ちだそうとした」

「まさに同じことを彼は言ってた。これ以上、サルを殺人事件の捜査に巻き込みたくなかったと」

「あるいは、自分がアダムを殺したことを、警察に悟られたくなかったか」

「その可能性はある。ギディオンとサルは、マークルは少なくとも殺される一時間前にはプレンティスの家を出たと言っているが」

「サルは、正確にはなんて言ってた？」

いまやノラは道を大きく踏みはずし、メイスンがノラに話すべきではない領域に侵入していたが、それでも彼はためらわなかった。のちに——ずっとあとになって——彼女はそのことを切なく思いだすことになる。ふたりのあいだで、さまざまなことがあったにもかかわらず、メイスンがノラを迷わず信じてくれたことを。これからどんな人と出会ったとしても、十五歳のときに〈セーフウェイ〉の裏で彼女にキスするまで、誰ともキスしたことがなかった少年ほど、ノラを信じてくれる人はいないだろう。「マークルの車を降りたのは八時頃だと言ってる。翌日、学校に行く途中で死体を発見するまで、マークルとは会っていない。それから、ギディオンがひと晩じゅう家にいたとも断言してる」

「ギディオンは、サルに言わせたいことを言わせたのかも」

「わかってる。ただ、サルとはギディオンを同席させずに話した。もし何か話したいことがあるなら、こちらでちゃんと面倒を見るとも言った。それでも、証言を変えなかったんだ」

ノラはギディオンが取調室のすぐ外で座っているのに、サルが伯父を殺人事件に巻き込むほど勇気があるとは思えなかった。「あの子は何か知ってるんじゃないかという気がする。ギディオンがそばにないときに、サルと話してみたほうがいいんじゃないかと思う」

「どうしてサルが何か知っていると思うんだ？」

ノラはサルの空想の世界の観察者——目にした物語を語るけれども、かならずしも見たものすべてを語るとは限らない者——について、どうやって説明すればいいのかわからなかった。「あの子と少し話してみたんだけれど、なんていうか——何かを隠しているように見えるの」

「まあ、ギディオンをリストからはずしたわけじゃない」メイスンは言った。「リュックサック、自宅まで送ったこと、殺害場所の位置、どれも怪しい。ただ、おれたちの知るかぎり、彼には動機がない。彼が犯罪現場にいた証拠もない。唯一の目撃者は、マークルが八時にプレンティスの家を生きて立ち去ったと言ってる」彼はため息をついた。「それにおれの直感では、彼はやってないと思う」

「そうなの？」

「ああ。おれはいまも、マークルの殺害方法がこの事件を解く鍵だと思ってる。それにもしギディオンがマークルを殺したければ、もっと――直接的な方法を選ぶだろうと思うんだ」

ノラは指先でテーブルを叩いた。彼女としても、ギディオンが犯人であってほしいわけではない、サルのために。ただ、殺人事件は解決してほしいと思っている、これもまたサルのために。「じゃあ、リストにはほかに誰がいるの？　メアリー・バーンズっていうのはやめてよ」

メイスンは決まりが悪そうな笑みを浮かべた。「彼女もここに呼んだよ。スティーヴ・メイコムを連れてきた」スティーヴ・メイコムは、裁判所のそばで保釈保証金の公判を専門とする小さな法律事務所を営んでいる。「彼女は家でネットフリックスを見ていたと言って、ユーザー名とパスワードを教えた。調べてみると、その夜、『ジェーン・ザ・ヴァージン』を五話分見ていたことがわかった」

「じゃあ、もうビルは彼女を放っておいてくれるの？」

「ネットフリックスのアカウント情報を偽造する方法があるはずだと思い込んでる。でも、もしあったとしても、メアリーがその方法を知ってるとは思えない。ビルもそのうち諦めるだろう」

よかった。ノラはメアリーのために思った。「レナータはどう？」レナータはおそらく考えうるなかで一番強い動機を持っている。それはわかっているが、ノラには、保安官事務所のロビーでハンドバッグを握りしめていた神経質な女が、アダムを押し倒し、縛りあげ、彼に火をつけるところは想像できなかった。

「あの晩は、会計学の授業に出ていたそうだ」メイスンは言った。「もちろん、これから裏を取る」

「彼女、ほかにアダムを傷つけたいと思う人物に心当たりはあった？」ノラは尋ねた。

「いや、結婚しているときは、アダムの仕事のことはほとんど知らなかったと言ってる。過去に変わったことがあったかどうかも知らないと。アダムはフレズノで育ったが、兄弟も姉妹もいない。父親以外とは、地元の誰とも連絡を取ってなかった」メイスンがコーヒーを飲んでいないことに、ノラは気づいた。きっとひどい状態にちがいない。カフェインを点滴注射する必要がありそうな顔をしているところを見ると。

「彼女はルーカス・ジマーマンのことは知ってた?」

「アダムの生徒は誰も知らないと言ってる」メイスンは疲労の濃い顔色をかすかにピンクに染めた。「ノラ、これは聞いておかなければならないんだが——どうしてそこまでこの事件に興味があるんだ？　きみとマークルのあいだに何かあったのか?」

ノラは離婚以来、誰とも付き合っていなかった。新しい恋人の可能性にメイスンが動揺しているのを見て、彼女はひそかに満足を覚えた。彼をいっとき待たせてから、言った。

「ただの友だち。でも、ほんとうに彼のことが好きだったの。教職員のなかで、わざわざ彼のことを知ろうとしたのは、わたしだけだったと思う」

頬の赤みは薄れた。メイスンはまた警官に戻った。「誰かを恐れてるんじゃないかと感じさせるようなこととか、彼は何か言ってなかった?」

「何も。彼は悲しそうに見えた。打ちひしがれてた、ほんとうに。でも、彼の息子に起こったことを知ったら、納得がいった」ノラはテーブルに視線を落とした。ジェレミーが死んだ夜、冷たい金属製のテーブルに彼が横たわる遺体安置所で、メイスンはノラの体を支えていた。そんなふうになった彼女を——悲しみとショックに打ちのめされ、絶望の底で打ちひしがれているノラを——見たのは、メイスンだけだ。いまでも、そんな弱さをさらけ出せる相手がいるとしたら、彼しかいないだろう。でも、この息苦しい取調室で、あのときの記憶が彼の目に浮かぶところを見たくはなかった。

彼女はコーヒーをひと口飲んだ。タールのような味がした。

「ほかにも知っておいたほうがいいことがある」メイスンは言った。「ビルがもうレヴュー・マイナーに話してる」レヴュー・マイナー紙は、ラヴロックの週刊紙で、先週の一面はアダムの殺人事件で埋めつくされていた。メイスンはメモ帳をペンで叩いた。「毒物検査の結果が戻ってきた。マークルは死亡時、血中にオキシコンチンとヘロインがあった」最悪だ。ノラはパッと顔をあげた。「どこで手にいれたの？　ルーカス？」

「かもしれない。ルーカスの電話を調べたところ、マークルが殺される直前の一ヵ月に、六回通話している記録があった。でも、ルーカスは潔白だと断言してる。それにずっと離れたウィネマッカにいた。マークルとしても、居留地で手に入れるほうがずっと簡単だろう。いま居留地でマークルの写真を見せてまわってるところだ。ひょっとしたら何かわかるかもしれない。炎フェチの危険な売人と付き合いがあったのかも」

突然、ノラもメイスンと同じくらい疲れを感じた。アダムは二年近く、回復のために努力を続けてきたのに、逆戻りしてしまったのだ。彼女は、少なくとも知識としては、依存症はけっして治ることのない病気であり、抑えることができるだけだと知っていた。アダムに腹を立てても意味がないとわかっていた。毎年ジェレミーの命日に酔いつぶれる彼女の父親に腹を立てても意味がないのと同じように。それでも、ノラは腹を立てた。どちらに対しても。アダムが亡くなるまえの月曜日、アダムがすごく具合が悪そうだったことを思いだし、再び手を出したのはあのときだったのだろうかと考えた。ノラはコーヒーカップを押しやった。

メイスンはその仕草を読みちがえた。「それしかやってないわけじゃない。スミッティはリノで、ギディオンの弟のエズラの行方を追ってる。明らかに、エズラは事件の直前までプレンティスの家に住んでたようだ。ギディオンとマークルに諍《いさか》いがあったなら、知ってるかもしれない。ギディオンは弟の住所も電話番号も知らなくて、出ていってからは話もしていない。たぶん、ふたりはケンカ別れをしたんだろう。それなら、エズラは何かしゃべってくれるかもしれない」

ノラは何も言わなかった。メイスンはまたため息をついた。「たいした線じゃないのはわかってる。でも、いまのところは、機会はあるが動機のない男と、動機はあるが機会のない男と、正体不明のたぶん激怒した麻薬の売人しかいない。藁でもなんでもつかむしかないんだ」

メイスンの目の下には腫れぼったいクマができている。ふたりの結婚生活の最後の一年間にできていたのと同じものが。ノラの心の棘が抜け落ちた。強盗や車の盗難、麻薬取引ばかりを捜査してきたのに、ラヴロックで五十年ぶりに起きた殺人事件を解決しようとするのは、簡単なはずがない。ノラはテーブルに手を伸ばし、彼の手に重ねた。

「この事件を解決できる人がいるとしたら、あなたしかいない」彼女は言った。メイスンは彼女の指をいっとき握りしめた。ノラはその特別な瞬間に気づかずにはいられなかった。この十年で初めてふたりが触れ合った瞬間に。彼女は立ちあがり、取調室を出た。廊下の空気は、狭い部屋の温かさのあとでは冷たく感じられた。

サル

ギディオンに隠していたものを捨てられた翌週、エズラはダブルワイドのソファに座って、ビールを飲みながら過ごした。顔の痣は色とりどりの状態で咲き乱れていた。ギディオンは入り口の網戸を修理して、それから、まるで何事もなかったかのように、ダブルワイドと作業小屋を行き来した。

金曜日、サルはベンチではなく図書室に行った。翌週になったら、口実にしていた個別カウンセリングをやめたとマークル先生に話すつもりだったが、その日はひとりでいたかった。彼は『墓場の少年』を見つけたテーブルでボローニャサンドイッチを食べ、窓の向こうを見つめた。キップと仲間たちが、六年生の女の子たちの憧れの眼差しをまるでリボンのように引きずりながら、バスケットボールをプレーしていた。サルははみ出し者になった気がした。中学に入学したばかりの頃、ここで毎日ランチを食べていたときに感じたように。同時に——入学してから初めて——普通の六年生になれた気もした。昼休みに抜けだして違法な薬を届ける必要がなくなり、母親が死んでから初めて、サルの心は軽くなった。そのときばかりは、大天使の物語で孤独を満たすことをしなかった。ただ四時間目のベルが鳴るまでのあいだ、ゆっくり静かに過ぎていく時間を楽しんだ。

その日の放課後、バスに向かって歩いていくと、ルーカスが学校の塀にもたれていた。

「今日はどこにいたんだ？」サルは彼を押しのけたが、ルーカスはサルの腕をつかんだ。

「おまえの客はおまえが売るものが必要なんだ。おまえが渡さなきゃ、どこかほかの場所で手に入れることになる」

サルはルーカスの手を振り払ったが、バスが出発したあとも、彼の存在に心をかき乱されつづけた。州間高速道路を半分ほど進んだあたりで、ようやくルーカスの言葉の意味について考えた。『おまえの客はおまえが売るものが必要なんだ』。サルはベビーカーを押した若い母親が、誰もいないベンチを通りすぎるところを、ホンダの女が車のなかで待っているところを思い浮かべた。ひじがひび割れたブロンドの少女と裁判所の男のことも——全員がけっして現われない少年を探している。彼らのことが心配で喉が締めつけられ、サルはほとんど息を吸い込めなかった。ルーカスの言うとおりだ。彼らは薬を必要としていて、今後はほかの場所で入手しなければならない。エズラは、居留地には売人がいるが、サルの客は彼らから買いたくはないのだと言っていた。でも今後はそうするしかないのだろう。

サルは母親が死ぬ一カ月ほど前に、一度だけ居留地に行ったことがある。ラヴロックまで行ったとき、用事が済んだあと、母親は州間高速道路のほうに曲がらずに、まっすぐ居留地に向かったのだった。「テイガンから受け取らなきゃならないものがあるの」母親は言った。

テイガンは母親の新しい恋人で、サルが生まれてから初めての交際相手だった。腕と首がタトゥーで覆われた、長い黒髪のマッチョなパイユート族の男で、小さな青い家に来たことが二回だけあった。サルと母親を乗せた車は、彼に会うために、サルがそれまで見たなかで最悪の界隈を走っていた。通りに並ぶ家々の半分は家の体《てい》を成しておらず、移動式住宅ですら、ただブロックの上にトレーラーを載せてあるだけだった。どの家もペンキが剝げ、屋根は崩れかけ、柵は壊れ、ポーチはたわんでいた。多くの庭はごみで厚く覆われ、地面が見えないほどだった。そんなブロックをいくつも通りすぎてから、車は金網のフェンスで囲まれた平屋のまえで停まった。その家の庭にはごみもなく、草も木もなく、二匹の獰猛そうな犬が金網越しにサルたちを見つめている以外は、生き物もいなかった。テイガンの黒いフォード・マスタングが私道に停まっていた。

「ここで待ってて」サルの母親は車を降りて、前庭にはいった。犬たちがあとを追ったが無視した。玄関のドアをノックすると、テイガンが母親をなかにいれた。

五分が経ち、十分が経った。通りの向こう側で、六歳にもならないふたりの少女が、歩道に描いた円を裸足で跳んでケンケン遊びをしていた。少女たちの背後の家の庭には、割れたガラスが散らばっていた。ようやくサルと母親が車で出発したとき、少女たちのひとりが跳ぶのをやめて、車のほうを見つめた。汚れた青いスカートの下から伸びる彼女の裸足の脚は棒切れのようだった。母親が死ぬまでは、サルが一番悲しかった瞬間はそのときだった。いま、若い母親やブロンドの少女が必要な薬を売ってくれる人を探して同じ歩道を歩くことを考えただけで、サルはあのときと同じように悲しい気持ちになった。

サルがプレンティスの地所に戻ったとき、エズラがサムスンを連れて、谷の向こう側の丘をのぼっているのが見えた。ギディオンはダブルワイドでサルを待っていた。

「おまえに渡したいものがある」ギディオンは言った。彼の目は充血していたが、怒っているせいなのか、疲れているせいなのか、サルにはわからなかった。

びくびくしながら、サルは伯父を追って庭の作業小屋に向かった。ギディオンはドアを開けて手招きした。サルがその小屋にはいるのは初めてだった。まず強烈なにおいが鼻を突いた。ニス、おがくず、アマニ油、タッククロス（塗装面のごみや埃を取るための布）、はんだなどが混ざったなじみのあるにおい。それはギディオン自身のにおいでもあった。両手からゴシゴシ洗い落とすことはできても、髪や服からは完全には取りのぞけないにおい。作業用ランプの明かりのなかで、サルは棚やカウンターに何十もの道具が並んでいるのを見た。丁寧に整然と並べられた道具たちは、マルゼンバプティスト教会のシンプルな木製祭壇に置かれた聖杯や燭台をサルに思いださせた。

部屋の真ん中に、金属と再生木材で作られた椅子が置かれていた。サルは自分のベッドをのぞけば、伯父の作品を間近で見るのは初めてだった。椅子はベッドと同じようにゆがんでいたが、頑丈なつくりで堂々としており、合板の床に鎮座するねじれた玉座のようだった。思わず湾曲した金属の背の部分に手を滑らせ、それから、ギディオンに見られているのを感じて、さっと手を引いた。

「触ってもかまわん」ギディオンはおもしろがるように言った。「壊れたりしない」

たしかにすぐに壊れるようなものではなかった。サルは小さな青い家にあった地味な松の木のベッドのほうがよかったし、それがベッドのあるべき姿に思えた。でも、この作業小屋に来てみて初めて、予想を裏切ったときに物が宿すことのできる力を感じた。「どうやって作りかたを覚えたの？」

「親父から家具の作りかたを教わった。ただ、おれはちがうやりかたで作ってる」

サルは伯父が作るものが好きだと言いたかったが、言えなかった。ギディオンはサルをじっと見つめている。作業場の明かりが彼の顔のなめらかな部分を照らしだしている。

「ここは好きか？」ギディオンが尋ねた。

サルは目を伏せた。ほんとうは、あの小さな青い家に住むほうがいい。でも、もうひとつ、別のほんとうの気持ちもあった。ここに立っていると、足が地面にしっかり結びつけられているように感じるのだ。そのことが最初の気持ちを複雑にしていた。ギディオンはじっと待っていた。ようやくサルは口を開いた。「ここはプレンティスの土地だから」

それは正しい答だったようだ。ギディオンは短くうなずいた。「おまえの誕生日祝いに作ったものがある」サルが母屋を探検していたとき、なぜ伯父が自分を探しにきたのかがわかった。理由を聞いたいま、サルがいるべき場所にいなかったことは、いっそう悪いことのように思えた。

プレゼントは小さな木箱で、上面《じょうめん》には明るい色の木の蓋がはめられ、角は完璧な蟻継《ありつ》ぎ（鳩の尾の形のほぞと突起を組む工法）で、優美に作られた品だった。蓋に触れると、見えないところに蝶番がついており、パッと開いた。箱のなかには、銀のフレームに収められた黒髪の少女の写真がはいっていた。

「あいつの写真をあまり持ってないようだったから」ギディオンは言った。

その写真は、サルの母親がいまのサルよりも少し年上のときに学校で撮った写真だった。

母親は不安げな笑みを浮かべていた。まるで見られていることを知っていて、どんな顔をすればいいのかわからないかのように。それはサルの知る母親の笑顔――その場にいる全員の注目を集めるような、開放的で気さくで自信に満ちた笑顔――ではなかった。

ギディオンは腕を組んだ。「おれはあいつのためならどんなことでもしただろう。おまえにはそれを知っておいてほしい」

サルは知っていた。エズラから聞いていたのもあるが、母親のバーで、客の男たちを睨みつけるギディオンの視線に、すでにそれを見ていた。葬儀のとき、ギディオンのまっすぐ伸ばされた背筋と打ちのめされた目のなかにも見ていた。そしていまもそれが見えた。ギディオンはサルの母親を無条件に愛していたのだ。サルの母親はギディオンが愛した唯一の人なのかもしれない。サルは、ギディオンのエズラとの複雑な絆を愛には数えなかった。優れた直感的観察眼を持っていても、サルはまだ、愛が取引されうるものだとは知らなかった。愛とは忠誠心や服従や交友といったものと引き換えに、提供されうるものだということを。結局のところ、サルはまだふたりの人間しか愛したことがなかったから。「ほかにも母さんの写真を持ってるの？」サルはギディオンに礼を言うべきだとわかっていたが、どうしても聞かずにいられなかった。フレームのなかの幼い顔が、一年一年、成長して、やがて彼の覚えている顔になるまでを見たかったのだ。

ギディオンは首を横に振った。「お袋が全部捨てた。この写真はイヤーブックから切り取ったものだ」

「どうして捨てちゃったの?」

「おまえの母さんが出ていったからだ」ギディオンは言った。その言葉の隙間に、サルはエズラが話した物語のあらゆる鼓動を聞き取った。サルは思い描いた――ギディオンが角を蟻継ぎし、木をなめらかに磨いている姿を。せっかく作ってやった非凡な寝床を見て青ざめた甥のために、平凡なものを作ろうとしている姿を。弟の死。母親の罪悪感。父親の後悔。サルは箱を閉じて、それをそっと撫でた。

「母屋にはいってごめんなさい」

「いいさ」ギディオンは言った。「おまえがはいらなけりゃ、エズラが何をしてるか知らないままだったろう」

その言葉にはなんの熱もこもっていなかった。ギディオンにとっては、もう終わったことなのだ。エズラが一線を踏み越え、ギディオンは彼を引き戻し、エズラはまた線の内側にとどまった。しかし、サルの脳内では、ダブルワイドの外での光景が一〇〇回再生されていた。拳が骨を砕く生々しい音、激しく揺れるエズラの両手、ギディオンが井戸に引き出しを投げ込んだあとの、最後の一撃の残酷さ。サルはそれまで、本物の肉体的暴力を目撃したことがなかった。頭のなかのアンジェラスとカテラスの戦いよりも、遙かに残酷な暴力に、サルはぼう然とした。しかし、もっともサルの頭から離れないのは、砂の上で泣きじゃくるエズラの記憶と、サルが彼に感じた憐れみの情だった。エズラのビジネスはたしかに違法だったかもしれないが、彼の世界のすべてだった。ギディオンはそれを投げ捨てた。なんのためにしたのか？　プレンティスの墓地にいるギディオンの一族も犯罪者だったし、処方箋なしに人々に薬を与えるよりもずっと悪いことをしていたというのに。

ギディオンはカウンターにもたれた。「おまえに言っておきたいことがある。おれは弟にあんなふうに手をあげたことは一度もない。だが、あいつは約束を破った。プレンティス一族は四代にわたって犯罪者だった。おれたちの親父のまえの代までは。親父は自分の作った家具を売って生計を立てた。それを誇りにしていた。いまはプレンティス一族が正直な人間として生きるべき時代だと言った。それは正しい」

サルは約束のことも、それがどれほど重要かもわかっていた。法律に従うことが重要なこともわかっていた。でも、ギディオンは家具を作ることができる。エズラは誰かが買ってくれるようなものを作ることはできない。かといって、どこかで仕事をすることもできない。ギディオンがプレンティスは他人のために働くべきではないと考えていたからだ。エズラはギディオンのトラックとギディオンの許可がなければ、敷地から出ることすらできないのだ。だから、ギディオンが誇りを持って、正直な仕事で生計を立てているあいだ、エズラはダブルワイドでビールを飲み、彼自身と同じように鎖で繋がれた飼い犬を連れて狩りに出かけるしかない。それがどんなことなのか、ギディオンにはけっして理解できないだろう。なぜエズラがここを出たいと思っているのかを理解できないのと同じように。ギディオンにとって、この土地は刑務所ではなく、特権なのだ。

その前日、サルはまたごみの山のあいだを歩きまわり、今度は家族の悲劇の汚れた足跡を調べた。何百枚という色褪せたベースボールカードが、いろんな家具に羽のように貼りついているのを見つけた。ボードゲームや野球のミット、プラスティックの髪留めやほつれた縄跳び、粉々に砕けたギターや、何十個もの脚が折られた繊細なガラスの馬の置物もあった。ひとりの子どもをのぞいた兄弟のすべての宝物の残骸がそこにあった。サルは母親の寝室のピンクの壁紙や、母親の枕元から見える星々のことを思った。青い寝室の壁についた黒ずんだ長方形の跡のことを考え、あそこに貼られていたポスターは野球選手だったと知った。

「どうして母屋から出たの？」サルは尋ねた。ギディオンは思わぬ質問に顔をしかめたが、答えた。

「おれたちの弟があそこで死んだ。弟を埋めたあと、親父が物を全部放りだした。プレンティスは二度とあそこに住むことはないと言った」

サルが想像したとおりだった。悲嘆に暮れた、気がおかしくなった父親が家をズタズタにする。でも、それはふたつ目の疑問の答にはなっていない。「どうして全部置きっぱなしのままなの？」

ギディオンは木製のカウンターを指で叩いて言った。「おれはほかの人間の尻ぬぐいはしない」サルは会話が終わったことを悟った。

「プレゼントをありがとう」そう言って、サルは小屋を出た。ドアを閉めたとたん、研磨機の音が鳴りだし、それを動かす小屋の裏の小さな発電機がカチカチと音を立てはじめた。

その日の真夜中、サルは丸い明るい光で目を覚ました。脳が闇と光を区別しようとしているうちに、エズラの顔に気づいた。ヘッドランプの影でグロテスクに浮かびあがっている。

「金はどこだ？」エズラがなじるように言った。

「なんの金？」

「おれがおまえに払った金だよ！　どこにある？」

サルは上体を起こし、背中がギディオンのヘッドボードの骨と鉄に当たるまでうしろにさがった。「どうしてお金が欲しいの？」

「なんでだと思う？　ギディオンが四〇〇ドルの現金と、二〇〇ドル分の薬をクソ井戸に投げ込んだからだ！」エズラはサルの上腕をつかんだ。「今日、リノのやつに電話したんだ。兄貴が隠してた金と薬を捨てたと言った。でも、やつはそんなこと気にしやしない。金を寄越せと言ってきた。それもいますぐだ。四〇〇ドルの借りがあるってのに、おれには一ドルもねえ」

だから彼は狩りに出かけていたのだ。ギディオンが聞こえないところで電話をかけるために。「ぼくは三八〇ドルしか持ってないよ」サルは言った。

「なんでだ？　何に使った？」

「ただの本だよ、あとスニーカー」サルは苛立ちを隠そうとはしなかった。もしエズラが約束どおり十パーセントを払ってくれていたら、真夜中にもっとたくさん盗めただろうに。

エズラは手で口元をぬぐった。体じゅうの腱が必要に迫られて張りつめている。「よし、わかった。どこにある？」

サルはベッドから降りて、スクラップブックを取りだした。エズラに渡すまえに、最後にもう一度紙幣の端に親指を走らせる。それでほかに何を買うのか考えていなかったが、もう遅かった。

エズラは色褪せたベッドカヴァーの上で、紙幣を二回数えた。「誠意を示すには、これで充分だろう、たぶん。借りを返すまでは、毎回売上を全額渡すと言うつもりだ。しばらくは一ドルも稼げねえけど、もう一度ビジネスを軌道に乗せるための投資だ。そうなったらおまえにちゃんと返すよ、ブラザー。一セント残らず、約束する」

サルの心臓が胸のなかでバクバクと鳴った。エズラが初めて部屋にやってきて、薬の配りかたを説明したときと同じように大きな音で。サルは両膝を顎の下まで引き寄せた。

「ギディオンは警察を呼ぶって言ってた」

エズラは片手を振った。「ギディオンが警察《サツ》を呼ぶわけねえだろ。あいつらが大嫌いなんだから。それに、おれにいい考えがある。ギディオンには絶対バレやしない」

ギディオンは一週間以内にエズラが自分に背いていることに気づくはずだとサルは思った。ギディオンが警察を呼ぼうとしないというのは、エズラの言うとおりかもしれない。でも、そのかわりにギディオンがエズラに——そしてもしサルが加担したとわかれば、サルにも——することは、警察にバレることよりも、ずっとサルを怯えさせた。「約束はどうなったの？　お父さんとした約束は？」

エズラは片手でサルの金を強く握りしめた。「ギディオンがあのたわごとを話したのか」

「正直な人になるって約束したんでしょ」

「おれは正直な男さ。プレンティスは代々正直者だった。約束を守る。借りた金は返す。公平な取引をする。おれはギディオンと同じように、真っ正直にビジネスをやってる」

エズラは、まるで冤罪を着せられた名誉を重んじる男のように言った。しかし、サルの頭のなかで、あの絹のようになめらかな声がまた指摘した。エズラは取り分のたった二パーセントしか渡さずに、毎回おまえに危険なことをさせていたじゃないか。サルはエズラの手のなかにある自分の貯金を見つめて言った。「そんなことない。ぼくを騙した」

「は？　なんでおれが騙したんだよ？」

「十パーセントって約束したのに、一度もちゃんと払ってない」

「ちゃんと払ってるさ」エズラは傷ついたような顔をした。「おれの取り分は、一〇〇〇ドルのうち二〇〇ドルだけなんだよ。後払い制だとそうなるんだ」

サルはそんなふうには――エズラが約束したのは、売上ではなく、利益の十パーセントだとは――考えもしなかった。そんな自分がなんとも愚かに思えた。それから、毎週毎週ベッドカヴァーの上に広げられる金のことを、そのほとんどがリノの売人に渡っていることを考えた。そして初めて、伯父の事業が実際にはどれほど絶望的に小さなものなのかを知った。エズラは無法者になりたいと強く願っているが、彼もただのドープボーイにすぎないことを理解していなかった。

エズラはヘッドランプの小さな光の下からサルを見つめていた。「おまえの取り分を二倍にするのはどうだ、ブラザー？　二十パーセントだ。この借りた金の利息みたいなもんだ」

サルの憐れみは驚きに変わった。エズラが気前よく取り分を増やしてくれるとは思ってもいなかったのだ。とはいえ、実際にはそれは気前のよさの表れではないとサルにはわかっていた。最初の十パーセントでさえ、気前のよさから与えていたわけではないことも。エズラはサルがためらったのを見て、もう運ばないと言われるのを恐れているのだ。サルの吸い込んだ息が胸のなかで引っかかり、止まった。

「三十はどうだ？」エズラが言った。「それなら公平だろ？」

サルはエズラの左耳の背後のあたりをじっと見つめた。この瞬間が何を意味するのか、サルは理解していた。エズラはサルに無理やり薬を運ばせることはできない。それまでも、一度もできたことはなかった。ふたりともそのことを理解している。サルはただ、ギディオンに伝えさえすればいい。いまの話を知ったら、ギディオンはエズラを半殺しにするだろう。だからもしサルがエズラの条件に同意したら、強制的にやらされたと言うことはもう二度とできない。この日を境に、サルはエズラの犯罪事業に加担することになる。

絹のような声は、三十パーセントの取り分でどれだけ多くの金を得られるかをサルに伝えようとした。が、サルは金のためにやるつもりはなかった。彼にとって重要なのは、公園に来る客たちの痛みと無力さだった。もしサルがエズラにノーと言えば、彼らは居留地に行かねばならず、彼らのことを個性のないただの餌食《カモ》としか扱わない売人から薬を買わねばならない。サルの客たちはそんな扱いを受けるにはか弱すぎた。それから、エズラのこともある。結局のところ、エズラはサルを公平に扱っていた。しかも、ただ公平なだけではない。サルをブラザーと呼び、家族のように扱ってくれたのだ。何時間も作業小屋に閉じこもり、ほとんど口も利かないギディオンとはちがって。そんなエズラもまた、サルを必要としている。公園の人たちと同じように。お金は彼らを助けることから得られるいものにすぎない。そう考えたときに初めて、サルはスクラップブックのなかの紙幣の束がどんどん厚くなるところを想像した。

「わかった」サルは言った。まるで血の量が二倍になったかのように、熱い血潮が血管を勢いよく流れるのを感じた。一瞬、ベンチに座った初日に感じた鉄の味と、小さな青い家のポーチでサルの肩に置かれたジェイクの手の重みも蘇ったが、やがてそれは消えた。

エズラが部屋を出ていってから、サルは骨のヘッドボードに背中を預けて、ベッドに座った。窓辺には、母親の二枚の写真——サルが持ってきたものと、ギディオンがくれたもの——が、黒い四角い影となって無言でたたずんでいた。窓の外では、丘にまたがるアンジェラスの姿が、夜空にシルエットを描いていた。天国の守護神たるアンジェラスが、ダブルワイドの一番狭い寝室でサルが交わした契約のことをどう思うか、サルにはわかっていた。しかし、大天使が盾をさげたとき、そこにいたのはカテラスだとわかった。彼の黒い翼を縁取る黄金色が、星の光で輝いている。カテラスが口を開くと、その声は、サルの頭のなかに棲む絹の声だとわかった。

「おまえに聞かせたい物語がある」カテラスは言った。星々が背後で回転するなか、彼はその物語を語った。

ノラ

レナータ・マークルがアダムのチェスセットを引き取りにきたのは、春休み明けの月曜日だった。前夜、彼女がノラにショートメールを送ってきて、ノラは始業時間の三十分前に来るように伝えた。レナータが到着すると、ノラは彼女を職員室に連れていき、コーヒーを注いで、それから社会科教室に案内した。テーブルの椅子に座り、自分の隣りの椅子を叩いた。レナータは戸惑いながらも、中学生のように従順に腰をおろした。

「あなた、どこかで見かけたことがあるような気がする」レナータがコーヒーをひと口飲んだとき、ノラは言った。「あなたもネヴァダ州立大学リノ校《UNR》に通ってた？　わたしは二〇〇六年の卒業」

「わたしは二〇〇四年」レナータはチェスセットを探してあたりを見まわした。ノラはそれに気づかないふりをした。始業のベルが鳴るまであと十九分ある。ノラはそれを使い切るつもりだった。この女はアダムが素面《しらふ》の数学教授からヘロイン常習者に転落する過程を目撃している。彼女なら、アダムのたどった道筋を知るヒントをくれるかもしれない。

「わたしは人類学を専攻してた」ノラは言った。「もちろん、中学校で教えるつもりではなかったけど」そう言って、高校時代に完璧に身につけた女友だち同士の陽気な笑い声をあげた。レナータは、まだ椅子に座って身を固くしていたが、少し微笑んだ。

「わたしは音楽科だった。でも同じく、いまはほとんど歌ってない」

ノラは、レナータの煙《けぶ》るようなアルトが、リノのナイトクラブに響き渡るところは想像することができた。それよりも、レナータが毛玉のできたセーターを着た地味な可愛い奥さんとしてリノにいたことのほうが、想像がつかなかった。「アダムとは大学で出会ったの?」

レナータの両手の腱がピンと張った。ノラは興味津々といった無邪気な顔を保った。レナータは少し緊張をゆるめた。「微積分が他学部必修科目のひとつだったの。彼はその講師だった」彼女のそばかすに赤みが広がった。「気色悪いと思うかもしれないけど、そういうんじゃないの。わたしは大学に行くのが遅くて、もう二十三歳だったし」

当時、アダムは四十歳くらいにはなっていたにちがいない。多少の気色悪さはあるが、ノラは猫背で気弱な笑みを浮かべたアダムが、大学生の女の子に自分からモーションをかけたとは思えなかった。「彼のどこがよかったの?　訊いてもよければ」

「かまわないわ。自分でもずっと不思議だから」レナータはまた顔を赤らめた。「ごめんなさい、あなたたちは友だちだったわね」

「心配しないで、わかるから。わたしも元ダンナを見るたびに、結婚はおろか、どうして付き合うようになったんだかすら思いだせないから。何かはあったはずよね？　ちなみにわたしの場合は、野球のユニフォームを着た姿がすごくかっこよくて。そこは認めざるをえない」

レナータは笑った。一瞬、彼女はただの可愛い女から美しい女に変貌した。「アダムについて、同じことを言うわけにはいかないわね。あなたは彼を見てるわけだし」それからはっと気づいたように、また顔をひきしめた。「彼は慎《つつし》み深い人だと思ったの。わたしの面倒をちゃんと見てくれるだろうって。わたしは自分の面倒を見るのが苦手だったから」レナータは目を伏せた。ノラは、彼女がアダムと出会うずっと以前のことを考えているのではないかと感じた。彼女が顔をあげたとき、ノラが作った儚い連帯感は消え失せていた。

「それで、わたしのチェスセットを持っているのよね？」

ノラはこれ以上話を引き延ばす方法を思いつかなかった。机のうしろからアダムの箱を出した。レナータはチェスセットを取りだし、なめらかなニス塗装を施された板を撫でた。

「これも持っていってたなんて、言ってなかった」彼女は小声で言った。

「これもある」ノラは箱の隅に転がっていた白のルークを渡した。

レナータはチェスセットを開き、ルークを緑色のフェルトの枠に収めた。彼女の目は怒りのこもった涙で輝いていた。思わず、ノラはレナータの腕に手を添えた。まるでノラの手が感情の糸を切ったかのように、レナータは椅子に座り込み、チェスセットを抱きしめて、泣きはじめた。ノラは机の上の箱からティッシュを取って彼女に渡し、隣りに腰をおろした。

三十秒後、レナータは冷静さを取り戻し、目にティッシュを押しあてた。「ごめんなさい」

「ささやかなものが引き鉄《がね》になる、わかるわ」ノラは言った。兄の最後の洗濯物の山や、母親の黄色いアフガン織の毛布のように。

「これはわたしの祖父のものなの。わたしはベンジャミンにあげたの。息子よ。アダムはあの子にチェスを教えてた」

おそるおそる、ノラは薄氷に踏みだした。「息子さんがいるのね？」

レナータの表情がバタンと閉じられる。「あの子も死んだわ」

「それは……お気の毒に。アダムは何も言ってなかった」

「言えるわけない。彼が殺したんだから」

ノラはショックを受けたふりをする必要はなかった。まったく同じことを父親について何度も考えていたにもかかわらず、その言葉が口に出されたとたん、頬を張られたようなショックを受けたからだ。「そんな――どうしてそんなことに？」

「大学の数学のパーティに連れていくために、学校から連れだしたの。そのパーティのために、ふたりでパイを焼いてた。だけど、アダムはハイになってて、州間高速道路で車を横転させた。ベンジャミンは車内に閉じ込められた。車が炎上した」

ノラは言葉が出てこなかった。ノラ自身、十三年間、国道九十五号線の脇に倒れたジェレミーの傷ついた体を想像してきた。しかし、レナータが目を閉じたときに見えるものは、ずっとひどいものだ。レナータは憎悪に近い視線をノラに向けていた――アダムを友人だと言った罪で。突然、ノラはアダムを友人だと言い切れる自信がなくなった。彼が死ぬまえは、ノラは彼のことを自分と似ていると思っていた。悲劇と罪悪感によってラヴロックに縛られている者同士だと。いま、ノラは知った――ノラもアダムもどちらも約束を破ったけれど、その約束は同じものではないということを。ノラはふたりの酔っ払いに絶対に車のハンドルを握らせないようにするという約束を破った。アダムは息子の安全を守るという、父親なら誰もが果たすべき約束を破っていたのだ。ノラ自身の父親が破ったのと同じ約束を。ジェレミーが失ったものはすべて、ベンジャミンも失っており、さらに多くのものまで失っていた。ベンジャミンは高校に行くこともなく、プロムで踊ることもなく、恋をすることもなかった。蓋を開けてみれば、アダムをラヴロックに連れてきた悲劇とは、実際には彼の悲劇ではなかった。ベンジャミンの悲劇であり、レナータの悲劇だったのだ。「彼はドラッグの問題を抱えるタイプには見えなかった」ノラはやっとのことでそう言った。それは弱々しい言葉だったが、レナータの怒りは失われ、悲しみと疲労だけが残された。

「ええ、ちがうわ。腰の手術を受けて、痛み止めの薬をもらった。それが始まりだった」レナータはまた目元を拭いた。「こうなることは予見すべきだった。でも医者が処方箋を書いたものなら、大丈夫だろうと思ってたの。それに彼もとくに問題なさそうだった、ほとんどは。ちゃんとコントロールできてるんだと思ってた」

ノラは大学進学のために家を出たとき、ジェレミーと父親について、レナータと同じことを自分に言い聞かせた。だから、あの事故以来、日々自分に言い聞かせている言葉をレナータに告げた。「あなたのせいじゃない」

「わたしのせいじゃないことなんてわかってる」レナータの目が光り、怒りが戻ってきた。「依存症がどうのって話をしたければいくらでもすればいい。でも、わたしの目から見たら、つねに選択なのよ。最初の処方箋がなくなったとき、次の処方箋を求めたのはアダムの選択だった。医者がもう処方箋を書いてくれなくなったとき、ヘロインを試したのはアダムの選択だった。息子を車の後部座席に乗せるまえに麻薬を注射したのはアダムの選択だった」

ノラはそれほど単純なものだとは思っていなかったが、それでも彼女の父親はイムレイでトラックに乗る必要はなかったと知っている。さらに、正直に言えば、ジェレミーも父親と一緒に乗り込む必要はなかった。彼らは、キーをまわしたときに、致命的な決断をくだした酔っ払いの親子だった。そして、そんな親子を止めることのできた唯一の人間は、一六〇キロ離れた場所で、アフリカ考古学の最終試験の勉強をしていたのだ。「あなたが経験してること、少しだけわかるわ」ノラは言った。「わたしの父は、飲酒運転で兄を殺したから」

レナータは驚き、パッと顔をあげた。「え、そんな……お気の毒に」

「父は生き残った。アダムのように。事故は父の人生をボロボロにした。アダムの人生をボロボロにしたように。正直言って、ときどき、父もあの車で兄と一緒に死んでいたらよかったのにと思うことがある」ノラは自分の声が震えるのを聞いた。その言葉を口にしたのは初めてだった。

チェスセットを握りしめるレナータの関節に力が込められる。「わたしはこの二年間毎日そう思いつづけてる。アダムが焼け死んだと聞いたとき、すごくうれしかったの。彼が叫んで叫んで叫びつづけてたらよかったと思うわ。ベンジャミンと同じように」

レナータの目は無表情で冷たく、ノラの肩に震えが走った。少なくとも、その点については、ノラとレナータは同じではなかった。ノラは残酷な自業自得の報いで、父親がジェレミーと一緒に死んだらよかったと願ったわけではない。この十三年間、涙と酒で命日を過ごす父親を見たあとで、息子と一緒に死ねばよかったと考えるようになったのだ。そうすれば、息子を殺した事実を背負って生きなくてもよかっただろうから。たぶん、それが夫のせいで息子を失うことと、父親のせいで兄を失うことのちがいなのかもしれない。相手を赦せるかどうかではなく——赦せることはけっしてない——相手にどれだけ憐れみを抱けるかという点が異なるのだろう。

レナータはまた顔を紅潮させた。「その、本気でそういう意味で言ったわけではなくって」

「わかってる」ノラはそう言ったが、レナータが本気でそういう意味で言ったのだと確信した。

レナータは茶色の豊かな髪を指に巻きつけた。強硬さが消え、泣き腫らした顔は若く見えた。「ここの人たちは、アダムのことをどう思っているの？　彼は好かれてた？」

ノラはレナータがそれを気にしていることに驚いた。アダムが生徒たちから〝カメのマークル〟と呼ばれていた話をする気にはなれなかった。ノラのなかにはまだ、アダムのやさしい性質、遠慮がちな笑み、呼吸をするたびに沁みでる深い後悔の記憶があまりに多くありすぎた。「中学校で教えたいと考える数学科の教授は多くはないから」彼女はひとまずそう答えた。「彼がこの仕事を引き受けてくれて、みんな喜んでたわ」

「犯人は誰だと思われてるの？」レナータは尋ねた。「警察の話では、男の子がどこかの丘の上で彼を発見したそうだけど」

「サル・プレンティスという子よ。彼は現場近くの丘に住んでる。マルゼンの。すごくつらい経験だったはず。彼はアダムととても親しかったから」

レナータは少し目を伏せた。「アダムは生徒で、ふたりはとても親しかったから。影響を与えられる人だったわ」

それは興味深い発言だった。レナータはアダムの生徒は誰も知らないとメイスンに話していたのに。「あなたがそんなふうに言うなんて妙ね。このあたりでは、アダムの生徒のひとりがドラッグを売っていて、アダムが彼を警察に引き渡したと噂になってるから。その生徒はきっと恨んでいただろうって。それはほんとうのこと？」

「彼に麻薬を売った学生がいたと聞いたわ」レナータは言った。「でもそれだけよ」

彼女は奇妙なほど慎重に答えていた。ノラがさらに探りを入れるまえに、教室のドアが開き、マンディとミンディのトンプスン姉妹――分厚い眼鏡をかけた血色の悪い一卵性双生児――がはいってきた。レナータを見ると、ふたりはまったく同じ困惑の表情を浮かべて、目をパチパチさせた。

「大丈夫」ノラは言った。なんでこんなに早く登校するのかと内心毒づきながら。「はいってらっしゃい」

レナータはチェスセットを小脇に抱えた。「これをありがとう」

〈アグ〉の模倣品のブーツの、足を引きずるような靴音が聞こえなくなったとき、ノラは写真のことを思いだした。マニラ封筒をつかんで追いかけ、校門前の縁石でレナータをつかまえた。レナータは封筒から出した写真を見つめた。そしてクリスマスの写真をノラに返すと言った。「この写真はいらない」それから彼女は立ち去った。ノラは縁石に立ちつくし、生徒たちが保護者の車から降りる朝の喧噪もほとんど気にとまらぬまま、手にした写真を、男と女と小さな少年の笑顔を見つめつづけていた。

サル

　マークル先生が死ぬ十一日前、ギディオンはバールと懐中電灯を手に、古い母屋にはいって捜索を始め、二時間後、漆喰とクモの巣に覆われて出てくるというパフォーマンスをしてみせた。エズラはコンクリートブロックの階段に座り、片手からビールをぶらさげて、それを見つめていた。サルは網戸の奥に立っていた。

「明日は狩りにいく」エズラが振り返らずに言った。「一緒に来るか？」

「うん」サルは言った。

　日曜日の午後遅く、ふたりは出発した。エズラはサムスンを連れ、革袋とライフルを持っていた。とはいえ、狩りにいくわけではないとサルはわかっていた。彼らは丘をまわり込んで東に向かうと、サムスンが獲物を示しても無視し、斜面をのぼって墓地に出て、そこからさらに三十メートル近く歩き、丘の頂上にたどり着いた。サルは目のまえに広がる世界にぼう然と見惚れた。太陽が山麓の丘を黄金色に染めあげていた。その黄金色の絨毯は、彼方に見えるグレートベイスンの砂地まで覆いつくしていた。まるで世界にかけられたやわらかな毛布のように。サルの足元は急勾配のくだり坂で、左側はほぼ垂直に切り立つ崖となっている。右側には細い小道があり、ジグザグに斜面をくだり、アカシアの木立を抜けて、サルが毎朝バス停まで歩いている未舗装の防火道までつながっていた。少なくとも三十分は短縮できそうな近道だ。サルは翌日からその道を使おうと決めた。

「これがおれたちの土地だ。あの二番目の尾根までずっと」エズラが指さして言った。

「それで何やってるってわけでもないけど」

サルは何もない、低木に覆われた丘陵地帯を見渡し、彼の家族がこんなにも広い土地を所有していることに感銘を受けた。その土地で何もしていなくてもかまわない。所有していることが大事なのだ。それはつまり、けっして奪われることがないということであり、この土地に暮らすプレンティスは、サルが小さな青い家を出なければならなかったように、ここを追われることはないということだった。サルは足元にまたあの引力を感じた――まるで重力よりも強い何かによって、大地に縛りつけられているような引力を。

防火道に黒いフォード・ムスタングが停まっていた。それを見たとき、先祖の土地に対する驚嘆の思いは恐怖に変化した。しぶしぶ、エズラについて小道をくだり、木立にはいると、テイガンが石で囲まれた焚き火用のかまどの横で待っていた。サムスンが歯を剝きだしたが、テイガンは無視した。

「遅《お》せえぞ、くそったれ」テイガンは頭をグイッとサルに向けた。「ガキがここで何やってる?」

「こいつはグレイスの息子だよ。おれのビジネスパートナーだ」

テイガンは笑った。「ビジネスパートナーだと? おもしれえ」彼は一方の手に〈セーフウェイ〉のレジ袋を持っていて、もう一方の手でエズラの手を叩いた。「このおれにわざわざこんなとこまで来させるとは、いい度胸じゃねえか。洗車代として二十ドル請求するぞ」

「状況は説明しただろ」

「ああ。ギディオンはクソ野郎だ。だが、もう二度とこんなとこまで来やしねえぞ」

「わかった、なんとかするよ」エズラはちらりとサルを見た。次にエズラがテイガンから何か受け取る必要ができたときは、サルは昼休みに母親の最後の恋人と公園のベンチで会うことになるのだろう。サルは腹のなかで小さな塊がぎゅっと締まるのを感じたが、足元の新しいスニーカーに目をやり、もう断ることはできないのだと思った。ほんもののパートナーとなったからには、自分の役割を果たさなければならない。

エズラは革袋から封筒を取りだした。テイガンは金を数え、それから〈セーフウェイ〉

のレジ袋に手を入れ、何かを取った。「これは洗車代の分」そう言って、レジ袋をエズラに渡した。「居留地には持ち込むんじゃねえぞ」

エズラは両手をあげた。「行くわけないだろ。あそこは全部あんたのシマだ」エズラは冷静を装っていたが、サルには彼がテイガンを恐れていることがわかった。エズラを気の毒に思いかけたが、サル自身の神経もパイユート族の大柄な男に動揺させられていてそれどころではなかった。

ドジャーズの帽子の下で、テイガンの目がギラリと光り、サルを見据えた。「おまえの母さんとおれは、古い付き合いだった。あんな女はほかにはいなかった」彼は頭をさげ、帽子のつばを二本の指で触れると立ち去った。

テイガンがいなくなると、サルはすぐにエズラを見た。「さっきのどういう意味？　あの人と母さんが古い付き合いだったたって」

「おまえの母さんは高校時代にあいつと付き合ってた。それでおれも知り合ったんだよ。おれはあいつからマリファナを買ってるけど、あいつはほかにも色々手がけてる。おまえの母さんとのよしみで、手を貸してくれることになったのさ」エズラは取引を終えたことで、自信をみなぎらせていた。「このビジネスは、コネがすべてだからな」

コ、ネ、ク、シ、ョ、ン。それはサルの母親が、テイガンとの関係を説明した言葉だった。サルが初めてティガンを見たのは、母親が〈ニッケル〉からティガンと一緒に帰宅した夜のことだ。母親が帰ってきたと思って、サルが自分の寝室のドアをバンと開けると、ふたりでソファに座っていたのだ。母親の長い黒髪はティガンの胸にかかり、コーヒーテーブルの上には、当時のサルにはなんだかわからない——けれどもすぐに知ることになる——道具のセットが置かれていた。サルはベッドに戻って枕で耳を塞いだ。その三ヵ月後、母親は死んだ。

サルはエズラのあとを追って、午後遅くの陽射しで汗をかきながら丘をのぼった。丘の三分の二をのぼったところで、エズラは道を逸れ、砕石《がれ》とセージのあいだを抜け、急な斜面の先が岩崖《がんがい》に繋がっているところに出た。エズラは〈セーフウェイ〉のレジ袋を肘に巻きつけ、赤茶色の狭い岩棚に踏みだすと、サルについてくるように呼びかけた。サルは粗い岩肌に指を食い込ませ、おそるおそる岩棚に乗った。ふたりは地上三十メートルの高さの岩棚を横歩きしながら伝った。サムスンはクンクン鳴きながら、小道を行ったり来たりしていた。

岩棚を半分ほど進んだところで、エズラは崖から巨大な緑のひげのように伸びているヤマヨモギの塊のなかに姿を消した。サルがそこまで追いつくと、エズラがヤマヨモギのゴチャゴチャした枝のあいだから手を伸ばし、サルを引っ張りあげた。

サルはそれまで洞窟にはいったことがなかった。最初に、暗闇以外で感じたのは、ものすごく寒いということだ。陽光を一度も浴びたことのない場所にしかないような寒さで、数秒もしないうちに、彼の肌を輝かせていた汗は氷水の細いカセ糸に変わった。天井は低く、両側の壁は暗闇に向かって傾斜していき、奥のほうの、岩の床近くには、さらに深い闇が漂っている。閉所に対する恐怖が膨れあがり、サルの喉を締めつけた。

「おれとギディオンは、ガキの頃、ここを見つけたんだ」エズラは言った。「ここはプレンティスの土地だから、おれたち以外は誰も立ち入れない」

サルは深く息を吸い込んだ。閉所の恐怖がゆっくりと退いていく。彼は少年だった頃のギディオンとエズラが丘を歩きまわり、洞窟で遊ぶ姿を想像しようとした。それから、暗闇に目が慣れてくると、埃まみれのビール壜の山が目にはいった。どうやら遊んでいたわけではないらしい。十代の兄弟を思い描くほうが簡単だった。きっと不機嫌な乱暴者で、自分たちだけの隠れ家に逃げ込んでは、酒を飲んで拗《す》ねていたのだろう。

エズラは〈セーフウェイ〉のレジ袋を持ったまましゃがんだ。地面は細かい塵に覆われ、じめじめした古臭いにおいがした。何十本もの煙草の吸い殻が散らばっている。「もう母屋には隠しておけねえけど、この場所なら学校へ行く途中に寄れるだろ」彼はレジ袋から指ぬきほどの大きさのゴム製の袋をひとつかみ取りだした。

「それは何？」サルは尋ねた。その小さな袋にはいろんな色があった。赤、緑、黄色、青——小さな誕生日パーティの風船のように。

「これからビジネスモデルを変更する」エズラの声が勢いづいた。「リノの元締めはもう後払い制では売らせてくれねえ。だからティガンが、借金がなくなるまで、これを原価で譲ってくれることになった。これはずっと安くて、利ざやもでかい。ある程度売ったら、すぐに借りも返せる」

サルは母親が目を覚まさなかった朝、コーヒーテーブルの上にあった赤いゴムのかけらを思いだした。胸がずしりと重くなった。「そこには何がはいってるの？」

「中身は気にすんな。別の種類の薬さ、それだけだ」

「注射器に入れても使える？」

ヤマヨモギの隙間から射し込む光で、エズラの白目は剝き卵のように光っていた。「そういう使いかたもあるな」彼は目をすがめるようにしてサルを見た。「なんでだ？」

胸の重みのせいでサルは息苦しくなる。「それが母さんを殺したから」

「なんの話だ？　あいつは心臓発作で死んだんだぞ」

「ちがうよ。注射器があった。それと、そういう袋もいくつか。母さんはあいつからそれを手に入れたんだ。ティガンから」

エズラは小さな風船を塵の上に落とし、サルの両肩をつかんだ。「嘘つくな。救命士が心臓発作だって言ってたんだぞ」

「ジェイクは母さんの友だちだった。だからもみ消したんだ。誰にも知られたくなかったから」サルの目には、母親の唇から血の泡を拭き取るジェイクの姿が、まるでビデオを見ているかのように蘇った。

エズラの指がサルの皮膚に深く食い込んだ。「くそっ」彼は言った。それからまた繰り返した。「くそっ」

「それは売れない」サルは言った。

「売るしかないんだ。リノの元締めに、これを売るってもう言っちまったんだよ。借金の支払いを待ってくれてるのは、これがあるからだ。マジな話、もし四〇〇〇ドル返さなかったら、おれはもう破滅だ」

サルは顔が強張るのを感じた。それまで、エズラの元締めはエズラのような誰かだと思っていた。うさんくさくて茶目っ気のある、そこまで危険ではない人物だ、と。いま、その人物像は、テイガンのような頑丈で残忍な人間に取って代わられた。刑務所か死だ――ルーカスはそう言った。が、公園のベンチで元ラインバッカーの老人や若い母親の隣りに座っているときには、サルにはそんなふうには思えなかった。スクラップブックに二十ドル札を貯めているときにも、『墓場の少年』を買うために、あるいはスニーカーを買うために、一枚ずつ引き抜いたときにも、そんなふうには思えなかった。エズラはどんなふうに思っていたのだろう。サルは思った。リノの元締め——いまやエズラの命運を握る男——から薬を買ったときに。サルが初めて一〇〇〇ドルを持ち帰ったときに、紙幣を数えるエズラがどんなに喜んでいたかを思いだした。『そうすりゃ、唸るほど金を貯められる』

「ほかの方法で借金を返さないと」

エズラは不快そうに喉を鳴らした。「どこで四〇〇〇ドルも手に入れんだよ？」

「ギディオンに頼んでみたら？」ギディオンは何度トラック一杯の家具を届けにいったことだろう？　しかし、エズラが口にするまえから答はわかっていた。

「できるわけねえだろ。あいつは元締めより先におれを殺す」

「待って！」サルはそれまで考えつかなかった自分が信じられなかった。「ぼく、お金を持ってる！　母さんの持ちものを売った分が。それを使えばいいよ」教会の女たちは中古品《タグ》セールで売ると言っていた。その利益はサルのために銀行に預けてある。あの小さな青い家にあるものを全部売れば、四〇〇〇ドルの価値はあるはずだ。しかし、エズラは顔をしかめた。

「ギディオンが執行人だかなんだかになってる。あいつがおまえに金を渡すことはねえ」

サルの胃は、最後に小さな青い家を出たときと同じようにキリキリと痛んだ。ほかの誰かが勝手にルールを決めていて、何もかもが不公平だ。サルのものであるはずのものが、彼の手の届かないところにある。「何か売れるものがあるはずだよ」サルは言ったが、そんなものはないとわかっていた。トラックはギディオンのものだった。家具もギディオンのものだった。牧場にあるものはすべてガラクタだったが、それすらもギディオンのものだった。

エズラはまだサルの両肩をつかんでいたが、いまは肩を揉むように、丸め込もうとするように握っていた。「信じてくれ、おれだってオキシみたいな合法のものを売るほうがいいんだよ。借金を返すまで、これを売るだけだ。そしたら薬に戻ろうぜ、約束する」

「でも、もしみんなが死んじゃったら？」サルの目に、あの若い母親がソファに座って、前腕に靴紐を巻きつけている姿が浮かんだ。彼女の小さな息子は何歳だろう？　ベッドからひとりで出て、母親を見つけられる年齢だろうか？

「死にやしない」エズラは言った。「いいか、おまえの母さんに起こったのはひどいことだった。だけどわかってくれ、そういうことはめったにないんだ。あいつは多く摂取しすぎた、それだけだ。使いかたを知ってりゃ、何年だって使える。客にはちゃんと知らせる。あいつらは大丈夫だし、そのうちたくさん買うようになる。あいつらがたくさん買ってくれれば、それだけ早く借金を返せるんだ」エズラの手の力がまた強まった。「頼むよ、リトルブラザー。おまえが母屋にはいってなけれぱ、おれはこんなトラブルにはなってなかった。それにおれは自分では売れないんだ。ギディオンが全然トラックを貸さなくなったから」

サルの頭から重みが失われ、まるで洞窟の天井の真下から、塵のなかの風船を見おろしているかのようだった。「どうしてみんなが欲しがるってわかるの？」

「トゥルーディはもう買う気でいる。ほかのやつらも、そのうちそうなるさ。おまえの客、ルーカスにはおまえが伝えてくれ。もっと効果があって、安く済むと言うんだ」

サルは目のまえのエズラの姿はほとんど見えていなかった。ただ両肩をつかんでいるエズラの両手を、温かい手を、感じていた。

「頼むよ、ブラザー」エズラはまた言った。

『おまえのためにやったんだ』カテラスはラヴァーズロックのそばでアンジェラスにそう告げた。それが、エズラがサルのお金を奪った夜、カテラスがサルに語った物語だった。兄を救うために悪魔を解放したのだとカテラスは言った。彼はかつて天使――天国のしもべ――だったが、兄の命が危険にさらされたとき、兄を救うために地獄の軍隊を招集した。カテラスはアンジェラスのために全世界を地獄に陥《おとしい》れたのだ。アンジェラスはそんな弟の行動が許せなかった。アンジェラスはもはやふたりが兄弟だとは思っていなかったが、カテラスはいまでも兄弟だと思っていた。だからこそ、何度も何度もアンジェラスと戦い、引き分けに持ち込んでも、カテラスはけっして致命的な一撃を加えることはしなかった。カテラスは何度でも同じことをするだろう。たとえ地上と天国で誰が傷つこうと、そのせいで故郷を追われたとしても、逃れた先でどれほど自分の魂がゆがもうとも。なぜなら彼は兄を愛しているからだ。自分を殺すと誓った兄のことを。

ぼくはエズラを愛しているのだろうか？　サルはわからなかった。が、エズラには何かを感じていた。エズラの顔に浮かぶ母親の面影や、足元の土地や、丘の上の墓地と結びついた、大きくて、粘りのある強力な何かを。母親はエズラを愛していた。それはサルにもわかっていた。そしてエズラも、サルの母親を愛するあまり、彼女の墓にひとつかみの砂を投げるとき、その手を震わせていた。『一族を忘れるのはよくない』とギディオンは言ったが、その一方で『おれはほかの人間の尻ぬぐいはしない』とも言っていた。サルはエズラが正しいとわかっていた。ギディオンは、アンジェラスのように、罪人の弟に背を向けることだろう。地獄に堕ちた弟に。

洞窟の奥の暗闇で、何かがささやいた。まるでネズミが石の上を走るような音がした。

「頼むよ」エズラがもう一度言った。サルはうなずいた。歯をガチガチと鳴らしながら。

ジェイク

グレイスが死んでから、ジェイクはあまり〈ニッケル〉に行かなくなった。それでも、たまにメディック・ゴンザレスやビル・ジョンソンとビールを飲みにいくことはあった。彼の母親がテレビでつける『CSI：科学捜査班』――どのシリーズであれ――を観るよりはマシだったからだ。そんなわけで、〈ニッケル〉に記者が現われてサルのことを尋ねたとき、ジェイクもそこに居合わせた。

水曜の夜、七時少しまえに彼女が店にはいってきたとき、全員が彼女を見つめた。彼女はカウンター席に腰かけ、ハンドバッグを膝に乗せた。彼女とジェイクは空いているスツールをひとつ隔てて隣りにいた。ジェイクも彼女を見つめた。見ないではいられなかった。最後にこのバーに見知らぬ女が現われたのがいつだったか、ジェイクには思いだせなかったし、しかもその女は美しく、茶色の豊かな髪にそばかすの散った白い肌をしていた。

彼女はミケロブを注文すると、誰にも話しかけずに、少しだけ、そのライトビールを飲んだ。ジェイクとメディックのほかには、ピーター・ソーントンとミッチ・ハーストがビリヤード台にいて、ヘック・ワトソンと彼の妻スージーが隅のテーブルに座っていた。店のオーナーの、ジーン・デルーチがバーテンダーをしていた。彼の存在は目障りだったが、酒を注ぐだけで口は出さなかったので、常連客はそれでよしとしていた。

その女がようやく口を開いたとき、ジェイクはいっとき、自分が話しかけられていることに気づかなかった。「あの、ちょっと助けてもらえないかしら」彼女の美しさは、整った顔立ちや透明感のある肌に根差しており、骨格や色味が際立っているわけではなかったが、彼女の目は深い茶色で温かみがあった。「わたしは記者なの」彼女は言った。もしライオンの調教師だと言われたとしても、ジェイクはここまで驚かなかっただろう。

「記者って、新聞の？」

「ルース・ミラーよ。リノ・ガゼット紙の」

「道に迷ったの？」

彼女は笑った。「いいえ。数週間前、ここで殺人事件があったでしょ。アダム・マークル。彼はネヴァダ大学の教授だった。いま、その記事を書いてるの」

メディックはジェイクの反対側の隣りの席に座っていた。「彼はここの人間じゃない。ラヴロックで訊いたほうがいいぞ」

「ここに来たのは彼の話を訊くためじゃないの」記者はメディックにちらりと笑顔を見せた。彼女は男を誘うようなタイプではなかったし、男を誘うような笑みを浮かべたわけでもなかったが、その笑顔はメディックの注意を完全に惹きつけた。「彼を発見した少年がいるでしょ。サル・プレンティス。その子がマルゼンに住んでると聞いたのよ」

「住んでない」ジェイクは言った。

「近いけどな」メディックが言った。「プレンティス一家は、南の丘の上に住んどる」

「どうすれば彼と連絡が取れるかしら？」

「なんのために？」ジェイクは尋ねた。

「いくつか質問がしたいの。記事のために」

「丘をのぼるしかなかろう」メディックが言った。「プレンティスの家には電気が通じとらんから」

記者はマニキュアも塗っていない四角い爪でビールのラベルをいじった。彼女はジェイクの考える記者のようには見えなかった。とはいえ、そのイメージは、2チャンネルのKTVN（CBS系列のネヴァダ州リノのテレビ局）のテレビレポーターがもとになっていることは否めない。たぶん新聞記者はちがうのだろう。

「彼はどんな子？」彼女は尋ねた。

「ただの子どもだよ」ジェイクは言った。「ほかの子と似たような」

「その子の母ちゃんは、この店でバーテンダーをしとったんだ」メディックが情報を提供した。身を乗りだしすぎて、たるんだ首の肉がいまにもビールに浸かりそうになっている。「隅に座って、しょっちゅうコミックブックを読んどったな。問題を起こしたりはせんかったが、なにやら変わった子だった」

「変わった子？」記者は首を傾げた。口調も記者らしくないとジェイクは思った。たんに好奇心で訊いているだけのように聞こえる。記者が人々から話を引きだすテクニックなのかもしれない。

「殻に閉じこもって、ほかの子たちとは付き合おうとせん」メディックは言った。「さっきも言《ゆ》うたが、プレンティスだからのう」

「どういう意味？」

ジェイクはメディックを黙らせようとして睨んだが、メディックはジェイク越しに会話を続けた。「あの一族は、二世代前は、牛やら何やら盗むギャングだった。いまでも悪さをしとると言うやつらもおる。わしが知っとるのは、彼らは一五〇〇年ほど前から丘の上におって、わしらとは付き合おうとせんってことだ」そこまで言って、ようやくメディックはジェイクの警告の視線に気づいたが、それを読みちがえた。「サルの母ちゃんは別だぞ。

彼女はそんなんじゃなかった」

「じゃあ、サルは丘の上でギャングのプレンティス一家と暮らしてるのね」ルースは言った。

「おいおい、メディック。彼らはギャングじゃないぞ」ジェイクはルースのほうを向いた。

「彼らは違法なことは何もしていない」

「そういうことになっとる」メディックが言った。

「ギディオンは家具を作ってる。家具作りは犯罪じゃない」

「エズラはどうだ?」メディックが言った。「あいつはラヴロックでドラッグを売っとると聞いたぞ」

「誰がそんなことを?」

「みんなさ」メディックは意味ありげに少し肩をすくめてみせた。ジェイクは自分がどれだけメディックを嫌っているのかに気づいた。彼はカードゲームでイカサマをするゴシップ好きな老人だった。ジェイクが長年この老人に我慢していたのは、カウンターの向こうにグレイスがいたからにすぎない。

ルースはこうした情報をひとつも書き留めていなかったが、もしかしたらハンドバッグに録音機を忍ばせているのかもしれない。彼女は片方の耳に髪をかけた。「殺人については何か聞いてる？　誰がやったのかとか？」

「いや」ジェイクは言った。

メディックがジェイクの腕を軽く突いた。「サルはおまえんとこに来たんだろ？　ほれ、消防団の詰所に？」

ジェイクは彼の面長の顔を殴ってやりたかった。「ただボランティアの当番だっただけだ」

「その子が死体を通報したのはあなたなの？」ルースは尋ねた。「何があったのか言ってた？」

「あの子が知るわけないだろう。ただ死体を見つけただけだ」

「あなたは見たの？　死体を？」ルースの声は震えている。ようやく彼女も記者らしく見えてきた。他人の悲劇につばを吐きかけ、自分と何も関係のないことを詮索する記者に。

「いや」ジェイクは嘘をついた。「警察に通報しただけだ」

ルースはまたビールをほんの少しだけ飲んだ。実際に飲んでいるのかどうかジェイクにはわからなかった。「プレンティスの家への行きかたを教えてもらえる？」

ジェイクは彼女にプレンティスの家への行きかたを知らせないためなら、ほぼどんなことでもしただろうが、メディックの口を塞ぐことはできなかった。「防火道があっての、本通りの端から行ける。そこから五キロくらいだよ。だが、本気でサルと話したいんなら、スクールバスの停留所で捕まえるのが一番いい。雑貨屋のまえにある。三時半ごろだ」

ルースはジーンのためにカウンターに五ドル札を置き、スツールからおりた。「ありがとう。助けてくれて感謝するわ」

ジェイクは三分間待ってから、彼女を追って店を出た。通りには誰もおらず、夜が始まったばかりの町はすでに静まり返っていた。記者の車のテールライトが丘をくだり、州間高速道路に向かうのが見えた。彼は腕時計を見た。まだ七時半だ。そんなに遅い時間じゃない。彼は思った。家に帰って、消防団の上着のポケットを見てみよう。ノラ・ウィートンの携帯番号があるはずだ。

サル

トゥルーディ——子どもには収まりきらず、大人には遠すぎる微妙な年頃を漂っている金髪の痩せた少女——は、レーナード・スキナードのTシャツとデニムジャケット姿で公園のベンチに座った。サルのリュックサックのなかの茶色い紙袋には、十個の小さな風船がはいっていた。赤が四つ、青が四つ、黄色がふたつ。誕生日パーティの色どりだ。サルがそれを渡せば、彼女は一〇〇ドル札をくれることになっている。しかし、サルの腕はセメントでできた棒になったように、リュックの上で固まって動かない。

トゥルーディはひじを掻いた。「じゃあ、もらえる?」彼女がサルに話しかけたのはそれが初めてだった。彼女の声は高くかぼそく、幼い子どものようだった。

ほかの客は誰も来ない。「針を怖がってるんだ」エズラは、ギディオンに聞こえないようにソーラーパネルのうしろで、そう小声で言った。「けど、トゥルーディはジムを知ってる。ジムはキャシーを知ってる。キャシーはアマンダを知ってる。そんなたいしたことじゃないって話は広がるだろうし、そのうち客の数も増えるさ」エズラは自信ありげな声を出そうとしていたが、体じゅうがソワソワしていた。

その日の朝、サルはバスに向かう途中に洞窟に立ち寄った。入り口にエズラのヘッドランプが置かれていた。それをつけて塵に覆われた地面を見ると、プラスティックの料理用ボウルとボロボロの靴箱があった。靴箱は空っぽだった。ボウルは色とりどりの風船で半分埋まっていた。サルはトゥルーディの風船を紙袋にいれると、できるだけ早く洞窟を出た。

公園には、サルとトゥルーディしかいない。さっきまで砂漠の高地に特有な冷たい霧雨が降っていて、遊び場にも誰もいなかった。トゥルーディはポケットから、くしゃくしゃの汚れた紙幣をひとつかみ取りだすと、サルに差しだした。紙幣は使ったあとのティッシュのように彼女の手の上で丸まっていた。受け取らなければならないことはわかっていた。エズラはこの金に自分の命がかかっていると信じていたし、サルはエズラのパートナーだった。ただのパートナーじゃない、ブラザーだ。ダブルワイドを出てから洞窟に寄ってバスに乗るまで、学校から公園のベンチに来るまで、サルはずっと自分にそう言い聞かせてきた。それなのに、彼の両腕はリュックサックを抱えたまま固まって動かない。

「使ってみたことあるの？」彼は尋ねた。

「あたしの彼氏はあるって。天国みたいだって言ってる」

サルはそれがどんな気持ちがするものなのか、エズラに訊こうと思ったことはなかった。たぶんエズラは知らないだろう。

「針が怖いんだけど」トゥルーディは言った。「でも彼は痛くないって。ほんと？」

霧のかかったような冷たい空気のなかで、彼女の姿は半透明になったように見え、輪郭がぼやけている。

「わからない」

「彼氏はさ、これはほとんど薬と同じだって言うんだ。それにすごく安いし。だから試してみてもいいかなって、ちょっとやってみても」彼女は細い指で神経質そうにお札をいじった。サルの目にソファからだらりと垂れさがった手が浮かんだ——紫色をしてぴくりとも動かなかった手。ベンチが横に傾いだように感じられる。

「やめなよ」言葉が宙に漂う。一瞬、サルは口に出していたことに気づかなかった。「なんで？」

トゥルーディは下唇を小さな歯で嚙みしめた。

「母さんがやってた。死んだよ」

「でもあたしの彼氏は——」

「母さんの指は紫色をしてた」

トゥルーディはまばたきした。彼女の鼻筋には小さなほくろがあった。誰かが茶色のマジックのペン先で彼女の鼻に触れたかのように。「じゃあ、どうして売ってるの？」「売らない」サルは葉のないハコヤナギの木の枝のあいだから、けむりのような色の空を見あげた。「お願いだから、もう行って」

彼はトゥルーディの思考がゆっくりと揺れうごくのを感じた。丘に立ち込めた朝の霧のように。もう行って。サルは心のなかで懇願した。彼氏に針は試したくないと言って。エズラはリノの元締めに殺されると恐れている。彼はサルをブラザーと呼んだ。サルは約束をした。それでもいまは、色褪せたレーナード・スキナードのTシャツを着た、死に近づこうとしている青白いこの少女を、十個のカラフルな風船から遠ざけることほど重要なことは何ひとつないように思えた。

「わかった」彼女は言った。誕生日のケーキを食べないと決めたような口ぶりだったが、立ち去る彼女の足取りはすばやく、まるで振り返ることを恐れているかのようだった。

彼女の姿が消えたとたん、サルは震えはじめた。大丈夫だ。そう自分に言い聞かせた。エズラにはトゥルーディの気が変わったと言おう。大筋では、それは嘘ではない。どうすればエズラが借金を返せるのかはわからなかったが、この方法は無理だ。約束しようとしなかろうと、ブラザーだろうとなかろうと、サルにはできない。風船をティガンに返して、薬と交換したらどうだろう。エズラはその方法では時間がかかりすぎると言うだろうが、トゥルーディが細い手首に針を刺すよりはいい。もし必要なら、オキシコンチンを毎日ベンチで売ってもかまわない。

「あの子、何も買わなかったじゃないか」ルーカスがウインドブレーカーの袖で濡れたベンチを拭いてから腰をおろした。サルは横目で、思考の端で、彼を見た。

「どうした？　おまえ吐きそうな顔してるぞ」

「薬は持ってない」そう言って、サルは立ちあがろうとした。

ルーカスがサルのリュックのストラップをつかんだ。「待てよ。ほかの客はどうした？」

「あんたが言ってたみたいに、みんなどこかに行っちゃったよ」

「一週空いただけだ。そんなにすぐにどっかに行ったりするもんか」ルーカスはサルのリュックに手を入れて、トゥルーディの茶色の袋を引っ張りだした。なかをのぞくと口笛を吹いた。サルが奪い返したとき、ルーカスは抵抗しなかった。「それがなんだか知ってるのか？　それはヘロインだぜ、友よ」

サルはそれが何か知っていた。教室でも、校庭でも、母親のバーでも、何年もその噂を聞いてきた。ビリー・レドモンドの母親を更生施設に送ったのもそれだった。スージー・

ロングが小学二年生のとき、彼女の兄を殺したのもそれだった。サルの母親の血管に流れていたのもそれだった。それでもサルは、その言葉を頭に浮かべないようにしてきた。考えさえしなければ、それが事実とならずに済むかのように。いま、ルーカスが口に出したことで、サルの頭のなかでその言葉が響き渡った。ヘロイン。サルの片手は、ぎこちなく紙袋をリュックサックに戻した。

「だから、客が来ないのか」ルーカスは言った。「彼らはまだ処方薬ジャンキーどまりだ。おまえのボスの商売の才能はクソだな。準備もできてないのに客がみんなドラッグに飛びつくと思ってるようじゃ」

彼らはジャンキーじゃない。サルは思わず心のなかで反論した。それから、何かがサルの頭蓋骨の付け根に冷たい指を当てた。「どういう意味、準備もできてないのにって？」

ルーカスは腕を組んだ。「おまえの顧客は法を順守する、ちゃんとした人たちだ。仕事もあって家もあって車もある。高架下で暮らして、麻薬を注射するために万引きするような常習者じゃない、ただ薬を飲んでるだけだ。そう自分に言い聞かせてる。だが、実際には彼らはおまえが売る薬に依存してる。日々必要な薬の量は増えていき、やがてその習慣があまりに高くつくようになる。一日十二錠飲まないとまっすぐ立てない人間にとって、一錠十ドルはべらぼうに高い。そうなったときに、ようやくヘロインもただの薬じゃないかと思うようになるのさ」

「そんなことない」サルは即座に言い返した。「薬を飲んでも、依存したりしない。それにあのおじいさんは薬をやめた。あの人も依存してなかった」

ルーカスはじっと動かなかった。何か取り返しのつかないものの端に立ってためらっていた。サルはその何かが重力のようにルーカスを引き寄せるのを感じた。それから、ルーカスは言った。「あのじいさんはやめたんじゃない。死んだんだ」

サルの血管のなかで血の流れが遅くなり、のろのろと滞りはじめる。「え?」

「新聞に死亡記事が載ってた。十二月二十日に死んだよ」

「そんなのわかるはずない。名前も知らないのに」

「ロバート・ジェームズ・マクブライド。友人からはミックと呼ばれていた。七十八歳、一九六〇年代に地元の高校のアメフト部でラインバッカーとして活躍した」ルーカスの顔には憐れみだけでなく、もっと冷たいものが浮かんでいる。「オキシコンチンの過剰摂取により死亡」

サルの首のうしろに当てられた指が、アイスピックのように頭蓋骨に突き刺さる。ルーカスは容赦なく話しつづけた。「そこの部分は警察の記録に載ってた。二日間見かけていないと、隣人から通報あり」

サルは元ラインバッカーの老人が昔のアメフトの試合の話を語るときの独特の訛りを思いだした。老人の声で聞くと、昔語りも、サルの天使と悪魔の物語のように刺激的に聞こえた。一カ月半前、エズラはサルに、ラインバッカーの老人はもう薬がいらないと告げた。実はその一カ月以上前に、老人は死んでいたのだ。サルはふらつく体を支えるためにベンチをつかんだ。

「おまえのせいじゃない」ルーカスは言った。「じいさんは自分で選んだ。おまえはただの売人だ。誰かが酒を飲んで死んだからって酒屋のせいじゃないし、誰かが過剰摂取《OD》で死んでも売人のせいじゃない。おまえがこのビジネスでやってくなら、それを理解したほうがいいぜ。さもないと夜眠れなくなる」ルーカスは頭を傾けた。「あるいは、おまえはもうこのビジネスをやりたくないのかもしれない。だからさっき売らなかったのか？」

エズラは客がもっと安い値段で苦痛を軽減できるとわかれば、風船を買うだろうと言った。トゥルーディは風船がオキシコンチンより安いから買いたいと言った。彼女はクリスマス前に薬を買う量を増やしはじめた。過去三回は五十錠ずつ買った。今日彼女が差しだしたような紙幣で。その紙幣はくしゃくしゃに丸まっていた。サルの母親がバーから持ち帰ったチップのように。あるいは、大切なものを一度に少しずつ売って得た現金のように。週に五〇〇ドル。それがどれほど多額の金なのか、サルは考えもしなかった。ただ自分の取り分がいかに少ないかしか考えていなかった。

「なるほどな」ルーカスは言った。「おまえは金が好きだった。薬を売ってるだけだと自分に言い聞かせてた。それでよかった。ところが、麻薬を売りはじめるわ、客が死んだと聞くわで、ヤクの怖さがちょいとリアルに迫ってきたってとこか」

サルの母親も同じだったのだろうか？　エズラの薬が高すぎたから、もっと安いものを手に入れるために、昔のコネに頼って、テイガンに電話をかけたのか？　サルの血管のなかで滞っていた血が一気に流れだす。

ルーカスは身を乗りだした。その声はカテラスと同じく絹のようになめらかだった。

「いいか、おれはいまのおまえと同じ立場にいたことがある。おまえはここから抜けだしたいが、どうすればいいのかわからない。それなら、これからアドヴァイスしてやる」

サルは顔をあげてルーカスを見た。「え？」

「アダム・マークルに話せ」

考えただけで、サルは吐きそうになった。自分の数学の話に耳を傾け、ベンジャミンのお気に入りの本を読んでいた少年がドープボーイだと知ったら、先生はどう思うだろう？

「先生はぼくが嫌いになる。それで警察に突きだす。あんたにそうしたみたいに」

「アダムがおれを警察に突きだしたのは、おれを嫌ってたからじゃない。おれを愛してるから突きだしたんだ。それに、おれが何度もあいつの忠告を無視したあとのことだ。あいつの忠告を聞き入れてればよかったと思いながら、おれは一年五カ月独房で過ごしたのさ」ルーカスはサルの肩に手を置いた。「おれを信じろ。あいつはいつもおまえの話をしてる。どれだけおまえのことを気にかけてるか、おれは知ってる。アダムにその袋を見せろ。どうしてそんなことになったのか話すんだ。あいつはおまえを窮地から救いだしてくれるさ。おれが保証する」

サルが学校に戻ったのは、昼休みが終わる十分前だった。彼はバスケットコート――キップが仲間に拳骨《げんこつ》を食らわせていた――の横をそっと通りすぎ、誰もいない廊下を進んだ。両肩にリュックサックの重みをずっしりと感じながら。十個の小さな風船はまるでレンガのように重かった。

サルに気づいたマークル先生の顔が喜びでパッと輝いたのを見て、サルは踵を返して逃げだしそうになった。「カウンセリングが早く終わったのかい?」

サルは先生の机のそばに椅子を引っ張ってきて座り、膝にリュックを置いた。もしここで何も言わなければ、五分後にはベルが鳴って、四時間目の授業に行くことになるだろう。放課後になったら、サルは洞窟に立ち寄ることも、トゥルーディの一〇〇ドルを靴箱にいれることもなく帰宅するだろう。夜になったら、エズラがサルの寝室に忍び込んできて、首つり縄を一〇〇ドル分だけ首からはずすことができたかどうか確認するだろう。サルはトゥルーディの気が変わったと伝えるだろう。そこでサルの想像は止まった。彼はそのあとに何が起こるのか想像できなかった。

彼はリュックサックの縫い目をいじった。幼稚園に通いはじめたときに、母親が買ってくれたものだ。スパイダーマンのリュックがいいかと訊かれたが、サルは家計が厳しいことを知っていたので、ずっと安い無地の青いリュックを選んだ。いまはその選択を喜んでいる。当時はそのリュックサックをその後七年間も背負わなければならないとは知らなかったし、中学では誰ひとりスパイダーマンのリュックなど背負っていないからだ。

「サル？」マークル先生が言った。「大丈夫かい？」

サルの視界がぼやける。誰ひとり、彼の母親が手遅れになるまえにオキシコンチンをやめる手助けをしなかった。手遅れになったとき、母親は死んだ。マークル先生は手遅れになるまえに、ルーカスにビジネスをやめさせようとした。でもルーカスが聞き入れなかったから、手遅れになったとき、ルーカスは刑務所に入れられた。誰ひとり、元ラインバッカーの老人のことも助けようとしなかった。近所の人が通報したのは、老人が死んでから二日後だった。エズラにとって、あるいはサルにとって、手遅れになったとき、何が起こるのか知りたくなかった。

「助けてほしい」一語一語がガラスの破片のように空気を切り裂いた。

「どんなことでも」マークル先生は言った。先生が本気で言っていると、サルにはわかった。後先考えず、サルはリュックから茶色の紙袋を取りだして、ひっくり返した。マークル先生の塵ひとつない机に、十個の風船が色鮮やかな犬の糞のように落ちた。

マークル先生はぴたりと動きを止めた。先生がこの小さな風船が何なのか知っているだろうかと疑問に思っていたが、先生の顔に浮かんだ恐怖を見れば、知っているのは明らかだった。恥が、熱くネバネバとした太い腕で、サルを包み込んだ。

「これをどこで手に入れた？」マークル先生は言った。

「伯父さんから」サルはなんとか言葉を絞りだした。「最初は薬を売ってた。処方箋をもらえない人たちに。ぼくは毎週金曜、昼休みに公園に行って配ってた。でも伯父さんが今度はこれを売れって」

マークル先生は長いあいだ黙っていた。それから口を開いた。「金曜にカウンセリングは受けていなかったのか？」

どういうわけか、そのことを認めるのは、エズラのビジネスに加担していたことを認めるよりも、いっそう悪いことに感じられた。「うん」

マークル先生の腕は凍りついたまま——両ひじを机につき、上で指を組んだまま——しばらく動かなかった。やがて指がぴくりと動いた。先生は、まるでじっとしていろと念じるかのように、指を見つめた。「きみが売っていたのは、どんな薬だい？」

「オキシコンチン」サルは手のひらに指を食い込ませる。「それなら大丈夫だと思ってた。人を傷つけることもあるとは知らなくて」嘘をつけ。頭蓋骨の奥深くから、アンジェラスが吐き捨てるように言った。サルは椅子の上で跳びあがった。アンジェラスの言うとおりだった。サルはあの薬が母親を傷つけるのを見ていた。ただベンチに座る人たちには、そんなことは起こらないと思い込もうとしていただけだ。しかし、あの薬が彼らを殺すこともできるとは、ほんとうに知らなかった。あるいは、あの薬が、廊下の先で息子がベッドで寝ているあいだに、ソファの上で心臓を止めてしまうものを摂取する事態に繋がりうるとは知らなかったのだ。

「オキシコンチン」マークル先生がつぶやいた。「公園で」先生は奇妙な笑い声をあげた。まるで昨日誰かに言われたジョークの意味が、今日になってやっとわかったとでもいうように。先生の片方の手が、机に伸びた。その手は風船の近くをさまよったが、触れることはなかった。「でも、いまはこれになった。どうして？」

「もうひとりの伯父さんが薬を見つけて。それを井戸に投げ捨てた。エズラは誰かにお金を借りていて、これを売ったほうが早く返せると思ってる。今日これを売るために公園に行ったんだけど。これは母さんが使ってたもので、母さんを殺したものなんだ。だからできなかった」

「それは正しいことをした」マークル先生は言った。

「でも、エズラからお金を渡せっていわれる」

「渡さなかったら、伯父さんにどんなことをされる？」

さらに深くパニックに陥る以外にエズラがどんなことをするのか、サルには思いつかなかったが、エズラにギディオンのような暴力性が潜んでいるとは思えなかった。「伯父さんはぼくにひどいことをしたりはしない。でも、お金を借りてる人からひどいことをされるって言ってる」

「伯父さんはいくら借りてるんだい？」

「四〇〇〇ドル」口に出してみると、とてつもない金額だった。絶望的なほどに。

マークル先生は一本の指で、一番近くにある青い風船のゴムに触れた。「これはきみが解決すべき問題ではないんじゃないかい、サル。わたしたちはみな、自分がくだした決断の結果に向き合わなければならない」

思いも寄らないことを言われ、サルはぼう然として黙り込んだ。そんなことが自分にできるのだろうか？　エズラに彼の命取りとなるビジネスの結果を受け止めさせることが？　エズラはサルをブラザーと呼んだし、カテラスは兄弟とは全世界よりも重要なものだと言った。しかしいま、アンジェラスがサルに思いださせていた――エズラは実の妹にまであの薬を売ったのであり、その薬が彼女に居眠りをさせ、物忘れをひどくし、腕に注射針を刺す事態を招いたのだということを。もしリノの元締めに追われたとしても、それは自業自得なのかもしれない。

おまえはどうなんだ？　アンジェラスがサルの頭の奥深くからささやいた。おまえもあのラインバッカーに薬を渡したじゃないか。

ちがう。サルは抗議した。ぼくは知らなかったんだ。

アンジェラスの翼がサルの頭のなかでバサバサと音を立てる。サルは両手でこめかみを押さえた。簡単な答はどこにもない。正義の側に立つ勇敢な戦士の声も、罪の側に立つ地獄から来た裏切り者の声も聞きたくない。母親ならなんと言うだろうか？　母親は家族を見放したが、兄たちはバーに迎え入れ、彼らのグラスに無料で酒を注いだ。一方の兄は、彼女を破滅させることになる薬を与えたが、そのことで兄を責めるだろうか？　ラインバッカーの老人はサルを責めるだろうか？　ルーカスは、彼らは自分で選択したのだと言った。それはそのとおりかもしれないが、薬から色とりどりの風船に進む道において、選ぶことと必要に迫られることとの境界線はどこにあるのだろう？　罪ある者と責めを負うべき者の境界線はどこにあるのだろう？

「ぼくたちを助けてくれる？」サルは言った。「お願い」

マークル先生はため息をついた。そのため息のなかに、サルは自分自身の絶望よりもいっそう深い絶望の響きを聞き取り、ルーカスはまちがっていたと悟った。マークル先生はサルを助けることはできない。先生は夢と理論の人であり、行動の人ではない。先生はルーカスを救うことができなかったし、サルを救うこともできないだろう。

それからマークル先生は財布を取りだした。「ひとついくらで売ってるんだい？　十ドル？」サルがうなずくと、先生は二十ドル札を四枚と、十ドル札を二枚取りだした。「伯父さんには売ったと言いなさい。そうすれば考える時間を稼げる」

ベルが鳴った。サルは紙幣をつかむとポケットにねじ込んだ。マークル先生は鞭を打つようなすばやい動作で、風船をすくいあげると、机の引き出しに押し込んだ。蛍光灯の光が先生の眼鏡をギラギラと輝かせた。先生には何も見えていないかのようだった。サルはマークル先生の教室から飛びだした。安心感ともつかない何かで眩暈を感じながら。数秒後、サルは自分が薄れていくのを感じた。彼は、廊下を埋めつくした蠢《うごめ》く生徒たちのなかで無言の影となった。

ノラ

NCAA男子バスケットボールのトーナメントは終わった。だからその夜、ノラの父親が居間で観ていたのは、サンフランシスコ・ジャイアンツの野球の試合だった。アナウンサーのつぶやきと解説者のコメントが洩れ聞こえるなか、ノラはキッチンテーブルで七年生の作文の採点をしていた。やがて父親が杖に寄りかかりながら、キッチンの入り口に現われた。父親はジーンズと色褪せたジャイアンツのTシャツを着て、彼女が子どもの頃から使っているスウェードのスリッパを履いていた。

「何か用、父さん？」イニングの合い間にちがいない。そうでなければ、父親がテレビから離れるわけがない。

父親は顔をしかめながら、キッチンテーブルの椅子に腰をおろした。手にはビールを持っている。半分はもう空になっていた。

「ずっとあの子のことを考えとった、サルのことを」

「彼がどうかした？」

「あの子、怯えとっただろ。ここに来たとき、わしにはわかった」

「死体を見つけたのよ。動揺もするわ」

父親の吐く息にはいつもより痰が多く絡んでいる。彼はガラガラと喉を鳴らして痰を切った。「おまえ、あの子の伯父があの先生を殺したかもしれんと言っとったじゃないか」

ノラは苛立ちを隠さずにペンを置いた。ズタズタの救世主コンプレックスを引きずって、この件に口出ししてほしくない。「ちがう、事件のあとで数学の先生の家にその伯父さんがいたと言っただけ。おかしいと思ったんだけど、サルがその家にリュックを忘れたせいだったとわかったの。ギディオンはただそれを取りにいっただけ」

「じゃあ、なんでサルはあんなに怯えとったんだ？」

「わからないわ、父さん。わたしはただの教師なんだから」

居間のテレビから、バットが球に当たる音が聞こえてきた。ということは、イニングの合い間ではなかったのだ。父親は失望した顔でノラを見ていた。「おまえの母さんは、自分をただの教師とは思ってなかった。教室の外でも子どものことを気にかけて、助けようとした。ときにはものすごくつらいことを乗り越える手助けもしとった」

ノラの母親はノラに枕カバーを渡しては、そこに服を詰めさせたものだった。ノラの服のリストを作っていて、娘が居留地の貧しい女の子を不当に扱っていないか確認した。夕食の席では、両脚に痣のあるジョーシーや、いつも酒臭い母親のいるボビーの話をした。ノラが算数のテストでAを取ったとか、ジェレミーが練習のときホームランを打ったとかいう話をすると、娘や息子に対して、いかに感謝すべきかを説くのだった。学校の勉強を応援してくれたり、スポーツ用品を買ってくれたりする家庭に生まれたかったと思う子どもたちもいるのだと言って。

「わたしは母さんじゃない」ノラは言った。「教えることは、わたしにとってはただの仕事なの。父さんはありがたく思うべきよ。少なくとも、わたしはほとんど知らない子どもの世話じゃなくて、父さんの世話をしてるんだから」

天井の明かりがジージーと音を立てるなか、ふたりは見つめあった。ショックを受けて傷ついた父親をノラは冷たく睨みつけた。ついに父親はよろよろと居間に引き返していった。それから痰が絡んだ悲しげなため息と、古い革張りのリクライニングチェアが父親の重みで軋む音が聞こえた。ノラは両手で頭を抱えた。

くそっ。

ノラはひどい人間だ。彼女の母親は聖人だった。誰もがそれを知っている。ラヴロックには、カミーユ・ウィートンのおかげで、まともで退屈な人生を送れている人が少なくとも十二人はいた。その人たちが中学生のとき、ノラの母親が虐待する親から救いだそうと郡庁にしつこくかけ合ったからだった。母親の死後、同僚の教師たちが立ちあげた記念基金は、いまでも恵まれない子どもたちのための学用品購入に充てられている。つまり、母親はいまでも墓のなかから人々を救っているのだ。ところが、ノラときたら、母親の偉大さを見ようともせず、〝服を手放さなくちゃならなかった、可哀想なわたし〟と自分を憐れんでばかりいる。

どれもいま思いついた葛藤ではない。少女時代にはすでに、ノラは母親の本能は与えることであり、自分の本能は持ちつづけることだと自覚していた。そのせいで、九歳のときには、自分を器の小さな意地の悪い人間だと感じていた。たったいま、自分を器の小さな意地の悪い人間だと感じているように。それはこの町を去りたいと願うもうひとつの理由でもあった。この町にいるかぎり、ノラは〝カミーユ・ウィートンの聖人らしからぬ娘〟であることから逃れられないのだから。

とはいえ、サルについては、父親の言うとおりだった。ノラはサルの不安げな細い顔を思い浮かべた。だから、父親の痰が絡んだ悲しげなため息がまた聞こえたとき、立ちあがって、居間に向かった。

ノラを見ると、父親はテレビの音を消した。彼女はそこでまたためらった。これから父親に与えるつもりのものを、父親に差しだすのがいやでたまらなかった。しかし、サルはキラキラと夢見るような目をして、ノラの父親の話に耳を傾けていた。そして昔々、父親は恐ろしい秘密を打ち明けた別の六年生の少年を救ったこともあった。だからノラは言った。

「父さんの言うとおりよ。サルは怯えてる。アダムの死と何か関係があるんだろうけど、わたしでは彼に打ち明けさせることができなかった」ノラは深く息を吸った。「父さんなら助けられるかもしれない」

父親の顔が喜びで輝いた。「どうやって？」ノラが自分のアイデアを説明するあいだ、父親は注意深く耳を傾けていた。テレビの試合のことも忘れて。ふたりで計画をまとめたあと、ノラはキッチンに戻り、作文の採点を終えようとしたが、皮膚がピンと張りつめる感じがして、なかなか集中できなかった。携帯電話が鳴ったとき、彼女は番号も見ずに出た。なじみのない声が耳元で聞こえた。

「ノラ？　ジェイク・サンチェスだけど」

〈ニッケル〉と比べると、〈ウイスキー〉でさえ、派手なラスヴェガスのラウンジに見えてきそうだった。〈ニッケル〉のザラザラした木の床はビールと酒でふやけており、ノラのブーツの下でたわんでいる。壁には同じ幅の厚板が使われ、頭部の剝製《トロフィーヘッド》――シカ、ヘラジカ、ピューマ、歯を剝きだしているアライグマまである――の十二対の黒いボタンのような目が店内を見つめていた。ふたりの男が、染みのついた緑のフェルトのテーブルでビリヤードをしている。さらにふたりの男が、擦り減った木製カウンターの両端にそれぞれ座り、年配の夫婦が隅のテーブルに座っていた。店にはいったとたん、全員の顔がノラのほうに向けられた。そのまま全員の目――死んだ剝製の目でさえ――に追いかけられながら、カウンターにたどり着いたとき、ありがたいことに、ふたりの男の一方がジェイクだとわかった。

「どうして〈ニッケル〉っていう名前なの？」ノラはジェイクの横に座りながら尋ねた。

「昔、ウイスキーのショットを五セントで売ってたから」

「なんとなくわかるような気がする」ノラは肩甲骨のあいだに手を押しつけられるような視線は無視しようとしたが、カウンターのもう一方の端にいる男は無視できなかった。顔をしかめたのに、目を逸らそうともしないのだ。

「メディックは気にしないで」ジェイクが言った。「この店に知らない女性が来ることはめったにないのに、今夜だけでふたり目だから」

脂ぎったひげをはやした太ったバーテンダーが、時間をかけて近づいてきて、そのあいだに好奇心を隠そうともせずに、ノラを上から下まで見つめた。ノラはその好奇心は無視して、クアーズを注文した。ジェイクはベルギー産のステラ・アルトワを飲んでいて、ノラは驚いた。彼はアメリカ産ビールを飲むタイプだと思っていたからだ。

ジェイクが記者のことでノラに電話をかけてから四十五分が経っていた。ノラは十時までには戻ると約束して、父親をテレビのまえに残してきた。家から出られる口実ができてありがたかった。マルゼンまで車を走らせながら、窓を開け、夜の空気を肺いっぱいに吸い込んだ。

「じゃあ、その記者はサルと話したがっていたのね？」彼女はジェイクに尋ねた。「ギディオンとではなく？」

「そう本人が言ってた」電話で、ジェイクは動揺しているように聞こえた。彼はその記者がサルを巧みに操って、彼の言葉を不正確に引用し、そのせいで警察が関与することにならないかと心配していた。ノラも警察がまたサルに事情聴取する事態は避けたかったが、マルゼンに向かう途中に、サルの伯父のことを、彼がどんなふうにノラのシヴィックに寄りかかってきたかを思いだしていた。

「ギディオンなら、その記者をサルの三十メートル以内に近づけたりしないんじゃない？」ノラはジェイクに言った。

「バスを降りたときに、呼びとめることができる。そうしろとメディックが彼女に言ったんだ」

ノラはメディックに咎めるような視線を向けた。彼はまだ恥ずかしげもなくノラたちを凝視していた。「彼女が保護者抜きでサルと話すとは思えないけど……」ノラはジェイクにそう言ってから、ふと思った。保護者を同伴させずに未成年者を取材してはいけないというジャーナリズムの倫理規定はあるんだろうか？「念のため、バスが着いたときに見張っておくとか。そんなに長くは続かないはず。そのうち話題性がなくなって、記者はほかのネタに移るだろうし」

バーテンダーがノラにクアーズとグラスを持ってきた。グラスがくもっていたので、壜から直接飲んだ。ビリヤード台から、効率よく的球《まとだま》を散らす音が聞こえてくる。隣りではジェイクが、納得がいかないらしく難しい顔をしている。ノラは話題を変えてみた。

「先週、リノに行ってきた。アダムのことを何か調べられないかと思って」ジェイクが興味を示したので、アダムとルーカスのこと、ベンジャミンが死んだ事故のことを話した。彼に対してだと、肩の力を抜いてアダムの殺人事件について話すことができた——ビールの持ちかたや制服の着こなしだけで、ラヴロックで残りの人生を過ごすことはできないと決意したときに見捨てたものを思いださせる相手に話すのとはちがって。だから、ノラはアダムの再発のことも話した。「彼が死んだとき、ヘロインをやってたらしいの」

ジェイクは考え込むような表情を浮かべた。それから上着のポケットに手を入れ、乾燥したアカシアの葉を取りだした。彼が慎重に葉を広げると、そのなかに皮下注射針がはいっていた。「キャンプサイトに行った日に、これを見つけたんだ。焚き火用のかまどのなかにあった」

その金属片はカウンターの上に吊るされたライトに照らされてキラキラと光っていた。ノラは言った。「でも、警察には渡してない」

ジェイクは注射針を葉で包んだ。「ああ、渡してない」

「どうして？」

彼はとても黒い目をしている。その目がノラの目をしっかりと見つめた。「サルが殺人について何か知ってるんじゃないかと心配してたんだ。それが何なのかわかるまで、警察には渡したくなかった」

ほかの常連客の声もビリヤードの球の音も小さくなり、バーが静まり返ったように感じられた。「それでわかったの？」

ジェイクがビールの壜をまわすと、ステラの赤と金のラベルが彼の大きな手のなかに消えた。「ずっと考えてたんだ。ギディオンのことを」

「彼の何を？」

「きみはここの出身じゃない。プレンティス一族のことをわかってない。彼らはもう一世紀半もあの谷に身を潜めて、人付き合いを避けてきた。きっちり法律を守っているわけでもない」

ノラはプレンティスの地所の様子や、中学校の駐車場でのギディオンとの会話から、そうしたことをある程度推測していた。「それは驚かない。でも、それがアダムとどういう関係があるの？」

ジェイクは自分のビールを見つめた。まるでビール壜が探している言葉を見つける手助けをしてくれるかのように。「彼らは守りたいという気持ちがものすごく強い。自分たちの土地を。家族を。ギディオンはほかの一族よりも、特にその気持ちが強いんだ」

メディックが盗み聞きをしようとしていた。ノラは背中を向けて彼を遮った。「でも、アダムはサルを傷つけてはいなかった。ただチェスを教えていただけ」

「傷つけるかどうかだけじゃないんだ。プレンティスは身内が出ていくことを嫌がる。とくに息子が出ていくことを」ジェイクは横目でノラを見た。「サルとその先生は親しいって言ってただろ。ギディオンがそれを嫌がったのかもしれない」

ノラはジェイクが伝えようとしていることに戸惑った。「じゃあ、もしギディオンが、アダムがサルをなんらかの形でプレンティスから連れ去ったと考えたら、ギディオンはそのことでアダムを殺すかもしれないってこと？」それは殺人の動機にはならなそうに思えた。が、学校の駐車場で、たしかにギディオンはサルを守ろうとしていたし、不健康なほどの独占欲を見せていた。ノラは想像してみた――ギディオンとアダムがあの木立にいて、アダムがヘロインを打ち、ギディオンがアダムの足首を縄跳びで縛っている場面を。どうもしっくりこない。メイスンはギディオンがそんなふうに人を殺すとは思えないと言っていたが、ノラは自分も同じように考えていると気づいた。「そんなことがあったとは思えないけど」

「そうであってほしいよ」ジェイクは苦しそうに身を強張らせていた。彼はグレイス・プレンティスを愛していたにちがいない。だから、彼女が遺した家族に対する忠誠心がぶつかり合い、苦悩をもたらしているのだろう。「だけど、サルは誰かをかばっていると思う。ギディオン以外に誰がいる？」

「わからない」どこに答があるにしても、それはまだ誰も耕していない土地に眠っているのではないだろうかとノラは思った。そして初めて、その答が見つかることはないのかもしれないとも思った。しかし、彼女はジェイクの腕に手を添えて言った。「きっとそのうちわかるはずよ」

まわりから、生まれてからずっと互いを知る者同士の気楽な会話が、ぼそぼそと聞こえてくる。ラヴロック以上に、マルゼンは世界から隔絶された場所だ。人生を——選んだものではなく——定められたものだと感じる人々が暮らす土地に深く根付いた忠誠と歴史に縛られている。ノラはここで成長したサルが、〈ニッケル〉でビリヤードをし、消防団でボランティアをする姿を想像し、ギディオンはサルにその程度のことは許すのだろうかと考えた。もしアダムがいまも薬物に頼ることなく生きていたとしたら、サルにどんな別の道を示してやれただろうか。そう考えたとき、アダムとサルのふたりに対する悲しみが、重く彼女の肩にのしかかった。

バーテンダーはジェイクの腕に置かれたノラの手を見ると、にやけた視線を寄越した。ノラはバーテンダーが目を逸らすまで、ずっと睨みつづけた。

サル

トゥルーディが風船を買ったと伝えたとき、エズラがあまりにホッとした顔をするので、サルは罪悪感で吐きそうになった。月曜日、一時間目のマークル先生の教室にはいるときには、先生が何か計画を思いついたと合図でもしてくれないかと期待したが、マークル先生はひと晩じゅう計画を考えようとしたけれど何も思いつかなかった人のように見えた。目の焦点が定まらず、顔にはかすかに汗が光っている。シャツはまるで昨日のシャツを床から拾って身につけたかのように、しわだらけだった。あまりにだらしなく見えるので、朝の挨拶に立ち寄った社会科のウィートン先生でさえ、不安を感じたようだった。サルは恐怖でぞくりとしながら、はみ出し者のテーブルについた。

ベルが鳴ると、マークル先生は立ちあがり、片手で髪をかきあげた。ホワイトボードのほうを向くと言った。「今日は、小数の続きをやります」

恨めしそうに紙をめくる音がして、みんなのノートが開かれた。マークル先生は、〝1

26.248〟とボードに書いた。そこで先生の動きが止まった。マーカーを宙に浮かべたまま、まるで次に何をすべきかを忘れてしまったかのように。先生の手はわずかに震えていた。とはいえ、そのことに気づいたのは自分だけだろうとサルは思った。ほかの生徒たちは、だるそうに椅子に座って、ぼんやり待っているだけだったから。

そのとき、教室のうしろで、キップ・マスターズが立ちあがった。

「100の位《くらい》には、1があります」マークル先生はボードに向かって言った。先生が1を丸で囲むと、マーカーがキュッキュッと音を立てたが、誰も先生のことを見ていなかった。みんなキップを見ていた。キップは片手をあげて、背中を丸めてみせた。マークル先生がそれぞれの位を円で囲んでいるときには(「10の位」、「1の位」、「小数第1位」)、キップは頭を少し揺らしながら、首を伸ばし、腕を動かして円を描く仕草をしてみせ、さらに先生が話すときにまばたきしたり、唇を突きだしたり引っ込めたりする真似までした。いつもの猫背でばかにする仕草よりもずっと残酷でずっとおもしろい、見事な物真似だった。キラキラした靴を履いた可愛い女の子たちがクスクス笑った。キップはステイシー・ウェルズ——白いタンクトップのなかに硬い蕾のような胸を持つ、青い目のプリンセス——にウインクした。サルは歯を食いしばった。ただ『墓場の少年』を買ったというだけで、キップの心には残酷さ以外の何かもあると考えていたとは。手やシャツの袖で押さえたくぐもった笑い声が、サルのまわりで大きくなった。サルは目を閉じ、シルヴァーナが聞き取れる音域スレスレの低い音でささやくように歌う声に耳を傾けようとした。

バン！——大きな音がして、サルはパッと目を開けた。キップの腕はまだ宙に浮いたままだったが、その鋭い顔立ちは、恐怖の端緒と驚きでフェレットのようになっている。マークル先生が机の横に立っていた。教科書——表紙に『数論』と書かれた、厚さ八センチ近くもあるレンガのような教科書——が、先生の足元の擦り切れたリノリウムの床に落ちていた。マークル先生の目はじっとキップを見つめていた。両手は白くやわらかそうな拳の形をしている。教科書の雷鳴が轟いていなければ、その拳は滑稽に見えたことだろう。

キップは慌てて椅子に座り、プラスティックの座面を握りしめた。突然、彼はあるがままの彼らしく見えはじめた——大きなトラブルに陥っていることを知る、ただの十二歳の少年に。教室じゅうの子どもたちがキップを見つめた。ただし、キップのテーブルの少年たちだけは、彼に視線を向けることはまったくできなかったが。マークル先生がアンジェラスのように大きく立ちはだかり、正義の翼を教室じゅうに広げた。サルの心は荒々しい興奮で踊った。やれ！　サルは心のなかで叫んだ。やってやれ！

マークル先生はキップのほうに一歩踏みだした。先生の声の芯でときおり爪弾かれる鋼鉄の細い線が、完全に先生の声音を支配した。「謝りなさい」

「ご、ごめんなさい」キップが口ごもりながら言った。

もう一歩踏みだす。「聞こえない」

「ごめんなさい」キップは先生の背後にあるボードのように真っ白になっていた。マークル先生はさらに近づいた。キップは先生の背後にあるボードのように真っ白になっていた。ゆっくりと一歩ずつ。あだ名の由来となった猫背は、いまや先生を捕食者にみせていた。いまにも飛びかかろうとするヒョウのように。スティシー・ウェルズは口元に手を当てていた。

「先生、すみませんでした、先生」キップは座ったまま身を縮こませた。そのときサルは見た——身をすくめるキップのなかに、長く恐怖にさらされてきた習慣を、拳を握る男のまえで縮こまることに慣れている少年の影絵を。サルの胃がむかついた。彼はマークル先生を見つめて念じた。もうやめて。

「立ちなさい」マークル先生は言った。「自分の荷物を持って。それから椅子も」

キップは椅子をつかんで動かした。肩が前方に曲がり、背中は丸まっている。カメのように見えた。

「シルヴァーナ、そこを開けて」マークル先生が言った。シルヴァーナは自分の椅子をサルから離した。マークル先生はキップの椅子を手に取り、サルとシルヴァーナのあいだに置いた。「この学年が終わるまで、ここがきみの席だ」

キップの元のテーブルから大きな笑い声がした。キップの一番目の子分、ルディ・マーナーだ。血色がよく、ハンサムなルディはキップに反旗を翻《ひるがえ》していた。ステイシー・ウェルズの陶器のような顔に、それに答えるような笑みがパッと浮かんだ。

キップはリュックサックを床に置き、椅子に座った。サルはこんなにもキップに近づいたことはなかった。キップの頰の金色のうぶ毛や、繊細な形の耳の裏に走るピンク色の血管まで見える。サルのテーブルのほかのはみ出し者たちは、まるで宇宙から落ちてきたかのようにキップをまじまじと見た。キップはまっすぐまえだけを見つめ、誰のことも見なかった。彼の目は屈辱と怒りで輝いていたが、サルだけが、そこに混じる涙のきらめきに気づいた。サルだけが、読書好きであることを仲間に悟られないように、ひとりでブックフェアに来ていた少年の姿を思いだしていた。そしてサルだけが、両手に拳を作って少年のまえに立ちはだかる父親の姿を想像していた。

マークル先生は身をかがめ、『数論』の教科書を拾いあげた。上体を起こしたときの先生は、また小さくなり、背中を丸めて気弱な見慣れた姿に戻っていた。教科書を机の横の棚に戻して、ボードに向き直ると、〝126．248〟の小数点以下の位《くらい》の説明を終えた。

「きみの言ったとおりだ」マークル先生は昼休みに言った。「キップを止めるべきだったね。わたしは彼もそのうち態度を改めるだろうと思っていたが、ああいう少年というのは、誰かが立ちはだからないとやめようとしないんだな」先生は多少、いつもの先生に戻っていたが――気もそぞろだったり、動揺したりした様子は消えていた――まだ疲れ切ってだらしない雰囲気だった。

「あれでうまくいったと思う？」サルは尋ねた。

マークル先生は小さく笑った。「彼はわたしのことを忘れないだろうと思うよ」

マークル先生の教室に来る途中、サルはキップが校庭の金網のフェンスにもたれているところを見かけた。校庭ではキップの仲間が彼抜きでバスケットボールをしていた。マークル先生が六年生のヒエラルキーに引き起こした混乱は、アスファルトの校庭に広げられた通電ネットのようにバチバチと刺激的な音を立てていた。そしてサルは初めて、六年生の少年たちがいかに小さいかに気づいた。七年生の少年たちは、校庭の隅に座って、六年生を軽蔑の眼差しで見つめていた。来年になれば、キップの仲間たちも同じ場所に座り、甲高い声をして高価な靴を履いた新入りの六年生の少年たちをバカにすることだろう。その頃には、キップもまた仲間と一緒にそこに座っているかもしれない。今日の屈辱は、彼の記憶に汚点として残るだけになるだろう。しかし、マークル先生の言うとおりだ。キップが忘れることはない。サルが忘れることがないように。これから何年経とうとも、深い悲しみとともに、サルは思いだすだろう――マークル先生が考えた最大の恥が、キップをサルの横に座らせることだったということに。

「きみの問題について考えていたんだが」マークル先生が言った。サルはキップのことを頭の隅に押しやった。マークル先生は丘の頂上でいったん止まる橇《そり》のように、一瞬、間《ま》を置き、それから疾走した。「伯父さんに、彼の持ってるヘロインを全部四〇〇〇ドルで買い取ると伝えてほしい。もし二度と売らないと約束するなら」

希望が湧きあがり、サルの腰が浮きかけた。「そんなことをしてくれるの？」

「これ以上有効なお金の使い道はないだろうと思うよ。伯父さんと会えるように手配してくれるかい？」

「エズラは車を持ってない」

「わたしが会いにいくよ」

「家《うち》はだめなんだ。ギディオンがいるから」それからサルはテイガンと会った木立のことを思いだした。「でも、近くにいい場所がある。キャンプサイトが。家に行く途中の道を少しはずれたところにあって」

マークル先生は一本の指で眼鏡に触れた。「それは完璧だ」

ほんとうに完璧なプランだった。エズラは借金から抜けだし、サルの客は誰もヘロインを使わずにすみ、サルは誰も傷つけることなく、ビジネスから手を引くことができる。エズラは谷を出る別の方法を見つけなければならないだろうが、強く望めば、なんとかなるだろう。マークル先生は全員を救ってくれたのだ。サルの頭のなかで、大天使たちがつぶやいた。エズラを救いたいほうも、エズラを罰したいほうも、めずらしく意見を一致させて。

「お返しに、頼みたいことがある」マークル先生が言った。「とても大きな頼みごとだ」

サルはこの人の頼みなら、なんだってするつもりだった。「どんなこと?」

「八年生のためにパーティをする予定でね、今週の木曜日に。その日はパイの日なんだ」先生はサルの困惑した表情を見て続けた。「それについてはあとで説明するよ。ともかく重要なのは、その日のためにパイを焼かなければならないということだ。それで手伝いが欲しい」

「もちろん」サルは言った。そんなことはちっとも大きな頼みごとには思えなかった。

「水曜日に、わたしの家に一緒に行こう」マークル先生は言った。「パイを焼いたあと、家まで送るから、途中でそのキャンプサイトに連れていってくれ。そこで伯父さんに会うとしよう」

ノラ

ノラの父親はジーンズを穿き、スポーツチームのロゴのついていない数少ないトレーナーのひとつを着ていた。髪を梳《と》かし、スリッパではなくローファーを履いている。この十年半、一度もしたことのない格好で、すてきに見えた。学校まで車を走らせるあいだに、ノラと父親は計画をおさらいした。父親は一時間目を職員室で過ごすこと。二時間目と五時間目――ノラの六年生の授業――に、父親がプレゼンテーションを行なうこと。その合い間に、ノラはサルを昼食に誘うこと。

「まだアダムのことは何も訊かないでよ」彼女は言った。「まずはわたしたちを信用してもらわなくちゃならないんだから」

「わかっとる、わかっとる」ノラは同じことをすでに十回以上、父親に言い聞かせていた。

二時間目の授業が始まると、ノラは父親の車椅子を教室のドアの脇に停めて、父親に手を貸して、掲示板の横に置いておいた椅子に座らせた。ふたりがはいっていくと、六年生たちがじっとノラの父親を見つめたが、ノラが気にしたのはサルの反応だけだった。彼は最後に教室にはいってきて、そこにノラの父親がいることに気づくと、驚き、ちらりと笑顔を見せた。

「今日は特別ゲストがいます」ノラはクラスに向かって言った。「わたしの父、ミスター・ウィートンは、ファーストピープルの専門家なのよ」

ノラの父親はよろよろと立ちあがると、生徒たちを見渡した。まるで誰がショートでプレーし、誰がベンチにはいるかを見極める少年野球の監督のように。父親が奥にいるキップ・マスターズに目を留めたとき、ノラは〝ピッチャーにどうだ？〟と考える父親の心の声が聞こえるような気がした。といっても、今日のキップはピッチャーのようには見えなかった。ここ一カ月、ずっとそんな様子だった。何かがキップから力を奪っていた。彼はまだ目立つ男子生徒たちと一緒に座っていたけれど、まわりは彼から体を離していた。ノラはそういう状況を以前も見たことがある。六年生というのは残酷になれる年頃だ。キップは仲間の信用を失ってもおかしくないことをしてきたとはいえ、その落ちくぼんだ目を見ると、気の毒に思えてきた。

「おまえさんたち、いままで一番長く歩いた距離は、どれくらいかね？」ノラの父親が尋ねた。

イアン・マクニールが手を挙げた。「一度、十三キロ歩いたことがある」

「そりゃあ、すごい」ノラの父親は言った。「大半のアメリカ人は一日に一・五キロも歩かない。実際、わしらは一日の半分以上、座って過ごしとる。だが、最初のアメリカ人はそうじゃなかった。もし彼らが、わしらと同じようにほとんど歩かんかったら、とてもここまでたどり着けんかっただろう」父親は掲示板の更新世後期の世界地図を見た。「彼らはここからずーーっと歩いて」——父親は指でシベリアを示し、それからベーリング陸橋をなぞって、北アメリカの西岸をくだり、内陸のネヴァダまでたどった——「ここまでやってきた。一万六〇〇〇キロメートル以上だ。といっても、一度に全部歩いたわけじゃない。それに、一生のあいだに全部歩き切ったわけでもない」

父親は痰のからんだ咳をした。胸の状態が落ち着くと、再び地図に手を伸ばした。「三万年前、小さな部族がバイソンの群れを追って、シベリアからこの陸橋を渡った。すると、大きな氷の壁に突き当たった」父親はアラスカとカナダの境を指さした。「あっと思って引き返したときには、もう遅かった。もうひとつの氷の壁が、彼らを挟み打ちにした。だから彼らは、一万年も、氷河のあいだに閉じ込められて暮らすしかなかったんだ。そのあいだずっと、世界のほかの人間と接触することはなかった。彼らはゆっくりと時間をかけて、世代を重ねながら、故郷の人々とは全然ちがう部族になった。独自の言語、独自の文化、それから独自のＤＮＡまで発達させてな。氷が溶けたころには、彼らのアジアの親戚たちは、彼らを見ても誰だかわからんかっただろう」

ノラはサルを観察した。彼は首にかけた小さな白いお守りを撫でながら、うっとり聞き入っていた。

「彼らは遊牧民だった」ノラの父親は言った。「キャンプを設営し、バイソンやマンモスを追って移動していたら、その獲物と一緒に、氷の壁に閉じ込められた。氷が溶けはじめたとき、彼らの一部は、北アメリカの西の端に繋がる狭い道を見つけ、その道を進んで、氷がなくなる場所までたどり着いた。そこから今度は内陸に向かって、人類未踏の広大な土地に一歩を踏みだしたんだよ」また父親の言葉が途切れた。今度は効果を狙ってあえて。「彼らは二〇〇人もおらんかった。想像してごらん。たったひとつの小さな部族から、アラスカから南アメリカまで、すべてのアメリカ大陸の先住民が生まれたんだ」父親は教室を見まわした。「おまえさんたちのなかで、先住民の血を引いている子は何人いるかね？」

ノラは生徒たちにそんな質問は一度もしたことがなかった。パイユート族の子どもたちは、すでに白人のクラスメイトと別のテーブルに座っている学校で、わざわざ指摘されたくないだろうと思っていたからだ。しかし、居留地の子どもたちが座るテーブルで、ジェイニー、トビー、マークが手を挙げた。

「おまえさんたちの祖先は、人類史上一番偉大な探検家だ」ノラの父親は彼らに言った。「彼らは七万年前にアフリカを出発した。人類が初めて放浪を始めた頃のことだ。わしの祖先はヨーロッパに行って定住したが、おまえさんたちの祖先は徒歩で中東を抜けて、シベリアとベーリング陸橋を渡って、それからアメリカ大陸をくだって、はるばるホーン岬まで到達した。五〇〇年前、ヨーロッパ人がようやくこの地にやってきたとき、たいした苦労はせんかった。おまえさんたちの祖先が、どこに川があるか、どうやってトウモロコシを育てるか、どこで狩りをすればいいか、全部教えてくれたからだ。だが、おまえさんたちの祖先がここにやってきたときには、誰ひとり、それを教えてくれる人はいなかった。彼らは見知らぬ土地で、圧倒的に不利な状況で、生き延びた。その子どもたちも、孫たちも、この教室に座っとるおまえさんたち三人にいたるまで、代々ずーーっと生き続けてきたんだよ」

ジェイニー、トビー、マークは互いに顔を見合わせた。ノラは数人のクラスメイトの顔に、思わず尊敬の念が浮かんでいることに気づいた。ノラは父親からこの話を聞いたことがあったが、いま話しているほど魅力的に語られたことはなかった。父親の声は力強く、両手が震えることもない。次に、父親はファーストピープルが見つけた国の説明をした。

バイソンやマンモスの群れがたくさんいて、ガンの群れがぎっしり空を埋めつくし、地平線に昇っては沈む太陽を遮るほどだったこと。やがて父親が槍先をテーブルにまわした頃には、教室じゅうの生徒がノラの父親の描きだした世界に惹き込まれ、その古代の武器を、まるで聖杯を渡されたかのように、うやうやしく手にしていた。子どもたちがそんなふうにノラの話に耳を傾けたことはなかった。とはいえ、そもそもノラがこんなふうに――まるで歴史とは語られるべき物語であるかのように――彼らに語りかけたこともなかった。サルは言っていた――忘れられた人々の物語を記録するために、観察者がいなければならない、と。人類学者とは遠い昔に失われた物語を見つけだし、それを共有する観察者だ。教師もまた観察者になりうる。ノラの母親がそうであったように。今日の父親がそうであるように。いまのノラは観察者ではない。でも、もしなろうとすれば、彼女にもなれるかもしれない。

ベルが鳴ったとき、ノラはサルに一緒にランチを食べないかと尋ねた。今回は彼が来るかどうか心配する必要はなかった。三人はそれぞれサンドイッチを持って、テーブルについた。ボローニャサンドイッチを取りだしたサルに、ノラは自分のチップスとバナナを与えた。会話のほとんどは父親に任せた。父親はサルにパイユート族の起源神話を語って聞かせた。コヨーテ神がパイユート族を編んだ袋に入れて遠い国から運んできて、グレートベイスンに落としたという話だ。実際には、パイユート族は紀元一〇〇〇年頃に、大平原《グレートプレーンズ》（北アメリカ大陸の中西部に南北に広がる台地状の大平原のこと）からベイスンに移ってきたのだが、ノラの父親は神話のほうが好きだった。その話は比喩的に考えるなら、古代人の骨やかまどやDNAが語るファーストピープルについての物語と、大きくちがうわけではない。それにパイユート族の起源神話が、アジアの草原からやってきた遥か昔の旅の足跡を伝えていないと誰にわかるだろう？

「じゃあ、おまえさんはパイユートではないんだな？」ノラの父親はサルに尋ねた。サルの肌が黄金色を帯びていることを考えれば、もっともな質問だった。

「ぼくの曾曾《ひいひい》……」サルは考えながら言った。「曾曾《ひいひい》お祖母《ばあ》さんはそう」

「それだと、パイユート族の仲間入りをするにはちと血が薄いか」ノラの父親は言った。「それでも、その祖母《ばあ》さんからさらに、おまえさんの祖先を遡れば、七万年前にアフリカを出発し、この偉大なるネヴァダ州にやってきた探検家たちに繋がる」

サルの顔にパッと笑顔が咲いた。ノラが一度も見たことのない笑顔だった。そして彼女の父親も、ノラがもう何年も見たことのないような笑顔を返した。「おまえさんを見ておると、わしの娘がおまえさんくらいの年だった頃を思いだすよ」父親は言った。ノラは最後にあの笑顔を見たのがいつだったかを思いだした。さっきの笑顔は、ノラが古い骨が大好きだった子どもの頃に、父親が見せた笑顔と同じだったのだ。

「それってミズ・ウィートンのこと？」普通に考えれば頓珍漢な質問だが、サルが驚いて尋ねたくなるのも無理はなかった。

ノラの父親はまた咳き込んだ。体を震わせながら痰を吐き、顔が真っ赤になった。ノラは父親の様子に不安を覚えた。今日の午後には医者に電話をしよう。診察予約は来週になり、診断は再来週になるだろうけれど。しかし、いまのところは咳は治まり、父親は何事もなかったかのように話を続けた。「おまえさんの先生も、偉大な探検家だった。わしらはファーストピープルの物語を見つけようと、よく一緒に探検したもんだ」

父親はさきほど教室いっぱいの六年生に向かって、複数の大陸を歩いて横断しつづけ、生まれた場所から何百キロも離れた場所で死んだ人々について話したばかりだというのに、家から三十キロほどしか離れていない丘を歩きまわるだけでも偉大な探検家になると考えているらしい。どうして父親は、自分の世界よりも遙かに大きな世界を想像できるのに、それを自分で見にいきたいとは思わないのだろうか。そこまで考えて、ノラはキャンピングカーとそれに乗って国じゅうを巡るという父親の計画を思いだした。

「わしには息子もいたんだが、ジェレミーは探検には興味がなくてな」父親が言った。ノラの父親に対する憐憫の情は、開花したときと同じくらいすばやくしぼんだ。

「その人はどうなったの？」サルは尋ねた。その率直な質問は、ノラを面食らわせた。車の事故で死んだのだと言おうとして、思いとどまった。いままで誰も父親にその質問をした人はいなかった。ラヴロックの人たちは尋ねる必要がなかった。みんな知っていることだからだ。ノラは父親がなんと答えるのか見てみたいと思った。

父親はしばらく黙っていた。廊下を七年生の女の子のグループが、甲高い笑い声をあげながら通りすぎていく。彼女たちの気配が消えると、父親は口を開いた。「ある晩、わしは飲みすぎて、トラックをぶつけた。ジェレミーはその事故で死んだ」

父親の口調は、まるで昨夜のジャイアンツの試合のスコアを伝えるような調子だったが、ノラにとっては、ひと言ひと言が石のように重く感じられた。ノラは余計な感情を見せて、父の気をそらさないよう、両手を固く握りしめた。

サルは父親をじっと観察した。まるでサルの返事がノラにとってだけでなく、父親にとっても重要であるかのように。「じゃあ、おじさんのせいだったの？」

「そうだ」ノラの父親は言った。教室のあらゆる色がかすかに薄くなる。父親は続けた。「だが、ジェレミーが運転し、わしが死んだ可能性もあった」

「どうして？」サルが尋ねた。

「わしとジェレミーが一緒に出かけるとき、いつもある儀式をしとった。家に帰るときには、鍵束を宙に放り投げて、それをキャッチしたほうが運転する。その晩は、わしがキャッチした」

ノラは静かに時間をかけて息を吸い込んだ。つまり、父親はそうやって自分のしたことをやむなしと受け入れてきたのだ。サルには事故は自分のせいだと言いながら、本心ではそうは思っていない。鍵束を適当に投げる儀式がもたらした運命だったと自分を納得させていたのだ。とても臆病で、いかにも父親らしかった。彼はいつも、もっとも困難な真実から逃れる道を選ぶ。ノラの母親が病気のときもそうだった。母親が死ぬ日まで、彼女がすぐにでも治るようなふりをしていた。

「つらい？」サルは尋ねた。「まだ生きてるほうになるのは？」

ノラの父親は答えた。「ものすごくつらい」

「どうやって――」サルの声はそこで途切れた。言葉に詰まったようだった。

「どうやって進みつづけるのか？」ノラの父親がかわりに言った。「きっとジェレミーがそれを願っとるからだ。同じように、もしあいつが鍵束をキャッチして、わしが死んだとしても、わしはあいつに進みつづけろと願っただろう。わしらはチームだった。ジェレミーとわしは。チームメイトが倒れても、試合を途中でやめたりはしない。チームメイトのためにプレーするものなんだ」

そこで父親はノラを見た。ビクビクと窺うようなその表情には、希望の光が灯っていた。しかし、ノラの視界には赤い紗幕が降りており、その向こうの光はほとんど見えていなかった。事故を自分のせいだと思っていないだけでもひどいのに、父親はジェレミーの死を、クソスポーツにたとえて貶めていた。まるでこれがリトルリーグの話であるかのように。ジェレミーがセカンドベースにスライディングして足を骨折したとき、監督であるノラの父親がほかの九歳児たちに、ギプスをはめたチームメイトのために残りのシーズンをプレーしろと発破をかけたときと同じであるかのように。

「これは試合じゃない」その言葉はノラの喉を剃刀のように切り裂いた。「事故でもない。偶然のせいにしてるけど、自分で選択したのよ。キーをイグニッションにいれる必要はなかった。誰かに運転を頼むこともできたはずよ。タクシーを呼ぶことだって」

「あのバーには、わしより素面《しらふ》なやつは誰もおらんかった」ノラの父親はそっと諫《いさ》めるような笑みを浮かべた。「それに忘れんでくれ、あのとき、わが家のタクシードライバーは大学に行っておった」

教室じゅうの酸素が消え、いきなりまた戻ってきた。「よくもまあ」ノラは言った。「わたしを責められるわね。わたしは殺してない。あなたが殺したのよ」父親のショックを目の当たりにして、荒々しい復讐の陶酔がノラを襲った。「父さん、あなたがジェレミト、を殺したの。彼が生きたはずの年月も、彼にできたはずの子どもたちも、彼が見たはずのバスケの試合も、全部奪ったのよ。さらに、わたしは父さんの面倒を見るためにここに戻ってこなくちゃならなかった。ほかに誰も残ってなかったから。ジェレミーは死に、わたしは人生のすべてを諦めなければならなかった。それもこれも、父さんが酔ってるときに車に乗らない分別がなかったせいよ」いつのまにか、世界はノラと父親しかはいれない大きな箱にねじ込まれていた。「それなのに、毎日ベッドからよく出られたねって褒められたいわけ？　そんなのお断りよ。あの夜、父さんも一緒に死んでいたら、わたしも父さんも、どんなにマシだったか。わかってるでしょ」

「やめて！」サルが叫んだ。「もうやめて！」

ノラは座ったままのけぞった。すっかりサルの存在を忘れていた。彼は荒い息をしていて、瞳孔が深い茶色の虹彩を呑み込んでいる。ノラは手を伸ばした。「サル、ほんとにごめんなさい。こんな話、あなたに聞かせるべきじゃなかった」

「おじさんは生きてていい」サルは言った。「いいんだ」

「もちろん、いいわ。本気で言ったわけじゃないの。動揺してしまって」ちょうどこのテーブルに座っていたときの、レナータと同じように。ノラは思った。あのときはレナータと自分はちがうと思ったが、実際はそうではなかった。たったいま、父親に言ったことは本心だった。あの夜に父親も死ねばよかったと口にしたのは、その後、父親が味わう悲痛から解放するためだけではない。ノラ自身のためにそれを願ったのだ。ノラの父親は酔っぱらって息子を殺し、その責任も取れないような男だ。でもノラはノラで、父親が死んでくれていたら、アフリカに行って、二十五万年前に死んだ人たちの骨を掘り起こすことができたのにと願うような娘なのだ。なんとひどい人間だろうか？

「この子が動揺するのも当然なんだよ」父親が言うのが聞こえた。「わしを老人ホームにいれて、自分の人生を生きることもできたのに、そうせんかった。戻ってきて、わしの世話をした。いまでもしてくれとる。この子がよそへ行きたいと思っとるのはわしも知っとるんだが」ノラは父親が自分を見ているのを感じたが、父親のほうを見ようとはしなかった。「なんでわしが生き延びて、ジェレミーが死んでしまったのか、わしにはわからん。ただわしは息子のためにも、生きつづける義務がある。だがほんとのところ、わしが毎朝ベッドから起きるのは、この子のためなんだよ」

涙のヴェールの向こうで教室がきらめいて見えたが、ノラはまばたきをして涙を押し戻した。それだけじゃ足りない。そんなものじゃ絶対に足りることはない。父親はけっしてノラが一番求めているものを――父親を赦せるかもしれないと思えるだけの告白や謝罪を――差しだそうとはしないくせに、ノラにふさわしくないものを与えようとするのだ――

感謝の気持ちを。

しかし、いま教室には六年生の少年が、二度も死に触れたことのある少年がいる。ノラは息を吸い、それからまた息を吸った。普通に話せるようになるまで。そしてサルに向かって言った。「わたしたちはみんな生きつづけなければならない、たとえ愛する人々を失っても。わたしたちを愛してくれていた人たちも、きっとそれを望んでいるから。それは父の言うとおりよ」

サルはノラと同じように動揺しているように見えた。そしてこの少年がどれほど世界で孤独であるかを、かつてないほどはっきりと悟った。一年足らずのあいだに、彼はおそらく彼が愛したたったふたりの人を失ってしまったのだ。ノラも同じようにふたりを失ったが、愛した人は四人いた。

ようやく、ノラは父親を見た。その顔は彼女が拒絶した感謝で輝いていたが、目のなかに、うずくまる恐ろしい影が見えた。ノラの内側が凍りついた。彼女はその影を以前も見たことがある。バスケットボールの州大会決勝の夜、母親の目のなかに。もしちゃんと見ようとしていれば、それよりずっとまえから見えていたはずだった。

ノラの手が勝手に動き、父親の腕に触れたが、彼女はそのままにしておいた。

サル

マークル先生の家は、学校の机と同じように整然として空白がたくさんあった。家具は黒い革とクロームメッキでできていて、新しいにおいがした。雑貨もなく、壁には絵もなく、テレビもなかった。焦げ茶色のカーペットには、玄関からキッチンまで食料品やテイクアウトの品を運んで行き来した無数の足跡で凹んだ一本道ができていた。白い食器棚と白いカウンターのあるキッチンは、サルに病院を連想させた。

カウンターには、ガラス製のパイ皿が六つ、包装されたままの計量カップと計量スプーンのセット、調理用のボウルがふたつ置かれていた。サルはこんなにもたくさんのパイを作ることになるとは思っていなかった。だから、マークル先生は〝大きな頼みごと〟だと言ったにちがいない。

マークル先生は冷蔵庫を開けて、一パイントの牛乳を取りだすと、ふたつのグラスに注いだ。それからふたりは居間のソファに座った。マークル先生の家には食卓がなく、食事もこのソファで食べているのだろうとサルは思った。

「まだ全然この家になじんでいなくてね」マークル先生は言った。片方の脚が弾むように動いた。

「大丈夫」サルは言った。「こういう感じ好き」

「リノでは、もっと大きな家に住んでいた。寝室は三つ。大学から一キロも離れてない、環境のいい界隈にあった。レナータが家を飾りつけていた。少しごちゃごちゃしすぎてるんじゃないかといつも思っていたが、そんなことは一度も言わなかった。もちろん、いまはすべてなくなった。ここには新しいものしかない」

ソファのクッションは硬かった。サルは牛乳が好きではなかったから、口をつけていないことを先生に気づかれませんようにと願った。もっとも、先生自身も口をつけていなかったけれども。

「きみに見せたいものがある」マークル先生が突然言った。先生は廊下の奥に消え、白い段ボール箱をひとつ持ってくると、コーヒーテーブルの上に置いた。箱のなかにはオモチャや一風変わった品々が詰まっていた。先生は立ったまま、シャツのボタンをいじりながら、箱を見おろした。「わたしが持ってこられたのはこれだけだった。彼女が戻ってくるまで、あまり時間がなかったから」

先生は、球状のガラスのなかにゴールデンゲートブリッジの模型がはいったスノードームを取りだし、箱の横に置いた。白い薄片がオレンジ色の橋のまわりに灰のように漂っている。「あの子が幼稚園のとき、サンフランシスコに行った。大きくなったらそこに住みたいと言っていたよ」先生はひと組のカードを取りだすと、サルに手渡した。「ちょうどこのゲームの遊びかたを、わたしに教えてくれようとしていた」

サルは紙の箱からカードを取りだした。普通のトランプよりも大きなサイズで、それぞれにいろんな空想上の人物の絵が描かれていた。魔法使い、妖精《トロール》、戦士、魔術師。カードの隅には、太陽や月、水晶に囲まれた数字がついている。イラストは優雅で繊細で、淡い色彩で描かれ、それを見ていると、サルの心の水面下で物語がきらめきはじめた。彼はカードをスノードームの横に置くと、両手をジーンズで拭いた。

マークル先生は、次々と箱の中身を取りだした。ある特別な少年の特別な宝物がコーヒーテーブルを埋めつくしていった。丸めて輪ゴムで留められた、星座の地図。暗闇が怖くてベッドサイドに置いていたラヴァランプ（管の中に色つきの液体と浮遊物が入ったランプ）。あちこちにポストイットの貼られた、『グレートベイスンの鳥』という本。ツルツルした石のコレクション。金属製のフォード・モデルTのような車形の貯金箱は、少年が宇宙船の模型を買うために貯めていたというコインがはいっていて、ガチャガチャと音が鳴った。木の持ち手がついている、赤と白のナイロン製の縄跳び。彼は縄跳びでいろんな技ができたとマークル先生は言った。とても上手に跳べたのだ、と。

箱のなかが空っぽになると、マークル先生は腰をおろした。口を開けて、また閉じた。それまでさまざまな言葉が転がりでてきたのに、先生が一番言いたい言葉は大きすぎて、口から出てこられないかのようだった。

サルはテーブルに並べられた物たちを見て、これを所有していた少年の姿を思い描こうとした。ベンジャミンは現実の世界と想像の世界の両方の探検家だったが、暗闇を恐れていた。星や鳥が大好きだったから、大きくなったら、宇宙船を造って、彼の父親も祖父もできなかったことを成し遂げたり、もっと地球に近いところを飛ぶ生き物を研究したりしていたかもしれない。縄跳びをするのが好きだった。物語を信じていた。お金を貯めて持っていないものを手に入れようとした。

「わたしが車を運転していたんだ」マークル先生は言った。

サルは何も言わなかった。

「きみはそれも知ってたんだね」

サルはうなずいた。マークル先生が、ハンドルを時計の十時と二時の位置でしっかり握って、慎重に運転する様子から察しがついていた。

マークル先生は両手で太腿を押さえた。「まえにきみは、自分が『墓場の少年』のボッドに似ているんじゃないかと思うと言っていたね。きちんと耳を傾ければ、死者の声を聞くことができるかもしれない、と。あのとき、わたしは不可能だと言った。しかし、数学や科学では説明がつかない物事というのはあるものだろう?」先生の目は興奮で輝いていた。サルは先生が何を言ってほしいのかわからず、またうなずいた。

「きみは特別だ、サル」マークル先生は言った。「きみにはほかの人々には見えないものが見える。人々が必要としているものがわかる。何が正しくて、何がまちがっているのか、両者のあいだにある葛藤を理解している。もし生者と死者の境界を貫ける人がいるとしたら、それはきみにちがいない」先生は片手を振って、テーブルの上の雑多なものを示した。「だからわたしは思ったんだ。あの子のお気に入りのものが近くにあれば、きみならベンジャミンと話してみることができるんじゃないかと」

サルはソファのクッションの硬い革に指を食い込ませた。マークル先生に頼まれたことを叶えてあげたい――サルがそれよりも強く望んだことはほとんどない。彼は部屋のなかを見まわした。窓から射し込む光は、昼間の輝きから銀色へと薄れつつある。もし、生者と死者の境界を動く幽霊が見えるとしたら、いましかないだろうとサルは思った。昼と夜のあいだの半透明のヴェールに包まれたこの時間帯しか。しかし、あたりには誰もいなかった。

マークル先生の顔はみるみる落ちくぼんでいった。青ざめ、打ちひしがれて、公園のトゥルーディのように輪郭がぼやけはじめていた。「ばかげているね、わかってるんだ。でも、どうしても頼まずにはいられなかった」

部屋のなかの陽光が、さらに少し薄れた。スノードームのなかで、最後の薄片が橋をかすめて漂っている。サルは白い薄片がかすかに回転しながら落ちていくのを眺めた。すべての薄片が青いプラスティックの海に沈んだ頃には、サルは自分が何をしなければならないのかわかっていた。最初に公園で出会った日、ルーカスが言ったことはまちがっていた。マークル先生がほんとうに必要としているものを、結局のところ、サルならば与えることができる。それができるのは、サルしかいないのだ。

サルはスノードームを手に取り、手のひらで包み込むように持った。「ベンジャミンになんて言ってほしい？」

マークル先生はぶるりと身を震わせた。サルの手のなかのスノードームはひんやりしている。革の家具と何も掛けられていない壁のあいだの空っぽの空間が、警告を発して揺れていたが、サルはそれを無視した。

「すまないと言ってくれ」マークル先生はひび割れた声で言った。「もう一度やり直せるなら、わたしはキングではなく、ルークになると言ってくれ」

サルは目を閉じた。スノードームを胸に押しつけ、殺風景な部屋のなかで、別の意識を捜し求めた。一瞬、額の内側に何かがかすかに触れるのを感じたが、すぐに消えてしまった。別にかまわなかった。もしベンジャミンがここにいたらなんと言うのか、サルにはわかっていた。それはもしサルが境界に立っていて、彼の母親が――腕にあの針を刺して、サルを置き去りにした罪悪感に打ちのめされて――赦しを求めていたとしたら、サル自身が口にするであろう言葉だった。

サルは目を開けた。「彼は赦してる」

マークル先生はいっとき、ぷつりと糸が切れたように見えたが、すぐに自分を取り戻した。それからあたりを見まわした。目を凝らし、見えないものを見ようとするかのように。

「ありがとう」先生はつぶやいた。ここにはいないベンジャミンとサルの両方に向かって。サルは自分がしでかしたことの凄まじい重みを感じた。サルは死んだ少年のかわりに言葉を語り、マークル先生はその言葉を信じた。サルは先生を助けたいと願い、実際に助けもしたが、その言葉は嘘だった。その嘘はこれからもずっとふたりのあいだに存在し、サルは永遠にその偽りと裏切りの重荷を背負うことになるだろう。彼はスノードームをテーブルに置いた。まるで手のなかで砕けてしまいかねないかのように。彼の手のひらで包んでいた部分は、ガラスが湿っていた。

「もう行ったよ」サルは言った。

マークル先生はうなずいた。喉の筋肉が動く。眼鏡を持ちあげて、目を拭いた。それから長いあいだ黙り込んでいた。ゆっくりと暗くなる午後の時の流れのなか、ドームの雪片がゴールデンゲートブリッジのまわりを円を描いて漂うのをじっと見つめながら。サルは動かなかった。この時間のくぼみのなかに——自分のついた嘘とその結果の狭間《はざま》に——できるかぎり長くとどまっていたかった。

ようやくマークル先生が、儚げな笑みを浮かべてサルを見た。「ここにあるもので、何か欲しいものはない？　きみが何かベンジャミンのものを持って帰ってくれたら、あの子も喜ぶと思うんだ」

サルは首を横に振ろうとした。どれも欲しくはなかった。ひとつひとつが死と偽りと、息の詰まるような甘ったるい愛で重苦しかった。しかし、サルの意志に反して、彼の目はひと組のカードに落とされた。

「ああ、当然だね」マークル先生はカードを手に取った。それをパラパラめくって、目当てのカードを見つけると、それをサルに見せた。そのカードには、マントを翻し、黒いフードで顔が影になった男の絵が描かれていた。その男は、長い指をした一方の手で羽ペンを持ち、もう一方の手に巻物を持って、宙に浮いていた。背景は水色で、男のまわりには、惑星や月や太陽が輪になって漂っている。男の足元には、オールドイングリッシュの書体で、〝観察者〟と書かれていた。それを見たとき、サルの胃が飛びだしそうになった。「ベンジャミンは、これがデッキのなかで一番強力なカードだと言っていた」マークル先生の目がサルの目を捕らえた。サルは目を逸らしたかったけれども。「わたしには納得できる話だ」

先生はベンジャミンのほかの持ち物を箱にしまいはじめた。サルはキッチンに行き、床に置いてあるリュックのポケットにカードを入れた。彼はそのカードを一生取っておくが、もう二度と見ることはないだろう。

サルが居間に戻ったとき、玄関のベルが鳴った。

「ずいぶん早いな」マークル先生は片手で髪を撫で、玄関に向かった。ドアの向こう側には、茶色い髪を肩まで伸ばした女が立っていた。笑顔が似合いそうな顔をしているが、笑ってはいなかった。ハンドバッグを腹のまえでしっかり抱え、口をきつく結んでいる。サルを見たとき、彼女は目を見開いたが、その後はサルがいないかのように振る舞った。

「レナータ」マークル先生は礼儀正しく堅苦しく言った。「わざわざ来てくれてありがとう」

「話をするつもりはないわ。ただ渡してくれればいい」

マークル先生は白い箱を示した。女は箱のところまで行き、なかをのぞいた。何も触れなかったが、冷静さが揺らいだ。先生に背中を向けたまま、彼女は言った。「あなたにあの子の物を持ち去る権利なんてなかったのに」

「そうせずにはいられなかった」先生は言った。「レナータ、あの子はわたしの息子だった」

彼女は言いたい言葉を呑み込むように、唇をぎゅっと引き結んだ。さっきの言葉どおり、話をするつもりはないらしい。彼女は、まるでサルの目にも見えそうなくらいに、怒りと悲しみを肌にぴったり張りつかせていた。しかし、ひとつだけ質問をせずにいられなかったようだ。「どうしてこれを？」

「あの子が最後に触れたものだと思ったから」

彼女は目を天井に向けた。それから振り返った。「最低」

「わかってる。すまなかった。きみに返しておきたかった」マークル先生の肩はまっすぐに伸び、顔は落ち着いていた。先生の悔悛《かいしゅん》には、サルがそれまで一度も見たことがないような威厳があった。それはレナータのことも驚かせたようだった。彼女はハンドバッグを持ったまま、怪訝そうに先生を見つめた。それから、キッチンの入り口に立つサルに目を向けた。

「この子は誰？　ここで何をしてるの？」

「彼はわたしの友人だよ。名前はサル」マークル先生はまばたきもせずに、彼女を見た。

「パイを焼くのを手伝いに来てくれたんだ」

重い沈黙が流れた。空気がピンと張りつめ、呼吸ですら乱すことができないかのようだった。マークル先生はレナータを見つめ、レナータはマークル先生を見つめた。沈黙のなかで交わされた会話は、サルには聞こえないものだった。その後、彼女はしばらくサルをじっと見つめたあと、息子の物が詰まった箱を持って、先生の家から出ていった。

ノラ

〈トーステッド・タヴァーン〉は、ウィネマッカ大通り（ウィネマッカ市内を走る旧国道四十号線の別名）に沿って一キロ半ほど続く商業地区の西端にある。ノラはめったにウィネマッカには行かないが――街のスローガンが〝舗装された通りの街〟であり、これほどその街をうまく表現したものはない――その店は知っていた。昔ながらの食堂《ダイナー》で、正面の窓際にボックス席があり、レンガタイルのフロアの中央にテーブルが並べられ、ダイニングエリアの脇にバーがあった。

ノラは閉店時間の一時間前、午後九時に店に着き、夕食を注文した。ウェイトレスは白髪を長い三つ編みにした六十代の女で、ニコチンで汚れた歯を見せ、憐れむように微笑んで言った。「今夜はひとり？」彼女の左手には、ごま粒ほどの大きさのダイヤモンドのついた結婚指輪がはめられている。

「コックさんのひとりが仕事を終えるのを待ってるの」ノラは言った。

「あなたが来てること、伝えてほしい？」

の？」

「いえ、内緒にしておいて。彼を驚かせたいから。閉店後、どれくらいで仕事が終わる

「混んでたら一時間だけど、今日は水曜だから、その半分で済むんじゃないかしら。暇なときは、閉店前にふたりほど帰すこともあるくらいだから」

ノラはゆっくりと食事をしながら、店にいた数人の客が食事を終えて、店を出ていくのを見送り、最後のひとりの客になった。二十代の体格のいいバーテンダーが閉店作業を始めた。店内では、朝からビールを飲むことを歌った曲が流れている。ノラは白ワイン《シャルドネ》を飲んだ。

もちろん、ここに来るなんてとんでもない考えだ。メイスンが知ったら、大激怒するだろう。ただ、リノに行ってからというもの、どうしてもルーカス・ジマーマンのことが頭から離れなかった。彼にはアダムの殺人事件のアリバイがあったが、それでもアダムの物語で中心的役割を果たしていたことに変わりはない。アダムにとっては息子のような存在でありながら、アダムがベンジャミンを車に乗せるまえに摂取したドラッグを売った人物でもある。だからノラはルーカスに会ってみたかった。別にそれで何か困ったことになるはずもない。彼はノラのことを知らないし、ウェイトレスにはああ言ったが、彼に話しかけるつもりはなかった。

十時五分前、ノラは会計を済ませ、ウェイトレスは〈トーステッド・タヴァーン〉のポロシャツの上にフリースのジャケットを羽織って店を出ていった。ノラはこっそりボックス席の奥に――バーテンダーや接客係から見えない位置に――身を潜めて待った。

二十分後、厨房のドアが開き、染みのついた白いコックコートを着た三人の男たちが、バーに向かって歩いてきた。ノラがボックス席のシートに身を乗りだしてのぞくと、バーテンダーがビール壜を三本取りだして彼らにまわし、四本目を自分のために開けるのが見えた。

どのコックがルーカスなのか、推測するのは簡単だった。三人のうちのひとりはまだ二十歳そこそこで、もうひとりは六十代だったからだ。ルーカスは二十代後半で、むさくるしい赤みがかったひげを生やし、サイズの合わない色褪せたカーキのズボンを穿いていた。ビールを受け取ると、彼はまずカウンターにもたれ、それからまっすぐ立ち、それからまたカウンターにもたれた。どう振る舞っていいのかわからず困っているように見えた。若いコックは、ラスヴェガスに引っ越した友人の話をしていた。ルーカスは明らかにその友人のことを知らず、その話にちりばめられたジョークも知らなかった。だからほかの男たちの様子を見て、彼らが笑えば笑い、彼らが唸れば唸っていた。ルーカスはまるで校庭の端で大きなグループになんとか溶け込もうと苦心している子どものようだった。ノラは彼に同情しそうになった。数学の偉大な難問のひとつを解決しかけた大学院生から、〈トーステッド・タヴァーン〉のコックとして働く前科者になるのは、平坦な道のりではなかっただろう。

接客係がノラに気づいて、近づいてきた。野球のボールみたいな膝をした背の高い女で、門限を過ぎても夜遊びしている若い娘といっても通りそうだった。「えっと、すみません。もう閉店なんで」

もう観察は充分だ。ノラは言った。「もう帰るところよ」

ところが、ノラがドアから出ようとしたとき、レナータがはいってきた。

ふたりの女は立ちどまった。ノラは逃げだしたい衝動を抑えた。レナータの顔に衝撃が浮かび、次に怒りが、それから恐怖が浮かんだ。

「よう、レナータ、こっちでビールを飲めよ」ルーカスの声がした。

「ここで何やってるのよ？」レナータは怒りをにじませて小声で言った。

ノラは言葉に詰まった。あなたこそ、ここで何やってるのよ？　するとルーカスがやってきて、レナータにビールを渡した。彼はノラのほうを見た。レナータが肩を強張らせ、唇をぎゅっと結んでいることに気づくと、彼の表情に不安が這った。ルーカスはレナータに腕をまわした。ノラは思わず驚きの声をあげそうになり、必死でこらえた。

『わたしに見えるのは、つねに選択なの』――レナータはノラの教室でそう言った。売人のせいじゃなく、依存する者が悪いのだ、と。売人と寝ていたら、そう言うしかないだろう。ふたりの関係が始まったのは、ベンジャミンの死のあとなのか、それともまえなのか？ルーカスは事故のあと刑務所にはいったのだから、おそらく事故のまえだろう。アダムが卓越した天才を指導しているあいだ、その天才は彼の若く美しい妻と情事を重ねていたのだ。レナータとルーカスの、どちらによりムカついているのか、ノラは自分でもわからなかった。

「この人、誰？」ルーカスが尋ねた。

レナータは慌てた顔をした。明らかにルーカスがノラと話すのをいやがっている。それを見て、ノラは決意した。ここはルーカスと話をするべきだ。ノラの心は冷淡な落ち着きを取り戻し、集中した。

「わたしはノラ」彼女は言った。「あなたはわたしのことを知らないけど、わたしたちには共通の友人がいる」

「誰だ？」

「アダム・マークル。彼はＵＮＲであなたを教えていたのよね？」

ルーカスの顔に恐怖がちらりと浮かんだが、すぐに押し隠した。とはいえ、ノラの質問を否定はしなかった。「アダムとはどういう知り合い？」

「ラヴロックで一緒に教えてたの。あなたと彼のことを話したいと思って」

ルーカスは顎を突きだした。「あんた記者なの？　それとも警官？　おれはもう答えるべき質問には全部答えたんだけど」

「わたしは警察でもメディアでもない。ほんとにただのアダムの友だちよ」ノラはなだめるような笑みを見せた。「彼のことを少しでも理解したいと思って。それだけ」

ルーカスはレナータを見て、それからバーにいる男たちを見た。彼は数学の天才かもしれないが、いまは知性的というより狡猾に見えた。「少しだけなら」

三人は入り口脇のボックス席に座った。レナータは全身の筋肉を強張らせて座っている。ルーカスはシートにもたれ、一見リラックスしているように見えたが、ノラは騙されなかった。くつろいだ態度の奥に、まだ恐怖が隠れていることに気づいていた。

「レナータとはどういう知り合い？」彼は尋ねた。

「保安官事務所で会ったの。彼女がアダムの遺品を取りにきたときに。そのとき、学校にアダムのチェスセットがあると伝えたら、彼女が取りにきた。ふたりで楽しくおしゃべりできたわ」ノラはレナータに微笑みかけたが、彼女はじっとテーブルを見つめている。

「わたしたちには共通点がたくさんあるとわかったし」

ルーカスは無頓着そうな態度を崩さなかった。「で、どうやっておれのことを知ったんだ？　それにおれの居場所まで？」

「警察がアダムの教え子から事情聴取したと聞いたの。わたしはUNRの卒業生だから、数学科で訊いてまわって、何が起こったのかを知った。そのあと、あなたの居場所を見つけるのは難しくなかった」

ルーカスは少し身を固くした。「リノで、アダムとおれのあいだにあったことについて、話をする気はない。さっきも言ったけど、警察には全部話した。それにあいつが殺された夜、おれはここにいたし」

「わかってる」ノラは言った。「ただ、事件のまえのアダムがどんな人だったのかを知りたいの。わたしは数ヵ月の付き合いでしかなかったけど、あなたと彼はとても親しかったんでしょう」

ルーカスは片手でひげを触りながら、ノラを検分した。再び、リラックスしたようなふりをした。「あいつの何が知りたいんだ？」

ノラはこの会話から何を得たいのかよくわからなかったので、簡単な質問から始めた。

「彼はどんな教師だった？」

「すばらしい教師だったよ。おれが出会ったなかで最高の」

「アダムは、大きなプロジェクトであなたを助けてたんでしょ？」ノラは尋ねた。「証明する必要がある何かの仮説で？」

「リーマン予想。あいつら、まだ証明できてないんだろう？」

「知らないわ」

「まだだろうな。まともに考えられるやつが誰もいないんだから」ルーカスは穏やかに言ったが、傲慢さがはっきり出ていた。

「あなたが証明を終えられなかったのは残念ね」ノラは彼と同じように穏やかに言った。

「所詮、数学の問題さ」彼は肩をすくめた。「ゲームみたいなもんだ、実際」

「賞金をもらえたらよかったでしょうけど」ノラは言った。「一〇〇万ドルの使い道なら、いくつか思いつく」

「たしかによかっただろうな。けど、おれは大金を持ったことはないんでね。持ったことのないものを惜しむのは難しい」

「しあわせになるのにお金は必要ないわ」レナータがノラを睨みつけながら言った。

ルーカスは彼女の肩に腕をまわした。「そのとおり。おれたちには必要ないね」

「ところで、ふたりはどうやって知り合ったの？」ノラはさりげなく尋ねた。まるで学生時代に出席したリノのカクテルパーティでの会話のように。レナータは隣りのルーカスに視線を移した。

「おれたちは、アダムとおれが一緒に仕事をしてるときに出会った」ルーカスはなめらかに言った。「アダムはときどきおれを夕食に招いてくれたし、数学科のパーティもよくあった。でも、事故が起こるまではおれたちのあいだには何もなかったよ、それがあんたの訊きたいことなら」

「それはよかった。アダムの奥さんが、彼のお気に入りの生徒と浮気してただなんて考えたくもないし」

「おれは何があろうと、あいつを裏切るような真似はしなかったよ」

ルーカスの声はとても真剣だった。レナータの頬が真っ赤に染まっていなければ、ノラは彼の言葉を信じたことだろう。「あなたがいてくれて、彼女はきっととても慰められたでしょうね」ノラはにっこり笑った。「悲しみに暮れていたときに」

レナータは鋭く息を吐いた。ルーカスが彼女の肩をつかんだが、彼女は彼を振り払った。

「わたしたちを、わたしたちがしたことを、とやかく言わないで。わたしたちは互いに愛し合ってる。大切なのはそれだけよ」

「そう？」ノラは友好的なふりをやめた。「アダムと結婚したのは、彼が慎み深い人だったからだって言ってたじゃない。少しばかり慎みを返してあげてもよかったんじゃない？」

ルーカスがビール壜を押しのけた。「おい、もうそこらへんにしとけ。行くぞ、レナータ」

しかし、レナータの気は収まらなかった。「アダムと結婚したのは、彼がわたしを安心させてくれたから。そのことではほんとに彼を愛してた。でも、それからルーカスと出会って、生きてるってことを感じさせてくれた。若さを。わたしの人生はまだまだこれからだってことを。わたしたちはアダムを傷つけるつもりじゃなかった。離婚を切りだすつもりだった。でも、そんなときにあの事故が起こったのよ」彼女は一方の肩を揺らした。

「それでもう、アダムの気持ちを考えるのはやめたわ」

「そうね、あんな悲劇のあとで、あなたがしあわせを見つけられてよかったと思うわ」ノラは言った。

レナータは顔をしかめ、ノラが本気でそう言っているのかどうか見極めようとした。

「わたしはしあわせになる資格があるわ、あんなことがあったんだもの」

「そのあんなことが全部、あなたの恋人のせいだったとしても？」

レナータとルーカスはショックを受け、座ったまま動かなかった。ノラはふたりにさっさと出ていってくれと思った。それでかまわなかった。レナータはアダムの気持ちを考えなかったが、ノラはそれ以上に、ふたりの気持ちなど考えていなかった。

レナータが何かを言いかけたが、ルーカスが指を一本立てて、彼女を止めた。それからノラのほうを見た。「もうひとつだけ。おれのドラッグビジネスは過《あやま》ちだった。それは認める。おれは金が必要だったし、人が欲しがるものを売ってるだけだと思ってた。アダムがあんなに深みにハマってたとも知らなかった。ベンジャミンに起こったことを、おれは一生後悔しつづけるだろう」

「それに彼は刑務所にも行ったわ」レナータの声は震えていた。「ちゃんと償ったの。でもアダムは一日も服役しなかった。息子の命を奪ったのに、ただの一日も」

「でも、彼は最後には罰を受けた、そうでしょ？」ノラは言った。「わたしの思いちがいでなければ、あなたはそれをすごく喜んでた」

レナータの唇は色を失い、怒りでぎゅっと引き結ばれた。ルーカスが彼女の手に手を重ね、また黙らせた。「いいか、ノラ。あんたがアダムの友人で、彼に起こったことに動揺してるのはわかる。でも、アダムが死んで、それもあんなふうに死んで喜んでるやつなんていない。ましてや、レナータやおれが喜ぶわけがない」

「あの子どもがやったんじゃないの」レナータが口走った。「その可能性を考えたことある？」

ルーカスがパッとレナータと向き合った。ノラは言った。「子どもってサルのこと？　あなた、サルがアダムを殺したんじゃないかって言ってるの？」

「レナータ」ルーカスは警告をはらんだ暗い声で言った。

「あの子は丘の上に住んでるんでしょ？」レナータは続けた。「どうして誰もあの子に、あの夜どこにいたかって訊かないわけ？」

「レナータ」ルーカスがまた言った。「黙ってろ」

「いいえ、ルーカス、わたしは黙らない」レナータの声は大きく、バーにいる男たちがこちらを振り向いた。「ただの子どもだってあなたは言ってるけど、この件であなたは追われてるのよ。ちゃんと自分自身を守らなくちゃ」

「おれは追われてなんかいない。ここにいたんだから。それは向こうも知ってる」ルーカスはバーにいる仲間をちらりと見た。「頼むから、落ち着いてくれ」彼は薄くなりつつある髪を手で梳いた。三人で話しだしてから初めて、彼が本気でうろたえているように見えた。ノラはその理由を考えようとはしなかった。もう一秒たりとも、ふたりのどちらのそばにいるのも耐えられない。彼女はコートとバッグをつかんで歩きだした。三歩進んだところで、振り返った。

「最後にもうひとつだけ」

ルーカスとレナータは互いに身を寄せ合う難民のカップルのように見えた。再び、ノラの血管にあの氷のように冷たい落ち着きがあふれた。「ここのウェイトレスの話だと、暇な夜には厨房は何人かのコックを早く帰すと言っていたけど、三月十三日は暇な夜だった?」

ルーカスの視線がノラを通りすぎて、ふたりの仲間のコックに注がれた。レナータの顔は真っ白になり、そばかすがひとつひとつ浮きでている。ふたりともひと言もしゃべらなかった。

「どうやら警察に質問してもらったほうがいいみたいね」そう言って、ノラは店を出た。

パイを焼くのに四時間かかった。チェリーパイは一番簡単で、缶詰のチェリーと砂糖を市販のパイ生地に流し込んだだけだった。パンプキンパイも簡単だ。缶詰のカボチャに牛乳、卵一個、少量のショウガとシナモンを加えた。アップルパイは、リンゴを薄切りにしなければならないので、一番時間がかかった。サルにはうまくできなかったので、マークル先生はサルにカボチャとチェリーのパイの中身《フィリング》をコンロでかき混ぜる役目を与え、そのあいだに自分でリンゴの皮を剥いた。パイは一度にふたつ、オーブンの一段にひとつずつ焼いた。

ふたりが測ったり切ったりかき混ぜたりしているあいだに、太陽が沈み、月が昇った。マークル先生はいろんな話をした。重荷をおろしたようにリラックスした様子で、サルのほうも、ベンジャミンと話したふりをした瞬間から遠ざかれば遠ざかるほど、気が晴れていった。マークル先生は、ベンジャミンが四歳のときから、毎年大学の数学科のパイの日のパーティのために、ふたりでパイを焼いていたのだと言った。もっとも、ほかの教授たちもパイを焼いたので、ふたりが焼いたのはチェリーパイとアップルパイだけだった。中学校のパーティのためには、マークル先生が全員分のパイをひとりで焼かなければならない。八年生は三十六人いて、六個のパイが必要になると先生は計算した。ひとつのパイは八つのスライスにカットできるから、生徒全員がひとつずつ食べても、十二人分残る。それはマークル先生をのぞいた教職員の数とぴったり同じだった。マークル先生がとてもうれしそうに計画を話すので、サルは自分もそのパーティに出席できればいいのにと思った。パイを食べるためではなく、八年生からずっとけなされていた先生が、手作りのデザートを振る舞う瞬間に立ち会いたかったからだ。パーティが終わったら、八年生がマークル先生を見直してくれることを願った。

「ところで、パイの日って何なの？」マークル先生がチェリーパイをオーブンにいれているとき、サルは尋ねた。

「きみが知るはずもないことを忘れていたよ」マークル先生は言った。「知るわけがないのにね。八年生がちょうど習いはじめたばかりなんだから」リンゴの皮を足元のごみ箱に落としながら、先生は円周率について話した。円の円周と直径の比率であること。円の大小にかかわらず、常に同じ値《あたい》になること。そういう数値は〝定数〟と呼ばれ、数学者が方程式を解くのに役立つ特別な数字だということ。その最初の三桁が3・14であるため、三月十四日は〃円周率《パイ》の日〃になったこと。

「どうしてその数字だけがそんなに大事なの？」ほかの数字には特別な祝日などないはずだとサルは思った。

マークル先生の果物ナイフが止まった。「円周率は円によって定義される。円というのは創造物のなかでもっとも完璧な形をしているんだ」先生は言った。「それに円周率は周期の中心でもある。円が空間にとって重要であるように、周期は時間にとって重要なものなんだ。どんな周期的プロセスも、円周率がなければ定義できない。波や軌道、パターンのあるところなら、どこにでも円周率がある。海のリズムのなかに、音楽の拍子のなかに、心臓の鼓動のなかに、太陽を巡る惑星の動きのなかにある。そんなふうに、円周率はただの数字ではないんだ。宇宙という布を織りなす糸のひとつなんだよ」

先生の声には驚嘆と深い悲しみが入り混じっており、サルはスプーンを握ったまま固まった。彼はまだ円周率のことは理解できなかったし、これからも――マークル先生が望むようには、あるいはルーカスがきっと理解しているようには――けっして理解することはないだろう。サルはマークル先生の言葉に、自分には手の届かない遠い国の知識と、自分には嘘をつくことでしか緩和してあげられない悲しみを聞き取った。その瞬間、自分ができなかったこと、そして自分がしてしまったことの重圧に耐えられなくなりそうになった。

その前日、サルはエズラをソーラーパネルの裏に連れだして、トゥルーディに風船を売らなかったことを伝えた。エズラは困惑と怒りを露わにして口を開きかけたが、彼が何か言うまえに、サルは言った。「ぼく、ずっと考えてたんだ。母さんがソファの上でどんなふうだったか。口から何か出てたし、指は紫色をしてた」

エズラの顔が青ざめた。サルは伯父を見つめた。同情する気にはなれなかった。エズラは小さな青い家でソファに横たわるサルの母親の姿を見ていない。それがどんなふうだったのか、母親がどんな死を迎えたのか知るべきだ。サルはエズラの想像力がその様子を描くまで待った。それからもうひとつの重要な話を切りだした。「新しい客、ルーカスが、ぼくとトゥルーディが話すところを見てた。風船も見た。それで、どうしてぼくが売らなかったのか理解した。ルーカスはリノから来たぼくの数学の先生を知ってて、先生に助けを求めるべきだって言った。だからそうした」

エズラが話の内容を理解するのに五秒かかり、それからサルの肩をつかんだ。「なんだと？　おまえ、数学の先生に話したってのか？」

エズラの指が深く食い込み、サルは顔をゆがめた。「先生に、ギディオンが井戸に全部投げ捨てて、エズラに借金があることを話した。先生はその分のお金を渡すって言ってる。エズラは洞窟にあるものを全部先生に渡して、二度と売らないと約束するだけでいいって」

「四〇〇〇ドルをポンとおれにくれるっていうのか？」エズラは怪訝そうに目を細めた。「なんだそいつ、慈善家か何かか？　ドラッグを町から追放したいとかそういうのか？」

「これ以上有効なお金の使い道はないと思うって言ってた」

その日は、今年初めてのほんとうに暖かい日だった。陽光がソーラーパネルの裏の砂をギラギラと照らしていたが、エズラはそれを感じていないように見えた。サルから手を放して、顎を撫でた。彼のなかで疑念と希望がせめぎ合っているようだった。「もし罠だったら？　そいつが警察《サツ》を呼ぶかもしれねえ」

「先生には、テイガンと会った場所に連れていくって言った。場所がどこかは言ってない」

エズラは円を描くように歩いた。サルは鎖に繋がれたサムスンが、せわしなく同じところをグルグルまわる様子を思い浮かべた。しばらくして、エズラはパッとサルのほうを向いた。「そいつに現金を持ってくるように言え。金を見るまでは何も渡さねえ。警察《サツ》がいないと確かめてからだ」

「洞窟に置いておけばいいよ。エズラがいいって言うまで、取りにいかないから」

エズラのジーンズは腰まわりがゆるくなっている。サルが伯父たちと同居しはじめた頃よりも、エズラはずっと痩せほそっていた。「くそったれ。おまえ、おれを救ってくれるのかもしれねえな、リトルブラザー」エズラは満面の笑みを浮かべた。初めて、サルはエズラの笑顔を見ても母親を連想しなかった。「こいつのカタがついたら、約束どおり、薬に戻るぞ。リノに出てくには時間が余計にかかっちまうが、来年の夏には行けるだろ。無法者コンビで金をわんさか貯めようぜ」

シャツの下のサルの背中を、汗の指がなぞっていく。サルは公園のベンチで過ごした爽やかな秋の日々を振り返った。自分に痛みや悩みを打ち明けた普通の人々のことを。そんな彼らに、茶色の小袋にはいった慰めの品と、同情を込めた短いうなずきを返したことを。彼らからの感謝が、自分を重要な存在だと思わせてくれたことを。そのすべてが、ずっと昔に、自分ではない誰かの身に起こったことのように思えた。

「あの人が死んだって知ってたの？」サルは尋ねた。

「どいつだ？」

「お年寄りの人。ミック。もう薬はいらないんだって言ってたよね。過剰摂取で死んだって知ってたの？」

「は？　ありえねえ。ふざけんなよ。マジか？」

エズラの驚いたふりには、どんな人も騙されなかっただろう。サルはその嘘が心の奥底に沈むのを待った。それから言った。「ぼくはもう何も運ばない。薬でも」

去年の夏なら、サルはエズラの怒りを覚悟しただろう。しかしそのときは、言いくるめようとするだろうと思った。案の定、エズラは両手を挙げて懇願した。「頼むよ、リトルブラザー、そんなこと言うなよ。ギディオンがおまえを怖がらせたよな。その上、あのじいさんが死んだら、誰だってビビるさ。でもギディオンに洞窟の隠し場所がバレることはねえ。それにトゥルーディやジムやほかのやつらは平気さ、いままでどおりだ」彼は顔の汗を拭いた。「頼む。おまえなしではやってけない。おれはこのクソ溜めから脱出しなきゃならねえんだよ、わかるだろ？」

「あれは人を傷つける。別の方法で脱出しなきゃだめだ」

頭上で一羽のワシが旋回していて、その影が砂地をひらひらと横切っている。エズラは一歩さがった。「いいか、いますぐ決めなくてもいい、な？　考えといてくれよ。おまえの先生と会ったあとで話そう」それはあの日——サルがダブルワイドに移り住んだ初日——に言ったこととほとんど同じだった。サルは無言で立ち去った。

満月がハンボルト山脈にかかる頃、サルとマークル先生は防火道を車でのぼっていた。あたりには誰もいなかった。ラヴロック＝ユニオンヴィル・ロードではうしろを走る車が一台だけいたが、マルゼンで消えた。マークル先生の車のヘッドライトが小さなウサギを照らしだし、その驚いた目が緑色に光った。ふたりのまわりには、丘陵が黒い肩のように盛りあがっている。

「ここだよ」車が崖の真横に差しかかったとき、サルは言った。マークル先生はエンジンを切った。夜の闇があたりを包み込んだ。先生は黒い革製のブリーフケースから懐中電灯を取りだし、ふたりはその光を頼りに低い丘をのぼりはじめた。マークル先生のブリーフケースが重そうに揺れていた。サルは妙に体を軽く感じ、先生の家のキッチンにリュックを忘れてきたことに気づいた。

低い丘の上までのぼると、アカシアの木立のあいだに、エズラのヘッドランプが点滅しているのが見えた。そんなに警察が心配なら、消しておくべきなのに。サルは思った。

「きみがエズラだね」キャンプサイトにたどり着くと、マークル先生が言った。先生の声は六年生が始まった日のように屈託なく自信にあふれていて、サルの緊張しきった神経をやわらげた。

エズラは腕に狩猟用ライフルを抱え、焚き火用のかまどの横に立っていた。「おれの金は持ってきたか？」

マークル先生はブリーフケースを地面に置き、マニラ封筒を取りだした。「きみの持ってるヘロインを全部渡すことが条件だと、サルから聞いているかい？」

「ああ」

「では、取引成立だ」

エズラの足がそわそわと動いた。彼らを輪になって囲む木々が身を乗りだし、耳をそばだてているかのようだった。エズラはヘッドランプで木々を照らし、枝のあいだに警官や麻薬取締局《DEA》捜査官が隠れていないか調べた。それからランプをサルに向けた。

「よし。取ってこい」

懐中電灯やヘッドランプの光が届かなくなると、今度は月明かりが、サルに丘をのぼるおぼろげな小道を示した。崖の岩棚までたどり着いたとき、下に目を向けた。月光の射す闇のなか、木々の輪の真ん中で、動かないふたつのライトが互いに向き合っていた。サルは冷たい岩に体を押しつけながら、岩棚を慎重に移動しはじめた。バランスを取るのに必死で、洞窟の真下に来るまで、入り口の横に立つ人影に気づかなかった。気づいたとたん、その人影が動いた。サルは驚きのあまり、とっさに一歩あとずさった。

岩棚から落ちる寸前、その人影がサルの腕をつかんだ。「気をつけろ」ギディオンの声だった。ギディオンはサルを洞窟のなかに引っ張りあげた。サルの足はエズラが置いていったヘッドランプにつまずいた。ランプを装着してスイッチを押すと、風船のはいったボウルの横に、ギディオンがいた。揺らめく影のなかで、殺気をみなぎらせ、大きく立ちはだかっている。その目は顔に開いたふたつの黒い穴のようだった。

「どうして――」サルは言いかけた。岩棚から落ちそうになったことと、ギディオンがいたショックで、心臓がバクバクと音を立てていた。

「おまえの帰りを待ってたんだ。全然戻ってこなかった。そしたらエズラがこっそり抜けだした。あいつはまずここに立ち寄った」ギディオンの顎の筋肉がぴくりと跳ねた。「ここで何やってる？」

「ぼく――ぼくはエズラを手伝ってて」

「これをか？」ギディオンは風船を指さした。

「そういうんじゃなくて。ただ手伝ってて――」

「嘘つくな」ギディオンは言った。「あの日、なんでおまえが母屋にいたのか、おれにわからないとでも思ったのか？ なんでおまえが急に熱心に狩りをするようになったのかも？」

「母屋にいたのはちがうんだ。ただ探検してただけ。エズラがあそこに隠してたなんて、ぼく、知らなかった、ほんとだよ」

「だが、おまえはずっとあいつを助けてたんだろう？　そりゃそうだ。あいつには薬を丘から運びだす人間が必要だ。毎日バスでラヴロックまで出かける中学生ほど、うってつけのやつもいない」ギディオンの両脇に垂れた指先が、ぐいっと曲げられる。「あいつは下で誰と会ってる？　ティガンか？」

サルの膝はまるで砂になったかのようだった。エズラが探しにくるまで、あとどれくらいだろう？　もしギディオンとエズラがこの洞窟で鉢合わせたら、ギディオンはまたエズラをボコボコに殴りつけ、すべてがおじゃんになるだろう。サルは早口で言った。「そのとおりだよ。ぼくはエズラを助けてた。でも、もうやらないって言ったんだ。だから、いまはエズラがやめるのを助けてる。エズラはリノの人に借金がある。伯父さんが井戸に投げ捨てたお金だよ。もしそれを返さないと、リノの人にやられる。マークル先生は四〇〇〇ドルを出してくれるって言ってる、エズラがこれを全部先生に渡したら」サルは風船を指さした。「そしたら、もう売るものはなくなって、このビジネスはおしまいになる。伯父さんが望んだとおりに。だからぼくに持っていかせて。ふたりとも待ってるんだ」

「チェスの教師か？」ギディオンの声に不快そうな色が混じった。「あいつが下にいるのか？」

「うん。先生はぼくを助けてくれてる」

ギディオンの顔が暗くなる。「なんであいつがおまえを助けてる？」

「先生はぼくの友だちだから」サルは挑むように少し顎先をあげずにはいられなかった。

ギディオンが三歩近づいた。金属とおがくずのにおいがツンとサルの鼻をついた。

「答えろ、サル。なんでエズラがドラッグを売るのに手を貸した？」

サルの口のなかが乾いた。言えることはたくさんあった。エズラが大切だったからと言うこともできた。自分が助けていると思っていた人々が大切だったからとも、稼いだお金が好きだったからとも。そのどれもほんとうのことだったし、一部はいまでもほんとうだ。でも、サルが口にしたのはそのどれでもなかった。そのときサルの頭に浮かんだのは、エズラが薬の壜をカウンターの上で滑らせ、サルの母親に渡す姿だった。だから言った。

「そうしなくちゃ、里子に出すって言われたから」

ギディオンの瞳孔が、ヘッドランプの光に照らされ、小さな黒い点になる。「じゃあ、なぜもうやらないとあいつに言った？」

その答はひとつしかなかったが、最後の慈悲の炎の揺らめきに照らされ、サルの心は揺らいだ。エズラは妹を助けたいと思っていた。薬を売っているつもりだった。そのせいで妹がどうなるのか知らなかったし、もっと悪いものに手を出すきっかけになるとも知らなかった。もし知っていれば、売ったりしなかっただろうに。

ほんとにそうか？　アンジェラスが言った。サルは十日前、この洞窟でエズラと会ったときのことを思いだした。『くそっ』――サルが、ヘロインのせいで母親がどうなったのか話したとき、エズラはそう言った。それでも、サルにヘロインをトゥルーディに売りにいかせた。元ラインバッカーの老人が過剰摂取で死んだことを知ったあとでも、若い母親やほかの客に薬を売りつづけた。いまではリノに行って、もっと多くの人々に薬を売りたがっている。慈悲の炎は消えた。

「あれが母さんに何をしたかがわかったから」サルは言った。

ギディオンの声はとても静かで、サルはほとんど聞き取れなかった。「あれがおまえの母さんに何をした？」

「エズラは母さんにあの薬を売ったんだ。腰の痛みに効くから。でも母さんは薬に依存して、しばらくしたら、あの薬じゃ足りなくなった。だからティガンからヘロインを買ったんだ」サルが〝ヘロイン〟という言葉を口に出したのはそれが初めてだった。名前を与えてしまったことで、サルの足元の地面が揺らいだ。「ぼくが見つけたとき、母さんはまだ片手に注射器を持ってた」

ギディオンは完全なる静けさに捕らわれていた。「エズラがあいつに薬を渡した？」

「渡したんじゃない。売ったんだ」サルの頭のなかで、アンジェラスが承認の翼を広げた。興奮が押し寄せ、サルは背筋を伸ばした。母親の仇《かたき》を討つのに、ギディオン以上に最適な人物はいない。カテラスはやめろとささやいたが、サルは無視した。

ギディオンは一歩さがり、影のなかにはいった。片方の手のひらをもう一方の手の親指でさすった。サルが母屋を探検した日、エズラを殴ったギディオンの手の関節には、擦り傷の上からかさぶたができていた。

「教師と用を済ませてこい」彼は言った。

サルが道を駆けおりて、息もたえだえに木立に戻ると、エズラとマークル先生は出たときと同じように、焚き火用のかまどを挟んで向かい合っていた。

「なんでそんなに時間がかかった?」エズラが言った。

「暗いから」サルは言った。まだヘッドランプをつけていたけれども。

エズラはイライラしながら手をボウルに伸ばした。「金を寄越せ」彼はマークル先生に言った。

マークル先生は封筒を差しだした。エズラはそれをひったくると、膝をつき、ライフルとボウルを横に置いた。そして夜、サルの寝室で何度もやったように、紙幣を広げて、二度数えた。満足すると、ライフルをつかんで立ち、風船のはいったボウルを地面に置いたままにした。それからライフルを構えた。サルは息を呑んだ。エズラはお金と風船の両方を手に入れようとはしないはずだ。自分のことを正直なビジネスマンだと言っていた。しかし、明らかにエズラはそのことを考えていた。

耐えがたい五秒が過ぎ、エズラはライフルをおろした。サルは息を吐いた。マークル先生に向かって、エズラは言った。「あんたがなんでこんなことをするのかわからんが、礼を言う」

「命には命を」マークル先生は言った。たったいま、エズラが何をしようと考えていたのかに気づいていたとしても、そんな様子はおくびにも出さなかった。

エズラは踵を返した。「行くぞ、サル」

「サルには残ってもらいたい」マークル先生は言った。「少しのあいだだけ。ちゃんと家まで送り届ける」

サルは残りたくなかった。また先生からベンジャミンと話をしてくれと頼まれるのではないかと恐れていた。彼らをじっと見つめる木々に囲まれたこの小さな円のなかで。それから、ダブルワイドでエズラの帰りを待っているにちがいないギディオンのことを考えた。

「ぼくは大丈夫。ヘッドランプも持ってるし」

「好きにしろ」エズラは言った。「家にはいるとき、ギディオンを起こすんじゃねえぞ」

サルはエズラのうしろ姿を見つめた。黒いセージのあいだを縫うように進む黒い影を。頭のなかで、カテラスが無言で非難を示したが、サルは母親と元ラインバッカーの老人と、サルの空想の世界でカテラスが殺した人々のことを考えた。エズラはそれだけのことをしたんだ。サルはカテラスに告げた。きみと同じように。

マークル先生の顔は月明かりを浴びて輝いていた。まるで顔の内側で青白い炎が灯《とも》されたかのように。

「さあ、焚き火をしようか」

ノラ

〈トーステッド・タヴァーン〉でルーカスとレナータと話をした翌朝、ノラはメイスンに電話をかけた。彼はまだ自宅にいた。電話の向こうで、子どもたちの声が聞こえた。家族で朝食を食べている最中なのだろう。ノラがルーカスと話したことを伝えると、メイスンは言った。「何をしたんだって？」

「わかってる。話をするつもりじゃなかった。ただもっとよく見たかっただけで」メイスンが口を挟むまえにノラは続けた。「レナータ・マークルもその店にいた。ふたりは付き合ってるのよ、メイス。ベンジャミンが死ぬまえからずっと」

小さな女の子が甲高い声で叫んでいる。すると、メイスンは場所を移動したのだろう。朝食のざわめきが小さくなった。「レナータはウィネマッカに住んでると言ってた」彼は言った。「まさかルーカスと一緒だとは思いもしなかった」

「それからもうひとつ」ノラは言った。「ルーカスにはアリバイがないかもしれない。ウェイトレスの話では、暇な夜にはコックの何人かを早く帰らせるそうなの。ルーカスに三月十三日は暇だったのか訊いてみたら、彼は答えなかった。でもレナータの反応を見るかぎり、きっと暇だったはず」

「今日、スミッティとフィルを調べにいかせる」メイスンは言葉を切った。ノラはなんと言われるかわかっていた。「これはすごく助かる情報だけど、ノラ、もうこれきりにしてくれ。首を突っ込むのはやめて、おれたちに仕事をさせてくれ」

「そうする。でも、どうなったのかは教えてくれるでしょ？」

メイスンはなんの約束もしなかったが、ノラの四時間目の授業中にメールを送ってきた。

『三月十三日、LZ《ルーカス》は八時半に出た。現在尋問のため連行中』ノラは微笑んだ。メールを送ってくれたことと、その内容の両方に対して。彼女は残りの勤務時間を、保安官事務所の取調室にいるルーカスの姿を想像しながら、自己満悦に浸りつつ過ごした。アダム・マークルの殺人犯が逮捕されたことは、たちまちラヴロックの住民に知れ渡るだろう。そうすれば、サル・プレンティスの目に宿る怯えた色もやがて消えるにちがいない。

終業のベルが鳴ってから一時間後、まだ学校に残っているときに、ジェイクが携帯に電話をかけてきた。彼の声はまるでずっと走りつづけていたかのように息が切れていた。

「あの記者が、サルを、車に乗せていった」

ノラは一瞬、彼が誰の話をしているのかわからなかった。その記者が〈ニッケル〉に現われた日から一週間以上経っており、ノラは彼女の存在をすっかり忘れていた。「どうやって？」

「きみに言われたとおり、おれはバスの到着を見張ってた。彼女はバスが到着した直後に車を停めて、サルに近づいて、ふたりで話をして、そしたらサルが彼女の車に乗り込んだ。おれが近づいたときにはもう遅かった」

ノラはその記者の押しの強さが信じられなかった。保護者の許可なく子どもを連れ去るのは、たとえサルが喜んでついていったのだとしても、誘拐に等しい行為だ。「ふたりはどっちに向かった？」

「丘を降りて、州間高速道路に向かった。どうすればいい？」

記者の強引な手口はさておき、ルーカスが拘束されたいま、サルが取材されることはさほど心配にはならなかった。もしルーカスがアダムを殺したのなら、サルがそれについて何か知っているはずはないと思えた。サルが語られない物語の観察者であるというノラの直感はまちがっていたにちがいない。「現時点で何かできるとも思えない。でも彼女はただの記者でしょ。死体発見についていくつか証言を引きだしたら、サルを家に帰すだろうと思う」

「だけど、サルをどこに連れていったんだ？」

その指摘はもっともだった。そもそも、記者がサルをどこかに連れていくのはおかしい。州間高速道路に連れていくより、車のなか か、マルゼンのどこかで話したほうが楽だろう。だいたい一番近い町、ラヴロックまでは車で三十分かかり、ウィネマッカなら一時間かかるのだ。

教室の蛍光灯の光が薄暗くなる。ルーカスはウィネマッカで警察に連行されたばかりだ。おそらくレナータはそれを知っているだろうし、もしそうなら、ルーカスのアリバイが崩れたことも知っているはずだ。そしてノラ自身がレナータにサルの名前と住んでいる場所を伝えた。マルゼンに最初に記者がやってきたのはその直後のことだ。ノラの手の甲の皮膚がチクチク痛んだ。「記者の名前はなんていったっけ？」

「ルース・ミラー」

「どんな見た目の人？」

「おれたちと同年代。茶色の髪。そばかすがたくさん。どうして？　彼女に会ったことがあるのか？」

ノラは片手で目を覆った。「その人、記者じゃないと思う。きっとレナータ・マークルよ、アダムの元妻」

ノラは州間高速道路のマルゼン出口まで、時速一三〇キロ近くで飛ばしたが、まるで時速三十キロでしか進んでいないかのようだった。路肩のマイル標識はなかなか現われず、ようやくひとつ通過するたびに、平手打ちを食らう気分だった。この事態を引き起こしたのはノラだ。ウィネマッカまで行き、ルーカスを殺人犯と告発するも同然のことをした。するとレナータはバス停からサルを連れ去った。結局、サルは殺人について何か知っていたのだろう。それが何なのかは、ノラには想像もつかなかったが、そのせいでレナータは、警察が恋人のアリバイを崩して二時間もしないうちに、マルゼンに現われたのだ。

教室を出るまえに、ノラは911に通報した。保安官事務所の受付のマリアンに事情を話し、レナータとサルの容貌を伝えた。通話を終えると、メイスンに電話した。

「わたしのせいよ、メイスン」ノラは机のうしろを行きつ戻りつしながら言った。「あなたの言ったとおり。首を突っ込むべきじゃなかった」

「ちょっと待てよ。ほんとにレナータなのか？」

「ジェイク・サンチェスが彼女を見てる。先週もマルゼンに来て、記者のふりをしてサルの住んでる場所を聞きだそうとした」ノラは足を止めた。「メイスン、もしレナータがアダムを殺したんだとしたら？　または、彼女とルーカスが共謀したとか？　あの夜、ほんとに本人の言ったとおり、夜の講義に出てたか知ってる？」

「教授は出席を取らないんだ」メイスンは言った。「ほかの生徒に訊かなくちゃならないんだが、そこまで手がまわらなくて」

ノラと同じように、メイスンもレナータにアダムが殺せるとは思っていなかった。しかし、殺人犯はアダムを燃やしたかったのだろうとも言っていた。レナータの息子はアダムのせいで焼死している。ノラはレナータがノラの教室でアダムの死について話したとき、彼女の目がどれほど冷たかったか、ノラは思いだした。「サルはふたりがやったと知ってるのかもしれない」ノラは言った。「それで彼女はサルを口止めしようとして」

「先走るのはやめておこう」メイスンが言った。「まずジェイクと話して、それから行くよ」

「プレンティスの家まで行くの？」メイスンはギディオンに事情を伝える必要があるが、ギディオンの家には電話が通じていない。「じゃあ、わたしがジェイクを連れていくから、向こうで合流しましょう」

ジェイクはマルゼン雑貨店のまえでノラを待っていた。ふたりはジェイクのトラックに乗って防火道をのぼった。ハンボルト山脈から強い風が吹き、トラックの車輪のあたりに真横から砂を勢いよく叩きつけた。ジェイクのトラックはまるで水を掻きわけるように、砂を掻きわけて進んだ。

プレンティスの家に着くと、ノラはジェイクにギディオンのトラックのうしろに駐車するように言い、そのままメイスンを待った。しかし、ギディオンは車の音が聞こえたようで、小屋から出てきた。しぶしぶながら、ノラとジェイクはトラックから降りた。風がノラのブラウスの袖を強く引っ張った。

ギディオンが苛立ちを炸裂させた。「なんの用だ？」

ノラはメイスンが来ないかと、ちらりと防火道のほうを見たが、まだ到着の気配はない。

「サルが行方不明なの」彼女は言った。「警察がこっちに向かってる」

ギディオンは腕時計を見た。それからノラとジェイクに向かってゆっくり歩きだした。

「行方不明？」

黄色の犬がごみの山から出てきた。鼻を防火道に向けている。パトカーが角を曲がったところだった。ノラはホッとした。メイスンとフィルが降りると、ギディオンはそちらに向かった。

「サルがどうしたっていうんだ？」

メイスンは心配する家族の相手をするのに慣れている警官らしく、落ち着いた口調で言った。「まだ情報を集めてる最中です、ミスター・プレンティス。ですが、警察は甥御さんを見つけるために全力を尽くすとお約束します」それからノラとジェイクのところにやってくると、五、六の質問をし、記者のふりをしてバス停からサルを連れ去った女について、ふたりが知ることすべてを聞きだした。

ギディオンは頭部の皮膚をピンと張りつめながら、その会話の一言一句に耳を傾けていた。メイスンが話を聞きおえると尋ねた。「その女は誰だ？」

「アダム・マークルの昔の生徒を、殺人の件で調べています」メイスンが答えた。「レナータは彼の恋人です」

ギディオンの目に警戒の色が浮かぶのではないか——ノラはそう予想したが、実際には計算するような表情がちらりとよぎった。「なんでその男が殺したと思うんだ？」

「いまは話せません」メイスンは言った。「でも、サルがマークルの死について何か知っているかどうか、もし心当たりがあるなら話してください。サルを見つけるのに役に立つかもしれない」

するとギディオンの表情は読めなくなった。「心当たりはない」

メイスンはフィルのほうを向いた。「スミッティにルーカスの家を確認させろ。マリアンに車を指名手配するよう伝えてくれ。ハイウェイパトロールと、ハンボルト、ワショー、チャーチルの各郡保安官事務所にも送れ。彼女の携帯の追跡も必要だ」

「まず、電話してみたらどうですか」フィルが提案した。「マリアンにファイルを見てもらえば、番号が記録してあるはず」

「番号ならわかる」ノラは言った。「アダムのチェスセットの件で、ショートメールをもらったから」ジェイクのトラックに行き、ハンドバッグから携帯電話を取りだし、レナータのショートメールを見つけた。驚いたことに、こんな丘の上でも電波のアンテナマークが二本立っていた。彼女は携帯電話をメイスンに渡した。

メイスンは数歩離れてから電話をかけた。しばらく待ってから——留守番電話に繋がったのだろうとノラは思った——彼は言った。「レナータ、パーシング郡保安官事務所のグリアー主任保安官補です。われわれはサル・プレンティスを捜しています。あなたと一緒にいることはわかっています。至急連絡してください」まるで学校から定刻どおりに帰宅しなかった少年を控えめに心配し、失踪の謎を解こうとしているような口ぶりだったが、全身が緊張していた。彼は保安官事務所の電話番号を告げて、電話を切った。

ギディオンに向かって、彼は言った。「ここは連絡がつかないし、保安官事務所で待ちますか？」

「上着を取ってくる」ギディオンは言った。

彼が小屋に向かって二歩進んだとき、ノラの携帯電話の通知音が鳴り、ショートメールの着信を知らせた。メイスンがそれを読み、ホッとして肩の力を抜いた。「彼女からだ。サルは元気だと言ってる。いま家に送り届ける途中だそうだ」

ノラの筋肉にアドレナリンがあふれた。ジェイクが「よかった」とつぶやくのが聞こえる。ギディオンの顔の険しさがゆるみ、目が閉じられた。

「彼女がいうには、サルがマークルの殺人事件について、何か話したいことがあるらしい」メイスンが言った。ギディオンがパッと目を開く。

「なんだと？　あいつはあの教師の死についてなんか、何も知らんぞ」

怒りをにじませ、いかにも信じられないという口調だったが、ギディオンの口元がかすかに白くなったのを見たとき、ノラは自分のなかの何かがひっくり返るのを感じた。まるで歩道から敷石が掘りだされたかのように。その下に何があるのかを見つけだすまえに、メイスンがノラとギディオンとジェイクにダブルワイドのなかで待つよう指示した。用心のためだと言って。

ダブルワイドにはいるとすぐ、ギディオンはキッチンに行き、シンクの上の引きちがい窓を開けた。ノラとジェイクも彼の両側に立った。虫がこびりついた網戸の向こうに、メイスンとフィルがパトカーにもたれているのが見えた。ふたりのまわりでは、風が砂地から小さな舞踊家たちを浮きあがらせ、クルクルと踊らせ、そして死なせた。

二十分が経った。ダブルワイドの三人は誰も口を利かなかった。ノラは欠けてはいるが驚くほど清潔なキッチンカウンターにもたれ、なぜギディオンは、サルが警察に話したい内容をそんなにも恐れているのだろうかと考えた。

ようやく青い車がカーブを曲がり、パトカーのうしろに停止した。車内では、レナータが両手でハンドルをつかんでいる。彼女の横には少年らしき、小さくて特徴のない影が見えた。ギディオンがダブルワイドから出て、コンクリートブロックの階段をおりた。メイスンとフィルはレナータの車から五メートル弱の位置についた。ふたりは武器に手をかけていたが、取りだしはしなかった。

「大丈夫だ、レナータ」メイスンが呼びかけた。「出てきて」

運転席のドアが開いた。レナータが立ちあがるとき、風が彼女の髪を高く舞いあがらせた。サルも車から降りた。彼はこの数カ月ほとんど毎日のように着ていたデンヴァー・ブロンコスのトレーナーを着ている。風はトレーナーを彼の胸に押しつけた。ノラとジェイクはキッチンの窓に身を乗りだした。コンクリートブロックの階段の下から、ギディオンが獣のような静けさで甥を見つめていた。

サルは車のまわりを歩いて、レナータのまえに立った。まるで彼女を守るように。風は最後にもう一度、荒々しく吹きつけると、なんの前触れもなくやみ、砂地は静寂に包まれた。

「この人はぼくを傷つけてない」サルは言った。「ただ、ぼくと話したかっただけ」彼の声は乾いた空気のなかで完璧に伝わった。

メイスンが言った。「それはよかった、サル。こっちへ来て、何があったのか話してくれないか」

サルは肩越しにレナータを見た。彼女は両手で口元を押さえた。サルはメイスンに向き直った。「ルーカスはミスター・マークルを殺してない」彼は言った。「ぼくは犯人を知ってる」

レナータは嗚咽を洩らした。ギディオンがすばやく三歩近づいたが、サルは視線で伯父を止めた。

「黙ってろ、サル」ギディオンは両脇で拳を固めた。「もう何も言うな」

「ごめんなさい」サルは言った。「でも、何があったのか言わなきゃならない」それから、風のあとに立ち込めた静寂のなかで、彼は言った。「エズラなんだ」ギディオンの頭がガクリとうしろに垂れた。

五分後、メイスンとフィルとギディオンとサルがダブルワイドにはいり、キッチンテーブルを囲んで座った。メイスンはメモ帳と小型テープレコーダーをパトカーから持ち込んでいた。彼はノラとジェイクに、レナータと一緒に外で待つように言った。メイスンがダブルワイドのドアを閉めたとたん、三人は開いたままのキッチンの窓の下に立った。網戸越しに、会話のすべてを聞くことができた。

「エズラ・プレンティスがアダム・マークルを殺したと、どうやって知ったんだ？」メイスンがサルに尋ねた。

サルは落ち着いた声で慎重に語った。エズラがリノの売人から買った処方箋鎮痛薬を売っていて、サルに公園で配らせていたこと。ギディオンがエズラの金と薬のストックを井戸に投げ捨てたこと。そこでエズラはヘロインを売って、借金を早く返すと決めたこと。サルにはそれができなかった。なぜなら、彼の母親はヘロインの過剰摂取で死んだから。サルはマークル先生に助けを求め、マークル先生はエズラがヘロインを売らないと約束すれば、借金を肩代わりすると言ってくれたこと。

ノラはダブルワイドの灰色のビニール製の壁面に片手をつけて、体を支えた。彼女はそんな経緯を何ひとつ知らなかった。もちろん知るわけがない。アダムがサルを誘って、日々昼食やチェスクラブで一緒に過ごしていた頃、彼女は宿題にCをつけるくらいしか、サルのことを考えていなかったのだから。

「じゃあ、きみがキャンプサイトでエズラと会う手はずを整えたんだね？」メイスンが尋ねた。

はい、とサルは答えた。マークル先生はエズラにお金を渡し、エズラのヘロインを受け取った。エズラが立ち去ったあと、マークル先生とサルは焚き火をした。でも、十五分後、エズラが戻ってきた。彼はドラッグとお金の両方を手に入れようとした。

「それで彼がマークルに火をつけた？」メイスンは尋ねた。その声からノラはメイスンが疑念を抱いているのがわかった。「どうして？」

「わからない」サルは言った。「でも、エズラはマークル先生のカバンからヘロインを取りだしたとき、縄跳びとお酒の壜を見つけた。ぼくは家に帰れと言われた。次の日、見た」

「じゃあ、火をつけたところは見てないんだな？」

「うん。でも、ほかには誰もいなかった。ふたりだけだった」

「ミスター・マークルが自分でヘロインを打つのを見た？」

サルは黙った。それから言った。「焚き火を囲んで座っているとき、打ってた。ぼくは止めようとしたけど、でも――先生は我慢できないんだって言ってた」

ノラはジェイクの視線を感じた。彼女の頭のなかで、〈ニッケル〉でジェイクがポケットから取りだした、アカシアの葉の上で光る銀の針が蘇った。

「どうして先生が縄跳びと酒壜を持ってきてたのか、わかる？」メイスンが尋ねた。

「お酒はわからない。でも、縄跳びはわかる」サルは説明した。ふたりでパイを焼いているとき、アダムがどんなふうにベンジャミンの遺品を見せたのか。それからアダムは遺品を箱に入れた。勝手に持ち去ったことを悪く思っていたから、レナータに返すために。その遺品のなかに、縄跳びがあった。レナータが箱を引き取りにきたとき、やっぱり全部は返せないと思ったにちがいない。

メイスンは息をふうと吐いた。ノラは彼の目のまわりが強張っているところを想像した。イライラしているときの癖だった。「どうしていままで話さなかった？」

初めて、サルの声に恐怖が混じった。「トラブルに巻き込まれたくなかった。薬を売ってたことで。エズラのことも、トラブルに巻き込みたくなかった。だけど、レナータから、ルーカスがミスター・マークルを殺した罪で逮捕されたって聞いて。それにミスター・マークルは――」サルの声が震えた。彼は間《ま》を置き、心を落ち着けてから続けた。「ミスター・マークルは、ルーカスに刑務所に行ってほしくないだろうから」

メイスンの声がやわらかくなる。「エズラも刑務所に行くことはないよ、サル。彼は死んだ」

「どうやって死んだの？」サルはノラと同じくらいショックを受けているようだった。

「撃たれたんだ」メイスンは言った。「リノで」のちに、メイスンはノラに語った。前週、放置された倉庫でエズラの遺体が回収されたこと。ライフルで胸を撃たれており、そのライフルは死体のそばで発見されたこと。ちょうどその日の朝、フィルがリノの保安官補と一緒にプレンティスの家を訪問し、ギディオンがライフル及び遺体の服や所持品が弟のものであると確認したこと。死後一ヵ月ほど経っており、ほぼアダムと同時期に死亡したものと思われること。エズラは仕入れ先と話をつけるために、すぐにリノに直行したにちがいない、とメイスンは言った。そこで事態が悪い方向に進んだのだろう。エズラはリノの麻薬カルテルの闇の世界で始末されたひとりにすぎず、犯人が見つかることはないだろう。

そのあとすぐに事情聴取は終了した。椅子の脚がリノリウムの床をこする音がしたとき、ノラとレナータとジェイクは窓から離れた。メイスンが先頭でコンクリートブロックの階段をおり、フィルが続き、ギディオンとサルが続いた。ギディオンの顔にはふだん以上に険しいシワが刻まれていた。サルは朦朧とした表情で、階段で少し足を取られた。地面に降りたとき、初めてノラに気づいたようだった。驚きと、それから感謝が、サルの顔にちらりとよぎった。ノラはサルを抱きしめたいと思ったが、彼のいる場所は遠すぎた。

メイスンがレナータを見た。「あの夜、会計学の授業には出ていなかったんですね」レナータがうなずくと、彼は言った。「アダムから、息子さんの品がはいった箱を受け取りましたか？」

彼女の目に罪悪感の涙があふれた。「ごめんなさい。あの家にいたことを知られたくなかったの。どう思われるかわからなかったし」彼女は両手の指を絡ませた。「ルーカスは釈放してもらえる？」

「まずはサルが正式な調書に署名しなければならない」メイスンは言った。「これから彼を連れていって、すぐにやります」

それからメイスンはサルの肩に手を置いた。サルを見つめるメイスンの眼差しはやさしく、敬意がにじみ出ていた。それは父親が息子に向ける眼差しであり、きっとメイスンはアレックスを誇りに思うとき、彼にそんな眼差しを向けているのだろう。ノラは肋骨の内側に穴が開くのを感じた。もう終わったことだ。彼女は自分に言い聞かせた。残りの人生、ずっとそう言い聞かせつづけることになるのだろう。

「つらいだろうけど」メイスンは言った。「でも、きみは正しいことをした」

メイスンの背後で、ギディオンが十セント硬貨《ダイム》のように青白い目でサルを見つめていた。

「わかってる」サルは言った。

火がつくまでにしばらくかかったが、いったん火がつくと、石を積んだ輪のなかに、小さな炎が赤々と燃えさかった。サルとマークル先生は、落ちたアカシアの枝を集め、セージを焚きつけに使った。だから焚き火からは、枯れ木が朽ちた甘いにおいと、焦げたセージのにおいがした。一定の間隔で、火花が散り、空に向かって漂っていた。

サルは焚き火を見たことがなかったから、背中は夜の冷気で冷たいのに、顔は炎の熱で火照《ほて》っているという経験は初めてだった。まるでふたつの世界にまたがっているかのようだった。熱くて明るくて生き生きした世界と、冷たくて暗くて息苦しい世界に。マークル先生に頼まれたとき、もしほんとうに行くことができたなら、狭間の世界――死者と話すことができ、その言葉を生者に伝えることのできる場所――は、きっとこんな感じがしたのだろう。サルは身を震わせ、炎に近づいた。

マークル先生は火がついてから、何も話さなかった。学校のごみ箱のボヤを見たときのように恐れた様子もなく、むしろ炎に魅了されているようだった。あぐらを組んで座り、眼鏡に炎が反射して、先生の目は炎の穴のように見えた。サルはカテラスの目がそんなふうになるところを想像し、それからエズラのことを思いだした。エズラはもうダブルワイドに戻ったのだろうか。この暗闇のなか、狭い急な道をのぼっているのだから、きっとまだ着いていないだろう。

ようやくマークル先生が身じろぎし、先生の目と重なっていた炎が消えた。先生はエズラが地面に残していった、風船のはいったボウルを手に取ると、膝に置いた。「火とは何か知ってるかい？」

サルは石の輪のなかの火を見つめた。それは暗闇で揺らめく幽霊のように、神秘的で儚く見えた。「ううん」

マークル先生は炎に手をかざした。「この木は分子でできている。ハンボルト川の水と同じだ。分子は充分に熱すると、振動してバラバラになる。太陽で温められた水の分子のようにね。それがけむりなんだよ。木が気体になったもの」木々が身を乗りだし、耳を澄ましている。「けむりが空気にぶつかると、その分子は酸素と結合して、別の分子を作る。そのときエネルギーが放出される。そのエネルギーは炎に似ていて、熱を持っている。燃えるものはなんでも同じことが起こる。分子が流れだし、空気に衝突して、火が生まれる」先生の顔が明るくなった。数学の物語を語ってくれたときのような笑みがかすかに浮かんでいる。「なんともすてきじゃないか。物質の遊びのようだ」

火がポンと音を立て、新たな火花が夜のなかに飛び散った。マークル先生は火花の行方を見つめた。「ヴァイキングは、仲間の死体を燃やしていた。薪《まき》の上に死体を置いて、一番大切な持ち物を添えた。戦士なら剣を。商人には商売道具を。天国でもそういうものが必要になると思ったんだ。彼らはけむりが死者を天国に運んでくれると考えた。宝物とすべてを」先生はまだ火花を見つめていた。「わたしは昔からその考え方が好きでね。とても単純な信仰だけど、とても慰められる」

サルは土に埋めるよりも、薪で燃やすほうがずっといいと思った。もし彼の母親が火葬されていたら、サルは六カ月後、六年後、六十年後に、棺のなかの母親の姿に苦しめられることもなかっただろう。母さんならバプティスト教会の讃美歌を聞きながら燃やされたいと言っただろう。サルは思った。ぼくなら色鉛筆とスケッチブックと一緒に燃やされたい。

「もし燃やされるなら、何と一緒に燃やされたい？」サルはマークル先生に尋ねた。

先生はしばし考えた。「何も思いつかないな」

「チェスセットは？」

「あれはわたしのものじゃないんだ」

マークル先生はボウルから青い風船を取ると、小さな結び目を歯で挟み、破って開けた。中身を手のひらに空けると、ブラウンシュガーのようなものが出てきた。先生が手のひらを傾けると、結晶が炎のなかに滑り落ちた。結晶は炎にぶつかるとき、ヒュッと音を立てた。「きみのお母さんが亡くなったとき、どんな気持ちだったか考えたことはあるかい？」

サルは身を固くした。彼は母親がどんなふうに死んだのか考えないようにしてきたが、訊かれた瞬間、頭のなかにパッと浮かんだ――サルが廊下の奥で眠っているあいだに、母親が苦しそうに喘ぎ、咳をして血の混じった泡を出し、胸を押さえている姿が。

「彼女は至福を感じていたよ」マークル先生が言った。「これを体に入れると、あらゆる痛みが消えて、体じゅうの細胞が光と温もりと喜びで満たされるんだ。きみのお母さんは、針を静脈に刺したとき、人生で一番しあわせだったんだよ」

サルは母親に苦しんでほしかったわけではないが、かといって、小さな色つきの風船の内側で、人生で一番心地いい瞬間を過ごしてほしかったわけでもない。「でも、それが母さんを殺した」

「そうだ。彼女は眠り、体が呼吸するのを忘れた」マークル先生は言った。「でも痛みはなかったんだよ、サル。ただ夢に包まれて漂っていただけだ。そのことを知ってほしい」

サルはそれも気に入らなかった。それでは、まるですべて諦めてしまっていたかのようだ。彼は荒々しく美しい母親が、自分のもとに帰るために戦って死んだと思いたかった。サルはアカシアの小枝で炎を突《つつ》き、オレンジ色の燃えさしをひっくり返し、その下の赤く燃えている薪を探した。

マークル先生は茶色の結晶の最後のかけらをズボンでぬぐった。ボウルを脇に置き、膝の上で手を組んだ。「きみはわたしの頼みごとを聞いてくれると約束したね」

最初、サルはパイを焼くことが頼みごとだと思った。それから、ベンジャミンと話すことだと思った。一方は簡単で、もう一方はものすごくつらかった。それでも、目のまえの男にノーとは言えないとわかっていた。サルは小枝を半分に折った。「わかった」

「そんなに身構えないでほしい」マークル先生は言った。「とても大きな頼みごとなんだ。まず、どうしてそれが必要なのか、なぜきみにしかできないのかを話そう」

木立の向こうから、コソコソと何かが動く足音が聞こえた。たぶんコヨーテだろう。マークル先生には聞こえなかったようだ。先生はボウルに手を伸ばし、別の風船を手に取った。今度は黄色い風船を。「きみのお母さんがどういう気持ちだったかわかるのは、わたしもこれを使ったことがあるからなんだ。これはわたしを、しあわせを遥かに超えたところに連れていった。正確に表現する言葉は存在しないが、至福という言葉が一番近い」

先生は象牙色のルークを撫でるように、黄色い風船を撫でている。サルの頭蓋骨の底で警報が鳴り響いた。「使ってたの？」

「最初は、慎重にしてたんだ。これを使っても、普通に暮らせると言ってる人たちとインターネットで出会った。しばらくはそんなふうに暮らせていた。講義をして、家族のもとに帰って、誰にも知られなかった。しかし、時が経つにつれ、もっと頻繁に必要になり、必要になったときの痛みも悪化した」

サルは唇を舐めた。火の熱で唇が乾いていた。「だけど、もうやってないんだよね？」

マークル先生は黄色の風船を親指と人差し指で挟んだ。「パイの日のパーティにベンジャミンを連れていった日、体が震えていた。わたしは思った。たった一回打つだけだ。自分を落ち着かせるために。そうすればパーティを乗り切ることができる」

アカシアのあいだから小枝が折れる音がしたが、サルはそれをぼんやりと耳にしただけだった。マークル先生の言葉は低く、痛烈に、サルの頭のなかに押し入ってきた。「事故のことは覚えていないんだ。覚えているのは、頬の下に触れるアスファルトの感覚だけだ。

州間高速道路八十号線は三車線あって、わたしは中央の車線に横たわっていた。アスファルトは熱かった。車はガードレールにぶつかって、燃えていた。ガソリンのにおいがした。

人々が叫んでいた」マークル先生は黄色い風船を握りしめた。「ベンジャミンが車のなかにいた。あの子が叫ぶ声が聞こえた。それなのに、わたしは起きあがることもできなかった」

かまどのなかの小さな火が、まるで謝罪するかのように、ため息をつく。サルはもはや炎の暖かさを感じることができなかった。冷気がどっと押し寄せてきた。

「自分の子どもにそんなことをしておいて、どうやって生きていける？」マークル先生は焚き火に問いかけた。「とびきり臆病でないとできないことだ。地方検事は誰がヘロインを売ったのか話せば、執行猶予を勧告すると言った。だからルーカスから買ったと言った。大学は更生施設に行けば、辞職させてやると言った。だから更生施設に行った。更生施設はほかの人の息子たちに教えれば償いになると言った。だからこの町に来た。しかし、結局は無駄だった」

「先生のせいじゃない」サルは言った。それがほんとうかどうか確信は持てなかったけれども。マークル先生は選択をした。サルの母親がしたように。未来の選択肢を奪うような選択だけれど、選択に変わりはない。それでも、マークル先生がベンジャミンと車に乗ったとき、サルの母親が最後の針を血管に刺したとき、ふたりはドラッグのなすがままだった。ドラッグは抵抗する意志を圧倒し、どれだけ害があってもかまわないと思わせる。そう意味では、ふたりは最初から破滅が定められていた。自分たちの過ちによって。必要なものを売りつけた人々によって。ルーカスやエズラのような人々によって。

そしておまえもだ。アンジェラスが言った。サルの視界のすぐ外側、木々のなかで影が動いた。サルがそちらを見たときには、消えていた。

「薬の支配から逃れようと努力もせず、わたしは薬の量を増やした」マークル先生は言った。「薬の値段が高くなりすぎたとき、わたしはヘロインを買った。毒だとわかっていながら。静脈に針を刺して、ベンジャミンと車に乗った。ベンジャミンを危険にさらしているとわかっていながら。いまでさえ、あんなことがあったのに、わたしはルーカスから渡された薬を飲み、きみの伯父さんのヘロインを受け取って使った。わたしがやったことなんだ、サル。ドラッグがそうさせたんじゃない」

サルの心はルーカスの名前に引っかかった。「ルーカスが薬を渡したの?」

「彼は公園で少年から買ったと言っていた」マークル先生はサルの顔を見て、悲しげな笑みを浮かべた。「あの月曜日に会ったとき、彼はわたしを赦してくれた。わたしが望んでいたようにね。それから悪夢を見るんじゃないかと訊かれた。オキシコンチンを手にいれられると言われたとき、わたしは迷わなかった。処方薬なら大丈夫だと自分に言い聞かせた。わたしが車を激突させたのは薬のせいじゃないし、薬なら、わたしを眠らせてくれないベンジャミンの幻影を止めることができるだろうとね。わたしはそんなにも弱い人間なんだ」

サルの顎はぴたりと閉じて動かなかった。マークル先生のすばらしい教え子がラヴロックにやってきたのは、先生を赦すためではなく、破滅させるためだった。そのためにサルを利用したのだ。あのときルーカスはなんと言っていた？『あいつはまた別のドープボーイと知り合ってた』。そしてそれが完璧だと言っていたのだ。

「それでもわたしは、どうやってなすべきことをすればいいのかわからなかった」マークル先生は言った。「きみから、伯父さんとキャンプサイトで会おうと言われるまでは。きみと出会ってから、わたしは運命を心から信じるようになったんだよ、サル」先生は黒いブリーフケースのなかに手を入れ、酒壜とベンジャミンの縄跳びとジップロックの袋を取りだした。ジップロックのなかには、小さな水のボトルと金属製の計量カップと脱脂綿と注射器がはいっていた。

サルの心臓がバクバクと打った。「ミスター・マークル、待って。もう一度やればいい。更生施設に戻って。回復して。やり直したらいい」

マークル先生は黄色い風船を破った。砂の上に計量カップを置き、そのなかに粒状の粉を入れる。「わたしが人生の帳尻を合わせたいと言ったのを覚えているかい？」先生は注射器の針を水のボトルに刺し、プランジャーを引くと、水をカップの粉に吹きかけた。「ベンジャミンを偲《しの》びながら教えることで、できると思っていた。きみを、父親のいない少年を助けることで、できると思っていた」先生は計量カップを焚き火にかざし、炎のなかに入れたり出したりした。「でも、きみがこれを持って教室にやってきたとき、わたしはかつてないほどの渇望を覚えた。これを手に入れるためなら、すべてを投げだすとわかっていた。わたしはこれの奴隷だ。これからもずっと奴隷なんだよ」

サルは計量カップが左右に動くのを見つめていた。サルが風船を渡さずにトゥルーディを追い返したあと、ルーカスはマークル先生に助けを求めたらいいと助言した。『アダムにその袋を見せろ』と彼は言った。その言葉の持つ恐ろしい意味に、サルの体は完全に麻痺した。

マークル先生は計量カップを砂の上に戻した。カップのなかの液体は煙草の汁のように見える。先生は脱脂綿をひとつまみ取り、丸めて小さな硬いボール状にしてから、液体のなかに落とした。焚き火がパチパチと鳴ったり、シューッと音を立てたりしている。先生は針の先を綿のボールに触れさせ、綿を通して液体をシリンジに入れた。カップが空になると、シリンジに液が満たされた。先生はその注射器を、焚き火を囲む平らな石の上に置いた。

「わたしは帳尻を合わせられるほど強くはない。わたしに清算できるのは、ベンジャミンに対する負債だけだ」マークル先生は両手を膝に置いた。「それがきみにお願いしたい、わたしの頼みごとなんだよ、サル。わたしが死ぬ手助けをしてほしい。あの日、高速道路で死ぬべきだった方法で」

そよ風が吹き、静まり返った木立を揺らしていく。その指先がサルの顔をかすめたが、彼は感じていなかった。頭がクラクラとして、理解を拒んでいる。マークル先生の目は厳粛さをたたえていた。

「わたしがどれほど絶望しているか、きみは見てきた」先生は言った。「わたしが息子に何をしたかを知っている。わたしがここに残って何をするか、いま、その目で見た。そして何より、きみはわたしがこれから向かう場所を見ている。わたしはベンジャミンのところに行く、彼はわたしを赦してくれた。世界じゅうの人々のなかで、きみだけは、わたしにとって死が慈悲だと知っている」

サルはマークル先生の家のカウンターに並んだパイのことを考えた。それを焼いているあいだ、キッチンに満ちていた温もりのことを。マークル先生はとてもしあわせそうだった。しかし、先生をしあわせにしていたのは、パイでも、サルでもなかった。先生がしあわせだったのは、死ぬつもりでいたからだった。サルが居間で先生に告げた嘘のせいで。

サルの口は乾き切っていて、舌がほとんど動かなかった。「ミスター・マークル、ぼくは嘘をついた。ベンジャミンのこと。ほんとは見えてなかったんだ」

マークル先生を取り巻く夜が、闇に闇を重ねて跳びはねた。そのなかに、サルはすべてを見た。マークル先生の人生を耐えがたいものにしているすべてを――痛みを、破滅を、絶望を、罪悪感を。しかし、マークル先生の笑顔はやさしかった。「信じないよ、サル。わたしですら、あの部屋でベンジャミンを感じたんだ」先生は縄跳びの一方の端を足首に縛りつけると、もう一方の端をサルの横の砂の上に置いた。それからまた両手を膝に置いた。背筋はまっすぐ伸び、白いドレスシャツを着た肩はピンと張られている。

「運がよければ、病人が自分の思いどおりの死を選べることもある。病気に破壊されるまえに」先生は言った。「わたしは病人なんだよ、サル。これはわたしの病気だ。わたしは自分の選んだ方法で死ぬことができる。そうでなければ、依存と再発のスパイラルに陥って死ぬことになる。その過程で、わたしが大切にしているものは、わたしについて思いだす価値のあるほんのわずかなものまで、すべて失われるだろう」

「ミスター・マークル」サルはささやいた。「お願い、やめて」

「問題は、わたしにその勇気がないことなんだ」マークル先生の声が少し震えた。「でも、きみはわたしにとって息子のような存在だ、サル。ベンジャミンの兄弟といってもいいほどだ。わたしとベンジャミンを再会させるのは、きみであるべきだと思うんだよ」

焚き火がパチパチと跳ね、やがて静まった。サルはマークル先生が自分に何を求めているのか完全には理解していなかったが、先生が死ぬ手助けなどできるわけがなかった。

「できない」

「できるよ。きみはただ、その縄跳びを焚き火のなかに落とすだけでいいんだ。あとは炎がやってくれる。痛みは感じないよ、約束する。それはドラッグが引き受けてくれる。高速道路でしてくれたようにね。わたしが感じるのは、安堵だけなんだ」先生はまた笑みを浮かべた。「ヴァイキングのことを考えてごらん、サル。それから物質の奇跡を。物質はひとつの形から別の形に変化する。川の水が雲に変わるように」

サルは理解と恐怖を同時に覚えて先生を見つめた。マークル先生は酒壜を開けた。透明な液体を縄跳びにかけ、それから自分の脚や腕や胴にもかけた。両手のなかに液体を入れ、首のうしろや髪に塗り込んだ。まるで聖油で清めるように慎重な手つきで。サルの目には、まるで分厚い波型ガラスの向こう側で行なわれている行為のように映った。それからマークル先生は注射器を手に取り、前腕に針を刺した。針を抜いたとき、先生は顔をゆるめ、小さくため息をついた。注射器は焚き火のなかに落とされた。サルの視界が狭まり、プラスティックが黒く変色し、丸まっていくところしか見えなくなった。

「さあ、サル」マークル先生が言った。夢でも見ているように。「頼むよ」

炎は身を屈め、跳躍に備えて凝縮している。しかし、サルは動けなかった。縄跳びは彼の脚から数センチ離れた砂の上にあったが、サルの指は膝の上に張りついたままだった。何があろうと――少なくともこの時点で――縄跳びを手に取ることはなかったはずだ。サルは残りの生涯、そう信じつづけるだろう。とはいえ、そんな彼の決意に意味はなかった。木立のなかで何かが潰れる音がした。サルは顔をあげて、そちらを見た。木々のなかの影が、暗闇から噴出して何かの形になった。それが光の輪のなかに勢いよく飛び込んできて、サルは恐怖で身を縮めた。

「この腑抜け野郎」ルーカスが言った。炎が新たな人影を見て跳ね、彼の顔に流れる涙をきらめかせた。

「ルーカス」マークル先生の声は不思議そうだった。「どうしてここに？」

「レナータが、おまえがバカなことをするかもしれないって言った。おれはかまうもんかと言ったけど、おまえがサルと一緒だったって言うから」ルーカスはサルを見た。「こんなやつの言うことを聞くんじゃない。もう帰れ」

サルの頭で血がバクバクと脈打った。マークル先生の言葉を押し流してしまいそうなほど。「きみはわたしにこうさせたいんだと思っていたよ。だからわたしを探しにきたんじゃないのかい？」

「おれはおまえに自殺なんか望んでなかった！」ルーカスは言った。「苦しませたかったんだよ！」

マークル先生は笑った。悲しげに声を震わせて。「ああ、でもルーカス、わたしは苦しんだよ」

「いや、苦しんでなんかない。おまえは苦しみはじめてもいないのに、諦めてる」ルーカスの唇が細い歯を隠し、引き結ばれた。「おまえはおれの大事なものを全部破壊した。おれのキャリアも、偉大な会話に加わるチャンスも、世界の見方まで。おれの唯一の慰めは、おまえも全部失ったことだった。ところがおまえを探してみたら、素面《しらふ》で教師をやってた」彼はサルに向かって指を突きつけた。「しかも別の息子まで見つけて。新しい人生を、二度目のチャンスを手にしてた。おれには何もないのに。しかも、そのために戦うことすらしなかった！　薬が欲しいかとおれが訊いたとき、おまえは即座にイエスと答えやがった。ただの一度も迷いすらしないで！　おまえにとって、おれやベンジャミンやおまえを愛してたみんなに何をしたかなんて、まるでどうでもいいみたいに。てめえにとって大事なのは、クソ麻薬だけなんだろうが」

「きみの言うとおりだ。すべてにおいて」マークル先生の舌はもつれていた。「わたしは二度目のチャンスに値しない」

「せめて戦うべきだろうが、そのために！」ルーカスは言った。「残りの人生を高架下で、次の一発を欲しがってよだれを垂らして、毎朝目を覚ましては、一度だけでなく、二度も全部失ったと突きつけられるべきだったんだ。おれが望んだのはそれだ。けど、おまえはもっと楽な逃げ道を選ぼうとしてる。しかも、それを自分でやり切る勇気すらない。ガキに手伝わせようとしてやがる。こんな子どもに！」

マークル先生はさっと青ざめたが、それから気を落ち着かせた。「サルはただの子どもじゃない。わたしの息子だ」先生は底のない目でサルを見た。「そしてわたしの観察者だ」

サルは鋭く息を吸った。頭上では星々が軸のまわりで回転している。その軸はこの小さな焚き火にまっすぐ刺さり、硬い鉄でできた地球の中心まで貫いている。彼は縄跳びのハンドルを手に取った。アルコールでヌルヌルしていて、においもした。鼻腔を鋭く突く強烈なにおい。時が止まった。星々が見つめ、木々が耳を澄ましている。サルはうなずいた、ゆっくりと一度だけ。

それから彼はやり遂げていたことだろう。愛と義務が孕《はら》まれたその瞬間、マークル先生から授けられた慈悲深い死をもたらす力で、やり遂げていたはずだ。そのことも、サルは生涯信じつづけるだろう。ところが、そのときルーカスが近づいてきた。サルをグイッと引っ張って立ちあがらせ、縄跳びをつかむと、サルを思い切り突き飛ばした。サルはよろめきながら、うしろに倒れ込んだ。それから、ルーカスは縄跳びのハンドルを焚き火にかざした。

「やめろ！」マークル先生の目が恐怖で見開かれた。「頼む！　サルでないとダメなんだ！」

ルーカスは炎に手をかざして立った。全身を震わせて。マークル先生が、そろそろと懇願するように手を伸ばした。ルーカスは動きを止めた。暗闇のコートをまとい、腕を突きだし、顔をあげている姿は、まるで『墓場の少年』のコミックブックの表紙に描かれたサイラスのようだった。

それからルーカスは言った。「残念だったな、クソ野郎。おれになって」

サルは跳び起きたが、遅すぎた。ルーカスは縄跳びを焚き火に落とした。

最初は何も起こらなかった。三人とも、炎のなかにポツンと転がる縄跳びのハンドルを見つめた。サルは念じた――失敗しろ、失敗しろ。それから小さな青い光の球が、赤と白のナイロンのよじれを伝って、マークル先生のズボンの脚を舐めた。マークル先生は悲鳴をあげ、両手で光の球を叩いたが、たちまちズボンが燃えあがり、腕が燃えて、砂の上で左に右にと転がった。かまどのなかでパチパチと鳴っていた従順な小さな炎は、やがて咆哮する巨大な獣と化し、先生の体を呑み込んだ。サルは先生に駆け寄ろうとしたが、ルーカスに腰をつかまれ、地面から持ちあげられた。サルは宙に浮いたまま足をバタつかせて蹴りまくり、口を開けて絶叫した。彼の悲鳴はマークル先生の悲鳴と重なって、夜を焼き焦がした。ふたりの泣き叫ぶ声が空に向かって放たれるなか、マークル先生の腕は傷ついた大きな鳥のように砂に打ちつけられ、眼鏡は溶け、口は黒く歯のない金切り声を出す穴と化した。ルーカスはサルを地面にねじ伏せて覆いかぶさった。サルの髪をつかむと、頭を火と反対方向にねじり、頬を冷たい砂に押しつけた。マークル先生の腕が大地を叩きつけるたびに、まるで遠くの鼓動のように伝わってくる。

物質の遊び物質の遊び物質の遊び——サルの心は鋭く叫んだ——すてきすてきすてきすてきすてきすてきすてき……

「見るな、見るな、見るな」ルーカスがささやくなか、絶叫は延々と続き、大地はサルの頰を打ちつづけていた。

ラヴロックでは、死は音楽のように聞こえる。ギターやドラムのビートを刻み、恋人と同じくらい体を密着させて踊りたい、毎日の祈りの言葉と同じくらいよく知る歌詞を叫びたいと思わせる。血管を流れる液体が血であり、手足が思うように動けば、ジャンプして、クルクルまわることだろう。けむりと大麻と恋人の吐息の混ざる霧のなかで、亜麻色の髪を扇のように広げながら。でも、体は七歳の誕生日にもらったリトル・マーメイドのシーツに絡まって干からびていて、踊りかたをすっかり忘れている。それも、針が別の静脈を見つけるまでのこと。ああ、うん、恋人の言ったとおり。まるで天国のようだ。やがて体は歌で痛みはじめる。でもそれも——シーツのなかでじっとしたまま——体が遠い昔のようにクルクルまわり、昨日の体とはまるでちがって思えるまでのこと。腕に針を刺しながら、踊りだす。覚えているかぎりのあらゆる色彩のなかで踊り、母親が起こしに来たときには、もう逝っている。

サル

ついにマークル先生の腕の動きが止まった。しかし、炎はその先何時間も燃えつづけることになる。木立は炎で熱くなり、炎と踊るような影を落とす。炎の貪欲で舐めるようなパチパチと弾けるつぶやきと、空気よりも濃い甘く焼けるようなにおいで、夜は満たされた。アカシアは指のように細い枝を大枝に引き寄せて尻込みし、黒い果実のように枝からぶらさがっていたコウモリたちは空に向かって逃げだした。

サルの髪をつかむルーカスの手の力がゆるんだ。サルは力を込めて、ルーカスを振り落とした。ルーカスはまたサルに手を伸ばしたが、サルはその手を逃れ、振り返らずに駆けだすと、小道を突っ走って崖のふもとまで行き、そこから丘の坂道を駆けのぼった。冷たい夜の空気のなか息を切らして、背後からルーカスの重い足音が迫るのを聞きながら。サルは坂道から逸れ、追われた獲物のように、切羽詰まって何も考えずに洞窟を目指し、入り口に着くと埃だらけの地面に飛び込んだ。突っ伏したまま五回呼吸をしたところで、もうルーカスが岩棚をよじのぼる音が聞こえた。サルはビールの空き壜や煙草の吸い殻を越え、洞窟の奥の割れ目に、足からうつ伏せでもぐり込んだ。ルーカスの手が届かないくらい奥まではいると、そこでじっと横たわる。闇が彼を包み込んだ。

ルーカスがよろめきながら洞窟にはいってくる。セージの向こう、月夜を背に、黒い人影が見える。携帯電話の懐中電灯《フラッシュライト》が闇を切り裂き、やがて岩の割れ目を見つけた。彼は膝をつき、なかを照らした。サルは眩しさに目をしばたたかせた。全身の筋肉が強張る。彼は三方を塞がれていた。目のまえは洞窟のなかの男に、上は岩の重みに、そして足の先は闇に。彼の頭蓋骨のなかで、耳で聞き取れる音域よりも少し低い音が唸り、巨大な翼が鼓動していた。暗い家の白いカウンターには六つのパイがある。サルのリュックサックのなかには死んだ少年のカードがある。アカシアの木立ではマークル先生がバラバラの分子となって飛び散っている。

ルーカスが噎《むせ》ぶような音を立てた。「あいつが望んだことだ。おまえも聞いただろう。おれはあいつを助けただけだ」

サルの舌は口内の上顎にへばりついている。すてきすてきすてき、頭のなかのおしゃべりが止まらない。物質の遊び。

ルーカスのフラッシュライトの光がサルの額に突き刺さり、サルはトンネルのさらに奥まであとずさる。頭のなかの翼の鼓動がさらにうるさくなった。ルーカスがマークル先生を助けるはずじゃなかった。サルが助けるはずだった。そしてサルが観察するはずだった。マークル先生は、サルにそれをしてほしいと願ったのだ、ルーカスではなく。先生は最後には、サルこそが自分をほんとうに理解している人間であり、自分の物語を信頼して託せる唯一の人間だと気づいたからだ。すべてが終わったいま、サルに考えられるのはただひとつ──やりたくないと思ったことでもなく、実際にやれていたかどうかでもなく、やるべきだったという思いだけだった。あれはサルがやるべきことだった。彼の責務であり、名誉であり、義務であり、重荷だった。

「おれは見たんだよ。おまえがやろうとしてるのを」ルーカスは言った。「おまえにやらせるわけにはいかなかった。あいつはおまえに頼むべきじゃなかった」

サルは耳を塞げるものなら塞ぎたいと願った。それもこれも全部ルーカスのせいなのだ。もしルーカスがいなければ、マークル先生はあと二十年以上、六年生を教えつづけていたはずだ。ラヴァーズロックの横の遊び場で遊んでいる幼児たちは、やがて先生のことを〝カメのマークル〟と──まだ彼らが言葉も話せないときにキップ・マスターズがつけたあだ名とも知らずに──呼ぶようになっただろう。先生はサルに数学の物語を千回以上話しただろうし、サルは先生のために千回以上天使の物語を描いたことだろう。ベンジャミンは数十年間、狭間の世界で待ち、彼の父親がゆっくりと人生の帳尻を合わせる様子を見守ったことだろう。ルーカスがラヴロックに近づきさえしなければ。

「よく聞け」ルーカスは言った。「おれたちがふたりとも何も言わなけりゃ、おれたちがここにいたことは誰にもバレない」フラッシュライトがルーカスの手のなかで揺れた。「なぜなら、おまえはおれとはちがう話をする、いいな？ そしておれはおまえとはちがう話をする。たとえ誰かがおれたちがここにいたことを突き止めても、どっちの証言を信じればいいのか知りようもない。わかったか？」

ルーカスはサルが何か言うのを待っていた。しかし、サルの喉は紐で締めつけられたかのように動かない。

そのとき、崖の向こうの丘から、かすかな破裂音がした。まるでものすごく長い階段の上で、どこかの部屋のデッドボルト錠がかけられたような音だった。

「くそっ」ルーカスがつぶやいた。「あれは銃声だ」フラッシュライトがさっと逸らされ、ルーカスが洞窟から出ていったとき、サルの体がうしろに滑りだした。岩の割れ目のトンネルのなかを、翼の鼓動と岩と血のにおいの渦に向かって。あれは銃声だった。エズラは銃を持っていた。ギディオンは家で待っていた。サルはエズラをギディオンのところに行かせた。エズラは銃を持っていた。ズルズルズルと滑りつづけるうちに、サルの脚は見えない岩棚の上に出ていた。体がふらつき、虚空が足首を引っ張る。サルは指で岩をつかみ、足が岩の上に戻るまで、じりじりとまえに進んだ。一分ほどそこに横たわっていたが、やがて寝返りを打って上体を起こした。

そこは完全な闇だった。闇がまるで物体のように、目を圧迫してきた。ヘッドランプをつけていたことを思いだし、首までずり落ちていたランプに手をかけようとしたとき、サルの目が失われ、闇が激しい光の破片となって爆発した。いつのまにか、サルはどこか別の場所にいる。体から抜けだし、果てしない黒い空に浮かぶ彗星や惑星や太陽に囲まれている。物語が虹色のリボンのように流れていき、人々のざわめきが高くなり、低くなり、やがて途絶える。時そのものが、めまぐるしく変化する巨大な循環を行きつ戻りつし縺《もつ》れていく。見えない翼が刻むリズムのなかで、誰かが言う――これは宇宙を繋ぐ糸だ。スプーンを握る手がボウルをかき混ぜる。グルグルグルグル。炎が舞いあがって落ちる。遠くのほうで、輝く翼を持つ二頭の獣が銀河よりも大きな刃《やいば》で戦いつづける。一方が他方の心臓を突き刺し、闇へと投げ込むまで。やがてサルの指がヘッドランプを見つけ、スイッチを押した。闇と、闇のなかの恐ろしい不思議な世界は消えた。

サルはへとへとになり息を切らして、岩棚にひざまずいていた。そこは巨大な岩の丸天井の下に、まるでゴシック様式の大聖堂の控え壁《バットレス》のように、いくつもの岩壁が立ちならぶ空間だった。静脈のようにあちこちに張り巡らされた岩壁には紫の結晶がついていて、サルのヘッドランプの光を屈折させ、何百万というラヴェンダー色の星々を生みだしていた。サルは震える指先で自分の顔に触れ、皮膚の下にある骨を、少年の骨を感じた。一瞬前の光景が、頭の隅に漂っていた。その後、彼は生涯その光景を描こうとしつづけるが、どれだけ試みても、手は何度も何度も、ただ円をなぞるばかりとなる。

やがて手足を震わせながら、サルは岩棚の縁まで這っていき、戦いに敗れた大天使の体を探して深淵をのぞき込んだ。するとそこに、銀色の塵に覆われた、悠久の昔、未完のまま残された別の少年の物語が見えた。

サルは長いこと、その縦穴を見つめていた。それから慎重に岩棚から足をおろし、足場を見つけた。岩から岩へと一歩ずつ降りて、十メートルほど下の底にたどり着く。縦穴の底の塵は、割れ目の外の洞窟の塵よりもずっと細かかった。膝をつくと、まるで羽毛のように感じられた。

少年はただの骨と、古代の枯草で編んだ履物だけになっていた。顎は砕けた頭蓋骨からはずれ、大きな口で無音の悲鳴をあげている。片方の腕は肋骨のなかに消えていたが、もう一方の腕は手のひらを上にして突きだされていた。指の骨は小さく繊細で奇妙だった。

その骨が少年のものだと示すものは何もなかったが、それでもサルにはわかった。この少年を愛していた誰かも、ずっとずっと昔に亡くなったことがわかるのと同じように。彼はたったひとりで怯えて死んだにちがいないが、顎が大きく開かれているにもかかわらず、このアメジストの銀河に漂う迷子の少年は、安らかに見えた。

暗闇のなかでサルは目撃した――物語の長い長いリボンが芯からほどかれていき、物語る声がやむと同時に溶けて消えていくのを。この少年の物語も、そのなかのひとつだった。時の止まった場所で取り残されて死んだ少年。その少年の死を見届ける目や、その死を語る口から遠く離れた場所で。なぜ少年がここに来たのか、誰が帰らぬ少年を待っていたのか、誰も知ることはない。少年が何を見たのか、どうやってここに落ちたのか、誰も知ることはない。この洞窟のなかの洞窟には、コウモリも見える者も観察者もなく、銃も焚き火も縄跳びもなく、母親も父親も息子もいなかった。そこには物語はひとつもなく、サルはその沈黙で体じゅうを満たした。

数時間が過ぎた。朝を迎えるほどではないが、木立の焚き火が消え、洞窟の冷気がサルの骨髄に深く沁み込むには充分なほどの時間が過ぎた。それから遠くの鳥のさえずりのように、自分の名を呼ぶ声が聞こえた。サルのヘッドランプは電池が切れかけ、薄暗くなっていた。だから、十メートル上の狭い割れ目を通して射し込む、別のヘッドランプの光に気づいた。

「サル！　そこにいるのか？」その声は洞窟のなかにこだました。サルは誰の声なのかわからなかった。

サルは最後にもう一度、塵のなかの少年を見た。最初と変わらず、安らかに見えたが、彼の安息の場所の沈黙は破られた。その沈黙を破ったサルも、もう去るときがきた。少年は眠りつづける。誰にも邪魔されずに。サルが手を伸ばし、一番小さな骨を手に取ったときでさえ、その眠りが覚めることはなかった。

寒さで筋肉を引きつらせ、岩壁をのぼって岩棚にあがり、トンネルにもぐり込んだ。割れ目の出口に近づくと、誰かがサルの腕をつかんで、引っ張りだした。外側の洞窟の地面にふたりで座り込んだとき、サルは自分を探しにきたのがギディオンだと知った。ギディオンは両手でサルの手足をなぞった。まるでどこも欠けていないことを確認するかのように。ギディオンの指の関節のかさぶたはぱっくりと割れ、血がにじんでいた。ほかには、どこも傷ついた様子はなかった。その目をのぞいて。彼の目には何か新しいもの――取り憑かれたような色――が宿っていた。サルが一度も見たことのないものだったが、もしルーカスの目を見ていたら、そこにも同じものが宿っていたかもしれない。

「大丈夫か？」ギディオンが尋ねた。

サルは口を開けたが、言葉が出てこない。首をうしろに倒し、喉を鳴らした。ギディオンがサルを揺さぶった。「どうした？」

サルは片手を喉に押し当てた。声が喉の内側で、捕らわれた蛾のように震えている。もう一方の手は、迷子の少年の一番小さな骨をつかんでいた。それをぎゅっと握りしめると、声が喉から解き放たれた。

「エズラは？」サルは喘ぎながら言った。

ギディオンはヘッドランプをはずし、地面に置いた。その光はザラザラした岩壁に男と少年の細長い影を投げかけた。「死んだ」

何かがサルの皮膚をかすめた。「どうやって？」

「あいつは銃を持ってきた。おれは取りあげようとした。銃が暴発した」

そのときも、そのあとも、ギディオンはそれしか言わなかった。あとはサルの想像に任された。ライフルを奪い合う決死の戦い。砂の上でよろめきながら、残忍で致命的なダンスを踊る兄弟。ときおり、そうした想像はある瞬間を描くこともあった——ギディオンが銃を持って一歩さがり——そのままおろすこともできたのに、弟を谷から出ていかせることもできたはずなのに——肩に構える瞬間を。そんな光景が頭に浮かぶたび、サルは背筋に電気が走るのを感じ、それを押しやった。サルがエズラの死体を見ることはなかった。陽が昇るまえに、ギディオンが持ち去ったからだ。リノに、負債を払えなかった男たちが殺される街に。

「あの教師は」ギディオンが言った。恐怖に縁どられた小さな声で。「どうなった？」

寒さがサルの体を鞘《さや》のように包み込み、うまく考えられなかった。ルーカスがやったと言うべきだった。アンジェラスはそうしろと言った。あいつは罰を受けるに値する。アンジェラスはささやいた。死んだ弟の血でまだ濡れた大鎌を持ったまま。しかし、ルーカスはサルが愛のために行なうべきだったことを、憎しみのために行なってしまった。慈悲の行為であるはずだったものを、復讐の行為に変えてしまったのだ。もしサルがその話をしたら、それが真実になる。すべての物語は語られたものが真実となるように。

「先生は死にたがってた」サルは言った。「それでぼくにやってくれって」真実だ。そして、そのなかにこっそり忍ばせた本来ならそうなるべきだった真実。

ギディオンは血まみれの手でサルの腕をつかんだ。「なぜ？」

「先生は息子を殺したんだ。わざとじゃないけど、でも殺した」伯父さんの父親のように

――サルは心のなかで言った――トミーのように。

「だからって、そんなことをおまえに頼めるか？」

サルの歯がガチガチと鳴った。「たぶん――たぶん、ぼくを愛してたからだと思う」

ギディオンは洞窟の壁を殴りたがっているように見えた。「見てすぐにピンときたんだよ。あいつがおまえを送ってきた日に。全身からダダ洩れだった。あいつをおまえに近づけるんじゃなかった」

サルはギディオンが自分を守るために何かをすると思ったことはなかった。ギディオンにとって大切なのは家具とプレンティスの土地だけだというエズラの言葉を信じていた。いま、サルのまえにひざまずくギディオンは、両手にエズラの血をつけた殺人者だ。アンジェラスのように。同時に、サルのように。エズラを先に帰らせ、丘の向こうのギディオンの裁きのもとに送り込んだサルのように。公園で老人に死を手渡したサルのように。もしルーカスがしていなければ、マークル先生に火をつけていたであろうサルのように。ギディオンの両手はサルの腕を親族ならではの必死さでつかんでいる。サルは震えだした。

ギディオンは分厚いデニムジャケットを脱ぐと、サルの肩にかけた。「おまえ凍えてる。家に帰ったほうがいい」激しい震えが襲い、サルの歯を乱暴に揺さぶった。サルの頭のなかでギディオンと岩壁の影が、形と光の点滅に変わる。ギディオンはサルを胸に引き寄せ、抱きしめた。その腕は、サルの母親の腕のようにやわらかくはなかった。鋼鉄の帯のように硬く確かな感触だった。

「心配するな」ギディオンは言った。「おれがなんとかする。おれの言うとおりにすれば、全部うまくいく」

それから

夏の午後遅くのことで、砂の上で熱気がさざ波のように揺らいでいた。ノラは車の窓を開け、マルゼンから防火道をのぼった。風が彼女の髪を肩になびかせていた。その日はブリッタの熱気球がグレートベイスンの空を埋めつくす前日であり、ノラがその道を走るのは、学校の最終日にサルを家まで送り届けて以来のことだった。

プレンティスの家では、サルがコンクリートブロックの階段に座って彼女を待っていた。リュックサックを背負い、黄色い犬の頭を膝にのせている。太陽が丘の下に沈み、熱を連れ去ろうとしていたが、少年と犬に降りそそぐ陽射しはまだ濃い黄金色をしている。

ノラが車から降りると、ギディオンが布巾で手をぬぐいながら、作業小屋から出てきた。彼はジーンズを穿き、染みのついたグレーのTシャツを着ていた。髪についたおがくずは、ノラの髪についた砂のように見えた。ノラは古い母屋を囲んでいたごみの輪が消えていることに気づいた。

「片付けたのね」ノラは言った。

「潮時だった」彼は答えた。

サルはリュックサックを肩に引っかけ、ふたりに近づいてきた。新しいバスケットボールの短パンを穿き、サイズのあったTシャツを着ていた。いつも履いていた白いスニーカーは無地の黒いスニーカーに変わっている。「準備はいい？」彼女は尋ねた。

「うん」サルの声は少し低くなっていた。学校が終わってから三週間しか経っていないのに、彼はもう七年生になっている。ノラは十二年間、六年生に起こる変化を見てきたが、いざサルにその変化が起こると驚いた。なんとなく、彼は時間の影響を受けないように思えていたのだ。

「サルを連れていくのを許可してくれてありがとう」ノラはギディオンに言った。学校の最終日にサルを自宅まで送ったとき、ノラは七月四日の熱気球フェスティバルにサルを連れていってもいいかと尋ねた。が、内心では、ギディオンが許可を出すとは思っていなかった。とくに熱気球が飛ぶのが夜明けで、前日の夜にサルを連れださなければならないとなれば。ところが、彼はかまわないと答えたのだった。いま、ギディオンは青白い目をサルに向けた。

「また明日」彼は言った。サルはうなずいた。ふたりは抱き合ったり、どんな形であれ触れ合ったりはしなかったが、互いのほうに体を傾けているのをノラは感じた。誰にもわからないほどかすかに。

ノラの車で防火道を半分ほどくだったとき、サルが言った。「見せたいものがある」

「いいわよ」ノラは言った。しかし、サルが崖のそばに車を停めるように言ったとき、彼女の好奇心は不安に変わった。しかたなくサルのあとを追うと、彼は低い丘をのぼり、それからアカシアの木立を通り抜けた。砂の上の灰のような影は消えており、化石や堆積層の永続性について学んでいたノラは、落ち着かない気持ちを抱いた。まだあれから四カ月も経っていないのに、大地はもうアダム・マークルを忘れてしまっている。

やがて崖の洞窟に足を踏み入れたとき、彼女は息を呑んだ。大学時代、人類学の教授がノラたちをオレゴン州のペイズリー洞窟に連れていってくれたことがある。その洞窟には、ファーストピープルのもっとも粗末な痕跡、排泄物の化石が遺されていた。ノラは、一万四〇〇〇年前、小さな集団が安全に眠るために寒い洞窟に立ち寄ったことを思い、深い感動を覚えたものだった。いま、サルの洞窟の地面に散らばるビール罐や煙草の吸い殻を見て、ノラはこれもいまから一万四〇〇〇年後には、ファーストピープルがなんの気なしに残した排泄物のように、徹底的に研究されることになるのだろうかと思った。いや、そうはならないだろう。この世界にはほかにもごみが山ほどあるのだから。

サルはリュックサックを開け、ヘッドランプをふたつ取りだした。ひとつをノラに渡し、もうひとつを装着すると、洞窟の奥の低い割れ目に向かった。「このなかにある」ノラが口を開くよりも早く、彼は割れ目にもぐり込んだ。

ノラは屈んで、サルがはいった割れ目をのぞき込んだ。彼女のヘッドランプの光が、サルのスニーカーの靴底を照らしだす。靴底はどんどん狭いトンネルの奥にはいっていく。「まったくもう」彼女はつぶやき、それからもぐり込んだ。割れ目のなかはすごく窮屈で、頭をあげて前方を確認することすらできないほど狭かった。ひじや膝が岩でこすられる。鼓動を抑えようと努めながら、一度に十数センチずつ這って進んだ。

ありがたいことに、トンネルは長くはなかった。四、五メートル進んだところで、頭が広い空間に出た。トンネルから這いだすと、そこは自宅のキッチンテーブルほどの小さな岩石露頭の上だった。眩暈に襲われ、岩壁に背中を押しつける。ノラとサルは、アメジストの結晶がキラキラと輝く、巨大な大洞窟のなかにいた。ふたりのいる露頭から上方は少なくとも十五メートルの高さがあり、下方には狭い縦穴があった。ノラは驚嘆しながら、洞窟内を見まわした。

サルが言った。「見せたかったのはこれじゃない」彼は露頭の端を手で示した。ノラは慎重に這っていき、下をのぞき込んだ。その縦穴は、幅三メートル、深さ十メートルほどで、底にはぶ厚い塵が積もっていた。その塵が邪魔をして、一瞬、ノラは自分が見ているものが何なのか理解できなかった。頭蓋骨。肋骨。手足の長い骨。砂よりも細かい灰色の塵の毛皮で輪郭のやわらげられた、全身の骨。

「うわあ」思わず声が出た。

サルは足を岩棚からおろし、岩壁を降りはじめた。ヘッドランプでノラを照らすと言った。「難しくないよ」

彼の言うとおりだった。岩壁には足や手をかけるのにちょうどいい窪みや岩棚や突起がいくつもあった。ノラのサンダルが縦穴の底の塵に沈んだとき、サルは骨のそばで膝をついていた。彼女は彼の横にひざまずき、痛ましい骨折した骨の数々に、畏怖の念を超えて感動を覚えていた。これはゴールドラッシュの鉱山労働者でも、カリフォルニアトレイルの開拓者でもない。数百年前に死んだ人の骨だった。あるいは数千年前かもしれない。ホタルイで編まれた干からびた履物が、骨を覆う塵の厚さがそれを物語っていた。洞窟のなかの空気は冷たく乾燥している。こうした環境なら、履物は――人間の肉は無理でも――何千年と保存されてもおかしくない。

「どうやって見つけたの？」彼女はささやいた。

「たまたま」サルもささやいた。あたり一面、紫色の結晶がふたりのヘッドランプに照らされ輝いている。「骨から物語を見つけられる人たちがいるって、言ってたよね」

「人類学者。そうよ」ノラは身を乗りだした。頭蓋骨が骨折している。ということは即死だったのかもしれない。そうだったらいいとノラは願った。「この骨は、たくさんの物語を伝えてくれるだろうと思う」

「みんなにそれを知ってもらいたいんだ」サルのヘッドランプが少し揺れた。「彼もそれを望むだろうと思う」

「彼じゃなくて、彼女かもしれない」ノラは言った。

「ううん、男の子だよ」サルは首にかけたお守りに触れた。彼の声には確信がにじみ出ていて、ノラもそのとおりかもしれないと思った。

「大学でお世話になった教授に電話するわ。彼女なら適任者を知ってるだろうから」グレートベイスン古代先住民調査チームのジェラルド・シュミットがやってくるのだろう、おそらく。ノラの鼓動が高鳴る。これは重大な発見になるかもしれない。メキシコの洞窟の少女や、モンタナ州のアンジックの少年と同じくらいに。彼女は早く父親に報告したくてたまらなかった。発掘には何カ月もかかるし、成果が発表されるのは二年以上先になるだろう。父親はそんなに長くは生きられないかもしれないが、必要ならば重要な詳細をもっと早く入手することもできるはずだ。

サルはまだお守りを撫でつづけている。初めて、ノラはそれをじっくりと見た。ずっとチェスの駒かと思っていたが、そうではなかった。それは小さな骨だった。長さ三センチ足らずの小さな骨で、底は平らで、中央は細く、上部は小さなこぶ状になっている。サルはノラに見つめられているのに気づき、お守りをシャツのなかに入れた。

死体の右腕と右手は伸ばした状態になっている。発掘されたら、指先の骨がひとつ欠けているとわかるにちがいない。ノラはふいに涙がこみあげてくるのを感じた。塵のなかの少年は、孤独に非業の死を遂げたが、同時にとても幸運でもあった。悠久の死者が時を超えて生者と触れ合うことはそう多くはない。

「だいじょうぶ」彼女は言った。「きっと彼も気にしないと思う」

顎をほんのわずかだけ動かし、サルはうなずいた。

縦穴の空気は秘密のようにひそやかだった。ここを出たら、ノラはサルを連れて、父親が待っている自宅に帰る。三人で父親の古いバーベキューグリルでホットドッグを焼き、パティオ用に買った新しい家具に座ることだろう。その横にはノラがペンキを塗り直してベゴニアを植えた母親のプランターがある。彼女とサルは、骨について父親に話すだろう。温かく楽しくすばらしい夜になるだろうが、プライヴェートな時間にはならないだろう。この大地のなかの狭い穴のように、いかにも告解《こっかい》にふさわしく感じられる時間には。

「サル」彼女は言った。「ひとつ質問をしたいの」

サルは膝をついたまま、体重を移動させた。何を訊かれるのかわかっているかのように。

「レナータがいた日に、あなたが警察に話したことだけど」ノラは声を低めた。まるで死んだ少年に聞かれないように気を配るかのように。「あれは事実じゃない、そうよね？」

サルは何も言わなかった。

「レナータはあなたから警察に言ってほしいと思った。ルーカスはアダムを殺していないと」ノラは言った。「でも、彼女と話をした人は全員、あなたがアダムの遺体を発見したとしか言ってない。あなたが現場にいたことを知るには、彼女も現場にいなくちゃならない。またはルーカスが」

大洞窟の奥深くで、何かがカサカサと音を立て、それから静かになった。サルは少年の骨の横の塵に、円をひとつ描いた。

「以前言ってたでしょ。観察者はかならずしも見た物語を語るわけじゃないって」ノラは続けた。「でも、観察者は嘘をつくことも許されないとも言ってた」彼女はサルの背中に手を置いた。サルはたじろいだ。「誰にも言わないと誓うわ。でも、アダムはわたしの友だちでもあった。彼のために、ほんとうの物語を語ってもいいんじゃないかしら。たった一度だけでも。どう？」

サルは最初の円の上にもうひとつの円を描いた。きっと彼は返事をしないだろうとノラは思った。それから声が聞こえた。とても静かで、ノラがかろうじて聞き取れるくらいの声が。「ルーカスがいた」

ノラは同じようにかすかな声で訊いた。「どうして？」

「レナータが呼んだ。ミスター・マークルが何をしようとしているかわかって、ぼくらを尾《つ》けてきた」

「彼女はアダムがエズラのヘロインを買うつもりだとわかってたの？」

「ちがう」

「じゃあ、何を？」

サルはまだ塵の上に円を描いている。ノラは彼が手を止めてくれるよう願った。「ミスター・マークルにはベンジャミンっていう名前の息子がいた。交通事故で死んだ。彼のせいだった」

「知ってる」

「あなたのお父さんと同じことをした」

「それも知ってる」

「ミスター・マークルはベンジャミンと一緒に死ぬべきだったと思ってた。だからベンジャミンみたいに死にたがってた」サルはノラの手の下で少し身を震わせた。「火のなかで」

ノラは片手をサルの肩にまわした。「ああ、サル」

「ミスター・マークルはあなたのお父さんみたいじゃなかった。これ以上生きたくなかったんだ。自分に合った方法で死んだほうがいいって言った、病――」サルは歯を食いしばり、それから言葉を解放した。「勇敢になろうとしてるって」

ノラは胸の奥でいつもの締めつけを感じる。アダムは勇敢などではなかった。彼は自殺を決意し、ひとりで死にたくないからと、このか弱い少年を引きずり込んだのだ。ノラは父親のことを考えた。何年ものあいだ、かろうじて生きているだけに思えたが、いまは自分のすべてを懸けて、自分を殺そうとするガンと戦っている。なぜアダムはそういう勇気を持てなかったのか？　たとえ彼女の父親のように、過去を書き換える必要があったとしても、ほかの愛する人たちを破壊するような意味のない死を選ぶよりはマシだったはずだ。

ノラは気を落ち着かせるために息を吸った。怒りはサルが必要としているものではない。

「ルーカスは何をしたの？」

「ぼくを止めた」

「何をするのを止めたの？」

サルの背中に添えた手から、彼の呼吸が浅くなり肩があがったのを感じて、ノラは理解した。ひとりの少年の縄跳び。もうひとりの少年の手。あのとき、ノラの教室でサルはなんと言った?――『火はただの物質の遊びだよ』。ノラの心のなかで抑えていた怒りが爆発し、あちこちに破片をまき散らした。アダムはどうしてこの子にそんなことを頼めたのか? それから無理やり、彼女の知るやさしくて深く後悔している男を思いだそうとした。彼が感じていたにちがいない絶望を想像した。あまりにも闇が深く、自分の死以外のものが見えなくなり、あとに残す悲惨な苦悩のことまで考えが及ばないほどの絶望を。ノラは目を閉じた。あらゆるダメージ、あらゆる苦しみが生まれた。しかし、もはや気遣うべきはサルの苦しみだけだ。

ノラはサルの細い背中を撫でた。「聞いて。アダムはあなたにそんなことを頼むべきじゃなかった。それは愛じゃない。ただの苦悩よ」

サルはまっすぐまえを見つめている。ノラは自分の言葉が彼の心の奥底まで届くことを願った。いつの日か、それを信じることもあるかもしれない。彼女は塵の上にサルが描いたいくつもの円と、死んだ古代の少年の砕けた頭蓋骨を見た。振り子が左右に揺れるように、時の流れが横滑り《スリップ》する感覚を覚え、眩暈がする。

ノラはサルの前髪を額から払いのけた。「じゃあ、誰がやったの?」彼女はやさしく尋ねた。

サルは人差し指で、最後にもうひとつ円を描いた。描きおわると、座ったまま動かなかった。それから言った。「ミスター・マークルが自分でした」

サルが見ているまえで。ノラはまたしても気を落ち着かせるために息を吸わなければならなかった。「わかった。でもサル、どうしてそれを警察に言えなかったの？」

「誰にも知られたくなかった」サルは自分が描いた円を見つめた。「みんな、もうさんざん笑い者にしてたから」

ノラも、ラヴロックにアダムが遺《レガシー》すものが自殺であってほしくはなかった。「だけど、エズラが捕まるかもしれなかったのよ。もし生きていたら」

サルの顎の筋肉が跳ねた。ギディオンのように、殻に閉じこもり、警戒しているように見えた。「エズラはいなくなってた。だからただ――もう見つからないと思った」

それから、ふたりは黙って座っていた。サルはまだ話していないことがあるとノラは感じた。しかし、塵のなかの骨を見ているうちに考えが変わってきた。だからどうだというんだろう？　エズラとアダムは死んだ。そして結局、アダムの物語はエズラのものでも、ルーカスのものでも、ノラのものでもなく、サルのものなのだ。よくも悪くも、アダムは自分の物語をサルに遺した。生きている人を傷つけないかぎり、サルは好きなように語ることができるのだ。

「話してくれてありがとう」彼女は言った。「誰にも言わない。約束する」

サルはうなずいた。すると彼は元の彼に戻ったように見えた。大人という縁石につまずいている、十二歳の少年に。ノラは、まだ時のスリップを感じていて、サルの数年後の成長した姿を、それから大人になった姿を見た。彼は静かで強く、よそよそしく用心深い男になるだろう。ギディオンのように。でも願わくは、片足はもっと広い世界に置いてほしい。彼女は自分自身の姿も見た。父親を墓に埋葬し、大学院にいる姿を。その後、どこに行くかはわからない。しかし初めて、彼女は故郷のそばの謎に惹かれていた。目のまえにある骨のような謎に。そしてベイスンのほかの場所にある、まだ語られていない物語に。彼女の父親はきっと喜ぶだろう。もしかしたら、サルも喜ぶかもしれない。

カサカサという音がまた聞こえた。今度はもっと大きく。コウモリだ。ノラは気づいた。大洞窟の奥深くだ。日没が近いにちがいない。サルにもう行かなければならないと言おうとして、口を開けかけたとき、カサカサというざわめきが、いきなりドラムビートに変わった。

「なんなの?」サルは慌てた様子で言った。

「コウモリよ」ノラは言った。「洞窟から出ようとしてる」

彼女は大地の奥深くで、何千もの生き物が一斉に動きだし、空気が変化するのを感じた。ドラムビートは地響きに変わった。空気が轟音を発して爆発したとき、縦穴の上方を見あげると、露頭の岩棚が煮えたぎる泡に覆われて消えるのが見えた。彼女のヘッドランプに照らされたコウモリたちは、イナゴの群れのように一心不乱に飛び交っていた。巨大な茶色の穴居《けっきょ》動物の雲は、サイクロンのように回転しながら、外の洞窟に繋がる狭いトンネルに突入した。あたりにキーンという鳴き声と翼を羽ばたかせる音が充満した。ノラはサルを抱きしめたが、コウモリはふたりには触れなかった。狭い縦穴には一切降りてこなかった。まるでノラとサルだけが世界の半歩外側にいて、鼓動を早鐘のように鳴らしながら、身を寄せ合い、世界を見つめているかのようだった。

コウモリがいなくなると、すべてが元に戻った。太古の少年は塵のベッドに横たわり、空気は静まり返っていた。まるでコウモリなど最初からいなかったかのように。しかし、明日にはまたやってくるだろう。昨日も来たように。それ以前の何千年間、毎日来ていたように。ノラはサルが描いた円を見た。それも、そのまま残っていた。

震えながら、サルとノラは縦穴をのぼって露頭の岩棚に戻り、そこからトンネルを這って、外側の洞窟に出た。ふたりは丘をくだり、アカシアの木立の焚き火用のかまどを通りすぎたが、もう何の印も残されていない砂を見つめることはなかった。一歩一歩進むたびに、彼らはより安定し、確信にあふれていった。それからノラの車に乗り込み、防火道をくだってラヴロックに、ノラの父親が待つ家に向かった。車の窓は開けられたままで、これから訪れる夜の冷たい息が、ふたりの顔をくすぐった。上空ではコウモリの群れが舞いあがり、舞いおりて、空のキャンバスに優雅に流れる川を描いていた。古代の湖の底から見あげると、まるで羽ばたく鳥のように見えた。

謝辞

本を書くのは大変なことで、二回目だからといって初回よりも楽になるわけではありません。ともに文学を志《こころざ》して切磋琢磨する仲間のサポートがなければ、わたしはこの作品を書きあげることはできなかったでしょう。彼女たちの助言、サポート、ユーモアのおかげで、多くの疑念の谷を越えることができました。作家仲間のエリザベス・クラーク、カリー・リフシュルツ、アーリン・クラットは、毎週水曜日にクラブサラダを突《つつ》き、ダイエットコークを飲みながら、わたしの原稿を辛抱強く読んでくれました。また、すばらしい友人であり、作家でもある、〝オールド・レディーズ〟の仲間たち――エレン・コレット、ジュディス・エデルマン、シャロン・ハザード、ジャンヌ・ラ・リベルテ、シャロン・ナップ、デビー・ミシェル、キャシー・スティーヴンスン――は、顔を合わせるたびに、感情的かつ創造的なエネルギーをわたしに与えてくれました。メリッサ・シスタロは、執筆に難航しているときも、まるでたやすいことであるかのように信じ込ませてくれました。

そしてウィットに富んだジュリア・ジョンソンは、いつもわたしに率直な意見をくれました。みなさん、ほんとうにありがとう。

　それから、編集者のケイト・ニンツェルにも感謝します。彼女のおかげで、わたしの書いたものは遥かに改善されました。正直言って、どうすればそんなことができるのか、わたしにはさっぱりわかりません。きっと彼女はある種の超能力を持っているんじゃないかしら。すばらしいエージェント、ミッシェル・ブラウワーにも感謝を。彼女はつねに的確な指示を出し、四年前、持ち込み原稿の山《スラッシュパイル》のなかの新人作家の作品に賭けてくれました。また、シェリー・ペロン、ヴェディカ・カンナをはじめとする、出版社ウィリアム・モロウのスタッフのみなさん、そしてダーニャ・クカフカをはじめとする、アエヴィタス・クリエイティヴ社のスタッフのみなさんにも、多くの感謝の念を抱いています。

　この本は、ネブラスカの小さな町の外で焼死した男性についての秀逸なドキュメンタリー映画、*Love & Terror on the Howling Plains of Nowhere* からインスピレーションを得て生まれました。その映画が検証する死の奇妙な状況に加えて、小さな町の生活とそこに加わったよそ者というテーマが、わたしの創造的細胞に火をつけました。デイヴ・ジャネッタとエド・ヒューズ、すばらしい作品をありがとう。

　本書の登場人物は架空の存在ですが、ラヴロックは実在する町です。ブリッタという登場人物が故郷に抱く情熱の手本となった、〈テンプテーションズ〉のオーナー、パティ・バークにお礼を言わせてください。パティはラヴロックコミュニティの熱烈かつ効果的な支持者であり、彼女のカフェは彼女自身と同じくらい魅力的です。また、ラリー・デリューをはじめとする〈キャデラック・イン〉のスタッフ、〈カウポーク・カフェ〉のみなさんのすばらしいもてなしにもありがとう。

わたしが綴るすべての言葉は、わたしが幸運にも出会った偉大な先達によって、よりよいものになりました。とりわけ、アリス・マティソンの *The Kite and the String* はあらゆる作家にとって必読の書です。また、スワニー作家会議におけるわたしの師、マーゴット・リヴジーには、原稿の最初の数枚にコメントを記してくれたことに感謝します。アダム・レイサムをはじめとする、スワニー会議のスタッフのみなさんにも〝山の上〟でのすばらしい経験に感謝を。

最後になりましたが一番の感謝を、わたしの夫、クリス・カーニーに捧げます。彼の疲れを知らないサポートのおかげで、わたしは執筆を続けることができました。毎朝わたしの隣りで目覚めてくれることで、わたしの日々をよりよくしてくれていることにも、ありがとう。

訳者あとがき

三月十四日の早朝、十二歳の少年サル・プレンティスは、伯父と暮らす牧場の近くの丘で黒焦げの焼死体を発見し、地元の消防団に通報する。同日午前、サルがバス通学する中学校の社会科教師ノラ・ウィートンは、同僚の数学教師アダム・マークルの遅刻を気にかけていた。やがて死体の身元がアダムだと判明すると、小さな町は五十年ぶりに発生した殺人事件に騒然としはじめる。

そんな不穏な幕開けの本書は、『エヴァンズ家の娘』でデビューした遅咲きの実力派作家ヘザー・ヤングの第二作、『円周率の日に先生は死んだ』である。物語は、前作と同様、ふたつの時間軸で交互に進む。

前年の九月、新学年初日から始まる過去の物語は、中学に入学したばかりの十一歳のサル・プレンティスの視点で進む。サルはその年の六月に母親を亡くしたばかりの孤独な少年だ。その少年と、元ネヴァダ大学教授という経歴を持つ〝よそ者〟の新任中年教師アダム・マークルとの出会いから始まり、アダムが焼死するまでの数ヵ月が語られる。二重視点のミステリ執筆の秘訣について寄稿した記事から著者の言葉を引用すれば、こちらは「暴力行為がクライマックスとなるスリラー」のパートである。

もうひとつの「正体不明の人物による暴力行為から始まるミステリ」のパートは、三月十四日の焼死体発見から始まる現在の物語だ。父親とふたり暮らしの社会科教師ノラ・ウィートンと、サルの母親の幼馴染である救急救命士ジェイク・サンチェスの視点で進む。

著者は「ミステリとスリラーは同じ意味で使われることが多いが、実は両者は鏡像のようなもの」とインタビューで述べているが、本作でもミステリパートとスリラーパートが合わせ鏡となり、謎めいた数学教師焼死事件の前後の物語を、それぞれの角度から映しだしている。

作品の舞台となっているのは、米国ネヴァダ州ラヴロックという実在の町である。ロッキー山脈とシエラネヴァダ山脈に挟まれた〝グレートベイスン（大いなる盆地）〟と呼ばれる内陸乾燥地域にあるラヴロックは、一五〇年前、ゴールドラッシュの時代には宿営地として栄えたものの、全盛期の面影はもはや跡形もなく、現在は二〇〇〇人弱の住民が静かに暮らしている。

一方、焼死体の第一発見者となった少年サルが住んでいるのは、ラヴロックよりもさらに小さな、丘の上の架空の町マルゼンだ。住民は二〇〇人ほど。ラヴロックから州間高速道路を使って車で三十分の距離にある。マルゼンには小学校しかないため、マルゼンの子どもたちはラヴロックの中学校（日本の学校制度では小学六年生から中学二年生までの三年間に相当）に郡の送迎バスで通学している。ちなみに、米国アマゾンのラヴロック在住の読者レビューによれば、マルゼンのモデルは、かつての銀鉱山の町で、現在はゴーストタウンとなっているロチェスターではないかということだが、作品内で説明されている道順や地理から考えても、それでまちがいなさそうである。

ふたつの寂れた町とそこに暮らす人々の描写は、この作品の大きな魅力のひとつだ。物心ついたときからの知り合いどころか、親や祖父母の代からの知り合いという濃密で小さなコミュニティ。閉鎖的で親密な人間関係に感じる息苦しさと安らぎ。生まれた場所で生きつづけることを運命として受け入れるか否か、それぞれの選択。著者はインタビューで「失恋、恨み、秘密……そういったものが、小さな町の人々が呼吸する空気のなかには潜んでいます」と語っているが、作品のなかでも、そんな普遍的でもあり個人的でもある要素が、町と丘と人々の息遣いに細やかに織り込まれている。

もうひとつの魅力は、人間味あふれる登場人物たちである。それぞれ罪や後悔を抱え、重荷を背負い、思い通りにいかない人生を――小さな町に息苦しさを覚えながら、あるいは小さな町に避難所のような安らぎを感じながら――生きている。傷つけたり傷つけられたり、辛い経験から目を背けたり言い訳したりしながらも、歯を食いしばって日々を過ごす。相反する複雑な感情を持て余しつつ、なんとか折り合いをつけようとする。完全な善人でもないし、完全な悪人でもない。つまり、わたしたちと同じごく普通の人々であり、そんな彼らの悩みや迷いが、ときに他人事とは思えないほど胸に迫る。

生き生きとした親近感あふれる登場人物のなかで、とりわけ魅力的なのが、焼死事件の謎の中心である、サルだ。物静かで注意深く、想像力豊かに天使と悪魔の物語を紡ぐ彼は、高い共感力を持ち、人の心の機微に敏《さと》い少年だ。人々の話にじっと耳を傾けるうちに、次第に周囲の大人たちを惹きつけていく。少年と青年の端境期にある子どもの鋭さと幼さの危ういバランスが、瑞々しい筆致で描かれている。

過去の物語がついに現在に追いついたとき、サルを中心点とする円環が閉じ、さまざまな次元でダイナミックな転換が起こる。はっと息を呑むようなその流れを、読者のみなさまにも堪能していただければうれしく思う。

著者のヘザー・ヤングは、米国メリーランド州生まれ。ヴァージニア大学で法律を学び、サンフランシスコで独占禁止法と知的財産権の訴訟弁護士になった。その後、十年ほど子育てに専念する時期を経て、二〇一一年にベニントン大学のライティング・セミナーで修士号を獲得。作家としてのキャリアをスタートさせた。七年以上かけて執筆したという『エヴァンズ家の娘』を二〇一六年に上梓。ストランド・マガジン批評家賞最優秀新人賞を受賞し、アメリカ探偵作家クラブ（MWA）賞最優秀新人賞候補作にもなった。

二〇二〇年に発表された第二作、『円周率の日に先生は死んだ』は、著者にとって初めての〝締め切りに追われる執筆〟となった。一年の締め切りを、一年半延期してもらい、ようやく仕上げたときには、ストレスで体重が九キロ増えていたという。そんな難産のすえに生みだされた本作も、MWA賞の最優秀長編賞にノミネートされ、『ブート・バザールの少年探偵』（受賞作）、『木曜殺人クラブ』、『かくて彼女はヘレンとなった』などの作品とともに候補作に名を連ねた。

現在、カリフォルニア州ミルヴァレーに在住する著者は、「ケイト・アトキンソンやタナ・フレンチのように人物像にこだわりを持つミステリー作家や、マリリン・ロビンソンやカズオ・イシグロのように複雑な深い感情を優しく控えめな言葉で表現する作家からイ